올리버 트위스트 1

올리버 트위스트 1권

초판 1쇄 발행 2016년 8월 29일

지은이 찰스 디킨스
옮긴이 김옥수
펴낸이 김소연

펴낸곳 비꽃
등록 2013년 7월 18일 제2013-000013호
주소 서울 강북구 삼양로 16길 12-11
이메일 rain__flower@daum.net 전화 02)6080-7287 팩스 070-4118-7287
홈페이지 www.rainflower.co.kr

ISBN 979-11-85393-23-0 04840
979-11-85393-19-3 (세트번호)

이 도서의 국립중앙도서관 출판시도서목록(CIP)은 서지정보유통지원시스템 홈페이지(http://seoji.nl.go.kr)와 국가자료공동목록시스템(http://www.nl.go.kr/kolisnet)에서 이용할 수 있습니다.
(CIP제어번호: CIP2016020099)

값 11,000원

찰스 디킨스

올리버 트위스트 1

김옥수 옮김

이 책은 Dover Thrift Editions 2002년 판본과 The Project Gutenberg EBook #730을 참고하였다.

올리버 트위스트
혹은
구빈원 아동 성장기

차례

CHAPTER I

올리버 트위스트가 태어난 장소와 당시 상황을 다루다

어떤 도시가 있다. 이런저런 이유로 이름을 안 밝히는 게 좋을 것 같은데 나로선 가짜 이름을 댈 생각도 없다. 크든 작든 도시라면 당연히 존재하는 공공건물 가운데 꼭 있을 수밖에 없는 건물이 여기에도 있으니, 바로 구빈원이다. 그런데 지금 이 대목에서 독자 여러분에게 중요할 게 하나도 없는 내용이라 날짜와 요일을 굳이 언급할 필요조차 없는 날, 이곳 구빈원에서 장 제목에 이름을 붙인, 금방 죽을 수밖에 없는 아기가 태어난다.

교구 의사가 잡아당기는 바람에 슬픔과 고통이 가득한 세상에 태어난 이후로도 과연 아기가 오랫동안 살아서 이름을 받을 수 있을까 여전히 의심스러운데, 그렇게 되었다면 이번 회고록은 세상에 나오지도 않을 가능성이 크며, 설령 나온다 해도 한두 쪽에 불과할 터이니 나라와 시대를 불문하고 현존하는 회고록 가운데에서 가장 단순명료할 가능성이 크다.

구빈원에서 태어난 게 다행스럽고 바람직하다고 말할 생각은 없지만, 이번 경우에는 정말 그렇다고, 올리버 트위스트에겐 정말 바람직했다고 말하고 싶다. 왜냐하면, 올리버에게 숨 쉬는 작업을 – 골치는 아파도 세상을 살아가려면 꼭 필요한 작업을 – 하도록 유도하는 게 너무나 어려운 나머지, 결국 갓난아기는 양털로 만든 조그만 매트리스에 누워서 상당히 오랫동안 숨을 헐떡거리며 이승과 저승에 발을 하나씩 걸치다가 후자 쪽으로 점차 기울었기 때문이다. 이처럼 치명적인 순간에 친할머니와 외할머니, 고모와 이모, 경험 많은 간호사와 지식 많은 의사가 가득 모여서 온갖 관심을 기울였다면 올리버는 곧바로 죽을 수밖에 없는 운명이었다. 하지만 주변에는 맥주를 잔뜩 마셔서 눈이 특히 침침한 극빈자 할머니 간호사와 이런 일을 계약대로 처리하는 교구 의사밖에 없으니, 올리버는 자기 힘으로 조물주와 어렵게 싸우며 마지막 접전을 벌일 수 있었다. 그래서 몇 차례 충돌하다가 결국엔 숨을 몰아쉬고 재채기를 하더니, 목소리라는 유익한 수단을 막 확보한 사내아기가 흔히 그런 것처럼 3분 15초가 넘도록 최대한 커다랗게 울어, 교구에 새로운 부담을 끼치게 되었다는 사실을 구빈원 사람들에게 알렸다.

허파가 제대로 움직인다는 증거를 올리버가 처음으로 드러내자, 철제 침대에 아무렇게나 던져놓은 누더기 시트가 부스럭거리더니, 젊은 여인이 베개에 누인 창백한 얼굴을 힘없이 들어서 알아듣기 힘든 목소리로 힘없이 중얼거린다.

"아기를 보여주세요, 내가 죽기 전에."

의사는 벽난로 쪽으로 돌아앉아서 손바닥을 따듯하게 데우며 번갈아 문지르다가 젊은 여인이 말하는 소리를 듣고 벌떡 일어나서 침대 머리맡으로 다가가더니, 생각보다 친절한 어투로 대답한다.

"맙소사, 벌써 죽는 얘기를 하면 안 되지."

"불쌍한 것, 그럼 안 돼!"

할머니 간호사가 끼어들더니, 한쪽 구석에서 극히 만족스러운 표정으로 내용물을 맛보던 초록색 유리병을 주머니에 급히 넣으며 다시 말한다.

"불쌍한 것, 나처럼 오래 산다면, 선생님, 아이를 열셋이나 낳았지만 모두 죽고 그나마 살아남은 두 명은 어미와 함께 구빈원에서 지낼 정도로 오래 산다면, 그렇게 말하면 안 된다는 사실을 알 터인데, 불쌍한 것! 어린 양이 태어났으니 열심히 키울 생각을 해야지."

아기를 키워야 한다는 밝은 미래를 언급하며 위로하는 말은 아무런 효과도 없으니, 산모는 머리를 흔들면서 아기 쪽으로 손을 내뻗을 뿐이다.

의사는 아기를 들어서 안겨주고, 산모는 백지장처럼 하얗고 차가운 입술을 아기 이마에 대고 열심히 뽀뽀하더니, 두 손을 공중으로 추켜들고 주변을 황급히 둘러보다가 부르르 떨면서 머리를 떨군다. 그리고 죽는다. 의사가 할머니 간호사와 함께 급히 다가가서 가슴과 두 손과 관자놀이를 열심히 문지르지만, 몸속을 맴돌던 피는 벌써 모두 굳었다. 의사와 할머니 간호사가 희망을 얘기하며 위로하던 말은 이미 낯선 말로 변하고 말았다.

"이제 다 끝났소, 아무개 부인!"

마침내 의사가 말하자, 할머니 간호사는 아기를 안으려고 허리를 숙이다가 베개로 떨어진 초록색 유리병 코르크 마개를 집으면서 대답한다.

"아, 불쌍한 것, 정말 그러네요! 불쌍한 것!"

의사가 진지한 표정으로 장갑을 끼면서 덧붙인다.

"언제든 사람을 보내서 나를 부르시오, 아기가 울면, 간호사. 아기가 심하게 보챌 가능성이 크오. 그러면 멀건 죽을 약간 먹이시오."

의사가 모자를 쓰고 문가로 가다가 침대 옆에 잠시 멈추며 묻는다.

"산모가 참 예쁘던데…… 어디에서 왔답니까?"

"간밤에 감독관 명령으로 여기로 데려왔답니다. 길가에 쓰러진 걸 발견했대요. 신발이 닳아서 누더기로 변한 걸 보면 꽤 먼 거리를 걸어 온 게 분명하지만, 어디에서 오는 길이며 어디로 가는 길인지 아무도 모른답니다."

의사가 상체를 숙여서 시신 왼손을 잡아 올리더니, 머리를 흔들며 중얼거린다.

"결혼반지가 없는 걸 보면 뻔한 얘기로군. 그럼 먼저 나가겠소!"

의사는 저녁 식사를 하러 떠나고 노파 간호사는 초록색 유리병에 든 내용물을 한 모금 더 마시고 벽난로 앞 나지막한 의자에 앉아서 갓난아기에게 옷을 입히기 시작한다.

아, 갓난아기 올리버 트위스트는 옷이 발휘하는 힘을 지금 얼마나 확연히 보여주는가! 조금 전처럼 담요 한 장으로 몸을 감싼 상태에서는 귀족 아들일 수도 있고 거지 아들일 수도 있어, 올리버를 모르는 사람이라면 아무리 잘난 척하는 걸 좋아하는 성격이라도 올리버가 어떤 신분인지 알아맞힐 수 없을 것이다. 하지만 무명으로 만들어 오랫동안 사용하는 사이에 노랗게 빛바랜 옷을 이제 막 입히고 이름표와 번호표까지 달아주니, 교구에서 관리하는 아이, 구빈원 고아, 항상 배를 곯으며 죽도록 일해야 하는 신세, 세상을 헤매며 구둣발에 채이고 쇠고랑을 찰 신세, 모두가 경멸하고 아무도 불쌍히 여기지 않는 신세라는 사실이 명확히 드러나고 말았구나!

올리버는 열심히 울었다. 그러나 자신이 고아라서 앞으로 국교회 위원과 감독관의 자비에 모든 걸 맡겨야 하는 처지라는 사실을 알았더라면 더욱 커다랗게 울었으리라.

CHAPTER II

올리버 트위스트가 무엇을 어떻게 먹고 어떤 교육을 받으며 성장했는지 다루다

이후 팔 개월에서 십 개월 동안 올리버는 -와 아합이 판치는 시스템에 그대로 빨려들었다. 갓난아기를 손수 기를 사람이 필요하기 때문이다. 우선, 구빈원 당국자는 부모 없는 갓난아기가 배고프고 궁핍한 처지라는 사실을 교구 당국자에게 보고한다. 교구 당국자는 '구빈원'에 사는 여성 가운데 올리버 트위스트가 살아가는 데 필요한 영양분을 제공하며 보살필만한 사람은 없는지 구빈원 당국자에게 엄숙하게 문의한다. 구빈원 당국자는 그런 사람이 없다고 겸손하게 대답하고, 교구 당국자는 몹시 어질고 자비로운 결정을 내리니, 올리버를 '가정집에 맡기도록', 즉, 약 5㎞ 떨어진 구빈원 분원으로 보내도록 한 것이다.

여기에서는 구빈법[1)]을 어긴 아이들 이삼십 명이 음식을 너무 많이 먹거나 옷을 너무 많이 껴입는 불편함 없이 온종일 바닥에서 뒹굴고,

1) 영국은 공리주의 논리에 따라 1834년에 구빈 대상을 엄선하고 남녀를 엄격히 격리하는 등 의무노동과 규율을 강화했다. 이에 구빈원을 교도소처럼 만들려 한다고 찰스 디킨스를 비롯한 식자층에게 커다란 비판을 받는다.

나이 지긋한 아주머니는 어린 죄수들을 받아서 부모처럼 돌보며 감독한 대가로 아이 한 명당 일주일에 7.5페니를 받는다. 일주일에 7.5페니는 꽤 많은 돈이다. 그만한 돈이면 아이가 좋은 음식을 실컷 먹으면서 편하게 지낼 수 있다. 하지만 나이 지긋한 아주머니는 지혜와 경륜이 가득하니, 아이들에게 좋은 건 무어고 자신에게 좋은 건 무언지 정확히 안다. 그래서 매주 지원받는 돈 대부분을 자기 몫으로 챙기고 한창 자라는 아이들에겐 법으로 규정한 것보다 훨씬 부족한 분량을 배정하며 벼룩에게서 간을 빼먹는 식으로 자신이 정말 위대한 경험주의 철학자란 사실을 증명한다.[2)]

또 다른 경험주의 철학자는 말이 아무것도 안 먹고 살 수 있다는 위대한 이론을 주장하며, 그걸 멋들어지게 증명하려고 자기 말에게 하루에 밀짚 한 가닥만 먹이면서 누가 보더라도 기운이 팔팔하게 만들려고 했으나 밖으로 데리고 나와서 신선한 공기를 마음껏 마시도록 하기 스물네 시간 전에 그만 죽고 말았다는 유명한 일화가 있다. 그런데 올리버 트위스트를 보살피도록 전달받은 여성 경험주의 철학자 역시 분원을 운영하면서 불행하게도 비슷한 결과를 내고 말았으니, 아이에게 영양이 제일 적은 음식을 최대한 적게 먹으면서 살아가는 방법을 실천하도록 하는 순간부터 얄궂게도 열에 아홉은 영양실조와 추위로 병들거나, 제대로 안 돌봐서 불 속으로 떨어지거나, 이런저런 사고를 당해서 숨조차 제대로 못 쉬는데, 이런 아이들은 불쌍하게도 대부분 저승으로 떠나 이승에서 결코 본 적이 없는 아버지를 만난다.

침대 틀을 뒤집다가 아이가 틈새로 들어가서 눌려 죽거나 빨래를 삶다가 뜨거운 물에 빠져서 죽는 사고가 – 분원에서 빨래하는 경우는 드물어서 이런 사고 역시 드물게 일어나는데 – 발생하면 배심원들이

2) 공리주의 이론가를 비꼬는 말이다.

꼼꼼하게 조사해서 골치 아픈 질문을 퍼부으려고 준비하거나, 교구민들이 들고일어나서 진정서에 서명할 때도 이따금 있다. 하지만 이렇게 주제넘게 행동할 때마다 의사는 증거를 제시하고 교구 하급관리는 적극적으로 증언하며 신속하게 해결하니, 의사가 제시한 증거라는 건 시신을 열어서 부검해도 안에서 나온 게 하나도 없다는 너무나 당연한 내용이고, 교구 하급관리는 교구가 원하는 거라면 무엇이든 극히 헌신적이고 자발적으로 증언했다. 게다가 이사진은 분원을 정기적으로 시찰하는데, 언제나 하루 전에 전갈을 보내서 자신들이 찾아간다는 사실을 알린다. 그래서 자신들이 찾아갈 때마다 아이들은 항상 깨끗하고 말쑥하니, 무얼 더 바라겠는가!

따라서 아이를 가정집이라는 분원에 맡기는 시스템에서는 그다지 바람직한 결과가 나올 수 없으니, 아홉 살 생일을 맞는 올리버 트위스트는 얼굴이 창백하고 홀쭉하며 키는 상당히 작은 편이고 덩치는 눈에 띄게 왜소했다. 하지만 자연적으로 타고난, 부모에게 물려받아 가슴에 가득한 용기만큼은 강하고 억셌다. 분원에서 제공하는 음식이 극히 부실한 덕분에 그런 용기가 파고들 공간 역시 아주 넉넉한 데다, 아홉 살 생일을 맞는다는 사실도 뭔가 커다랗게 작용한 것 같았다. 그래서 결국엔 아홉 번째 생일에 올리버 트위스트는 배가 고프다고 말하는 흉악한 범죄를 저질러서 매질을 흠뻑 당한 후에 다른 아이 두 명과 함께 지하석탄광에 갇히는 특권을 누리는데, 바로 그 순간에 교구 하급관리 범블이 귀신처럼 나타나서 대문 쪽문 고리를 풀려고 애쓰니, 분원을 다정하게 관리하던 '만 여사'는 깜짝 놀랄 수밖에 없었다. 그래서 창밖으로 머리를 내밀고 기뻐서 어쩔 줄 모르겠다는 듯 호들갑을 떨며 소리쳤다.

"맙소사! 범블 선생님 아니세요? (올리버랑 두 애를 어서 위층으로 데려가서 목욕시켜, 수잔!) 어머, 기뻐라! 범블 선생님, 이렇게 찾아오셔서 제가 얼마나 기쁜 줄 모르겠어요!"

뚱뚱한 데다 성미 급한 범블은 상대가 마음을 열고 다정하게 건네는 인사에 응답하는 대신 조그만 쪽문을 무지막지하게 흔들다가 교구 하급관리만 할 수 있는 발차기로 냅다 내지르고 말았다. 하지만 이미 세 아이를 위층으로 옮긴 다음이라서 만 여사는 편하게 달려가며 호들갑을 떤다.

"맙소사, 내 정신 좀 보게, 내 정신 좀 봐! 소중한 아이들을 지키느라 문 안쪽에다 빗장을 질렀단 사실을 깜빡 잊었네! 어서 들어오세요, 선생님, 어서 들어오세요, 범블 선생님, 어서요."

이렇게 환영하며 무릎까지 사뿐히 꾸부리면 국교회 위원은 누구나 마음이 누그러져도 하급관리에게는 어림도 없으니, 지팡이를 움켜잡고 이렇게 소리쳤다.

"교구에서 관리하는 고아 때문에 공무를 보러온 교구 관리를 대문에서 기다리게 해도 되는 거요, 만 여사? 당신이 교구에서 파견 나와 보수를 받으며 일하는 신분이란 사실을 제대로 알기나 하는 거요, 만 여사?"

"사실은, 선생님을 정말 좋아하는 아이 한두 명에게 선생님이 오신다고 말하느라 조금 늦었네요."

만 여사가 매우 겸손하게 대답하니, 범블은 마음이 풀렸다. 평소에도 자기에겐 탁월한 언변과 위세가 있다고 늘 생각하는데, 그런 언변을 지금 막 충분히 발휘하고 위세까지 증명하지 않았는가. 그래서 이번에는 훨씬 차분한 어투로 대답했다.

"그래요, 그래, 당신 말대로 그럴 수도 있겠지요, 만 여사, 그럴 수도 있어. 안으로 안내하시오, 만 여사, 공무 때문에 왔으니. 당신에게 할 말이 있소이다."

만 여사는 바닥에 벽돌이 깔린 조그만 거실로 교구 하급관리를 안내해서 의자를 권한 다음, 아양을 잔뜩 떨며 삼각모와 지팡이를 받아서 바로 앞 탁자에 올려놓았다. 그러자 범블은 걸어오느라 맺힌 땀을 이마에서 닦아내고 삼각모를 만족스러운 표정으로 바라보며 빙그레 웃었다. 그렇다, 빙그레 웃었다. 교구 하급관리도 인간일 수밖에 없으니, 빙그레 웃은 것이다. 그러자 만 여사는 이런 분위기를 재빨리 눈치채고 매혹적인 목소리로 제안했다.

"제가 드리는 말씀을 나쁘게 받아들이지 않으면 좋겠네요. 오랫동안 걸어오지 않으셨다면 이런 말씀도 안 드릴 터인데, 무엇이든 목을 좀 축이시겠어요, 범블 선생님?"

"그럴 순 없소, 그럴 수 없어."

범블이 거절하며 오른손을 흔드는데, 위엄은 있지만 나쁘게 여기는 표정은 아니었다. 그러자 만 여사는 상대가 거절하는 어투와 몸짓을 간파하고 다시 권했다.

"목 좀 축이시는 게 좋겠어요, 시원한 물 조금에다 각설탕을 넣어서 딱 한 모금만."

범블은 헛기침하고, 만 여사는 설득하는 투로 다시 권했다.

"그러세요, 딱 한 모금만."

"그게 무언데 그러시오?"

교구 하급관리가 묻자, 만 여사가 찬장 모서리를 열어서 술병과 유리잔을 꺼내며 대답했다.

"축복받은 아이들이 아플 때 먹도록 집안에 조금씩 보관하는 '대피'[3]랍니다. 진이요. 선생님을 속일 순 없으니까요, 범블 선생님. 이건

---

3) 대피라는 목사가 만든 어린이 약으로 진을 타서 먹인다. 그래서 진을 암시하는

진이에요."

"아이들에게 대피를 먹이나요, 만 여사?"

범블이 물으며 칵테일 타는 모습을 흥미진진하게 바라보았다.

"네, 아이들은 소중하니 당연히 그럴 수밖에요. 저는 아이들이 아픈 걸 보면 견딜 수가 없답니다, 선생님."

만 여사가 말하자, 범블이 수긍하는 어투로 대답했다.

"그럼요, 당연히 그러겠지요. 당신은 인정 많은 여성이니까요, 만 여사."

만 여사가 술잔을 내려놓자, 범블은 그걸 자기 앞으로 잡아당기며 계속 말했다.

"당신은 아이들을 어머니처럼 돌보는군요. 이런 사실을 기회가 닿는 대로 이사진에게 알리겠소, 만 여사."

그리곤 진 칵테일을 젓다가 "기쁜 마음으로 당신의 건강을 위해 건배하겠소, 만 여사" 하고 말하더니 절반을 날름 삼켰다. 그런 다음에 주머니에서 가죽 지갑을 꺼내며 다시 말했다.

"이제 공무로 돌아가서, 이름을 올리버 트위스트라고 아무렇게나 지어준 아이가 오늘로 아홉 살이 됩니다."

"불쌍한 것!"

만 여사가 끼어들더니 앞치마 자락으로 왼쪽 눈을 문질러서 빨갛게 만들고, 범블은 계속 말했다.

"그런데 현상금으로 금화 열 냥을 걸었다가 나중에는 스무 냥으로 올리는 등 교구 차원에서 유례가 없을 정도로 노력을 기울이는데, 아직도 아이 아빠는 물론이고 엄마 이름과 주소와 신분조차 알아내지를 못했소."

이름으로 사용하기도 한다.

만 여사가 깜짝 놀라며 두 손을 들어 올리더니 잠시 생각하다가 물었다.

"그렇다면 이름은 누가 지어주었나요?"

교구 하급관리는 매우 자랑스러운 표정으로 어깨에 힘주며 대답했다.

"내가 지어주었소."

"범블 선생님이요!"

"그렇소, 나요, 만 여사. 우리는 귀여운 아이들에게 알파벳 순서로 이름을 지어준다오. 직전이 S 순서라서 '스워블'이라고 이름을 지었소. 이번에는 T 순서라서 '트위스트'라고 지은 것이오. 다음 순서는 U니까 '언윈', 그다음은 V니까 '빌킨스'요. 알파벳 끝까지 이름을 준비했다가 Z까지 가면 처음부터 다시 시작하는 거요."

"맙소사, 문학적 소양이 정말 대단하세요, 선생님!"

만 여사가 칭찬하자 교구 하급관리는 꽤 흡족한 표정으로 대답했다.

"흠흠, 그럴 수도 있겠지요, 그럴 수도 있어요, 만 여사."

그러더니 진 칵테일을 쭉 비우고 다시 말했다.

"올리버는 여기서 지내기에 나이를 너무 많이 먹은 터라, 이사회에서 본원으로 데려오기로 했다오. 내가 이렇게 찾아온 이유는 올리버를 본원으로 데려가기 위해서요. 그러니 지금 당장 데려오시오."

"당장 가서 데려오겠습니다."

만 여사가 대답하곤 밖으로 나갔다. 잠시 후에 올리버가 얼굴과 두 손에 더덕더덕 달라붙은 때를 간신히 씻어낸 모습으로 자애로운 보호자와 함께 안으로 들어왔다.

"선생님에게 허리 숙여 인사하렴, 올리버."

만 여사가 말하자, 올리버는 의자에 앉은 하급관리와 탁자에 놓인 삼각모 사이에다 꾸벅 인사하고, 범블은 근엄한 목소리로 물었다.

"나를 따라가겠느냐, 올리버?"

올리버는 누구든 기꺼이 따라가겠다 대답하려고 고개를 들다가 하급관리 의자 바로 뒤에서 험상궂은 얼굴로 주먹을 흔들어대는 만 여사를 발견하고 바로 정신을 차렸다. 온몸으로 강한 충격을 주면서 뇌리에 선명하게 박힌 주먹이기 때문이다.

"여사님도 함께 가시나요?"

올리버가 가련한 표정으로 묻자, 범블이 대답했다.

"아니야, 함께 안 가. 하지만 가끔 찾아오긴 하실 거야."

올리버에겐 그렇게 바람직한 대답이 아니었다. 하지만 어린 나이에도 다른 데로 떠나는 걸 정말 섭섭하게 여기는 척하는 눈치는 있었다. 두 눈에 눈물이 고이는 문제도 그다지 어렵지 않았다. 툭하면 굶으면서 학대당한 경험은 울고 싶을 때 정말 커다란 도움을 주는 법이니, 올리버는 극히 자연스럽게 그럴 수 있었다. 그러자 만 여사는 올리버를 수천 번 껴안고는 포옹보다 훨씬 바람직한 걸, 버터 바른 빵 한 조각을 올리버에게 주었다. 구빈원에 도착해서 너무 배고파 보이지 않도록 하려는 조치였다. 그래서 올리버는 한 손에 빵 한 조각을 들고 머리엔 갈색 천으로 만든 조그만 교구 모자를 쓰고 범블에게 이끌려 야비한 집에서 빠져나왔다. 암울한 유년기를 보내는 동안 따듯한 말이나 눈빛으로 빛을 밝힌 적이 한 번도 없는 집이었다. 그런데도 뒤에서 대문이 닫히는 순간에는 어린애 특유의 슬픔이 몰려들었다. 거기에 남은 가련한 친구들은 비록 비천하게 살아가지만 그래도 유일하게 사귄 동무인 데다, 넓디넓은 세상에 혼자 떨어졌다는 고독감까지 어린아이 가슴에 처음으로 스며든 것이다.

범블은 보폭을 크게 벌리며 뚜벅뚜벅 걷고, 조그만 올리버는 바로 옆에서 금빛 레이스가 달린 소매를 꼭 잡고 열심히 걷다가 대략 오백 미터를 지날 때마다 "이제 거의 도착했느냐"고 물었다. 그럴 때마다 범블은 퉁명스럽게 대답하는데, 진 칵테일 기운이 사라지고 가슴에 피어오르던 온화한 기분도 함께 사라지면서 하급관리로 돌아왔기 때문이다.

올리버가 구빈원 담벼락 안으로 들어온 지 십오 분도 지나지 않아 두 번째 빵조각을 아직 다 못 먹었을 때, 어느 노파에게 올리버를 맡기고 떠난 범블이 다시 돌아와서 오늘 밤에 이사회가 열리니, 지금 당장 이사님들 앞에 출두해야 한다고 통보했다.

이사회가 무언지 아는 게 하나도 없는 올리버는 이 말을 듣고 정말 당황했다. 웃어야 할지 울어야 할지 애매했다. 하지만 이 문제에 대해 곰곰이 생각할 여유는 없었다. 범블이 지팡이로 머리를 톡 때려서 정신 차리도록 도와주고 등을 또 때려서 생기가 돌도록 만든 다음에 따라오라고 손짓하더니, 벽을 하얗게 칠한 커다란 방으로 데려갔기 때문이다. 거기에는 여덟 명에서 열 명 정도로 보이는 뚱뚱한 신사가 의자에 앉아서 원형 탁자를 동그랗게 에워싸고, 탁자 상석에는 유난히 뚱뚱한 신사가 유난히 뻘겋고 통통한 얼굴로 다른 의자보다 살짝 높은 안락의자에 앉아있었다.

"이사님들(board)에게 허리를 숙여서 인사하렴."

범블이 말하자, 올리버는 두 눈에 어린 눈물 두세 방울을 닦아내곤, 판자(board)[4]가 뭔지 몰라도 탁자는 알아보고 다행히도 그쪽에 대고 허리를 숙이며 인사했다.

"이름이 뭐냐, 꼬마?"

높은 의자에 앉은 신사가 물었다.

---

4) board는 이사진이란 뜻과 판자란 뜻이 있으며, 본문에서는 이사진을 뜻한다. 하지만 올리버는 이사진이 무언지 몰라서 판자로 받아들였다.

많은 신사가 있는 걸 보고 겁나서 덜덜 떠는데 뒤에서 하급관리가 다시 툭 치는 바람에 올리버는 그만 울음이 터지고 말았다. 그러다 보니 극히 나지막한 목소리로 덜덜 떨며 대답하고, 하얀 조끼를 입은 신사는 아이가 멍청하다고 평가했다. 올리버는 이 말을 듣고 용기 내서 마음을 편하게 먹으려고 애썼다.

"꼬마야, 내 말 잘 들어. 너는 네가 고아란 사실을 당연히 알겠지?"

높은 의자에 앉은 신사가 묻는 말에 불쌍한 올리버는 이렇게 되물었다.

"그게 뭔가요, 선생님?"

"아이가 멍청해요. 딱 보면 알잖아요."

하얀 조끼를 입은 신사가 끼어들자, 처음에 말한 신사가 나무랐다.

"조용히 하세요! 너는 아버지나 어머니가 없어서 교구가 너를 먹여주고 재워준단 현실을 알아, 그치?"

"네, 선생님."

올리버가 대답하며 슬프게 흐느꼈다.

"대체 왜 우는 거니?"

하얀 조끼를 입은 신사가 물었다. 신사로선 정말 이해할 수 없었다. 저 애가 도대체 무엇이 아쉬워서 저렇게 운단 말인가?

"매일 밤 기도하면서 너를 먹여주고 보살펴주는 사람들을 위해 기도하겠지, 기독교인답게?"

다른 신사가 우락부락한 목소리로 물었다.

"네, 선생님."

올리버가 말을 더듬으며 대답했다. 지금 막 물어본 신사는 자신도 모르는 진실을 말했다. 올리버가 자신을 먹여주고 보살피는 사람들을 위해 기도한다면 정말 대단한 기독교인이, 정말 놀라울 정도로 훌륭한 기독교인이 아닐 수 없다. 하지만 올리버는 기도를 안 했다. 기도하는 법을 가르쳐준 사람이 지금까지 한 명도 없기 때문이다.

"으흠! 네가 여기에 온 건 교육도 받고 유익한 기술도 익히기 위해서란다."

얼굴이 뻘건 신사가 높은 의자에서 말하자, 하얀 조끼를 입은 신사가 무뚝뚝하게 덧붙였다.

"그러니 내일 아침 여섯 시부터 밧줄 가닥 푸는 일[5]을 시작하는 거야."

밧줄 가닥을 푸는 단순한 노동을 통해서 교육도 받고 유익한 기술도 익히는 은총을 누린다는 말에 올리버는 하급관리가 시키는 대로 허리를 나지막하게 숙여서 인사하곤, 커다란 수용소로 황급히 끌려가서 딱딱하고 거친 침상에 누워 훌쩍거리며 울다가 잠드니, 이건 영국 법이 아주 자상하고 훌륭하단 사실을 보여주는 고상한 사례가 아닐 수 없다. 극빈자를 재워주다니 말이다!

불쌍한 올리버! 다행히도 주변 상황을 모두 잊은 채 깊은 잠에 빠져들지만, 올리버는 바로 그날 이사회에서 자신의 미래에 지대한 영향을 미칠 수도 있는 결정을 내렸다는 사실 자체를 조금도 알 수 없었다. 하지만 이사회는 그런 결정을 내렸다. 이런 내용이다.

우리 이사회 구성원은 정말 현명하고 심오하고 철학적 소양이 깊은 분들로, 구빈원에 관심을 보이자마자 평범한 사람들은 결코 찾아낼 수 없는 내용을 – 가난한 사람들이 구빈원을 좋아한다는 사실을 – 단번에 찾아냈다! 가난한 사람들은 구빈원을 공공 오락장소로, 돈 한 푼 안 내고 잠자는 여관으로, 아침 식사와 점심과 저녁 식사에다 간식까지

---

5) 원문은 'pick oakum'이다. 못 쓰는 밧줄에서 가닥을 풀어 재생하는 작업으로, 죄수나 빈민에게 근면·성실을 가르친다는 구실로 시키는데, 아무짝에도 쓸모없는 기술이었다.

일 년 365일 빠짐없이 주는 공짜식당으로, 벽돌과 회반죽으로 지어 올려 일 년 내내 놀기만 하고 일할 필요는 없는 낙원으로 여긴다는 사실을 말이다. 그래서 이사회는 단번에 모든 걸 파악하고 이렇게 결론 내렸다.

"그렇다면 이런 관행을 올바로 바꾸어야 하니, 우리 모두 이런 관행을 지금 당장 막도록 합시다."[6)]

그래서 이들은 (자신들이 강제할 순 없으니) 가난한 사람 스스로 구빈원에 들어와서 조금씩 굶어 죽든지 바깥에서 곧바로 굶어 죽든지 선택해야 한다는 원칙을 정했다. 이런 원칙에 따라, 수도회사하고는 수돗물을 무제한 공급하고 곡물업자하고는 곱게 빻은 밀가루를 정기적으로 조금씩 공급하도록 계약해, 하루 세끼 묽은 죽을 끓여주고 일주일마다 양파 두 개에다 일요일이면 롤빵 한 개까지 얹어주었다.[7)] 그러면서 여인네들과 관련해 아주 현명하고 자비로운 규칙까지 많이도 만들었으나 여기에서 굳이 언급하진 않겠다. 하지만 가난한 부부가 이혼하도록 친절하게 도와주어 '민법 박사회관'에서 소송하는 엄청난 비용을 줄여주고, 종전처럼 가장에게 가족을 부양하도록 강제하는 대신에 처자식을 떼어놓아 다시 총각으로 만들어주기도 하니, 지금 언급한 두 항목은 구빈원에서 살아야 한다는 전제조건만 없다면 사회 모든 계급을 망라해 엄청나게 많은 사람이 몰려들어 신청할 거란 사실은 두말할 필요도 없다. 하지만 이사진은 선견지명을 지닌 사람들답게 이런 문제를 사전에 방비하니, 다행히도 구빈원과 묽은 죽을 필수불가결한 조건

6) 실제로 영국 구빈법은 극빈자들을 아주 힘들게 해서 어떻게든 구빈원을 벗어나도록 만들려는 내용으로 가득해, 찰스 디킨스를 비롯한 지식인층은 공리주의의 비인간적 한계를 여실히 드러내는 증거로 공격했다.

7) 묽은 죽을 끓여 먹으며 생명을 최소한으로 유지하는 데 필요한 조건을 해학적으로 표현했다.

으로 삼아서 사람들이 공포에 떨도록 만든 것이다.

올리버 트위스트가 여기로 옮기고 처음 여섯 달은 시스템이 완벽하게 돌아갔다. 장의사 대금청구가 늘어나고 극빈자는 묽은 죽을 한두 주일 먹는 사이에 몸이 줄어서 헐렁하게 변한 옷도 함께 줄이느라 처음에는 비용이 꽤 들었다. 하지만 극빈자 몸이 줄어드는 만큼 구빈원 수용자 역시 줄어드니, 이사진은 황홀경에 빠져들었다.

사내아이들이 식사하는 공간은 돌을 쌓아 올린 커다란 강당으로 한쪽 끝에 가마솥이 있는데, 식사시간이면 선생님이 옆에서 앞치마를 두른 채 아줌마 한두 사람에게 도움받으며 묽은 죽을 국자로 퍼주는데, 한 아이당 한 사발을 주는 게 전부였다. 그 이상을 주는 법은 없었다. 명절이면 빵 30g씩 나누어주는 게 유일한 예외였다.

따라서 사발을 닦을 필요 역시 절대로 없었다. 사발이 반짝거릴 때까지 숟갈로 모두 깨끗하게 닦아 먹었다. 게다가 숟갈은 사발만큼이나 커다란 터라 먹는 동작을 순식간에 끝낸 다음에는 가만히 앉아서 간절한 시선으로 가마솥만 물끄러미 쳐다보니, 가마솥 벽돌이라도 단번에 집어삼킬 것 같았다. 그러면서 행여나 묽은 죽이 튀었을지 모른다는 생각에 손가락을 꼼꼼하게 빨아댔다.

사내아이는 대체로 식욕이 왕성한 법이다. 그래서 올리버 트위스트를 비롯한 모든 아이는 삼 개월 동안 서서히 굶어 죽는 고문에 시달리다 보면 결국에는 음식에 대한 욕심이 하늘을 찌르니, 나이에 비해 덩치가 커다란 아이 한 명은 아버지가 직전까지 조그만 음식점을 운영한 터라 배고픈 걸 유난히 못 참고 고통스러워하다가, 하루에 죽 한 사발을 더 안 먹으면 밤에 옆에서 자는 아이를 잡아먹을 것 같다는 섬뜩한 말까지 하는데, 어쩌다 보니 옆에서 잠자는 동무는 나이가 유난히 어리고 연약한 아이였다. 그런데 말하는 표정이 유난히 사납고 매서운 나머지, 아이들은 정말로 그 말을 믿었다. 그래서 회의를 열고 제비까지 뽑아서 그날 저녁에 식사를 마친 다음에 선생님에게 다가가서 먹을 걸 더 달라고 요청할 인물을 정하니, 거기에 바로 올리버 트위스트가 뽑히고 말았다.

저녁 시간이 다가오고 아이들은 각자 의자에 앉았다. 선생님은 요리사 복장으로 가마솥 옆에 자리하고 극빈자 보조원 두 명은 바로 옆에 정렬해서 묽은 죽을 배급하니, 아이들은 차린 것 없는 음식을 앞에 두고 식전기도를 했다. 묽은 죽은 순식간에 사라지고 아이들은 서로 속삭이며 올리버에게 눈짓하고 바로 옆에서는 팔꿈치로 콕콕 찔러댔다. 올리버는 어린 나이지만 배가 너무나 고프고 비참한 나머지 눈에 보이는 게 없었다. 그래서 벌떡 일어나 사발과 숟갈을 한 손에 들고 선생님을 향해 나아가서 무모한 행동에 자신도 놀란 표정으로 말했다.

"조금 더 주세요, 선생님."

선생님은 뚱뚱하고 건장한 사내였다. 그런데도 얼굴이 창백하게 변했다. 깜짝 놀라 넋을 잃은 표정으로 꼬마 반역자를 가만히 바라보다가 가마솥에 기대며 정신을 차렸다. 보조원 두 명 역시 너무 놀라서 넋을 잃고 아이들은 겁에 질렸다.

"뭐라고?"

선생님이 마침내 물었다. 가느다란 목소리였다.

"조금 더 주세요, 선생님."

올리버가 대답하자, 선생님이 국자로 올리버 머리를 힘껏 내리치고 두 팔로 몸뚱이를 단단히 붙잡더니, 하급관리를 커다랗게 불렀다.

그리고 이사진이 엄숙하게 둘러앉은 웅장한 공간으로 하급관리 범블은 당혹스러운 표정으로 뛰어들어 높은 의자에 앉은 신사에게 보고했다.

"죄송합니다, 림킨스 이사님! 올리버 트위스트가 먹을 걸 더 달라고 했습니다!"

그 말을 듣고 모두가 깜짝 놀라며 얼굴마다 공포가 어린 가운데 림킨스 이사가 물었다.

"먹을 걸 더 달라니! 진정하고, 범블, 내 말에 똑바로 대답하게. 그 아이가 규정대로 배급받은 음식을 다 먹고 나서 더 달라고 한 게 맞는가?"

"네, 이사님!"

범블이 대답하자, 하얀 조끼를 입은 신사가 끼어들었다.

"그놈은 장차 교수형을 당할 거야. 그런 놈은 교수형을 당할 수밖에 없어."

신사가 예언한 내용에 반박하는 사람은 아무도 없었다. 그리곤 열띤 토론을 벌이더니, 지금 당장 올리버를 징벌방에 가두라는 명령을 내렸다. 올리버 트위스트를 데려가는 사람에게 금화 다섯 냥을 주겠다는 공고를 작성해서 다음 날 아침에 대문에다 붙인다는 결정도 내렸다. 쉽게 말해서 어떤 일을 하는 사람이든 올리버 트위스트를 데려가서 마음껏 부려 먹는다면 금화 다섯 냥을 준다는 말이었다.[8)]

하얀 조끼를 입은 신사는 다음 날 아침에 대문을 두드리다가 공고를 읽고서 다시 중얼거렸다.

"분명해. 내 평생에 이렇게 확실한 건 없어. 이놈은 결국 교수당하고 만다는 사실처럼 내 평생에 확실한 건 없다고."

하얀 조끼 신사 말이 옳은지 그른지는 나중에 알려주겠다. 올리버 트위스트가 결국엔 이렇게 목숨을 잃고 마는 건지 지금 귀띔한다면

---

8) 아이를 맡기면서 돈을 준다는 건 도제 계약을 뜻한다. 먹여주고 재워주고 기술을 가르쳐준다는 의미에서 주는 사례금이었다.

당장이야 이야기를 읽는 재미가 조금 더 있겠지만, 다른 재미는 곧바로 사라지고 말 터이기 때문이다.

CHAPTER III

올리버 트위스트에게 별 볼 일 없는 일자리가 생길 뻔한 내용을 다루다

감히 먹을 걸 더 달라고 요청하는 사악하고 불손한 죄를 저지른 데 대해 이사회는 지혜와 자비를 베풀어서 올리버를 어두운 독방에 일주일 동안 가두었다. 언뜻 생각하면 올리버는 하얀 조끼를 입은 신사가 예언한 내용을 존중하는 마음으로 손수건 한쪽을 벽걸이에 묶고 다른 한쪽을 목에 매다는 방법으로 신사에게 예언자적 자질이 충분하단 사실을 확실하게 증명할 수도 있을 것 같았다. 하지만 이런 업적을 올리는 데에는 한두 가지 장애물이 있으니, 그건 바로 이사진에서 정식 회의를 개최해 손수건을 사치품으로 규정하고 극빈자가 앞으로 영원히 사용할 수 없도록 엄숙하게 선포하고 도장까지 확실하게 찍었다는 사실이다. 또 다른 장애물이 있다면 그건 올리버가 아직 어려서 그런 방법 자체를 모른다는 점이다. 그래서 환한 낮에는 온종일 구슬피 울기만 하다가 깜깜하고 기나긴 밤이 찾아오면 어둠을 몰아내려고 조그만 손으로 두 눈을 가리며 모서리에 쭈그려서 잠을 청하고, 가끔 공포에 질려서 부르르 떨며 깨어나기라도 하면 딱딱한 벽이 주변에 가득한 외로움과 어둠을 막아주기라도 하는 듯 구석으로 바싹 달라붙는 수밖에 없었다.

하지만 '이런 시스템'에 반대하는 사람들은 행여나 올리버가 독방에서 지내는 사이에 운동하는 즐거움과 사교를 나누는 쾌락과 종교를 통한 위안을 조금도 못 누렸다고 상상하면 안 된다. 운동으로는, 몹시 추운 날씨에 아침마다 물이 콸콸 쏟아지는 펌프 밑에서 목욕하고 범블은 옆에서 감시하다가 툭하면 지팡이를 휘둘러서 올리버가 감기에 걸리는 걸 예방함과 동시에 온몸에 짜릿한 기운이 번지도록 도와주고, 사교로는, 아이들이 식사하는 강당으로 이틀에 한 번씩 끌려 나와 공개적으로 경고하는 본보기로 매질 당하며 친목을 다지고, 종교를 통한 위안으로는, 매일 저녁 기도시간마다 발로 차이며 조그만 공간에 들어가서 사내아이들이 공동으로 하는 기도를 듣고 마음을 달래는데, 거기에는 올리버 트위스트가 도덕적으로 선량하고 모든 것에 만족하며 순종하는 사람으로 성장하도록 도와달라고 그래서 사악한 죄에 빠져드는 걸 막아달라고 이사회 직권으로 특별히 추가한 내용까지 있으니, 이들이 보기에 올리버는 사악한 세력에 깊이 빠져들어 조종당하는, 악마가 몸소 만들어낸 인물이 분명했다.

올리버가 이렇게 느긋하고 편안하게 지내는 동안, 하루는 아침에 굴뚝 청소부 갬필드가 깊은 생각에 잠긴 채 큰길을 따라 내려갔다. 머릿속은 집주인이 닦달하는 집세와 그걸 낼 방법을 골똘히 생각하느라 복잡했다. 아무리 넉넉하게 계산해도 최소한 금화 다섯 냥은 부족해, 산수 문제에 골똘히 빠져든 상태로 자기 머리와 당나귀를 몽둥이로 번갈아 때리며 구빈원 앞을 지나던 참에 대문에 붙은 공고문이 눈에 들어왔다.

"워-워!"

갬필드가 당나귀에게 소리쳤다. 하지만 당나귀는 굴뚝에서 나온 검댕이 두 자루를 조그만 수레에 싣고 가면 양배추 줄기 한두 개라도 먹을 수 있을까 곰곰이 생각했는지, 주인이 하는 말을 못 듣고 계속 걸었다.

갬필드는 당나귀에게 욕설을 퍼부으며 달려가서 머리를 힘껏 내려치는데, 당나귀 해골이 아니라 다른 해골이라면 무엇이든 박살 나고 말 것 같았다. 그러더니 고삐를 단단히 움켜잡고 턱주가리를 홱 낚아채서 당나귀에게 마음대로 하면 안 된다는 사실을 다정하게 알려주며 멈춰 세웠다. 그리곤 머리를 한 번 더 때려서 자신이 돌아올 때까지 넋이 달아나도록 만드는 식으로 모든 준비를 마친 다음에 대문으로 다가가서 공고문을 읽었다.

하얀 조끼를 입은 신사는 이사회에서 뭔가 아주 심오한 심정을 토로한 다음에 두 손을 뒷짐 지고 대문 앞을 서성이다가 갬필드가 당나귀와 살짝 다투는 광경을 지켜본 터라 마침내 공고문을 읽으러 다가가는 모습을 보고 흡족한 미소를 머금었다. 갬필드야말로 올리버 트위스트에게 딱 어울리는 임자란 사실을 한눈에 깨달은 것이다. 갬필드 역시 공고문을 읽으면서 미소를 머금었다. 금화 다섯 냥은 바로 자신에게 필요한 금액인 데다 구빈원 식단이 어떤지는 갬필드 자신도 잘 아는 터라 장애물로 따라오는 아이 역시 몸이 홀쭉해서 굴뚝으로 들어가는 데 딱 좋을 게 분명하기 때문이다. 그래서 갬필드는 공고문을 다시 처음부터 끝까지 천천히 읽은 다음, 하얀 조끼를 입은 신사에게 다가가서 털모자에 손을 대며 공손하게 인사하고 물었다.

"여기에서 말한 사내아이, 교구에서 도제로 보내겠다는 아이 말입니다요."

"그래, 그 애가 뭐?"

하얀 조끼를 입은 신사가 아랫사람 대하는 표정으로 미소를 머금으며 반문하자, 갬필드가 다시 말했다.

"교구 측에서 아이에게 재미도 좋고 정말 훌륭한 굴뚝 청소 기술을 가르치시겠다면, 마침 도제가 필요하던 참이니, 제가 데려가겠습니다요."

"안으로 들어오게."

하얀 조끼를 입은 신사가 말하자, 갬필드는 당나귀 머리를 한 번 더 때리고 턱주가리를 다시 비틀어서 자신이 없는 사이에 도망가지 말라고 경고하더니, 하얀 조끼 입은 신사를 따라서 올리버가 그 신사를 처음에 본 커다란 방으로 들어섰다. 그래서 자신이 원하는 내용을 다시 말하자, 림킨스 이사가 말했다.

"정말 지저분한 직업이로군."

"어린애가 굴뚝에서 숨 막혀 죽은 적이 몇 번 있었지요."

다른 이사가 덧붙이자, 갬필드가 변명했다.

"그건 아이들이 다시 내려오도록 하려고 굴뚝에 대고 축축하게 적신 밀짚에다 불을 붙이기 때문입니다요. 그러면 불은 안 붙고 연기만 가득한데, 그 정도는 꾸벅꾸벅 졸기에 딱 좋고 아이들이 바라는 건 바로 그런 거라서 도무지 내려올 생각을 않기 때문입니다요. 사내아이들은 고집이 워낙 센 데다 너무 게을러서, 나리들, 아이들이 잽싸게 내려오도록 하는 데에는 뜨거운 불보다 좋은 게 없습니다요. 설사 굴뚝에 몸이 끼었다 해도 두 발을 따뜻하게 데우다 보면 급히 빠져나올 수밖에 없으니, 정말 인도적인 방법이기도 합니다요."

하얀 조끼를 입은 신사는 이런 설명을 듣고 매우 좋아하다가 림킨스 이사가 쳐다보는 눈초리에 희희낙락한 표정을 재빨리 지웠다. 이사들은 모여서 나지막한 어투로 숙덕거렸다. 들리는 소리라곤 "비용 절감"과 "장부를 잘 살펴야", "보고서를 제출했으니"와 같은 말이 전부였다. 이나마 들린 것도 이사들이 반복해서 특히 강조한 덕분일 가능성이 컸다.

숙덕대던 소리는 마침내 끝나고 이사들이 각자 자리로 돌아가서 엄숙하게 앉자, 림킨스 이사가 말했다.

"자네가 한 제안을 고려했지만 우리는 받아들일 수 없네."

"절대 그럴 순 없지."

하얀 조끼를 입은 신사가 덧붙이자, 다른 이사도 끼어들었다.

"당연히 안 되지."

마침 갬필드는 이미 사내아이 서너 명을 사고사로 죽였다는 책임에 살짝 시달리던 터라, 이사들이 이상야릇한 변덕을 부려서 비본질적인 문제를 떠올린 나머지 계약진행에 문제가 생기는 건 아닌가 걱정스러웠다. 이사들이 이런 문제에 신경을 쓰는 자체가 평소 모습과 많이 다르지만, 갬필드로서는 그런 소문을 다시 들먹이고 싶은 마음이 조금도 없기에 두 손으로 움켜잡은 모자를 쥐어뜯으며 회의 탁자에서 천천히 물러났다. 그러다가 문가에서 걸음을 멈추고 이렇게 물었다.

"그래서 아이를 저에게 맡길 수 없다는 거죠, 나리들?"

"그렇다네, 정말 지저분한 일이다 보니 자네가 우리에게 사례금을 조금 적게 받는다면 모르겠지만 말이네."

림킨스 이사가 말하자, 갬필드는 환하게 밝아진 얼굴로 회의 탁자를 향해 재빨리 돌아오며 물었다.

"얼마를 주실 건데요, 나리들? 제발 부탁이니, 불쌍한 저를 너무 심하게 몰아세우진 마시고, 얼마를 주실 건가요?"

"금화 석 냥에 은화 열 냥[9]이면 충분할 것 같네."

림킨스 이사가 말하자, 하얀 조끼를 입은 신사가 덧붙였다.
"은화 열 냥을 더 주는 거야."
그러자 갬필드가 사정했다.
"그러지 마시고 금화 넉 냥으로 하시죠, 나리들! 금화 넉 냥으로 아이 한 명을 확실하게 해치우는 겁니다요!"
"금화 석 냥에 은화 열 냥."
림킨스 이사가 단호하게 대답하자, 갬필드가 사정했다.
"그러지 마시고 서로 반씩 양보합시다. 금화 석 냥에 은화 열다섯 냥이요."
하지만 림킨스 이사는 단호하게 대답했다.
"단 한 푼도 더 줄 수 없네."
"정말 너무 하십니다요, 나리들."
갬필드가 말하는데, 마음이 흔들리는 것 같았다. 그러자 하얀 조끼를 입은 신사가 대뜸 끼어들었다.
"제기랄! 웃기는 소리 그만해! 사례금을 한 푼도 못 받는다 해도 아이를 싸게 데려가는 거라고. 그러니 그 돈을 받고 그냥 데려가, 어리석은 친구야! 자네에게 딱 어울리는 아이야. 가끔 몽둥이질만 하면 말을 정말 잘 들을 뿐 아니라, 지금껏 배불리 먹어본 적은 단 한 번도 없으니 식대도 많이 안 든다고. 하! 하! 하!"
회의 탁자에 둘러앉은 얼굴을 돌아보니 모두 미소를 머금은 얼굴이라서 갬필드 역시 얼굴에 교활한 미소를 머금었다. 마침내 합의에 도달한 것이다. 그래서 하급관리 범블에게 도제 계약서와 함께 올리버 트위스트를 데리고 바로 그날 오후에 행정관서로 가서 승인받고 서명을

9) 1파운드는 금화 한 냥(은화 스무 냥), 1실링은 은화 한 냥(12페니). 1페니는 구리동전 한 냥이다.

받으라는 지시가 떨어졌다.

이런 결정을 수행하는 차원에서 독방에 갇힌 올리버를 풀어주고 깨끗한 옷을 입히라는 명령까지 떨어지니, 당사자로서는 당연히 깜짝 놀랄 수밖에 없었다. 그래서 매우 독특한 체조를 마치자마자 범블이 묽은 죽 한 사발과 명절 때만 나오는 빵 30g까지 직접 가져왔다. 너무나 엄청난 광경에 올리버는 아주 구슬프게 울기 시작했다. 이사회에서 뭔지 모를 그럴싸한 목적 때문에 자신을 죽이기로 했다는, 그렇지 않으면 이런 식으로 배불리 먹일 리 없다는 생각이 자연스럽게 떠오른 것이다.

"두 눈이 빨갛게 달아오르게 하지 마, 올리버. 고마운 줄 알고 음식이나 먹으라고. 이제 도제가 되는 거니까, 올리버."

범블이 눈에 띄게 거만한 어투로 말하자, 올리버는 벌벌 떨며 물었다.

"도제요, 나리?"

"그래, 올리버. 부모라곤 하나도 없는 너에게 이사님들이 축복받을 정도로 친절하게 부모 노릇까지 하시다가 이제는 너를 도제로 보내시는 거야, 너 스스로 살아가며 인간으로 성장할 수 있도록, 금화 석 냥에 은화 열 냥까지 내면서 말이야! 금화 석 냥에 은화 열 냥, 올리버! 은화로는 일흔 냥이고 6페니 동전으로는 무려 백사십 개나 되는 돈을! 아무도 좋아할 수 없는 막돼먹은 고아 한 놈을 위해서 말이야!"

범블이 무서운 목소리로 말하고 잠시 숨을 돌릴 즈음에 불쌍한 어린애는 눈물을 뚝뚝 떨구며 구슬피 울었다. 그러자 범블은 자신이 멋들어진 말솜씨로 빚어낸 결과를 목격하고 기분이 좋은 듯 약간 친절하게 말했다.

"그러지 마, 올리버, 그러지 마! 외투 소매로 눈물을 닦아, 죽으로 안 떨어지도록. 그건 정말 멍청한 짓이라고, 올리버."

정말 그랬다. 죽에 이미 물이 너무 많기 때문이다.

행정관을 찾아가는 도중에 범블은 올리버에게 아주 행복한 표정을 짓다가 도제가 되고 싶으냐고 신사가 물을 때는 꼭 그렇게 되길 바란다고 대답하라며 방법을 알려주고, 올리버는 두 가지 모두 시킨 대로 하겠다 약속하고, 범블은 두 가지 가운데 하나라도 실패하면 나중에 어떻게 될지 말하지 않아도 잘 알 거라며 부드러운 말로 협박했다. 그래서 관공서에 도착하자, 범블은 올리버를 조그만 방으로 데려가더니, 자신이 돌아올 때까지 가만히 있으라고 지시했다. 그래서 올리버는 쿵쾅거리는 심장을 달래며 가만히 기다리고, 범블은 삼십 분이 지난 다음에 비로소 삼각모 없이 맨머리를 불쑥 들이밀었다.

"자, 귀여운 올리버, 나리 앞으로 가자."

범블은 커다란 목소리로 말하더니, 위협적인 표정으로 무섭게 바라보며 나지막하게 덧붙였다.

"아까 말한 거 명심해, 꼬마 악당!"

앞뒤가 완전히 다른 말투에 올리버는 물끄러미 바라보아도 범블은 뭐라고 말할 기회조차 안 주고 옆방으로 바로 데려갔다. 방문은 열린 상태로, 실내가 널찍하고 창문도 컸다. 책상 뒤에는 머리에 분을 뿌린 노신사 두 명이 앉았는데 한 명은 신문을 읽고 다른 한 명은 거북껍질 안경을 쓰고서 앞에 있는 조그만 서류 더미를 살피는 중이었다. 림킨스 이사는 책상 한쪽 모서리에 서고 갬필드는 대충 세수한 얼굴로 다른 쪽 모서리에 섰으며, 표정이 무뚝뚝한 어른 두세 명은 목이 기다란 장화를 신고 주변에 서성였다.

올리버는 범블에게 끌려가서 책상 앞에 섰지만, 안경 쓴 노신사가 조그만 서류철을 읽다가 꾸벅꾸벅 조는 바람에 침묵이 감돌자, 범블이 불쑥 말했다.

"바로 이 아입니다, 나리."

신문을 읽던 노신사가 순간적으로 머리를 들더니 다른 노신사 소매를 잡아당기고, 꾸벅꾸벅 졸던 노신사는 퍼뜩 깨어나며 물었다.

"그래, 그 아인가?"

"그렇습니다, 나리. 귀여운 올리버, 행정관님께 인사드리렴."

올리버는 정신을 바싹 차리고 최선을 다해서 인사했다. 하지만 두 눈은 행정관 머리에 뿌린 분만 바라보며 이사님은 누구나 머리에 하얀 분을 달고 태어나는 건지, 그래서 이사님이 되는 건지 속으로 곰곰이 생각했다.

"으음, 아이가 굴뚝 청소를 좋아할까?"

노신사가 물었다.

"정말 좋아합니다, 나리."

범블이 대답하며 올리버를 살짝 꼬집어서 아니라고 말하면 혼난다는 식으로 협박했다.

"그래, 아이가 굴뚝 청소부를 할 거라고?"

노신사가 다시 묻자, 범블이 대답했다.

"나중에 다른 일을 하라고 권한다면 이 아이는 곧바로 도망칠 게 분명합니다, 나리."

"그래서 이 사람 밑으로 들어가겠다? 여보시오, 선생. 아이를 잘 대하고 먹을 것도 주는 등, 아이에게 필요한 걸 모두 도와줄 수 있겠소?"

노신사가 묻자, 갬필드가 끈질기게 대답했다.

"저는 한 번 한다고 하면 꼭 하는 성격입니다요."

"말투가 거칠구먼, 친구. 하지만 다정하고 정직한 사람 같아."

노신사가 말하면서 도제살이 사례금을 받을 후보자 얼굴 쪽으로 안경을 돌렸다. 야비하다 못해 잔인하게 보이는 얼굴이었다. 하지만 행정관은 눈이 제대로 안 보이고 천진난만하기까지 한 터라 다른 사람 눈에 확실하게 보이는 걸 제대로 확인할 수 없으니, 갬필드는 추악하게 마주 보며 이렇게 대답했다.

"저도 그런 사람이 되길 바랍니다요, 나리."

"나 역시 자네가 그런 사람이란 걸 전혀 의심하지 않네, 친구."

노신사가 말하면서 안경을 코에 확실히 걸치고 잉크병을 찾기 시작했다. 올리버로서는 운명이 결정되는 중요한 순간이었다. 잉크병이 노신사가 생각하는 위치에 있었다면 곧바로 거기에 펜촉을 찔렀다 빼서 계약서에 서명하고, 올리버는 곧장 끌려갈 수밖에 없었다. 하지만 잉크병은 바로 코밑에 있고 노신사는 당연히 다른 데만 열심히 찾다가 실패했다. 그렇게 열심히 찾는 가운데 우연히 고개를 들어서 앞을 바라보다가 무서워서 새파랗게 질린 꼬마 얼굴을 발견했다. 범블이 노려보며 꼬집는데도 올리버 트위스트는 역겨운 표정으로 미래의 주인을 바라보는데, 거기에 배인 공포와 두려움이 너무나 또렷한 나머지 반쯤 눈먼 행정관도 확실히 느낄 수 있었다.

노신사는 동작을 멈추고 펜을 내려놓더니, 올리버에게서 림킨스 이사에게 시선을 옮기는데, 림킨스 이사는 무관심한 표정으로 코담배를 맡으려고 기분 좋게 준비하는 중이었다.

"애야! 얼굴이 창백한 게 겁에 질린 것 같구나. 왜 그러니?"

노신사가 묻자, 다른 행정관이 신문을 내려놓고 흥미로운 표정으로 상체를 앞으로 숙이며 말했다.

"옆으로 비켜나게, 교구관리. 애야, 왜 그러는지 우리에게 알려주렴. 겁먹지 말고."

올리버는 당장 무릎을 꿇고 두 손을 모은 채, 차라리 자신을 어두운 독방에 다시 가두고 굶기고 매질하라고, 원한다면 그냥 죽이라고, 하지만 저 끔찍한 사람에게 절대 보내지 말라고 간청했다. 그러자 범블이 어이가 없다는 표정으로 두 손과 두 눈을 엄숙하게 추켜올리며 말했다.

"맙소사! 어이가 없군! 지금까지 수많은 고아를 보았는데 너처럼 뻔뻔하고 교활하고 흉악한 아이는 처음이야, 올리버."

범블이 강력하게 비난하자, 두 번째 노신사가 경고했다.

"입 닥치고 가만히 있어, 교구관리."

그러자 범블이 자기 귀를 믿을 수 없다는 표정으로 되물었다.

"죄송합니다만, 나리, 저에게 입 닥치고 가만히 있으라고 말씀하신 겁니까?"

"그래, 입 닥치고 가만히 있어."

범블은 어이가 없어서 말문이 막혔다. 교구 관리에게 입 닥치고 가만히 있으라고 명령하다니! 이건 반역이다!

하지만 거북껍질 안경을 쓴 노신사는 동료 노신사를 쳐다보고, 동료 노신사는 의미심장한 표정으로 고개를 끄덕였다.

"우리는 이 계약서를 승인할 수 없네."

노신사가 말하면서 서류철을 옆으로 던지자, 림킨스가 당혹스런 목소리로 끼어들었다.

"두 분 행정관님께서는 저 아이가 근거 없이 아무렇게나 뱉어내는 말을 듣고 행여나 우리가 부당한 행위를 했다는 의혹을 품는 일은 없기를 바랍니다."

그러자 두 번째 노신사가 날카롭게 받아쳤다.

"행정관은 그런 문제에 대해 의견을 개진하는 자리가 아니오. 아이를 구빈원으로 다시 데려가서 다정하게 보살피시오. 아이에겐 그런 게 필요한 것으로 보이는구려."

범블은 우울하고 신비로운 표정으로 고개를 절레절레 저으면서 올리버가 잘되면 정말 좋았을 거라 말하고, 그러자 갬필드는 올리버가 자신에게 오면 정말 좋았을 거라 대답하는데, 두 사람은 거의 모든 문제에 의견일치를 보았으나 이번만큼은 완전히 다른 얘기를 하는 것 같았다. 바로 그날 저녁, 하얀 조끼를 입은 신사는 올리버가 교수당하는 건 물론 능지처참까지 당할 게 분명하다고 확실하게 단언했다.

다음 날 아침에는 올리버 트위스트를 도제로 삼을 사람을 찾는다는 내용과 함께 올리버를 데려가는 사람이라면 누구든 금화 다섯 냥을 내겠다는 공고문이 다시 붙었다.

CHAPTER IV

올리버가 다른 일자리를 얻어서 사회에 첫발을 내딛다

형제가 많은 가족은 앞으로 성장할 젊은이가 유산이든 상속이든 물려받을 재산이 충분치 않으면 바다로 보내는 게 일반적인 전통이다. 이사회 역시 이렇게 유익하고 현명한 사례를 그대로 모방해, 올리버 트위스트를 조그만 무역선에 태워서 어디든 지저분한 항구로 보내는 방법에 대해 심사숙고했다. 올리버에게 최선은 바로 이것처럼 보였다. 게다가 어느 날 선장이 저녁 식사를 마친 다음에 재미 삼아 매질해서 올리버를 죽일 가능성도 있고 철봉으로 때려서 머리를 깨뜨릴 가능성도 크니, 이런 부류는 두 가지 가능성 모두 재미있는 소일거리로 여기기 때문이다. 이런 관점에서 곰곰이 생각하면 할수록 이점이 많은 것 같아, 결국 이사진은 바다로 당장 내보내는 게 올리버를 확실하게 처리하는 가장 좋은 방법이란 결론을 내렸다.

그래서 범블이 의지가지없는 심부름꾼 아이가 필요한 선장도 찾아보고 사전조사도 하도록 파견을 나갔다가 결과를 보고하러 돌아오는 길에

다름 아닌 교구 장의사 소어베리를 구빈원 정문 앞에서 만났다.

소어베리는 키가 크고 깡마르며 뼈마디가 굵은 사람으로 실밥이 터져 나온 새까만 의상에 마찬가지로 새까만 면양말에, 마찬가지로 새까만 구두 차림이었다. 얼굴 생김새는 미소가 조금도 안 어울리지만, 직업상 대체로 명랑한 표정을 머금고 다녔다. 그래서 범블을 발견하고 잘 됐다는 표정이 살짝 드러나는 얼굴로 경쾌하게 다가와서 다정하게 악수하며 말했다.

"지난밤에 사망한 여인 두 명을 찾아가서 치수를 재고 오는 길이랍니다."

그러면서 조그만 관처럼 생긴 독특한 코 담뱃갑을 내밀자, 하급관리는 엄지와 검지를 내밀며 대답했다.

"한밑천 단단히 잡겠군요, 소어베리 씨."

그러더니 지팡이로 상대편 어깨를 우호적으로 톡톡 치며 다시 말했다.

"한밑천 단단히 잡겠어요, 소어베리 씨."

"그렇게 생각하세요? 하지만 이사회에서 쳐주는 가격이 너무 적답니다, 범블 씨."

장의사가 대답하는데 반은 긍정하고 반은 반박하는 어투였다.

"관도 마찬가지로 작잖아요."

하급관리가 반박하고 고위관료라면 딱 어울릴 것처럼 웃자, 소어베리 역시 당연히 그래야 할 것처럼 웃음보가 터져서 숨도 안 쉬고 오랫동안 웃다가 다시 말했다.

"그래요, 그래, 범블 씨, 그걸 부정할 순 없겠지요, 새로운 급식시스템을 갖춘 이후로 예전보다 관 둘레나 깊이가 많이 줄었으니까요. 하지만 우리도 이익이 남아야 한답니다, 범블 씨. 잘 말린 목재는 정말 비싸거든요. 게다가 철제 손잡이는 모두 버밍엄에서 운하를 타고 오고요."

"그래요, 그래, 어떤 직업이든 약점은 있는 법이니, 당연히 공정한 이익을 보장받아야 하겠지요."

"당연하죠, 당연해. 그래서 저는 이런저런 품목에서 이익이 안 나와도 결국에는 어떤 식으로든 벌충한답니다, 헤! 헤! 헤!"

"바로 그거에요."

범블이 말하고, 장의사는 하급관리가 끼어드는 바람에 중단한 말을 다시 시작했다.

"하지만 제가 말하고 싶은 건, 범블 씨, 저에게 매우 불리한 문제가 한 가지 있는데, 그건 뚱뚱한 사람이 제일 먼저 죽는다는 사실입니다. 오랫동안 집세를 내며 잘살던 사람이 구빈원에 들어오면 제일 먼저 무너지거든요. 우리 사이니까 하는 말인데, 범블 씨, 수치가 10㎝만 늘어나도 이익에 커다란 구멍이 뚫린답니다, 저처럼 부양할 가족이 있는 사람에겐 더더욱."

소어베리가 손해를 본 사람처럼 흥분하자, 범블은 교구 명예를 해칠 수도 있으니 화제를 돌리는 게 좋겠다고 생각하다가, 올리버 트위스트 문제가 머리에 가득하던 참이라 그 얘기를 불쑥 꺼냈다.

"그건 그렇고, 주변에 사내애를 쓰려는 사람은 없소? 교구에 딸린 도제 한 명이 골칫덩이라서 당장 처리해야 한다오. 교구 목에 달린 연자맷돌[10]이라고나 할까? 조건이 좋은 연자맷돌 말이오, 소어베리 씨."

범블이 말하면서 지팡이를 추켜들어 대문자로 커다랗게 적은 '금화 다섯 냥'이란 표현을 세 번 확실하게 두드렸다. 그러자 장의사가 금테

10) 마태오 18:6 '나를 믿는 이 보잘것없는 사람들 가운데 누구 하나라도 죄짓게 하는 사람은 그 목에 연자맷돌을 달고 깊은 바다에 던져져서 죽는 편이 오히려 나을 것이다.' 연자맷돌은 올리브 기름을 짜는 도구다. 하지만 사람 목에 매달아 바다에 수장해서 처형하는 도구로 사용하기도 했다.

두른 관리제복 옷깃을 불쑥 잡으며 말했다.

"바로 그거에요! 내가 상의하고 싶은 게 바로 그거라고요. 그런데 단추가 정말 우아하네요, 범블 씨! 이런 건 처음 봐요."

하급관리는 외투를 장식한 커다란 놋쇠 단추를 자랑스럽게 내려다보며 대답했다.

"그래요, 나도 단추가 꽤 아름답다고 생각하오. 모양이 교구 문장과 똑같지요, 다친 사람을 치료하는 착한 사마리아인. 이사회에서 정월 초하루 아침에 수여했다오, 소어베리 씨. 내 기억에 이걸 처음 착용한 건 몰락한 장사꾼 시신을 검시하는 자리였어요, 한밤중에 문가에서 죽은 장사꾼."

"기억나네요. 배심원이 '영양부족에다 추위에 시달려서 죽었다'고 판결했어요. 그죠?"

범블이 고개를 끄덕이자, 장의사가 다시 말했다.

"그런데 배심원이 특별 판결로 몇 마디 덧붙이길, 만일 구조 담당 관리가……."

이 말에 하급관리가 재빨리 끼어들었다.

"체! 멍청한 소리! 우리 이사진은 할 일이 많아서 그렇게 무식한 배심원 말에는 관심조차 안 기울인다오."

"그럼요, 당연히 그러셔야죠."

장의사가 맞장구치니, 범블은 감정이 끓어오를 때마다 흔히 그러듯 지팡이를 단단히 움켜쥐며 계속 말했다.

"배심원은 교육을 제대로 못 받은, 천박하고 비굴한 쓰레기지요."

"맞아요, 맞아."

"철학이나 정치경제학 같은 건 하나도 모르는 작자들이라고요."

하급관리가 말하며 경멸스런 표정으로 손가락을 뚝뚝 꺾고 장의사는 계속 맞장구쳤다.

"맞아요, 맞아."

"나는 그런 작자를 경멸한다오."

하급관리는 빨갛게 달아오른 얼굴로 말하고, 장의사는 다시 맞장구쳤다.

"그건 나도 마찬가지랍니다."

"그렇게 잘난 척하는 배심원은 구빈원에 한두 주 가둬서 이사회 규칙과 규율로 기를 단단히 꺾어놓아야 해요."

"그럼요, 그럼요."

장의사가 대답하면서 동의한다는 표정으로 빙그레 웃어, 잔뜩 화난 교구관리를 진정시켰다. 그러자 범블은 삼각모를 벗어서 거기에 끼워놓은 손수건을 꺼내고 이마를 훔쳐서 화내는 동안 뿜어낸 땀을 닦아내고 삼각모를 다시 쓰더니, 장의사에게 시선을 돌리며 훨씬 차분한 어투로 물었다.

"으음, 그래서 그 아이가 어쨌다는 거요?"

"아! 당신도 알다시피, 범블 씨, 나는 구빈세를 많이 낸답니다."

"에헴! 그래서요?"

"으음, 어차피 구빈세를 그렇게 많이 낸다면 나에게도 그 돈을 최대한 많이 챙길 권리가 있다는 생각이 들었답니다. 그래서 아이를 데려갈 생각이랍니다."

범블은 장의사 팔목을 재빨리 움켜잡고 건물로 들어갔다. 그래서 소어베리는 이사진과 오 분 동안 밀담을 나누고, 그날 저녁에 올리버를 '시험 삼아서' 데려가기로 했다. 이 말은 교구에서 파견한 도제를 주인이 먹을 걸 충분히 안 주면서 마음대로 부려 먹을 수 있다는 사실을 짧은 기간에 걸쳐서 확인하면 몇 년 단위로 다시 계약해서 마음껏 부려 먹어도 된다는 뜻이었다.

어린 올리버는 그날 저녁에 '신사들' 앞으로 불려가 자신이 그날 밤부터 관을 만드는 집에서 잔심부름하게 되었다는 사실을, 이번 결정에 불만을 늘어놓거나 교구로 다시 돌아온다면 바다로 곧장 보낼 터이니, 그렇게 되면 거기에 가서 물에 빠져 죽든 머리를 맞아 죽든 마음대로 하라는 통보를 받을 때 아무런 감정도 안 드러내, 어린놈이 정말 지독하다고 모두 한 소리로 말하면서 범블에게 당장 데려가라고 소리쳤다.

세상에 널린 수많은 사람 가운데에서 이사진 정도라면 다른 사람에게 감정이 부족하단 징표를 조금만 발견해도 고상한 표정으로 놀라고 경멸하는 게 지극히 당연하겠지만, 이번 경우에는 약간 심했다. 사실, 올리버는 감정이 부족한 게 아니라 매우 풍부한 상태나, 오랫동안 학대받다 보니 감정을 잔인할 정도로 우둔하게 억누르면서 우울한 상태로 떨어진 것이기 때문이다. 그래서 올리버는 자신이 갈 목적지를 가만히 듣더니, 소지품을 한 손에 들고 – 소지품이라야 가로세로 15㎝에 높이 8㎝에 불과한 갈색 종이봉투에 모두 들어가서 조금도 안 무거운데 – 모자를 눌러써서 두 눈을 가린 다음에 범블이 입은 외투 소맷자락을 다시 붙잡고 고통이 가득한 또 다른 현장으로 새롭게 끌려갔다.

범블은 올리버를 데려가면서 한동안 눈길도 안 주고 말도 안 걸었다. 하급관리라면 언제나 그래야 하듯 머리를 아주 꼿꼿이 들고 나아갔기 때문이다. 그런데 그날따라 바람이 심하게 불어서 범블이 펄럭거리는 조끼와 갈색 짧은 바지를 드러내며 외투 자락을 휘날릴 때마다 어린 올리버는 거기에 휘감겼다. 하지만 목적지가 다가오자, 범블은 아래를 내려다보아 새로운 주인 눈에 올리버가 괜찮게 보일지 확인하는 게 좋겠다고 생각하곤, 실제로 그렇게 하면서 정말 우아한 보호자 같은 분위기를 떠올렸다.

"올리버!"

"네, 나리."

올리버가 떨리는 목소리로 나지막하게 대답했다.

"모자를 뒤로 젖혀서 두 눈을 드러내고, 머리는 똑바로 드시지?"

올리버는 범블이 시키는 즉시 그렇게 하면서 다른 손 손등으로 두 눈을 훔치는데, 안내자를 쳐다볼 때 눈물 한 방울이 그대로 남았다. 그래서 범블이 무서운 눈으로 가만히 바라보는 순간에 뺨을 따라 주르르 흘러내렸다. 그러더니 또 한 방울, 그리고 또 한 방울이 뒤를 이었다. 어린아이는 아무리 노력해도 연이어 흐르는 눈물을 멈출 수 없었다. 그래서 범블 소맷자락을 잡던 손까지 떼어내서 두 손으로 얼굴을 가린 채 엉엉 울고, 턱과 뼈만 앙상한 손가락 사이에서는 눈물이 펑펑 흘러내렸다.

범블은 당장 걸음을 멈추고 자신이 데려가던 아이를 잔뜩 화난 표정으로 내려다보며 소리쳤다.

"맙소사! 지금까지 고마운 것도 모르는, 막돼먹은 아이를 수없이 보았지만, 올리버, 너는 정말……."

하지만 올리버는 자신이 잘 아는 지팡이를 움켜잡은 손에 매달리며 흐느꼈다.

"아니에요, 아니에요, 나리. 그렇지 않아요. 정말 잘할게요, 정말요, 정말요, 나리! 저는 아주 조그만 아이라고요, 나리. 그래서 너무나…… 너무나……."

"그래서 너무나 뭐?"

범블이 깜짝 놀라며 묻자, 어린애가 흐느끼며 대답했다.

"너무나 외로워요, 나리! 정말이지 너무나 외로워요! 모두가 저를 미워해요. 아! 나리, 그러지 마세요. 제발 저에게 화내지 마세요!"

아이가 손으로 자기 가슴을 마구 때리고 정말 고통스럽게 울면서 동반자 얼굴을 쳐다보았다.

범블은 의지할 데 하나 없이 가련한 올리버를 깜짝 놀란 표정으로 바라보다가 목이 멘 듯 서너 차례 헛기침하더니, "기침이 정말 귀찮군!" 하는 식으로 중얼거린 다음에 올리버에게 눈물을 닦고 착하게 굴라고 말했다. 그런 다음에 그 손을 다시 움켜잡곤 말없이 걸었다.

장의사는 이제 막 가게 문을 닫고 분위기에 딱 어울리도록 음산한 촛불에 의지하며 장부에 무언가를 적다가, 범블이 안으로 들어서자, 장부에서 고개를 들고 "아하!" 하더니 잠시 후에 덧붙였다.

"당신이오, 범블?"

"내가 아니면 누구겠소, 소어베리. 자! 아이를 데려왔소."

하급관리가 대답하고, 올리버는 허리를 숙이며 인사했다.

"아! 이 아이로군, 그죠?"

장의사가 말하더니, 올리버를 잘 보려고 촛불을 머리 위로 올리면서 소리쳤다.

"여보, 부인, 괜찮다면 잠시 나오시겠소?"

가게 뒤 조그만 방에서 소어베리 부인이 나오며 잔뜩 짓눌려서 조그맣고 깡마른 체구와 함께 여우 같은 얼굴을 드러내자, 장의사가 조심스러운 어투로 다시 말했다.

"여보, 내가 말한 구빈원 아이라오."

올리버가 다시 허리 숙이며 인사하자, 장의사 부인이 말했다.

"맙소사! 정말 조그맣네요."

"그래요, 약간 조그맣지요. 조그맣다는 사실은 누구도 부정할 수 없어요. 하지만 점차 자라겠지요, 소어베리 부인. 점차 자라요."

범블이 말하면서 그것 역시 올리버 잘못이라는 표정으로 쳐다보자, 부인이 토라진 어투로 대답했다.

"아! 당연히 그렇겠지요. 우리 식량을 먹고 우리 음료수를 마시면서. 교구 아이들을 데려오는 건 도무지 이익이 안 돼요. 최소한 나한테는. 먹이고 재우는 비용이 일하는 이상으로 많이 들어가니까요. 그런데도 남정네들은 언제나 자기네가 제일 잘 안다고 생각하지요. 자! 밑으로 내려가, 조그만 뼈다귀 자루야."

장의사 부인이 이렇게 말하면서 옆문을 열더니, 가파른 계단 밑 지하로 밀었다. 돌을 쌓아 올린, 석탄광에 딸린, 어둡고 눅눅한 광으로 '주방'[11]이라고 일컫는 곳인데, 신발은 다 떨어지고 파란 양말은 더 수선할 수 없을 정도로 지저분한 여자애가 거기에 앉아있었다. 소어베리 부인이 올리버를 쫓아서 내려오며 여자애한테 소리쳤다.

"자, 샬롯, '트립'을 주려고 남겨놓은 고기 부스러기를 아이에게 줘. 트립은 아침에 나가서 아직도 안 오니까 고기를 안 줘도 괜찮아. 입이 고급이라서 설마 못 먹겠단 말은 않겠지…… 그치, 꼬마?"

올리버는 고기라는 말을 듣는 순간부터 반짝이는 눈빛으로 어서 먹고 싶은 마음에 몸까지 부들부들 떨던 터라 당연히 그렇다 대답하고, 여자애는 접시에 가득 담긴 고기 찌꺼기를 갖다 주었다.

아, 살이 포동포동하게 찐 철학자가, 뱃속을 고기와 술로 가득 채운 철학자가, 피는 얼음처럼 차갑고 마음은 쇠처럼 냉혹한 철학자가 개조차 거부한 음식을 고급요리처럼 움켜잡는 올리버 트위스트를 바라본다면, 끔찍한 굶주림에 시달리던 올리버가 고기를 게걸스럽게 뜯어 먹는 끔찍한 장면을 바라본다면 얼마나 좋을까! 이보다 멋진 소망은 딱 하나밖에 없으니, 그런 철학자 역시 올리버와 마찬가지로 똑같은 음식을

---

11) 영국은 건물이 비좁아서 당시에 주방을 지하에 배치했다.

맛있게 먹는 꼴을 지켜보고 싶을 뿐이로다.

장의사 부인은 올리버가 앞으로 먹어댈 식량을 예감한 듯 공포에 질린 눈으로 가만히 지켜보더니, 올리버가 식사를 마치자, 이렇게 물었다.

"으음, 다 먹었니?"

이제 먹을 수 있는 건 하나도 안 남았기에 올리버가 그렇다고 대답하자, 소어베리 부인은 더럽고 침침한 등잔을 집어 들고 계단 쪽으로 가며 말했다.

"그럼 나를 따라오렴. 네가 잠잘 자리는 계산대 밑이야. 관 사이에서 잠자는 걸 싫다고 하진 않겠지? 하지만 네가 싫어하든 좋아하든 상관없어, 잘 데가 거기밖에 없으니까. 어서 와. 나를 밤새도록 기다리게 하지 말고!"

올리버는 더는 머뭇거리지 않고 새로운 주인마님을 순순히 따라갔다.

CHAPTER V

올리버가 새로운 동료와 어울리더니, 장례식에 난생처음 참석하고 주인이 하는 사업을 부정적으로 여기다

장의사 가게에 홀로 남은 올리버는 나이가 훨씬 많은 사람이라도 당연히 그럴 수밖에 없는 섬뜩한 공포를 느끼며 작업대에 등잔을 내려놓고 겁에 질린 눈으로 주변을 둘러보았다. 가게 한가운데에는 까만 작업대가 있고 거기에는 만들다 만 관이 있는데, 얼마나 섬뜩하고 무섭게 보이는지 그쪽으로 눈이 쏠릴 때마다 등골이 오싹한 게, 끔찍한 물체가 머리를 천천히 들어서 올리버는 당장에라도 공포에 질려 넋을 잃고 쓰러질 것만 같았다.

벽에는 똑같은 모양으로 자른 느릅나무 판자가 한 줄로 쭉 늘어서서 희미한 불빛을 받으니, 마치 어깨 높은 유령들이 바지에 두 손을 찌른 채 기다랗게 늘어선 것처럼 보였다. 바닥에는 관 뚜껑에 다는 금속 명찰과 느릅나무 조각, 대가리가 반들거리는 못, 까만 천 조각 등이 여기저기에 널리고, 계산대 뒤쪽 벽에는 생생하게 그린 장례식 그림을 걸어, 파수꾼 두 명은 뻣뻣하게 풀 먹인 목깃을 두른 채 커다란 대문

양옆을 지키고 까만 말 네 필은 멀리서 영구마차를 끌며 다가왔다. 가게 내부가 답답하고 무더웠다. 공기 자체에 관 냄새가 밴 것 같았다. 닭털 매트리스를 깐 계산대 바닥이 무덤처럼 보일 정도였다.

올리버를 내리누르는 섬뜩한 느낌은 이게 전부가 아니었다. 낯선 곳에 올리버 혼자였다. 주변 환경이 이러면 아무리 잘난 사람이라도 오싹한 공포와 고독에 시달릴 수밖에 없는 법이다. 그런데 지금 올리버 옆에는 자신이 보살필 친구도 없고, 자신을 보살필 친구 역시 없었다. 가슴속에는 최근에 누구랑 헤어져서 아쉬운 느낌도 없고, 마음속에는 깊이 틀어박힌 사랑스러운 얼굴도 없었다.

그런데도 마음이 무거웠다. 좁은 침대로 기어들 때는 그게 자신이 누울 관이라면, 그래서 자신이 공동묘지에 평화롭게 잠들고 머리 위에서는 풀이 높이 자라서 부드럽게 흔들리고 종소리는 그윽하고 묵직하게 울려서 영원히 잠든 자신을 위로하면 좋겠다는 생각만 가득했다.

아침에는 바깥에서 발로 가게 문을 쾅쾅 내 차는 소리가 잠을 깨우더니, 급한 성질에 잔뜩 화난 듯 무려 스물다섯 번이나 똑같은 소리가 일어나는 사이에 올리버는 옷을 서둘러 입었다. 그래서 사슬을 풀기 시작하자 발길질이 멈추면서 사나운 목소리가 일어났다.

"문 열라고, 알겠어?"

조금 전까지 문짝을 발로 차던 사람 목소리였다.

"알았어요, 지금 풀고 있어요, 나리."

올리버가 대답하며 사슬을 풀고 열쇠를 돌렸다.

"네놈이 새로 온 꼬마니?"

열쇠 구멍 사이로 목소리가 들렸다.

"네, 나리."

"몇 살이니?"

"열 살이요, 나리."

"그렇다면 내가 안에 들어가자마자 때려줘야겠군. 내가 그러는지 안 그러는지 두고 보면 알아, 구빈원 떨거지야!"

목소리가 자상하게 약속하더니, 휘파람을 불기 시작했다.

올리버는 지금 막 퉁명스럽게 내뱉은 말이 의미하는 내용을 지금까지 숱하게 겪은 터라, 목소리 주인이 누구든 정말 명예롭게 약속을 지킬 거란 사실을 조금도 의심치 않았다. 그래서 덜덜 떨리는 손으로 빗장을 젖히고 문을 열었다.

올리버는 거리 위쪽을 훑어보고 아래쪽을 훑어보고 건너편까지 살폈다. 열쇠 구멍 사이로 말한 누군지 모를 사람이 몸을 풀려고 열심히 걸어 다니느라 순간적으로 사라진 것 같았다. 자선 학교에 다니는 커다란 아이 한 명이 가게 앞 기둥 꼭대기에 앉아서 버터 바른 빵을 먹기 좋게 자르며 잽싸게 먹을 뿐 다른 사람은 하나도 안 보였기 때문이다. 다른 사람은 어디에도 없는 것 같아서 마침내 이렇게 물었다.

"실례합니다만, 나리, 문을 두드렸나요?"

"발로 찼다."

자선 학교 아이가 대답하자, 올리버가 순진하게 다시 물었다.

"관을 주문하러 오셨나요, 나리?"

이 말에 자선 학교 아이가 괴물처럼 사나운 표정으로 노려보다가 상급자에게 그런 식으로 농담 따먹기를 하다간 얼마 안 가서 관속에 눕는 신세가 될 거라고 말하더니, 기둥 꼭대기에서 내려오며 엄숙한 어투로 물었다.

"너는 내가 누군지 모르나, 구빈원?"

"네, 나리."

"나는 노아 클레이폴 나리고, 너는 내 밑에서 일하는 꼬마야. 덧문이나 내려, 게을러빠진 꼬마 악당아!"

클레이폴 나리는 이렇게 말하면서 올리버를 발로 차고 위엄이 가득한 자세로 가게에 들어섰다. 모습이 정말 그럴싸했다. 머리는 커다랗고 눈은 조그맣고 동작은 굼뜨며 표정은 경박한 아이가 이런 상황에서 위엄 있게 보인다는 건 쉬운 일이 아닌 데다, 코는 빨갛고 짧은 바지는 노란색이라서 그만큼 더 우습게 보일 수밖에 없으니 말이다.

올리버가 무거운 덧문 하나를 내려서 낮에 보관하는 건물 옆 조그만 마당으로 운반하느라 비틀거리며 걷다가 유리창 한 장을 깨뜨리자, 옆에서 노아가 우아하게 거들었다. "이제 된통 혼나겠다"고 확실하게 위로하며 겸손하게 도와준 것이다. 얼마 안 가서 소어베리 씨가 나타났다. 곧이어서 소어베리 부인도 나타났다. 그리고 올리버는 노아 클레이폴이 예언한 대로 '된통 혼난' 다음, 아침 식사를 하려고 어린 신사를 쫓아서 계단을 내려가자, 샬롯이 말했다.

"따듯한 불 옆으로 와, 노아. 주인 나리 아침 식사에서 맛있는 베이컨 조각을 하나 빼놨어. 올리버, 너는 노아 나리 뒤에 있는 문이나 닫고 빵 굽는 판에 올려놓은 부스러기나 먹어. 거기에 차도 있으니까 저쪽 상자로 가져가, 거기에서 식사해. 빨리 서둘러, 주인 나리가 부를 테니까. 무슨 말인지 알겠어?"

"무슨 말인지 알겠어, 구빈원?"

노아 클레이폴이 끼어들자, 샬롯이 반박했다.

"어머나, 노아! 너는 정말 기묘한 아이야! 저 아이는 건들지 말고 가만두시지그래?"

"저 아이는 건들지 말고 가만두시라! 내가 분명히 말하는데, 문제는 세상 사람 모두 너무 심할 정도로 저 아이를 안 건든다는 거야. 아버지가 없으니 저 아이를 안 건들고 엄마도 없어서 저 아이를 안 건든다고,

가족 하나 없어서 저 아이를 아무도 안 건든단 말이야. 알겠어, 샬롯? 헤! 헤! 헤!"

"맙소사, 너는 정말 별나!"

샬롯이 말하면서 웃음보를 터트려 노아와 함께 맘껏 웃더니, 올리버 트위스트가 제일 추운 구석으로 가서 상자에 앉아 덜덜 떨며 특별히 모아놓은 케케묵은 음식을 먹는 걸 노아와 함께 경멸스런 눈으로 쳐다보았다.

노아는 자선 학교 학생이긴 해도 구빈원 고아는 아니었다. 사생아도 아니었다. 족보를 캐면 힘들게 사는 부모가 곧바로 나왔다. 어머니는 삯 빨래 파출부요 아버지는 나무 의족을 달고 퇴역한 군인으로 2.5페니에다 잔돈 조금을 연금으로 매주 받아서 항상 술에 찌든 채 살아가는 인간이다. 주변 가게에서 일하는 아이들은 오래전부터 노아를 거리에서 만날 때마다 '가죽옷'이나 '자선 꼬맹이'라는 별명을 부르며 놀리고 노아는 아무 대답도 못 하는 게 습관처럼 굳은 상태였다. 그런데 운명은 이름 없는 고아 한 명을 툭 던져주어 아무리 별 볼 일 없는 아이라도 손가락질하며 깔보도록 했으니, 노아는 자신이 당한 걸 이자까지 붙여서 갚아줄 수 있게 된 것이다. 하지만 이런 모습은 우리에게 깊이 명상할 화두를 제공한다. 인간 본성이 아름답게 변할 수 있다는 사실을, 훌륭한 귀족이나 지저분한 자선 학교 아이나 사랑스러운 자질을 갖추는 능력은 똑같다는 사실을 그대로 보여주기 때문이다.

올리버가 장의사 가게에서 삼 주나 사 주 정도 머물 즈음에 소어베리 부부는 가게를 닫고 안쪽 조그만 거실에서 저녁 식사를 하는데, 남편이 부인을 힐끔힐끔 바라보다가 공손하게 입을 열었다.

"여보……."

그리곤 계속 말하려는데, 소어베리 부인이 불길한 표정으로 쳐다보는 바람에 입을 재빨리 다물었다.

"뭔데요?"

소어베리 부인이 날카롭게 묻자, 남편이 대답했다.

"아무것도 아니에요, 여보, 아무것도."

"어이쿠, 병신!"

부인이 톡 쏘아붙이자, 남편이 다시 조심스러운 어투로 말했다.

"그게 아니라, 여보, 당신이 듣고 싶지 않은 것 같아서 그런 거예요. 내가 말하려고 한 건……"

"맙소사, 말하려고 한 걸 말하지 마세요. 나는 아무것도 아니니, 나랑 상의할 것 없어요. 당신 비밀을 알고 싶은 생각도 없고."

부인이 쏘아붙이며 신경질적으로 웃었다. 폭력적인 사태를 예고하는 것 같았다.

"하지만 여보, 당신 생각을 듣고 싶어요."

남편이 말하자, 부인이 애처로운 어투로 대답했다.

"아니에요, 아니에요. 내 생각은 안 묻는 게 좋아요. 다른 사람에게 물어요."

그러더니 여기에서 또다시 신경질적으로 웃어서 소어베리 씨를 잔뜩 겁먹게 하였다. 이건 부인이 남편을 다루는 매우 효과적인 방식으로, 커다란 효과를 볼 때가 많았다. 그래서 남편은 부인이 속으로 궁금하게 여기는 내용을 말할 수 있도록 허락해 달라고 간절하게 사정하더니, 잠시 후에 간신히 허락을 받아내고 말했다.

"꼬마 트위스트에 대한 거라오, 여보. 얼굴이 보기 좋게 생겼다는 거 말이오, 여보."

"당연히 그래야지요, 음식을 그렇게 많이 먹어대는데."

"아이 얼굴에 깃든 우울한 표정이 관심을 끈다오. 장례식 파수꾼으로 딱 좋을 것 같아서요, 여보."

부인은 꽤 놀란 표정으로 쳐다보고 남편은 부인이 끼어들 여유조차 안 주며 계속 말했다.

"어른들 장례식에 파수꾼으로 참석한다는 게 아니라, 여보, 아이들 장례식만 그런다는 거라오. 똑같은 아이가 파수꾼으로 서면 정말 멋있을 것 같아서 말이오. 내 말을 믿어요, 반응이 대단할 테니."

소어베리 부인은 장례식 진행방식에 대해서 상당한 취향을 지닌 터라 남편이 말한 고상한 아이디어에 감탄했다. 하지만 현 상황에서 그렇게 대답하면 위엄이 깎일 우려가 있어, 이제 겨우 그런 걸 떠올리는 이유가 무어냐며 날카롭게 쏘아붙였다. 소어베리는 이걸 부인이 암묵적으로 승인한 거로 (제대로) 받아들이고, 따라서 올리버는 장의 사업에 본격적으로 뛰어들어 다음번에 열릴 장례식에 주인을 따라가기로 순식간에 결정 났다.

기회는 금방 찾아왔다. 다음 날 아침 식사를 마치고 삼십 분이 지날 즈음에 범블이 가게로 들어와서 계산대에 지팡이를 올려놓고 커다란 가죽 지갑을 꺼내더니, 거기에서 조그만 종이쪽지 하나를 골라내 소어베리에게 건넨 것이다.

"아하!"

소어베리가 중얼거리더니, 활력이 가득한 표정으로 종이쪽지를 훑어보면서 물었다.

"관을 주문하는 건가요?"

"당장은 관이고 나중엔 교구 장례식이오."

범블이 대답하면서 커다란 가죽 지갑을 끈으로 묶었다. 주인만큼이나 뚱뚱한 지갑이었다.

"베이튼이라. 못 들어본 이름이군."

소어베리가 중얼거리며 종이쪽지에서 시선을 들고 쳐다보자, 범블이 머리를 끄덕이며 대답했다.

"유가족 고집이 대단하다오. 고집만 대단한 게 아니라, 거만하기도 한 것 같아요."

"거만하기도 하다고요? 맙소사, 너무 심하군요."

소어베리가 비웃는 어투로 감탄하자, 하급관리가 대답했다.

"아, 배알이 꼴리다 못해 구역질까지 난다오, 소어베리 씨."

"그렇겠지요."

"우리도 그저께 밤에 그 집 얘기를 처음 들었다오. 우리가 굳이 알 필요는 없는데, 같은 집에 세든 아낙네가 교구위원회에 와서 몹시 아픈 여자가 있으니 교구 의사를 보내라고 신청했다오. 그런데 의사는 마침 저녁 식사를 하러 나간 터라, 어린 도제가 (아주 똑똑한 꼬만데) 약을 까만 구두약 병에 담아주었다오, 즉석에서."

"아, 정말 신속하군."

"그래요, 정말 신속하지요. 하지만 결과가 어떤지 아시오? 반역도당이 고마운 줄도 모르게 어떻게 했는지? 마누라 병에 약이 안 맞으니까 그걸 안 먹이겠다며 거부한 거예요! 불과 일주일 전에 아일랜드 노동자 두 명과 석탄 나르는 인부 한 명에게 먹여서 크게 성공한, 약효가 강해서 몸에 좋은 약을 구두약 병까지 보태서 공짜로 주는데, 자기 마누라에게 안 먹이겠다고 말이오! 그렇게 좋은 약을 말이오!"

범블은 극악무도한 행위를 또렷하게 떠올리는 순간에 지팡이로 계산대를 날카롭게 내려치는데, 화가 치밀어서 얼굴이 빨갛게 달아올랐다. 그러더니, 장의사가 "으음, 그런 건 한 번도……" 하고 말하는 순간에 대뜸 소리쳤다.

"그런 건 한 번도 못 봤지요? 그래요, 그런 건 아무도 못 봤어요.

그래서 여자가 죽었으니 우리로서는 시신을 묻을 수밖에요. 약도는 그곳이라오. 작업은 빨리 해치울수록 좋겠지요."

이렇게 말하더니, 범블은 교구에 대한 열정이 뜨겁게 달아오른 나머지 삼각모까지 거꾸로 쓰고 밖으로 휠쩍 나가고, 장의사는 하급관리가 성큼성큼 걸어가는 모습을 가만히 바라보면서 말했다.

"아니, 얼마나 화났는지, 올리버, 너에게 안부를 묻는 것조차 잊어버렸구나!"

"네, 나리."

올리버가 대답했다. 하지만 범블이 찾아온 순간부터 눈에 안 띄려고 조심스레 숨은 터였다. 목소리만 떠올려도 머리끝부터 발끝까지 덜덜 떨렸기 때문이다.

하지만 올리버는 범블 눈에 안 띄려고 일부러 움츠러들 필요가 없었다. 하급관리는 하얀 조끼를 입은 신사가 예언한 말에 너무 깊은 인상을 받은 나머지, 이제 장의사가 '시험 삼아서' 데려갔으니, 칠 년을 꼬박 채워서 올리버가 교구 손으로 돌아올 위험을 합법적으로 완벽하게 해소할 때까지 올리버에 대한 언급을 최대한 자제하는 게 좋겠다고 생각했기 때문이다.

"으음, 작업은 빨리 해치울수록 좋아. 노아, 가게를 지켜. 올리버, 모자를 쓰고 따라와."

소어베리가 말하면서 모자를 집어 들자, 올리버는 업무를 처리하러 가는 주인을 순순히 따라나섰다.

두 사람은 주민이 제일 많아서 인파가 붐비는 지역을 지나며 오랫동안 걷다가 지금까지 지나온 어떤 거리보다 더럽고 비참한 골목으로 접어들어, 잠시 걸음을 멈추고 자신들이 찾는 건물을 둘러보기 시작했다. 골목 양쪽으로 쭉 늘어선 주택은 높고 큼직해도 매우 낡았다. 세

들어 사는 사람들은 제일 가난한 계층인데, 이런 사실은 남녀가 이따금 누추한 차림으로 팔짱 끼고 몸뚱이 절반을 겹친 채 사람들 눈길을 피하며 지나는 광경이 아니더라도 주민마다 허술하게 차려입은 외모에서 여실히 드러났다. 셋집 건물 대부분은 정면이 상점인데 모두 꽁꽁 틀어막아서 곰팡이만 가득한 채 썩어가고, 위층은 사람들이 살았다. 건물 일부는 오랜 세월에 걸쳐서 썩어들어 위태롭게 변한 나머지 길거리로 무너지는 걸 막으려고 거대한 나무기둥을 도로에 단단히 대서 벽을 떠받쳤다. 하지만 이렇게 금방이라도 무너질 것 같은 건물조차 문이며 창문 자리에 아무렇게나 댄 판자를 여기저기 뜯어내서 사람이 드나들 구멍을 만들어놓은 걸 보면 가엾은 사람들이 밤마다 머무는 게 분명했다. 도랑은 물이 고여서 썩은 냄새가 진동하고 쓰레기더미 여기저기에는 쥐들이 끔찍한 굶주림에 시달리다가 쓰러져서 함께 썩어갔다.

문이 열렸지만 두드릴 쇠고리도 없고 초인종도 없는 곳에서 장의사는 걸음을 멈추더니, 올리버에게 겁먹지 말고 바싹 따라붙으라 말한 다음, 조심스럽게 더듬으며 어두운 통로를 지나서 첫 번째 계단 꼭대기까지 올랐다. 그래서 층계참에 있는 방문을 발견하고 주먹으로 쾅쾅 두드렸다.

열서너 살 정도로 보이는 여자애가 문을 열었다. 장의사는 실내 분위기를 단번에 살펴서 자신이 찾는 집이란 사실을 깨달았다. 그래서 안으로 들어가고 올리버는 뒤를 따랐다.

실내에는 불기가 하나도 없었다. 불기조차 없어 퀭한 벽난로 앞에 사내 한 명이 습관적으로 웅크리고, 노파 한 명도 차가운 벽난로 앞으로 나지막한 걸상을 끌어다가 사내 바로 옆에 앉은 상태였다. 다른 쪽 모서리에는 누더기를 걸친 아이들이 있고, 방문 맞은 편 후미진 구석에는 무언가를 바닥에 누여서 낡은 담요로 덮어놓았다. 올리버는 그쪽으로 눈길이 쏠리는 순간에 자신도 모르게 소어베리 옆으로 바싹 달라붙었다. 담요로 덮은 게 시체란 사실을 깨달은 것이다.

사내는 얼굴이 가늘고 창백했다. 머리칼과 수염은 희끗희끗하고 두 눈은 새빨갰다. 노파는 얼굴이 쭈글쭈글하고 두 개만 남은 이가 아랫입술을 비집으며 튀어나오고 두 눈이 매섭게 번뜩였다. 노파든 사내든 올리버는 쳐다보는 자체로 무서웠다. 두 사람 모두 조금 전에 목격한 쥐와 너무나 흡사했다.

장의사가 후미진 구석으로 다가가자, 사내가 갑자기 벌떡 일어나며 소리쳤다.

"아무도 우리 마누라한테 다가가지 마! 뒤로 물러나! 제기랄, 뒤로 물러나라고, 죽고 싶지 않으면!"

하지만 장의사는 이렇게 비참한 상황을 너무나 잘 아는 사람답게 침착하게 타일렀다.

"왜 이러시나, 착한 사람이. 왜 이러시나!"

그러자 사내는 두 주먹을 불끈 쥐고 바닥을 무섭게 내려치면서 소리쳤다.

"내가 분명히 말하는데, 나는 마누라를 땅에 안 묻어. 마누라는 땅속에서 편히 쉴 수 없다고. 벌레들이 귀찮게 할 거야…… 살이 하나도 없으니 먹을 게 없어서……."

장의사는 이런 소리에 일절 대응하지 않고 주머니에서 줄자를 꺼내 시신 옆에 잠시 무릎을 꿇고, 사내는 죽은 마누라 발 옆으로 무릎을 꿇고 무너지며 울음을 터트렸다.

"아! 무릎을 꿇어라, 무릎을 꿇어라, 우리 마누라 옆에 모두 무릎을 꿇고 내 말을 들어라! 내가 분명히 말하는데, 마누라는 굶어서 죽었다. 나는 마누라가 그렇게 심한지 몰랐는데, 갑자기 열이 나면서 뼈다귀가 살갗을 뚫고 삐져나오기 시작했다. 우리는 활활 타는 불도 없고 촛불도 없었다. 그래서 마누라는 어둠 속에서 죽어갔다…… 어둠 속에서! 아이들 얼굴조차 제대로 볼 수 없었다. 숨을 헐떡이며 아이들 이름을 부르는 소리만 들렸다. 나는 마누라를 살리려고 길거리로 나가서 동냥질했다. 그러자 사람들이 나를 감옥에 가두었다. 그런 다음에 돌아오니, 마누라는 죽기 직전이고 나는 심장에 있는 피가 모두 말라붙었다, 저들이 우리 마누라를 굶겨 죽였다. 하느님 앞에서 맹세하지만 나는 모든 광경을 똑똑히 보았다! 저들이 우리 마누라를 굶겨 죽였다!"

사내가 두 손으로 머리칼을 쥐어뜯더니 비명을 내지르며 바닥에서 데굴데굴 뒹구는데, 두 눈은 한 곳만 노려보고 입술에는 거품이 가득했다.

아이들도 공포에 질려서 구슬피 울어댔다. 하지만 노파는 귀가 완전히 먹어 주변에서 일어나는 소리를 지금까지 하나도 못 들은 것처럼 가만있다가 갑자기 모두 조용히 하라고 무섭게 소리쳤다. 그리곤 바닥을 여전히 뒹구는 사내에게 목도리를 풀어주고 장의사에게 비틀비틀 걸어가더니, 목을 끄덕여서 시신을 가리키며 말하는데, 멍한 표정으로 힐끔힐끔 쳐다보는 눈빛이 같은 장소에 있는 주검보다 무서웠다.

"저 애는 내가 낳은 딸이라오. 아아! 저 아이를 낳을 때만 해도 나는 아줌마였는데 이렇게 팔팔하게 살아있고 저 애는 저기에 누워서 뻣뻣하게 식다니 정말 이상하구려! 아아! 가만히 생각하니, 정말 연극처럼 재미있구려…… 연극처럼 재미있어!"

가엾은 노파가 재미있다는 듯 섬뜩하게 킥킥 웃으며 중얼대는 사이에 장의사가 떠나려고 돌아섰다. 그러자 노파가 커다랗게 속삭였다.

"멈추시오, 멈춰! 저 애를 내일 묻을 거요, 모레 묻을 거요, 오늘 밤에 묻을 거요? 내 배로 낳았으니 장례식을 따라가야 하지 않겠소.

나에게 커다란 망토를 보내주시오. 아주 따뜻한 놈으로. 날씨가 몹시 추우니 말이오. 우리는 장례식을 진행하기 전에 케이크를 먹고 포도주도 마셔야 하겠소! 아니요, 아니야. 빵만 보내시오. 빵 한 덩이와 물 한 잔. 우리에게 빵을 주겠지요, 아저씨?"

노파가 간절하게 말하더니, 문가로 다시 움직이는 장의사 외투를 잡았다.

"그래요, 그래. 무엇이든 원하는 대로 해드립죠!"

장의사가 말하면서 노파가 움켜잡은 손가락을 풀더니, 올리버를 잡아끌며 황급히 떠났다.

다음날 올리버는 주인과 함께 가련한 현장으로 돌아가니, 범블은 그사이에 커다란 빵 덩어리 하나와 치즈 조각을 그 집 가족에게 갖다주고 이번에는 구빈원에서 상여꾼 네 명까지 데려온 상태였다. 노파와 사내는 각자 누더기에다 까만색 낡은 망토를 걸치고, 관에는 못질하고, 상여꾼은 아무것도 안 씌운 관을 어깨에 걸치고 거리로 나섰다.

"할머니, 최대한 빠르게 걸으세요! 우리가 약간 늦었답니다. 성직자를 기다리게 할 순 없잖소."

소어베리가 노파 귀에 대고 속삭이더니, 상여꾼에게 소리쳤다.

"여러분, 어서 움직여요…… 최대한 빠르게!"

이렇게 지시하자, 상여꾼은 가벼운 관을 멘 덕분에 빠르게 걷고, 유가족 두 명은 최대한 가까이 따라붙으며 나아갔다. 범블과 소어베리는 제일 앞에서 상당히 민첩하게 걷고, 다리가 짧은 올리버는 옆에서 열심히 뛰었다.

하지만 소어베리가 예상한 것과 달리 급히 서둘 이유는 하나도 없었다. 쐐기풀이 무성한 교회 공동묘지에 들어가, 교구에서 무덤을 파놓은 우중충한 구석으로 찾아가니, 성직자는 아직 도착조차 않고, 교회 서기는 사무실 벽난로 앞에 앉았는데, 성직자가 나타나려면 한 시간 정도 기다리는 걸 당연하게 여기는 것 같았다. 그래서 사람들은 관 운반대를 무덤 옆에 내려놓고, 유가족 두 명은 냉기를 머금고 추적추적 내리는 비를 맞으며 축축한 진흙 바닥에서 가만히 기다리고, 구경삼아 몰려온 누더기 사내아이들은 비석 사이에서 숨바꼭질하거나 관 앞쪽과 뒤쪽으로 풀쩍 풀쩍 뛰어넘으며 시끄럽게 놀았다. 소어베리와 범블은 교회 서기와 개인적인 친분이 있는 터라 함께 벽난로 앞에 앉아서 신문을 읽었다.

마침내 한 시간이 조금 지나서 범블과 소어베리와 서기가 무덤으로 달려오는 광경이 보이더니, 곧이어 성직자가 나타나서 중백의를 걸치며 다가왔다. 그러자 범블은 사내아이 한두 명을 때려서 분위기를 잡고, 성직자는 사 분 안에 끝내는 선에서 최대한 많은 기도문을 읊조리더니, 중백의를 벗어서 서기에게 건네고 다시 황급히 사라졌다. 그러자 소어베리가 무덤 파는 인부에게 소리쳤다.

"됐어, 빌! 흙을 채워!"

그건 어려운 작업이 아니었다. 관 뚜껑 바로 위가 지표면일 정도로 애초에 무덤을 살짝 판 상태였기 때문이다. 그래서 인부는 흙을 금방 채우더니 두 발로 밟아서 느슨하게 다진 다음에 삽을 어깨에 둘러멘 채 사라지고, 아이들은 장례식이 너무 빨리 끝났다고 노골적으로 투덜대며 사라졌다. 그러자 범블이 사내 등을 다독이며 말했다.

"이제 갑시다, 착한 친구! 묘지 문을 닫아야 한답니다."

무덤 옆에 선 이후로 단 한 번도 꿈쩍하지를 않던 사내가 깜짝 놀라며 고개를 추켜들더니, 자신에게 말한 사람을 물끄러미 쳐다보고 몇 걸음 걷다가 혼절하며 쓰러졌다. 정신 나간 노파는 (장의사가 가져간) 망토를 잃어버렸다며 통곡하느라 사위에게 관심을 기울일 정신도 없었다. 사람들은 차가운 물을 끼얹어서 사내가 정신을 차리도록 만들어 공동묘지 바깥으로 무사히 데리고 나간 다음에 대문을 잠그더니, 각자 갈 길로 흩어졌다.

“그래, 올리버, 장례식에 처음 참석하니까 어떻든?”

소어베리가 집으로 가다가 물었다.

“정말 대단해요, 고맙습니다, 나리.”

올리버가 대답하더니, 한참 머뭇대다가 다시 말했다.

“하지만 썩 좋지는 않아요, 나리.”

“그래, 시간이 지나면 익숙하게 되겠지, 올리버. 한 번 익숙하게 되면 그때부터는 아무것도 아니란다.”

소어베리가 말하자, 올리버는 이 사람이 이런 일에 익숙하게 되는데 얼마나 많은 시간이 걸렸을까 속으로 가만히 생각했다. 하지만 안 묻는 게 좋겠다는 생각도 들었다. 그래서 가게로 돌아가, 자신이 보고 들은 장면에 대해서 곰곰이 생각하고 또 생각했다.

CHAPTER VI

올리버가 조롱받다 못 참고 덤벼들어, 노아를 깜짝 놀라게 하다

수습 기간 한 달이 지나자 올리버는 정식으로 도제가 되었다. 이 시기는 사람들이 병들기 딱 좋은 계절이었다. 상업적으로 말해서 관은 날개 돋친 듯 팔려나가고, 올리버는 단 몇 주 사이에 엄청나게 많은 경험을 쌓았다. 소어베리가 떠올린 독특한 구상은 기대 이상으로 놀라운 성과를 올렸다. 나이 많은 주민들이 생각하기에도 홍역이 창궐해서 이렇게 많은 아이가 죽는 건 생전 처음인데, 그럴 때마다 올리버는 모자에다 무릎까지 내려오는 상장을 달고 수많은 어머니가 형언할 수 없을 정도로 감탄하고 탄복하는 가운데 장례행렬 제일 앞에서 나아갔다. 그러다가 완벽한 장의사로 성장하는 데 꼭 필요한 태도와 담력을 갖추기 위해 주인과 함께 어른 장례식까지 참석하면서, 올리버는 심지가 곧은 사람들이 사랑하는 사람과 헤어지는 고통을 불굴의 정신으로 견디어내며 아름답게 체념하는 광경을 볼 기회가 정말 많았다.

예를 들어, 돈 많은 부인이나 신사를 매장하는 주문이 들어올 때마다, 고인이 병환 중일 때만 해도 수없이 많은 남녀 조카가 주변을 에워싸며 완벽한 슬픔에 잠겨 지극히 공식적인 자리조차 조금도 못 참고 툭하면 슬퍼하더니, 나중에는 언제 그랬냐는 듯 매우 자유롭고 즐겁고 명랑하고 쾌활한 대화를 나누며 필요 이상으로 좋아하는 식이었다. 남편은 부인을 잃은 슬픔을 정말 영웅적으로 차분하게 극복하고, 부인은 남편을 기리는 상복을 입으면서 비탄에 젖으며 슬퍼하기보단 최대한 매력적으로 보이려고 신경을 곤두세웠다. 하관 예절을 하는 동안에 그렇게 슬퍼하던 신사 숙녀 여러분은 집으로 돌아가자마자 기운을 차리는 것 같더니, 차 한 잔을 다 마시기도 전에 슬픔을 완전히 극복하는 모습도 볼 수 있었다. 모든 게 하나같이 보기 좋은 장면이라서 올리버는 절로 감탄하며 열심히 지켜보았다.

이렇게 훌륭한 사람들을 본보기로 삼아 올리버 트위스트가 체념하는 경지에 올라섰는지는, 비록 올리버에 관한 회고록을 쓰긴 하지만 나 역시 뭐라고 딱히 말할 수 있는 게 없다. 내가 확실하게 말할 수 있는 건, 노아 클레이폴이 위압적으로 학대하는 행위를 몇 개월 동안 온순하게 꾹 참았다는 사실이다. 반면에 노아 클레이폴 자신은 선임자가 아직도 자선 학교 모자에 가죽옷 차림인데 풋내기 녀석은 까만 지팡이에 상장을 내려뜨린 모자까지 쓸 정도로 승진한 데에 앙심을 품고 올리버를 더욱 심하게 괴롭혔다. 노아가 그러니까 당연히 샬롯도 그러고, 소어베리 부인은 남편이 너무 다정하게 대한다는 이유로 올리버를 뼈에 사무치는 원수지간처럼 대했다. 그러니 한쪽에는 자신을 학대하는 세 사람이 있고 다른 한쪽에는 차고 넘치는 장례식이 있어, 올리버는 잔뜩 굶주린 돼지가 양조장 곡창에 들어선 것처럼 마냥 즐겁게 지낼 순 없었다.

이제 드디어 필자는 올리버 회고록에서 가장 중요한 대목에 도달했다. 지금부터 기록할 사건은 언뜻 보기에 극히 사소해서 조금도 중요하지 않은 행동처럼 보이지만 실제로는 올리버가 장래에 어떻게 살아갈지를 파악하는데 정말 중요한 내용이라고 할 수 있다.

하루는 올리버가 노아와 함께 평소처럼 저녁 시간에 제일 맛없는 양고기 목뼈를 먹으려고 주방으로 내려갔다가 마침 샬롯이 다른 데에 불려간 터라 잠시 기다리는 동안, 노아 클레이폴은 배가 고픈 데다 심술까지 치민 나머지, 올리버 트위스트를 달달 볶아서 괴롭히며 시간을 보내는 게 좋겠다고 생각했다. 그래서 놀이방식을 천진난만하게 궁리하며 식탁보에 두 발을 올려놓더니, 올리버 머리칼을 잡아당기고 양쪽 귀를 비틀고 '비겁자'라고 놀리더니, 급기야, 올리버가 언제 교수형을 당할지 모르겠지만 그런 재미있는 사건이 일어나면 만사 제쳐놓고 구경하러 가겠다고 선언했다. 그리고 성질 나쁜 사악한 아이답게 사소한 내용을 끊임없이 언급하며 괴롭혔다. 그래도 올리버가 울지 않자, 노아는 한층 더 짓궂게 굴려고 애쓰면서 멍청한 사람들이 상대를 웃기려고 할 때 흔히 하는 실수를 저질렀다. 극히 개인적인 문제를 건드린 것이다.

"구빈원, 너희 엄마는 어떻게 됐니?"

"돌아가셨어. 앞으로 우리 엄마 얘기는 두 번 다시 꺼내지 마!"

이렇게 말하는 사이에 올리버 얼굴색이 빨갛게 달아오르고 숨이 거칠게 변하면서 입술과 콧구멍이 이상하게 움직이자, 노아 클레이폴은 이제 상대가 울음을 터트리기 직전이라 생각했다. 그래서 계속 공격했다.

"무엇 때문에 죽었는데, 구빈원?"

"심장이 갈라져서 그랬다고 나이 많은 간호사들이 말했어. 그렇게 죽는 게 어떤 느낌인지 알 것 같아!"

올리버가 말하는데, 노아에게 대답하는 게 아니라 자기 혼자 중얼거리는 것 같았다. 그러다가 뺨을 타고 눈물방울이 또르르 흘러내리자, 노아가 놀려댔다.

"얼레꼴레, 얼레꼴레, 구빈원! 지금 왜 우는 거니?"

"너 때문이 아니야. 그만해. 이제 됐어. 우리 엄마 얘기는 두 번 다시 꺼내지 마. 안 그러는 게 좋을 거야."

"안 그러는 게 좋을 거라니, 맙소사! 안 그러는 게 좋을 거라니, 구빈원, 건방지게 굴지 마. 너희 엄마도 마찬가지야! 너희 엄마도 만만치 않았다고. 그럼, 그렇고말고!"

여기에서 노아는 머리를 의미심장하게 끄덕이더니 근육을 움직여서 빨갛고 조그만 코를 최대한 찡그리다가, 올리버가 아무 말도 않자 상대를 동정하는 척하면서 정말 짜증스런 목소리로 한층 더 대담하게 조롱했다.

"너도 잘 알겠지만, 구빈원, 이제 그건 어쩔 수 없어. 당시에도 어쩔 수 없었고. 그런 일이 일어나서 나는 정말 마음이 아파. 그건 우리 모두 마찬가지야. 그래서 너를 아주 불쌍하게 여긴다고. 하지만 네가 확실히 알아야 할 건 너희 엄마가 그렇고 그런 여자였다는 거야."

"뭐라고 했지?"

올리버가 소리치며 재빨리 고개를 추켜들자, 노아는 뻔뻔하게 대답했다.

"그렇고 그런 여자였다고, 구빈원. 너희 엄마가 그때 죽어서 정말 다행이야, 구빈원, 그렇지 않으면 부녀자보호소에서 중노동을 하거나 멀리 유배를 떠나거나 교수형을 당했을 테니까. 현실적으로는 교수형 당할 가능성이 제일 커, 그치?"

올리버는 화나서 벌겋게 달아오른 얼굴로 벌떡 일어나며 의자와 탁자를 던지고 노아 목을 움켜잡아 이에서 달가닥 소리가 날 때까지 마구 흔들더니, 주먹을 힘차게 날려서 바닥에 쓰러뜨렸다.

조금 전만 하더라도 모진 대우를 감내하며 풀이 죽은 것처럼 말이 적고 온순하던 올리버였다. 그런데 마침내 기백이 살아났다. 죽은 어머니를 잔인하게 모욕하는 순간에 피가 달아올랐다. 발밑에 쓰러져서 웅크린 비겁한 고문자를 가만히 내려다보는 동안 가슴은 들썩이고 자세는 꼿꼿하고 두 눈은 생생하게 빛났다. 전에 없던 에너지를 발산하며 덤빌 테면 덤비라는 표정으로 노려보았다. 사람 자체가 완전히 변한 것이다.

"이놈이 날 죽이려고 하네! 샬롯! 마님! 새로 온 놈이 나를 죽이려고 해요! 사람 살려! 사람 살려! 올리버가 미쳤어! 샬-롯!"

노아가 엉엉 울며 소리치자, 샬롯이 커다랗게 고함지르고 소어베리 부인은 더 커다랗게 고함지르며 화답했다. 그래서 샬롯은 주방 옆문으로 재빨리 뛰어든 반면에 소어베리 부인은 계단에서 망설이다가 마저 내려가도 목숨을 충분히 부지하겠다는 확신이 든 다음에 내려왔다.

"야, 꼬마 망나니! 야, 배-은-망-덕-하-고 사-람-잡-는 끔-찍-한 악당아!"

샬롯이 소리치며 엄청나게 강한 힘으로 올리버를 움켜잡는데, 체력이 오랫동안 단련한 장정하고 맞먹을 정도였다. 그래서 한 음절이 끝날 때마다 주먹을 힘껏 내려치면서 고함을 지르는 게 흡사 박자라도 맞추는 것 같았다.

샬롯이 내려친 주먹은 절대로 가볍게 여길 수 없었다. 그런데도 그 정도로는 미쳐 날뛰는 올리버를 진정시킬 수 없다는 듯, 소어베리 부인이 주방으로 달려들어 한 손으로 올리버를 움켜잡고 다른 손으로 얼굴을 할퀴며 거들었다. 구원병이 나타나서 거들자, 노아는 바닥에서 일어나 뒤에서 유리한 위치를 차지하곤 올리버에게 주먹을 마구 날렸다.

이건 모두에게 너무 힘든 운동이라서 오랫동안 계속할 순 없었다. 그래서 너무 지친 나머지 더는 쥐어뜯을 수도 때릴 수도 없을 즈음에는 여전히 기세가 안 꺾인 채 발버둥 치고 고함지르는 올리버를 질질 끌어다가 광에 집어넣고 자물쇠를 채웠다. 그런 다음에 비로소 소어베리 부인이 의자에 풀썩 무너지며 눈물을 터트리자, 샬롯이 위로했다.

"불쌍한 마님, 저러다 기절하시겠네! 물 한 잔 가져와, 노아, 어서!"

노아가 머리와 어깨에다 물을 끼얹자, 소어베리 부인은 차가운 물을 뒤집어쓰고 숨을 헐떡이며 최선을 다해서 소리쳤다.

"아, 샬롯! 우리가 잠자다가 살해당하지 않아서 천만다행이야!"

"그럼요, 마님, 천만다행이고말고요! 이번 일을 교훈 삼아 주인 나리께서 저런 끔찍한 화상을, 타고난 살인자에 도적놈을 이제는 안 데려오면 좋겠어요. 불쌍한 노아! 내가 들어올 때만 해도 살해당하기 직전이었답니다, 마님."

"불쌍한 놈!"

소어베리 부인이 말하며 자선 학교 학생을 동정하는 눈으로 쳐다보자, 올리버보다 머리가 두 개는 더 달린 것처럼 커다란 노아는 자신에게 쏠리는 동정 어린 소리를 듣고 손목 안쪽으로 눈물을 훔치면서 눈물 콧물을 마냥 훌쩍이는 연기를 하고, 소어베리 부인은 이렇게 소리쳤다.

"이제 어떻게 하지? 너희 주인 나리는 집에 없어. 이 집에 장정이라곤 하나도 없는데, 저 애는 앞으로 십 분이면 저 문을 깨부수고 나올 거야."

때마침 올리버가 판자 문을 향해 몸을 날리는 소리가 커다랗게 일어나는 걸 보면 정말 그럴 가능성이 컸다.

"저런, 저런! 저도 몰라요, 마님. 경찰을 불러야 할까요?"

샬롯이 말하자, 소어베리 부인이 올리버를 데려온 어른을 떠올리고 노아에게 지시했다.

"아니야, 아니야. 어서 범블 씨한테 뛰어가서 당장 여기로 오시라고 전해, 조금도 지체하지 말고. 모자는 안 써도 돼, 노아! 어서 서둘러! 뛰어가는 동안 까맣게 멍든 눈에 칼을 대. 그럼 부기가 가라앉을 거야."

그래서 노아는 대답할 겨를도 없이 전속력으로 달리고, 거리를 거닐던 사람들은 자선 학교 학생 한 명이 머리에 모자도 안 쓴 채 한쪽 눈에 커다란 주머니칼을 대고 사람들 사이를 헤치며 황급히 달려가는 광경에 깜짝 놀랐다.

CHAPTER VII

올리버가 말을 안 듣고 반항하다

노아 클레이폴은 도중에 숨조차 안 돌리고 거리를 빠르게 달려서 구빈원 정문에 도착했다. 그리고 잠시 쉬며 눈물을 쥐어짜 공포에 젖어서 우는 모습을 제대로 연출한 다음에 쪽문을 커다랗게 때리는데 그 얼굴이 얼마나 구슬프게 보이는지, 호시절에도 구슬픈 얼굴 외에는 본 적이 없는 극빈자 노인네가 문을 열다가 깜짝 놀라서 뒷걸음질까지 치며 중얼거릴 정도였다.

"아니, 얘야, 도대체 무슨 일이냐!"

"범블 선생님이요! 범블 선생님이요!"

노아가 극히 당혹스런 표정으로 소리쳤다. 얼마나 커다랗고 시끄럽던지, 마침 근처에 있던 범블이 깜짝 놀라서 삼각모조차 안 쓴 채 마당으로 달려 나올 정도였다. 이는 아주 이상하고 놀라운 현상이 아닐 수 없었다. 아무리 하급관리라 해도 갑자기 강한 충격을 받으면 순간적으로 체통을 잊고 침착한 자세를 잃을 수 있다는 사실을 보여주는 사례기 때문이다.

"아, 범블 선생님! 올리버가, 선생님…… 올리버가……"

노아가 울부짖는 말에 범블이 엄숙한 눈으로 기뻐하는 눈치를 드러내며 황급히 물었다.

"뭔데? 뭔데? 설마 도망간 건 아니겠지? 올리버가 도망간 건 아니겠지, 그치, 노아?"

"아니에요, 선생님, 아니에요. 도망간 건 아니지만 정말 사악하게 변했어요. 나를 죽이려고 했어요, 선생님. 그런 다음에 샬롯도 죽이려 하고 마님도 죽이려 했어요. 아, 얼마나 아픈지 모르겠어요! 정말 고통스러워요, 선생님!"

노아가 대답하더니, 미꾸라지처럼 자세를 이리 비틀고 저리 꼬아서 올리버 트위스트에게 피비린내 나는 공격을 받아 심하게 다쳤다는, 지금 이 순간에도 극심한 고통에 시달린다는 사실을 몸으로 보여주었다. 그래서 범블이 너무 놀란 나머지 넋이 달아난 걸 확인하곤 맞은 곳이 아프다며 조금 전보다 열 배는 커다랗게 엉엉 울어서 부수적인 효과를 내다가, 하얀 조끼를 입은 신사가 마당을 가로지르는 모습을 발견한 다음에는 더더욱 구슬프게 울어댔다. 저 신사까지 관심을 보이고 분노가 끓어오르도록 만들면 훨씬 유리하겠다는 생각이 들었기 때문이다.

신사는 곧바로 관심을 보였다. 미처 세 걸음도 걷기 전에 성난 표정으로 돌아서며 똥개 같은 꼬맹이가 저렇게 울어대는 이유는 무어냐고, 저렇게 상스럽게 짖어대는 걸 가만히 지켜보기만 하는 이유는 무어냐고 물었기 때문이다. 그래서 범블이 대답했다.

"저 아이는 공짜학교에 다니는 불쌍한 아인데, 이사님, 하마터면 올리버 트위스트에게 맞아 죽을 뻔했답니다."

하얀 조끼를 입은 신사가 걸음을 멈추며 소리쳤다.

"맙소사! 그럴 줄 알았어! 짐승처럼 뻔뻔한 야만인 꼬마가 왠지 교수형을 당할 거란 느낌을 처음부터 받았다고!"

"그놈이 하녀까지 죽이려고 했답니다, 이사님."

범블이 잿빛처럼 창백한 얼굴로 말하자, 노아 클레이폴이 끼어들었다.

"거기에다 마님까지요."

"주인어른까지 죽이려 했다고 말한 것 같은데, 노아?"

범블이 덧붙이자, 노아가 대답했다.

"아니에요! 주인어른은 나가고 안 계세요. 하지만 옆에 계셨다면 그랬을 게 분명해요. 올리버가 그러고 싶다고 했거든요."

"맙소사! 꼬마야, 정말 그놈이 그러고 싶다고 했니?"

하얀 조끼를 입은 신사가 묻자, 노아가 대답했다.

"네, 나리. 그래서 마님께서 범블 선생님에게 시간을 내서 가게로 찾아와 그놈에게 직접 매질을 할 수 있는지 물어보라고 하셨어요. 주인어른이 안 계시기 때문에요."

"얘야, 당연히 그래야 하겠지. 암, 그렇고말고."

하얀 조끼를 입은 신사가 웃는 얼굴로 다정하게 말하더니, 키가 자신보다 무려 세 치는 커다란 아이 머리를 쓰다듬으며 덧붙였다.

"너는 착한 아이로구나…… 아주 착한 아이. 내가 동전 한 닢을 주마. 범블, 지팡이를 들고 소어베리네 가게에 들러서 적절하게 조처하게. 그냥 넘어가지 마, 범블."

"네, 알겠습니다, 이사님."

범블이 대답하더니, 교구 업무 처리용으로 채찍질을 가하기 위해 동그랗게 감는 채찍을 지팡이 끝에 단단히 묶자, 하얀 조끼를 입은 신사가 다시 말했다.

"소어베리에게도 그냥 넘어가지 말라고 단단히 이르게. 그런 놈은 채찍질과 매질로 다스려야 하는 법이야."

"알겠습니다, 이사님."

하급관리가 대답하더니 삼각모와 지팡이를 만족스러울 때까지 고쳐 쓰고 고쳐 잡다가 노아 클레이폴을 데리고 장의사 가게로 급히 향했다.

여기는 상황이 좋아진 게 아직 하나도 없었다. 소어베리는 여전히 안 돌아오고, 올리버는 기가 조금도 안 꺾인 채 문을 발로 계속 찼다. 소어베리 부인과 샬롯은 올리버가 정말 놀라울 정도로 사나운 행동을 저질렀다고 재차 설명하니, 범블은 살짝 겁먹곤 문을 열기 전에 대화부터 나누는 게 좋겠다고 판단했다. 그래서 사전조치로 문 바깥쪽을 발로 꽝 내지른 다음에 열쇠 구멍에 입을 대고 정말 굵직한 어투로 말했다.

"올리버!"

"어서 꺼내!"

올리버가 안에서 소리치자, 범블이 다시 물었다.

"지금 말하는 게 누구 목소린지 알아, 올리버?"

"그래!"

"그런데도 안 무서워? 내 목소리를 듣고 덜덜 떠는 거 아니야?"

"아니야!"

올리버가 겁 없이 소리쳤다. 오랫동안 당연하게 듣던 대답과 완전히 다른 어투에 범블은 커다란 충격을 받았다. 그리곤 열쇠 구멍에서 물러나 허리를 쭉 펴고 옆에서 깜짝 놀란 표정으로 구경하는 사람을 차례대로 바라보자, 소어베리 부인이 말했다.

"아, 당신도 아시다시피, 범블 씨, 아이가 미친 게 분명해요. 정신이 절반만 남았어도 감히 저런 투로 말할 순 없을 거예요."

그러자 범블은 잠시 곰곰이 생각하다가 대답했다.

"저건 미친 것 때문이 아니라 고기 때문입니다."

"뭐요?"

소어베리 부인이 깜짝 놀라며 묻자, 범블은 엄숙하게 강조하며 다시 말했다.

"고기요, 부인, 살코기. 부인이 아이에게 먹을 걸 너무 많이 준 거예요. 그래서 인위적으로 기백과 영혼을 살려내 저 아이 처지에 어울리지 않는 인간으로 만든 거예요. 실용적인 철학자가 많은 이사회에서 나온 얘기처럼, 소어베리 부인, 극빈자에게 기백과 영혼이 있으면 어떻게 되겠습니까? 그런 사람은 우리 덕에 목숨을 부지하는 거로 충분해요. 부인이 저 아이에게 묽은 죽만 주었다면 이런 사태는 결코 안 일어났을 겁니다."

"어머나, 어머나! 내가 너무 잘 먹여서 이런 일이 일어나다니!"

소어베리 부인이 한탄하며 두 눈을 들어서 부엌 천장을 경건하게 바라보았다. 하지만 소어베리 부인이 올리버에게 잘 먹였다는 건 아무도 먹지 않는 고기 찌꺼기 쓰레기에 불과하니, 정확하게 말해서 소어베리 부인은 생각과 말과 행동으로 그런 비난을 받을만한 짓을 한 적이 조금도 없었다. 그러니 범블이 엄중하게 비난하는 소리를 기꺼이 감내하는 데에는 엄청난 용기와 희생이 필요할 수밖에 없었다.

결국 소어베리 부인은 시선을 밑으로 깔고, 범블은 다시 말했다.

"아! 이제 우리가 할 수 있는 건 한 가지밖에 없는데, 그건 저 애를 하루 정도 광에 그대로 가두고 쫄딱 굶긴 다음에 밖으로 꺼내서 앞으로 도제를 계속하는 동안 묽은 죽만 먹이는 거예요. 저 애는 출신이 안 좋아요. 쉽게 흥분하는 성격이라고요, 소어베리 부인! 간호사나 의사 선생이 말하길, 엄청난 고통과 고난에 시달리느라 착한 여자라면 오래 전에 죽을 수밖에 없는 상황을 저 아이 엄마는 끈질기게 버티면서 구빈원까지 찾아왔다는 거예요."

범블이 이렇게 말할 때까지 올리버는 가만히 듣다가 자기 엄마에 대해 말한다는 사실을 깨닫고 더는 안 들리도록 다시 격렬하게 문을 차기 시작했다. 바로 이 순간에 소어베리 주인 나리가 돌아오고, 두 여성은 사람이 화나기 딱 좋을 정도로 과장하며 올리버가 저지른 폭력을 설명했다. 그러자 소어베리는 자물쇠를 풀어서 문을 활짝 열더니, 반항하는 도제 목덜미를 움켜잡고 질질 잡아끌며 밖으로 나왔다.

이미 잔뜩 두들겨 맞는 사이에 올리버는 옷이 여기저기 찢어지고 얼굴 역시 긁힌 상처가 가득하며 머리칼은 헝클어져서 이마로 흘러내린 상태였다. 하지만 잔뜩 화나서 빨갛게 달아오른 표정은 여전하고, 감옥에서 끌려 나온 다음에도 기는 조금도 안 꺾인 채 노아를 무섭게 노려보았다.

"아니, 너는 착한 아이잖아, 그렇지 않니?"

소어베리가 말하더니 올리버를 흔들다가 따귀를 한 대 후려치자, 올리버가 대답했다.

"저놈이 우리 엄마를 욕했어요."

"아니, 저 애가 좀 그러면 어때, 배은망덕한 녀석아? 너희 엄마는 그런 말 이상을 들어도 싸."

소어베리 부인이 소리치자, 올리버가 반박했다.

"아니야."

"맞아."

소어베리 부인이 다시 소리치고 올리버는 다시 반박했다.

"거짓말이야!"

그러자 소어베리 부인이 본격적으로 울음을 터트렸다. 이건 소어베리에게 선택의 여지가 없다는 의미다. 올리버에게 혹독하게 벌주는 걸 잠시라도 주저한다면 지금까지 부부싸움을 벌인 선례에 비추어보건대, 짐승, 잔인한 남편, 예의를 모르는 작자, 인간의 탈을 쓴 악마 등등, 너무 많아서 한정된 지면에 언급할 수 없는 지극히 사랑스러운 표현을 끝없이 들어야 한다는 사실을 경륜이 많은 독자라면 누구나 확연히 깨닫지 않겠는가! 사실 소어베리는 자신이 힘닿는 만큼 – 영향력이 그렇게 대단한 건 아니지만 – 올리버를 다정하게 대하고 싶었다. 그러는 게 자신에게 유리하기 때문일 수도 있고 부인이 올리버를 싫어하기 때문일 수도 있었다. 하지만 부인이 본격적으로 눈물을 터트리니, 이제 별다른 도리가 있을 수 없었다. 그래서 당장 몽둥이질을 시작해 소어베리 부인을 만족시키고 범블이 교구 지팡이를 사용하는 자체도 불필요하게 만들었다. 그리고 부엌 뒤 칸에 온종일 가둔 채 펌프 물과 빵 한 조각만 주었다. 밤에는 소어베리 부인이 올리버 엄마에 대해 좋은 내용은 절대 아닌 소리를 다양하게 지껄인 다음에 문을 열어서 안을 들여다보곤, 노아와 샬롯이 손가락질하며 놀리는 가운데, 올리버에게 계단 밑 음침한 침상으로 올라가라고 명령했다.

올리버가 그날 온종일 수모를 겪는 사이에 어린 가슴에서 피어난 감정으로 흠뻑 빠져든 건 조용한 장의사 가게에 혼자 남아 사방이 깜깜한 어둠과 침묵에 잠긴 다음이었다. 그러기 전까지만 해도 사람들이 조롱하는 소리를 경멸하는 표정으로 가만히 듣기만 했다. 매질을 당해도 눈물 한 번 안 흘렸다. 산 채로 불 속에 던져도 끝까지 비명 한 번 안 지를 자부심이 가슴속에 가득했다. 하지만 주변에서 떠들어 대던 사람이 모두 사라진 다음에 그대로 무너지며 바닥에 무릎을 꿇었다.

그래서 두 손으로 얼굴을 감싸곤 하느님이 우리를 창조하신 그대로 눈물을 펑펑 흘리며 흐느끼는데, 어린애가 어떻게 이리도 구슬프게 울 수 있을까 궁금할 정도였다!

올리버는 이런 자세로 오랫동안 꼼짝도 안 하고 가만히 있었다. 그러다가 두 발로 벌떡 일어난 건 촛대에서 촛불이 나지막하게 타들어 갈 때였다. 올리버는 주변을 조심스럽게 둘러보다가 가만히 귀를 기울이더니, 문을 조심스레 열고 바깥을 살폈다.

춥고 어두운 밤이었다. 어린애 눈에는 별이 어느 때보다도 하늘 높이 떠오른 것 같았다. 바람도 없고 가로수마다 길바닥으로 음침하게 드리운 그림자는 꼼짝도 하지 않는 모양이 무덤 같고 주검 같았다. 올리버는 문을 살며시 닫았다. 그리고 거의 타들어 가는 촛불에 의존하며 자신이 입는 얼마 안 되는 옷가지를 손수건에 넣어서 보따리로 만든 다음, 기다란 의자에 앉아서 동녘이 터오기만 기다렸다.

첫새벽을 밝히는 햇살이 덧문 틈새로 비집고 들어올 때 올리버는 일어나서 대문 빗장을 벗겼다. 그리고 겁에 질린 표정으로 주변을 둘러보며 순간적으로 망설이다가 뒤에 있는 문을 닫고 널찍한 길로 나섰다.

왼쪽으로 가는 길과 오른쪽으로 가는 길을 쳐다보았다. 어느 길로 도망쳐야 할지 애매했다. 밖을 돌아다닐 때 언덕을 힘들게 오르던 짐마차를 본 기억이 났다. 그래서 그쪽 길을 선택했다. 그리고 들판을 가로질러 조그만 오솔길로 들어섰다. 한참을 가다 보면 다른 길로 이어진다는 사실을 아는 터라 빠르게 걸었다.

길을 가다 보니, 범블이 농가 분원에서 구빈원으로 처음 데려올 때 자신이 총총걸음으로 열심히 쫓아가던 기억이 생생하게 떠올랐다. 농가 분원으로 이어지는 길이었다. 이런 생각을 떠올리는 순간에 심장이

쿵쾅거렸다. 다른 길로 돌아가고 싶은 마음이 굴뚝같았다. 하지만 지금까지 먼 길을 온 터라 그렇게 하려면 시간을 그만큼 낭비할 수밖에 없었다. 게다가 지금은 매우 이른 아침이라서 누구에게 들킬 염려도 없었다. 그래서 계속 걸었다.

이윽고 농가 분원이 나타났다. 이른 시각이라 수용된 아이들이 돌아다니는 기색은 없었다. 올리버는 걸음을 멈추고 정원을 들여다보았다. 아이 한 명이 조그만 화단에서 잡초를 뽑다가 동작을 멈추고 들어 올린 창백한 얼굴을 가만히 바라보니, 예전에 가깝게 지내던 친구가 아닌가! 올리버는 자신이 떠나기 전에 친구를 볼 수 있어서 정말 기뻤다. 나이는 자신보다 어려도 항상 함께 놀던 친구, 함께 수없이 맞고 함께 수없이 굶고 함께 수없이 갇힌 친구였다.

"이리 와, 딕!"

올리버가 속삭이자, 상대편이 대문으로 달려와서 깡마른 팔을 틈새로 내밀며 반겼다.

"다른 사람도 일어났니?"

올리버가 묻자, 아이가 대답했다.

"나 빼곤 아무도 안 일어났어."

"나를 봤다고 말하면 안 돼, 딕. 지금 도망가는 중이야. 사람들이 너무 많이 때리며 학대해서, 딕. 이제 멀리 떠나서 크게 성공할 거야. 하지만 어디로 갈지는 몰라. 얼굴이 정말 창백하구나!"

올리버가 말하자, 아이가 희미하게 웃으며 대답했다.

"내가 죽을 거라고 의사선생님이 사람들에게 말하는 소리를 들었어. 형을 만나서 정말 기뻐. 하지만 여기서 멈추지 마. 계속 가!"

"그래, 그래, 알았어. 너에게 작별인사를 하려는 거야. 다시 찾아올게, 딕. 꼭 찾아올게! 그러니까 건강하고 행복하게 지내!"

"나도 그러고 싶어. 하지만 죽은 다음에나 그럴 수 있을 거야. 나는 의사선생님 말이 맞는다는 걸 알아, 형. 하늘나라랑 천사 꿈을 요새 자주 꾸는 데다 잠을 안 잘 때는 생전 처음 보는 다정한 얼굴이 떠오르거든. 키스해줘."

아이가 말하면서 나지막한 대문 위로 기어올라 앙상한 두 팔로 올리버 목을 감으며 덧붙였다.

"잘 가, 형! 하느님이 축복하실 거야!"

어린아이 입술에서 나온 축복이긴 해도 이건 올리버가 생전 처음 듣는 축복이었다. 그래서 힘들게 고생하며 온갖 투쟁을 벌이고 수많은 난관과 매우 급한 변화를 겪는 사이에도 절대로 안 잊었다.

CHAPTER VIII

올리버가 런던까지 걸어가다가 이상하게 생긴 어린 신사를 만나다

샛길이 끝나는 지점에서 가축 울타리가 나타나더니, 큰길이 다시 나왔다. 아침 여덟 시였다. 읍내에서 거의 8㎞나 벗어났지만 누가 잡으러 쫓아올지도 모른다는 두려움에 올리버는 빠르게 달리다가 울타리 뒤에 숨고 다시 빠르게 달리는 식으로 되풀이하다가 정오를 맞았다. 그래서 쉬려고 이정표 옆에 앉은 다음에 비로소 어디로 가야 하는지 처음으로 곰곰이 생각했다.

올리버가 앉은 바로 옆 이정표는 여기에서 런던까지 딱 110㎞란 사실을 커다란 글씨로 알려주었다. 런던이란 글씨를 발견한 순간에 올리버 머리에 다양한 생각이 연속으로 떠올랐다.

런던! 엄청나게 거대한 도시! 아무도, 심지어 범블도 자신을 찾을 수 없는 곳! 런던에서는 기운만 팔팔하면 먹고살 걱정은 없다고, 거대한 도시에서 살아가는 방식은 촌구석에서 자라난 사람이 상상할 수도 없을 만큼 다양하다고 구빈원 할아버지가 말하는 소리를 툭하면 들은 기억도 났다. 집 없는 아이가, 도와줄 사람이 없으면 길거리에서 죽어야 하는 아이가 살아가기에 딱 좋은 곳이었다. 이런 생각이 연달아 떠오르자 올리버는 벌떡 일어나서 앞으로 다시 나아갔다.

올리버는 런던까지 가는 거리를 7㎞는 더 줄인 다음에 목적지까지 가려면 얼마나 많은 시련을 겪어야 할까 처음으로 생각했다. 그와 동시에 걷는 속도를 약간 줄이고 거기까지 갈 방법을 곰곰이 생각했다. 보따리에는 딱딱한 빵조각 하나와 올이 거친 셔츠 한 장, 양말 두 켤레가 있었다. 장례식을 평소보다 훌륭하게 마무리한 덕분에 소어베리가 선물로 준 구리동전 한 닢은 주머니에 있었다. 이런 생각이 들었다.

'깨끗한 셔츠는 중요한 물건이야. 양말 두 켤레도 그렇고 구리동전 한 닢도 마찬가지야. 하지만 겨울철에 100㎞ 이상을 걷는 데에는 아무런 도움도 안 돼.'

어떤 사람이든 머릿속 생각이 그런 것처럼 올리버가 떠올린 생각 역시 어려운 점을 찾아내는 데에는 지극히 신속하고 정확하지만, 문제점을 극복할 방법을 현실적으로 떠올리는 데에는 완전히 젬병이었다. 그래서 아무런 도움도 안 되는 생각만 오랫동안 하다가 조그만 보따리를 반대편 어깨에 바꿔 메고 터벅터벅 걸었다.

올리버는 그날 하루에 30㎞를 걸었다. 먹은 거라곤 도로변 움막 문가에서 구걸한 물 몇 잔과 딱딱하게 마른 빵 조각 하나가 전부였다. 그러다가 밤이 찾아오자, 풀밭으로 들어가 아침까지 누워서 잠잘 생각에 건초더미 밑으로 들어갔다.

처음에는 겁이 잔뜩 났다. 공허한 들판 너머에서 바람 소리가 섬뜩하게 들렸다. 춥고 배고프고 예전 어느 때보다 쓸쓸했다. 하지만 오랫동안 걷느라 완전히 지쳐서 모든 걱정을 잊고 깊은 잠에 편안히 빠져들었다.

다음 날 아침에 일어나니, 온몸이 춥고 뻣뻣한 데다 너무 배고픈 나머지 첫 번째로 지나는 마을에서 동전 한 닢을 주고 조그만 빵 덩이 하나를 구했다. 그리고 20㎞도 못 걸었는데 밤이 다시 몰려들었다. 발바닥엔 물집이 잡히고 다리는 힘이 하나도 없어서 덜덜 떨렸다. 황량하고 눅눅한 야외에서 밤을 또 보내는데 몸 상태는 더욱 나빠져, 다음 날 아침에 길을 다시 나설 때는 기어갈 힘조차 없었다.

올리버는 가파른 언덕 밑에서 기다리다가 역마차가 올 때마다 지붕에 올라탄 승객에게 구걸했지만, 관심을 기울이는 사람은 없었다. 가끔 있다고 해도 언덕 꼭대기까지 힘껏 달려서 마차를 쫓아오면 그때 가서 동전 한 닢을 주겠다고 말하는 정도였다. 하지만 역마차를 조금 쫓다 보면 가련하게도 완전히 지치는 데다 발바닥까지 아파서 더는 쫓아갈 수 없었다. 지붕에 올라탄 승객들은 이런 모습을 볼 때마다 게으른 똥개는 아무것도 먹을 자격이 없다고 선언하며 동전 한 닢을 주머니에 다시 넣고, 역마차는 먼지 구름만 남긴 채 덜거덕거리며 사라졌다.

어떤 마을에서는 글씨를 커다랗게 적은 판자를 내걸어, 여기에서 구걸하는 사람은 누구든 감옥에 가두겠다고 경고했다. 그럴 때마다 올리버는 겁에 질려서 마을을 최대한 빨리 벗어나기만 해도 다행으로 여겼다. 또 어떤 마을에서는 여인숙 마당을 어슬렁거리며 지나가는 사람마다 구슬픈 표정으로 바라보지만, 주인은 뭔가 훔치러 온 게 분명하다 생각하고 심부름하는 아이에게 이상한 아이를 밖으로 쫓아내라고 명령하는 거로 끝나기도 했다. 농가에서 구걸하면 열에 아홉은 개를 풀겠다며 협박하고 상점에 코라도 들이밀면 교구 하급관리에 관한 말을 꺼내며 협박해, 올리버는 간이 – 뱃속에 든 건 이것밖에 없을 때가 대부분인데도 - 콩알만 하게 줄어들었다.

마음씨 착한 통행세 징수원 아저씨와 인정 많은 할머니가 아니라면 올리버는 자기 엄마처럼 험한 세상을 일찍 끝낼 가능성이 컸다. 쉽게 말해, 국도에 쓰러져서 그대로 죽을 확률이 정말 높았다. 하지만 통행세 징수원 아저씨는 빵과 치즈를 주고 할머니는 배가 조난해 먼 땅에서 맨발로 돌아다니는 손자가 있다며 가련한 고아를 불쌍하게 여긴 나머지, 얼마 안 되는 음식을 최대한 - 아니, 그 이상 - 내주곤 매우 친절하고 다정한 말과 함께 동정과 연민이 깃든 눈물까지 흘렸다. 그 모습이 올리버 영혼 깊숙이, 지금까지 겪은 어떤 고통보다도 깊숙이 파고들었다.

태어난 고향을 떠나고 일곱 번째로 맞는 이른 새벽에 올리버는 절뚝거리며 바넷이란 조그만 마을로 천천히 들어섰다. 창문마다 덧문을 치고 거리는 텅 비었다. 잠자리에서 일어나 일과를 시작하려는 사람은 한 명도 보이지 않았다. 태양은 아름다운 자태를 뽐내며 솟아오르는데 햇빛이 비치는 대상은 외롭고 쓸쓸한 아이 하나밖에, 발바닥은 피가 흐르고 온몸은 먼지를 뒤집어쓰고 기진맥진한 채 문가에 앉은 아이 하나밖에 없었다.

창문마다 덧문이 조금씩 걷히고 커튼까지 걷히더니, 사람들이 지나다니기 시작했다. 일부는 잠시 걸음을 멈추며 올리버를 쳐다보고 일부는 급히 지나다가 고개를 돌려서 쳐다보기도 했다. 도와주는 사람이나 여기까지 어떻게 왔느냐고 묻는 사람은 아무도 없었다. 하지만 구걸할 용기조차 없어서 올리버는 그냥 가만히 앉아있었다.

그렇게 상당히 오랫동안 계단에 웅크리고 앉아서 술집이 정말 많다는 사실에 (한 집 건너 한 집씩 크고 작은 술집이라는 사실에) 놀라며 지나가는 역마차를 무심히 바라보았다. 자신은 여기까지 오려고 나이에 걸맞지 않은 용기와 결단력을 일주일 내내 발휘했는데 역마차는 몇 시간 사이에 너무 쉽게 도달한 것처럼 보이는 게 정말 이상하다는 생각이 들었다.

그런데 조금 전에 무심코 지나간 어떤 아이가 다시 돌아오더니, 거리 맞은편에서 진지한 표정으로 살핀단 사실을 깨닫고 올리버는 정신이 번쩍 들었다. 처음에는 신경을 안 쓰는 척했으나, 정말 오랫동안 똑같은 자세로 세밀하게 관찰하는 걸 보고 올리버도 머리를 들어서 상대를 꾸준히 바라보았다. 그러자 아이가 길을 건너서 가까이 다가오며 말했다.

"안녕, 형제! 무슨 일이야?"

어린 방랑자에게 이렇게 물은 아이는 나이가 올리버랑 비슷하지만, 겉모습은 누구보다도 이상한 아이였다. 코는 들창코에 이마는 납작하며 얼굴은 지극히 못생긴 데다 여느 사내아이처럼 지저분하지만 행동하는 건 다 큰 어른 같았다. 나이에 비해 키는 조그맣고 다리는 안으로 살짝 굽고 작은 눈은 못생긴 게 날카로웠다. 모자는 머리에 가볍게 얹어서 금방이라도 떨어질 것 같은데, 실제로 이따금 머리를 갑자기 비틀어서 제 자리에 돌려놓지 않는다면 밑으로 빈번하게 떨어지고 말게 분명했다. 몸에 걸친 옷은 어른용 외투라서 발꿈치까지 내려오고 소매는 반을 접어 올려서 두 손을 빼냈다. 코르덴 바지 주머니에 양손을 찌르기 위한 게 분명했다. 주머니에 손을 계속 집어넣었기 때문이다. 한 마디로, 가죽구두를 신어도 신장이 백삼십오 센티미터밖에 안 되는 꼬마신사가 으스대며 뽐내는 꼴이었다.

"이봐, 형제! 무슨 일이냐고?"

이상한 꼬마신사가 다시 물었다.

"배도 고프고 완전히 지쳤어. 오랫동안 걸었거든. 일주일 내내 걸었어."

올리버가 대답하는데 두 눈에 갑자기 눈물이 어리고, 꼬마신사는 감탄했다.

"일주일 내내 걷다니! 아, 알겠다. 매부리가 판결했구나, 그치?"

꼬마신사가 말하더니 올리버가 떠올린 어리둥절한 표정을 발견하고 다시 말했다.

"하지만 매부리가 뭔지 모르는 것 같군, 새로 만난 동-무."

올리버가 새 주둥이를 말하는 거냐고 순진하게 대답하자, 꼬마신사가 탄성을 내질렀다.

"어휴, 정말 순진하군! 매부리는 치안판사야. 그리고 매부리에게 판결을 받아서 걷는다는 건 앞으로 곧장 가는 게 아니라 계단을 올랐다가 다시는 안 내려온다는 뜻이고.[12] 너는 풍차를[13] 돌린 적이 있니?"

"무슨 풍차?"

"무슨 풍차! 맙소사, 풍차…… 아주 작아서 감방에 들여다 놓고 일하는 풍차. 바람이 강할 때보다 바람이 약해서 사람이 많을 때 훨씬 잘 돌아가는 거. 바람이 강하면 일할 사람이 적거든. 어쨌든 가자. 배가 고프면 음식을 먹어야지. 사실 나도 돈이 바닥났어. 경찰 한 놈에 까치 한 마리[14]밖에 없거든. 하지만 이걸로 무일푼이 될 때까지 먹는 거야. 벌떡 일어서. 자! 이제, 출발!"

꼬마신사는 올리버가 일어나도록 손을 잡아주더니 근처에 있는 잡화점으로 데려가서 바로 먹을 수 있는 햄과 조그만 빵 덩어리 하나를, 꼬마신사 표현대로 "4페니짜리 밀기울"을 샀다. 그래서 빵 껍질 한쪽

12) 교수형을 뜻한다.
13) 감방에서 죄수가 발로 밟아서 돌리는 쳇바퀴를 뜻한다.
14) 은화 한 냥에 구리동전 한 냥을 뜻한다.

을 떼어내 구멍을 뚫고 거기에다 햄을 넣는 독창적인 방법으로 햄에 먼지가 묻는 걸 예방했다. 그리곤 빵을 팔에 끼우더니, 조그만 술집으로 들어가서 안쪽으로 안내했다. 여기에서 이상한 아이는 맥주 단지 하나를 주문하고, 올리버는 새로 사귄 동무가 권하는 대로 음식을 오랫동안 배불리 먹었다. 그러는 동안에도 이상한 아이는 지대한 관심을 보이며 관찰했다. 그러다가 마침내 올리버가 음식을 다 먹자 불쑥 물었다.

"런던으로 가니?"

"응."

"잠잘 데는 있니?"

"없어."

"돈은?"

"없어."

이상한 아이가 휘파람을 불더니, 커다란 외투 소매가 걸릴 때까지 두 팔을 주머니 깊숙이 찔렀다.

"런던에 사니?"

올리버가 묻자, 이상한 아이가 대답했다.

"그래. 집에 있을 때는. 너도 오늘 밤에 잠잘 데가 필요하겠구나, 그치?"

"그래, 맞아. 고향을 떠난 이후로 지붕 밑에서 자본 적이 없어."

"그런 거로 눈살 찡그릴 거 없어. 나는 오늘 밤에 런던으로 갈 거야. 그런데 거기에 사는 존경스런 노신사를 알아. 너에게 아무것도 안 받고 잠자리를 줄 거야, 푼돈조차 요구하지 않고서…… 노신사를 아는 사람이 데려가면. 그런데 내가 노신사를 모르겠어? 그럼, 당연히 모르지! 조금도! 그렇고말고. 모르는 게 당연하지!"

꼬마신사가 재미 삼아 반어법으로 말한 거라고 암시하는 것처럼 빙그레 웃으면서 맥주를 모두 비웠다.

잠자리를 소개하겠다는 갑작스러운 제안은 정말 매혹적이었다. 노신사가 올리버에게 좋은 일자리를 곧바로 줄 게 분명하다는 말까지 잇따라 나오니, 더더욱 그럴 수밖에 없었다. 그래서 두 사람은 훨씬 다정하고 은밀한 대화로 들어가고, 올리버는 동무 이름이 '잭 도킨스'며 앞에서 언급한 노신사가 제일 좋아하는 부하라는 사실까지 알게 되었다.

도킨스 겉모습만 보면 노신사는 자신이 돌보는 사람들에게 충분한 관심을 기울인다고 말할 수 없을 것 같았다. 하지만 도킨스는 말하는 게 산만하고 경솔한 편인 데다 가까운 친구들 사이에서 '교묘한 미꾸라지'란 별명으로 더 많이 알려졌다는 고백까지 듣고서 올리버는 이 친구가 원래 산만하고 경솔한 나머지, 노신사가 가르치는 예의범절을 지금까지 계속 외면하는 거란 결론을 내렸다. 그래서 노신사에게 최대한 빨리 환심을 사고, 벌써 의심이 들기 시작한 것처럼 '미꾸라지'가 구제불능이란 사실을 확인하면 가까이 사귀는 영광을 피해야 하겠다고 마음속으로 결심했다.

잭 도킨스는 해가 떨어지기 전에 런던에 들어가는 걸 반대해, 두 사람이 이슬링턴 통행료 징수소에 도달한 건 저녁 열한 시가 다 된 시간이었다.

그리고 '천사'에서 '성 요한 도로'로 가로질러, 작은 거리를 따라가다가 '새들러 극장'에서 '엑스머스 거리'와 '잡목숲 거리'를 지나 구빈원 옆 조그만 마당을 내려가서 예전에 '구멍에 빠진 하클리'라고 부르던 고풍스러운 땅을 가로지른 다음, '사프란 꽃 조그만 언덕'을 오르고 '사프란 꽃 커다란 언덕'을 오르는 식으로 '미꾸라지'는 올리버에게

바싹 쫓아오라고 재촉하며 빠르게 걸었다.[15)]

올리버는 앞선 동무를 안 놓치려고 충분한 관심을 기울여 열심히 쫓아가면서도 지나는 길 양쪽을 슬쩍슬쩍 쳐다보지 않을 수 없었다. 이렇게 더럽고 추악한 지역은 생전 처음이었다. 거리는 비좁은 데다 바닥에는 흙탕물이 질척대고 공중에는 악취만 가득했다. 조그만 상점이 많지만 취급하는 상품이라곤 잔뜩 쌓아놓은 어린애밖에 없는 듯, 늦은 밤인데도 문마다 들어오고 나가는 아이가 득시글거리고 안에서는 비명만 가득했다. 지역이 전체적으로 황량한 가운데 번창하는 곳은 술집밖에 없는 듯, 술집마다 아일랜드 출신 하층민이 온 힘을 다해서 떠들어댔다. 큰길에서 이리저리 갈라지는 골목과 마당에는 조그만 집이 다닥다닥 달라붙으며 늘어섰는데, 어떤 집이든 술에 취한 남자와 여자가 불결한 구덩이에서 뒹굴고, 몇몇 집은 흉악하게 보이는 사람이 현관문을 살그머니 빠져나와 어디론가 떠나는 자세가 어딜 보나 좋은 의도로 건전한 일을 하러 가는 건 아닌 게 분명했다.

올리버가 그냥 도망치는 게 좋지 않을까 곰곰이 생각하는 사이에 언덕을 다 내려오고, 동무는 올리버 팔을 붙잡고 필드레인 근처에서 어느 집 문을 밀치며 열더니, 통로 안으로 잡아끌고 문을 닫았다.

'미꾸라지'가 휘파람을 불자, 밑에서 "이번엔 뭐냐!"고 소리치는 목소리가 일어났다.

"건포도를 내려쳐라!"가 대답이었다.

서로 아무 일도 없다는 신호나 암호를 주고받는 것 같았다. 멀리

---

15) 런던에 실제로 있는 지명이나 우리말에 맞는 뜻으로 표기했다. 실제 지명은 순서대로, 'the Angel', 'St. John's Road', 'Sadler's Theatre', 'Exmouth Street', 'Coppice Row', 'Hockley-in-the-Hole', 'Little Saffron Hill', 'Saffron Hill the Great' 등인데, 이들은 도심지와 웨스트민스터 사이에 있는 지역으로, 19세기 초반에는 런던에서 대표적인 우범지대였다.

떨어진 통로 끝에서 촛불이 나타나며 벽을 희미하게 비추더니, 부엌 계단 난간이 낡아서 무너진 지점으로 한 아이가 슬그머니 얼굴을 내밀며 쳐다보았기 때문이다.

"두 사람이구나."

상대가 말하더니 촛불을 최대한 앞으로 내밀고 손으로 두 눈에 그늘을 만들어서 자세히 쳐다보며 물었다.

"저 애는 누구니?"

"새로 사귄 친구."

잭 도킨스가 대답하며 올리버를 앞으로 밀었다.

"어디에서 온 애니?"

"깡촌. 페이긴 영감은 위에 있니?"

"그래, 손수건을 가려내는 중이야. 어서 올라와!"

촛불이 뒤로 물러나면서 얼굴이 사라졌다.

올리버는 한 손이 동무에게 단단히 붙잡혀서 다른 손으로 어둠에 싸인 길을 더듬으며 부서진 계단을 어렵게 오르는데, 동무는 편하고 능숙하게 올라서는 모습이 아주 익숙해 보였다. 그러더니 안쪽 방문을 활짝 열고 안으로 들어서며 올리버를 잡아끌었다.

실내로 들어서니, 벽이든 천장이든 오랫동안 때가 타서 완전히 새까맸다. 벽난로 앞에는 송판으로 만든 식탁이 있는데, 거기에는 탄산수병에 꽂아놓은 촛불 하나와 냄비 두세 개, 빵 한 덩이와 버터, 접시 하나가 있었다. 벽난로에 올려놓고 선반에다 밧줄로 단단히 묶은 프라이팬에서는 소시지를 굽는데, 그 앞에서 한 손에 기다란 포크를 들고 요리하는 사람은 몹시 늙어서 쭈글쭈글한 유대인 영감으로 빨간 머리칼이 잔뜩 헝클어져서 역겨운 얼굴과 사악한 표정을 가려주었다. 기름때 절은 플란넬 가운을 몸에 걸치고 목에는 아무것도 안 걸친 상태로 프라

이팬과 빨래 건조대 양쪽에 모든 관심을 쏟는 것 같은데, 빨래 건조대에서는 수없이 많은 비단 손수건이 눈길을 끌었다. 바닥에는 낡은 부대로 대충 만든 침상이 옹기종기 보이고, 식탁 주변에는 '미꾸라지'와 비슷한 또래로 보이는 사내아이 너덧 명이 중늙은이처럼 둘러앉아서 기다란 도자기 파이프를 들고 담배를 태우며 위스키를 홀짝였다. 그러더니 도킨스가 유대인에게 다가가서 몇 마디 속삭이자 고개를 돌리거나 주변으로 우르르 몰려들어서 올리버를 바라보며 씩 웃었다. 기다란 포크를 손에 든 유대인 영감도 마찬가지였다.

"내 친구 올리버 트위스트예요, 페이긴 할아버지."

도킨스가 말하자, 유대인 영감이 씩 웃더니, 허리를 바싹 숙여서 올리버에게 인사하며 그 손을 잡고는 앞으로 가까운 사이가 되는 영광을 누리고 싶다고 말했다. 그러자 파이프를 든 꼬마신사들이 에워싸며 사방에서 손을 잡고 흔들어대는데, 올리버가 든 조그만 보따리를 특히 세게 잡고 흔들었다. 어떤 꼬마신사는 모자를 대신 걸어주겠다며 안달을 부리고 또 한 명은 정말 피곤할 텐데 잠자리에 들면서 귀찮게 주머니를 비울 일이 없도록 하겠다며 친절하게도 올리버 주머니에다 두 손을 찔러 넣었다. 하지만 이렇게 친절한 행위는 유대인 영감이 기다란 포크로 꼬마신사들 머리와 어깨를 마구 내려치는 거로 끝나고 말았다.

"이렇게 만나서 우리 모두 정말 기쁘구나, 올리버. '미꾸라지', 소시지를 옮기고 올리버가 사용할 밥통 하나를 벽난로 앞에 갖다놔. 아, 지금 손수건을 구경하는구나, 올리버! 그래, 그래. 손수건이 정말 많아, 그치? 빨래하기 좋도록 나란히 펼쳐놓았을 뿐이야. 그게 전부야, 올리버. 그게 전부라고. 하! 하! 하!"

노신사가 말하다가 웃자, 전도유망한 제자들이 일제히 커다란 웃음보를 터트리곤 모두 저녁 식사를 들기 시작했다.

올리버는 자기 몫을 먹고, 유대인 영감은 뜨거운 물에다 진을 타서 건네며, 다른 신사도 잔을 써야 하니 단번에 비우라고 말했다. 올리버는 노신사가 시키는 대로 했다. 그런 후에는 자기 몸이 들려서 부댓자루로 만든 침상에 누이는 느낌과 함께 깊은 잠에 곧바로 빠져들었다.

CHAPTER IX

상냥한 노신사와 전도유망한 제자들을 묘사하다

올리버가 오랫동안 곤하게 자다가 깨어난 건 다음 날 늦은 아침이었다. 실내에는 아무도 없고 유대인 영감 혼자서 아침상에 놓을 커피를 끓이느라 휘파람을 조그맣게 불면서 쇠국자로 냄비를 슬슬 젓는 중이었다. 아래층에서 가끔 조그만 소리만 일어나도 동작을 멈추고 가만히 듣다가 별일 아니라는 확신이 들면 조금 전처럼 다시 휘파람을 불며 냄비를 젓는 식이었다.

올리버는 잠에서 깨긴 해도 완전히 깨어난 건 아니었다. 잠을 자다 보면 깨어나기 직전에 정신이 몽롱할 때가 있는데, 이럴 때는 눈을 반쯤 뜨고 주변에서 일어나는 움직임을 대충 의식하며 5분 사이에 꾸는 꿈이 5일 동안 밤마다 두 눈을 꼭 감고 완벽한 무의식 상태에서 꾸는 꿈보다 많은 법이다. 그러다 보면 인간이 육체라는 제약에서 벗어나 시공을 뛰어넘고 지상을 날아오르며 엄청난 힘을 발휘한다는 사실을 어렴풋이 깨닫기도 한다.

올리버는 바로 이런 상태였다. 그래서 반쯤 뜬 눈으로 유대인 영감을 바라보고 나지막하게 부는 휘파람을 듣고 냄비를 긁는 쇠국자 소리도 느꼈다. 그러면서도 지금까지 알고 지내던 거의 모든 사람이 하나씩 스치고 지나갔다.

커피를 다 만들자, 유대인 영감은 냄비를 벽난로 시렁에 얹고 일어나더니, 순간적으로 무슨 일을 해야 좋을지 모르겠다는 듯 애매한 자세로 주저하다가 돌아서서 올리버를 바라보며 이름까지 불렀다. 올리버는 대답이 없는 게 어느 모로 보나 깊이 잠든 것 같았다.

유대인 영감은 그런 사실을 만족스러운 눈으로 바라보더니, 문가로 살며시 다가가서 문을 꼭 잠갔다. 그리곤 바닥에 있는 구멍 같은 곳에서 조그만 상자를 꺼내, 탁자에 조심스럽게 올려놓았다. 그리곤 뚜껑을 열어서 안을 들여다보며 눈빛을 번뜩였다. 이번에는 낡은 의자를 탁자로 바싹 끌어다 앉고 상자에서 보석이 번쩍이는 화려한 금시계를 꺼내더니, 어깨를 으쓱하고 오만상을 찌푸리며 섬뜩하게 웃는 얼굴로 중얼거렸다.

"아! 아! 똑똑한 강아지들이야! 정말 똑똑한 강아지들! 마지막까지 버텼어! 성직자 영감[16]에게도 이게 있는 곳을 말하지 않았어. 페이긴 영감을 조금도 끌어들이지 않았다고! 강아지들이 왜 그랬겠어? 이런 걸 털어놓는다고 밧줄 매듭을 느슨하게 묶는 것도 아니고 목매다는 시간을 조금 늦추는 것도 아니잖아. 그럼, 그럼, 절대 아니지! 좋은 친구들이야! 좋은 친구들!"

유대인 영감은 이렇게 중얼대더니, 대충 비슷한 내용을 다시 중얼대면서 금시계를 상자에 가만히 넣었다. 그런 다음에 바로 그 상자에서 최소한 여섯 점이 넘는 장신구를 하나씩 꺼내며 아주 즐거운 눈으로

---

16) 사형수에게 마지막 고해를 듣는 성직자를 뜻한다.

살폈다. 반지도 있고 브로치도 있고 팔찌도 있고 뭔지 모를 장신구도 있는데, 모두 정교하게 세공한 훌륭한 보석으로 올리버는 이름조차 알 수 없었다.

유대인 영감은 장신구를 상자에 넣고 또 하나 꺼냈다. 이번에는 손바닥에 들어갈 정도로 조그만 물건인데, 거기에 정말 조그만 글씨가 새겨진 것 같았다. 그걸 탁자에 내려놓고 한 손으로 그늘까지 만들며 오랫동안 진지하게 살폈기 때문이다. 그러더니 읽는 걸 단념한 듯 상자에 다시 넣고 의자에 등을 기대며 중얼거렸다.

"사형은 정말 좋은 거야! 죽은 사람은 후회하는 법이 절대로 없거든. 한 번 죽으면 거북한 이야기를 털어놓는 법도 절대 없고 말이야. 아, 사형은 우리 장사에 정말 좋아! 다섯 놈을 밧줄에 나란히 매달아도 벌벌 떨며 나를 불어대거나 속여먹는 놈이 하나도 없으니 말이야!"

유대인 영감은 이렇게 중얼대며 앞을 멍하니 바라보다가 갑자기 까만 눈을 번뜩이며 올리버를 쳐다보았다. 호기심이 가득한 눈초리로 열심히 바라본다는 사실을 순간적으로 알아차린 것이다. 정말 짧은 순간이지만 – 인간이 상상할 수 있는 가장 짧은 순간이지만 – 올리버가 자신을 지켜본다는 사실을 알아차리기엔 충분했다. 그래서 상자 뚜껑을 쾅! 닫고는 탁자에서 빵 자르는 칼을 집어 들고 무섭게 달려드는데, 온몸을 심하게 떨었다. 공포에 젖은 올리버 눈에도 공중에서 칼이 부들부들 떨리는 게 보일 정도였다.

"뭐야? 날 왜 지켜보는 거야? 왜 깨어난 거야? 무얼 보았지? 어서 대답해, 꼬마! 어서, 빨리! 죽기 싫으면."

노인이 소리치는 말에 올리버는 순순히 대답했다.

"잠에서 저절로 깨어났어요, 할아버지. 제가 방해했다면 정말 죄송해요, 할아버지."

"한 시간 전에 깨어난 건 아니겠지?"

유대인 영감이 소리치며 사납게 노려보았다.

"아니에요! 정말 아니에요!"

"확실해?"

유대인 영감이 훨씬 매서운 눈초리로 쳐다보며 위협했다.

"맹세코 아니에요, 할아버지. 아까는 정말 아니에요, 할아버지."

올리버가 진심으로 대답하자, 유대인 영감은 갑자기 원래 자세로 돌아가서 장난으로 집어 든 것처럼 보이려는 듯, 칼을 가지고 조금 노는 척하다가 내려놓으며 말했다.

"그럼, 그럼, 착한 애야! 당연히 그렇겠지. 장난으로 겁을 주려고 한 건데, 너는 정말 용감하구나. 하! 하! 정말 용감해, 올리버."

유대인 영감이 킥킥 웃으며 두 손을 비볐지만, 시선은 상자를 불안하게 힐끔거렸다. 그리곤 상자에 한 손을 올려놓고 잠시 망설이다가 물었다.

"여기에 있는 예쁜 물건 가운데에서 본 게 있니, 애야?"

"네, 할아버지."

올리버가 대답하자 유대인 영감은 얼굴이 창백하게 변하며 급히 변명했다.

"아! 이건…… 이건 내 거야, 올리버. 내가 모은 재산. 내가 늙은 다음에 먹고 살아갈 거. 사람들은 나를 구두쇠라고 불러. 그저 구두쇠라고. 다른 건 없어."

올리버는 노신사가 그렇게 많은 시계를 가지고 있으면서도 이렇게 지저분한 공간에서 사는 걸 보면 정말 대단한 구두쇠가 분명하다고 생각했지만 '미꾸라지'를 비롯한 아이들을 보살피려면 돈이 정말 많이 들겠다는 생각도 들어서 유대인 영감을 존경스런 눈으로 바라보며 이제 일어나도 되느냐고 물었다.

"물론이지, 얘야, 물론이지."

노신사가 대답하더니, 이렇게 덧붙였다.

"잠깐. 문가 모서리에 물 주전자가 있어. 여기로 가져와. 그럼 내가 세숫대야를 줄 테니까."

올리버가 일어나서 실내를 가로질러 물 주전자를 들려고 허리를 숙였다. 그런 다음에 돌아서니, 상자는 어느새 사라지고 없었다.

유대인 영감이 시킨 대로 세수한 물을 창문 밖으로 버리고 깨끗하게 정리하자마자 '미꾸라지'가 돌아왔다. 전날 밤에 담배를 태우던 쾌활한 아이도 함께 돌아와서 자신을 '찰리 베이츠'라고 정식으로 소개했다. 이윽고 네 사람은 식탁에 둘러앉아, '미꾸라지'가 모자에 넣어서 가져온 따듯한 롤빵과 햄으로 커피와 함께 아침 식사를 들었다.

유대인 영감이 올리버를 교활하게 힐끗 쳐다보면서 '미꾸라지'에게 물었다.

"그래, 아침 내내 열심히 일했니, 얘들아?"

"피도."

'미꾸라지'가 대답하자, 찰리 베이츠가 덧붙였다.

"눈물도 없게."[17)]

"잘했어, 잘했어! 그래서 뭘 가져왔니, '미꾸라지'?"

"지갑 두 개요."

"두툼하니?"

유대인 영감이 간절한 표정으로 묻자, '미꾸라지'가 "꽤 두툼해요"라고 대답하며 지갑 두 개를 꺼냈다. 하나는 녹색이고 하나는 빨간색이었

---

17) 본문 내용은 'Hard As nails'다. '피도 눈물도 없게'라는 뜻인데, 이걸 '미꾸라지'와 찰리 베이츠가 절반씩 대답해, 죽이 척척 맞는다는 사실을 보여준다.

다. 그러자 유대인이 안을 꼼꼼히 살피다가 말했다.

"겉보기보다 묵직하진 않구나. 하지만 깔끔하고 매끈해. 장인이 정교하게 만든 지갑이야. 그렇지 않니, 올리버?"

"정말 그러네요, 할아버지."

올리버가 대답했다. 그러자 찰리 베이츠가 폭소를 터트리고, 올리버는 지금까지 오간 말 가운데에서 우스꽝스러운 건 하나도 찾을 수 없어서 어리둥절했다.

"그러면 너는 뭘 가져왔니, 얘야?"

페이긴 영감이 묻자, 찰리 베이츠가 "손수건이요" 하고 대답하면서 동시에 손수건 넉 장을 꺼냈다.

그러자 유대인 영감은 한 장씩 자세히 살피며 말했다.

"으음, 품질이 정말 좋구나, 정말 좋아. 하지만 이름을 잘못 적었어, 찰리. 그렇다면 이름을 바늘로 뽑아내야 하니까 올리버에게 방법을 가르쳐주는 거야. 알겠지, 올리버? 하! 하! 하!"

"원하신다면 그러세요, 할아버지."

올리버가 대답하자, 유대인 영감이 다시 말했다.

"너도 찰리 베이츠처럼 손수건을 쉽게 만들 수 있으면 좋겠지, 그치, 얘야?"

"네, 정말 그러고 싶어요, 가르쳐주신다면, 할아버지."

올리버가 대답하자, 베이츠가 정말 재미있는 소리를 들었다는 듯 다시 폭소를 터트리는데, 때마침 마시던 커피가 기도로 엉뚱하게 내려가서 하마터면 어린 나이에 숨 막혀 죽을 뻔했다. 그러다가 한숨을 돌린 다음에 무례한 행동을 동료들에게 사과하는 의미로 말했다.

"저 애는 정말 엄청난 숙맥이야!"

베이츠 말에 '미꾸라지'는 아무 대답도 않고 올리버 머리칼을 쓰다듬어서 눈 위로 넘겨주더니, 점차 좋아질 거라는 말만 했다. 올리버 얼굴이 빨갛게 달아오르는 걸 노신사가 알아채고 오늘 아침엔 사형장에 사람들이 많이 나왔느냐고 묻는 식으로 화제를 돌렸다. 그래서 올리버는 더더욱 놀랍기만 한데, 두 아이 대답을 들어보면 둘 다 거기에 다녀온 게 분명하기 때문이다. 자신은 언제 이렇게 부지런한 사람이 될 수 있을까 궁금한 생각마저 자연스레 떠올랐다.

아침 식사를 치운 다음에는 노신사와 두 아이가 신기하고 독특한 놀이를 하며 재미나게 노는데, 이런 식이다. 노신사는 유쾌한 표정으로 코 담뱃갑을 바지 주머니에 넣고 반대편 바지 주머니에 지갑을 넣고 조끼 주머니에 시계를 넣은 다음, 시곗줄을 목에 걸고 셔츠에는 가짜 다이아몬드 핀을 찌르고 외투 단추를 단단히 채우고 안경집과 손수건을 주머니에 넣고 평상시에 길을 걷는 것처럼 지팡이를 짚으며 실내를 바삐 돌아다닌다. 그러다가 벽난로 앞에 멈추기도 하고 문가에 멈추기도 하며 상점 진열창을 열심히 들여다보는 흉내를 낸다. 그러면서도 도적을 당할까 두려운 듯 주변을 끊임없이 돌아보고 주머니를 차례대로 톡톡 쳐서 모든 물건이 제 자리에 있는지 확인하는데, 동작 하나하나가 정말 재미있고 자연스러운 나머지 올리버는 눈물까지 맺힐 정도로 웃어댔다. 그러면 두 아이는 노신사 바로 뒤를 눈에 안 띄게 쫓아다니면서 민첩하게 움직이는데, 노신사가 고개를 아무리 돌려서 쳐다보아도 두 아이를 찾아낼 순 없다. 그러다가 마침내 '미꾸라지'는 노신사 발가락이나 구두를 우연히 밟는 척하고, 찰리 베이츠는 뒤에서 부닥치는 척하다 순식간에 코 담뱃갑이며 지갑이며 시계며 시곗줄이며 셔츠 핀이며 손수건이며 심지어 안경집까지 빼내는데 그 속도가 정말 놀라웠다. 그러다가 주머니에 들어온 손을 노신사가 알아채면 손이 들어왔다 소리치고 그러면 놀이를 처음부터 다시 시작하는 식이었다.

이런 놀이를 수없이 반복하며 노는데 젊은 아가씨 두 명이 꼬마신사를 만나러 찾아왔다. 한 명은 '베시'고 다른 한 명은 '낸시'였다. 두 여자 모두 머리칼은 길지만 뒤를 말아 올린 게 그다지 단정하지는 않고, 구두와 양말도 지저분했다. 얼굴도 예쁜 편은 아닌 것 같은데 화장을 잔뜩 해서 튼튼하고 건강하게 보였다. 그런데 행동이 친근하고 자유로운 걸 보면 둘 다 좋은 아가씨라는 생각이 들었다. 의심할 여지가 없었다.

두 아가씨는 오랫동안 머물렀다. 젊은 아가씨 한 명이 속이 냉하다고 투덜대자 위스키가 나오고, 대화 역시 훨씬 즐겁고 쾌활하게 변했다. 그러다가 결국에는 찰리 베이츠가 말굽에 천을 댈 시간이 됐다고 하는데, 올리버 생각에 불어로 밖으로 나가자는 뜻인 것 같았다. 곧바로 '미꾸라지'와 찰리와 두 아가씨가 유대인 영감이 상냥하게 건네는 돈을 받아들고 밖으로 우르르 몰려나갔기 때문이다.

"어떠니, 얘야? 모두 신나게 밖으로 놀러 나간 거야. 정말 재미있게 사는 것 같지 않니?"

페이긴 영감이 말하자, 올리버가 물었다.

"그럼 오늘 일은 다 끝난 건가요, 할아버지?"

"그래, 바깥을 돌아다니다가 우연히 좋은 일감을 만나지 않는다면, 그리고 설사 만난다 하더라도 그냥 무시한다면. 그러니 상황에 따라 다르다고 할 수 있지. 저 아이들을 본받도록 해라, 얘야. 저 아이들을 본받아."

유대인 영감이 부삽으로 벽난로를 톡톡 쳐서 박자를 맞추며 계속 말했다.

"무엇이든 저 아이들이 시키는 대로 하고, 어떤 문제든 저 아이들 충고를 들어…… 특히 '미꾸라지'가 하는 말을. '미꾸라지'는 아주 훌륭한 사람이 될 테니까 '미꾸라지'를 본받으면 너도 훌륭한 사람이 될 수 있어. 내 손수건이 주머니 밖으로 삐져나왔니, 얘야?"

유대인 영감이 갑자기 물어서 올리버가 대답했다.

"네, 할아버지."

"그럼 네가 그걸 꺼낼 수 있는지 보자꾸나, 내가 못 느끼도록. 아까 아이들이 놀면서 그런 것처럼."

올리버는 '미꾸라지'가 그런 것처럼 한 손으로 주머니 끝을 잡고 다른 손으로 손수건을 가볍게 꺼냈다.

"다 뺐니?"

유대인 영감이 묻는 말에 올리버가 손을 내밀며 대답했다.

"여기에 있어요, 할아버지."

"정말 똑똑한 아이로구나, 너는."

노신사가 만족스러운 듯 올리버 머리를 다정하게 쓰다듬으며 다시 말했다.

"너처럼 똑똑한 아이는 처음 본다. 자, 은화 한 냥을 받으렴. 이런 식으로 열심히 노력하면 정말 훌륭한 사람이 될 거야. 이제 이리 오너라. 손수건에서 이름 뽑아내는 방법을 알려주마."

올리버는 노신사 주머니 터는 놀이가 훌륭한 사람이 되는 것과 무슨 상관이 있는지 궁금했다. 하지만 유대인 영감은 나이가 매우 많으니 아는 것도 분명히 많을 거란 생각에 탁자로 말없이 따라가, 이윽고 새로운 공부에 깊숙이 빠져들었다.

CHAPTER X

새로운 동료들이 어떤 사람인지 깨닫고 올리버는 커다란 대가를 치르다. 짧은 내용이지만 회고록 전체를 통틀어서 가장 중요한 부분이다

올리버는 유대인 영감 방에서 수많은 나날을 보내며 (매일 여러 장씩 들어오는) 손수건에서 이름도 뽑아내고 가끔은 앞에서 설명한 놀이도 끼어들고, 두 아이와 유대인 영감은 매일 아침이면 그런 놀이를 하며 놀았다. 그러다가 결국에는 바깥 공기를 마시고 싶은 생각이 들기 시작해, 이런저런 기회를 엿보다가 두 동료와 함께 일하러 가고 싶으니 허락해달라고 노신사에게 애원했다.

올리버가 이렇게 적극적으로 일하고 싶은 생각이 든 건 노신사에게서 엄격한 도덕성을 발견했기 때문이다. '미꾸라지'나 찰리 베이츠가 밤에 빈손으로 들어올 때마다 게으름 부리며 빈둥거리는 습관은 몹시 나쁘단 사실을 열심히 설교한 다음에 저녁을 거르고 재우는 방식으로 열심히 살아야 할 필요성을 강조하곤 했다. 한 번은 두 아이를 발로 차서 계단 밑으로 굴러 떨어뜨린 적도 있지만 그건 극히 예외적인 사례였다.

그러던 어느 날 아침에는 간절하게 원하던 허락을 받을 수 있었다.

이삼일 정도 손수건 일감이 안 들어오면서 저녁 밥상도 약간 초라하게 변한 다음이었다. 어쩌면 그것 때문에 허락한 걸 수도 있는데 이유야 어떻든, 노신사는 나가도 좋다고 말하면서 '미꾸라지'와 찰리 베이츠에게 올리버를 공동으로 보호하라는 임무를 맡겼다.

세 아이는 밖으로 신나게 나갔다. '미꾸라지'는 평소처럼 소매 절반을 말아 올리고 모자를 삐딱하게 썼으며 찰리 베이츠는 두 손을 주머니에 넣은 채 어슬렁거리고 올리버는 가운데서 걷는데, 지금 어디로 가는 건지, 그래서 어떤 제조업 기술부터 배우는 건지 궁금한 생각이 들었다.

그런데 걷는 속도가 볼썽사나울 정도로 느린 나머지, 올리버는 두 아이가 노신사를 속이는 거라는, 지금 일터로 가는 게 아니라는 생각이 들기 시작했다. 게다가 '미꾸라지'는 어린아이 머리에서 모자를 벗겨 멀리 내던지는 나쁜 습관을 보이고, 찰리 베이츠는 재산권에 대한 관념이 극히 희박해, 도랑 옆으로 쭉 늘어선 가판대에서 사과와 양파를 훔쳐 자기 주머니에 마구 쑤셔 넣는데 주머니가 너무 커서 양복 자체가 사방으로 삐져나온 것처럼 보일 정도였다. 너무나 불량한 광경에 올리버는 자기 혼자 알아서 돌아가겠다는 결심을 하고 그렇게 말하려는 찰나에 '미꾸라지' 행동이 아주 이상하게 변하는 게 아닌가!

사람들이 실제와 다르게 '녹지'라고 부르는 클러큰웰 광장에서 멀지 않은 골목을 막 빠져나올 즈음에 '미꾸라지'가 갑자기 멈추더니, 극히 조심스럽고 신중하게 손가락 하나를 입술에 대고 두 동료를 뒤로 잡아끈 것이다.

"왜 그래?"

올리버가 묻자, '미꾸라지'가 대답했다.

"쉿! 저기 헌책방에 있는 영감태기 보여?"

"저기에 있는 노신사? 응, 보여."

"저 사람으로 하는 거야."

'미꾸라지'가 말하고 찰리 베이츠가 맞장구쳤다.

"아주 좋은 일감이군."

올리버는 깜짝 놀라서 두 아이를 번갈아 쳐다보았다. 하지만 물어볼 틈도 없었다. 두 아이가 도로를 살그머니 가로질러서 노신사 뒤로 조심스레 다가갔기 때문이다. 올리버는 따라가야 할지 뒤로 물러나야 할지 몰라서 몇 걸음 쫓다가 걸음을 멈추고 우두커니 바라보았다.

노신사는 머리에 분을 바르고 금테안경을 쓴 모습이 매우 잘 사는 사람처럼 보였다. 까만 벨벳으로 목깃을 단 암녹색 외투 차림에 하얀 바지를 입고 팔꿈치에는 멋들어진 대나무 지팡이까지 들렀다. 그런 차림으로 가판대에서 책을 집어 가만히 서서 열심히 읽는 자세가 마치 자택 서재 안락의자에 앉아서 읽기라도 하는 것 같았다. 아니, 실제로 그곳을 자택 서재로 착각했을 가능성이 아주 크다. 매우 흥미진진한 표정으로 푹 빠져든 채 열심히 읽어나가다 끝까지 읽으면 한쪽을 넘겨서 다음 쪽 제일 위부터 다시 읽어나가는 모습을 보면 헌책방도 길거리도 두 아이도 안 보이는 게 분명했다.

그러니 몇 걸음 떨어진 거리에서 두 눈을 최대한 커다랗게 뜨고 바라보던 올리버는 얼마나 무섭고 놀랍겠는가, '미꾸라지'가 노신사 주머니에 한 손을 찔러 넣고 손수건을 빼내는 장면을 목격하는 순간에는, 그래서 그걸 찰리 베이츠에게 넘기는 순간에는, 그리고 두 아이가 옆 골목을 향해 전속력으로 도망치는 순간에는!

바로 그 순간에 손수건과 시계와 보석과 유대인 영감을 둘러싼 신비를 모두 이해할 것 같았다. 올리버는 공포에 젖어서 혈관이 짜릿짜릿한 게 마치 불길에 휩싸인 것 같아서 꼼짝을 못하다가 당혹감과 두려움에 휩싸이며 마구 도망쳤다. 어디로 가야 하는지도 모른 채 최대한 빠르게 발을 내디디며 열심히 도망쳤다.

단 1분 사이에 벌어진 일이었다. 그런데 올리버가 도망치기 시작한 바로 그 순간에 노신사는 한 손을 주머니에 넣다가 손수건이 없는 걸 알아채고 몸을 홱 돌리며 주변을 살폈다. 그리곤 한 아이가 빠르게 도망치는 광경을 목격하자마자 손수건을 훔친 아이라는 결론을 자연스레 내리고 온 힘을 다해서 "도적 잡아라!" 소리치며 책을 손에 든 채 뒤를 쫓았다.

하지만 노신사 혼자만 "도적 잡아라!" 소리친 건 아니었다. '미꾸라지'와 찰리 베이츠가 큰길로 도망치며 사람들 관심을 끄는 게 싫은 나머지 옆 골목 첫 번째 집 바로 뒤에 숨었다가 고함을 듣자마자, 그리고 올리버가 도망치는 광경을 보자마자, 어찌 된 상황인지 알아차리고 재빨리 뛰어나와서 "도적 잡아라!" 소리치며 선량한 시민처럼 추적에 동참했기 때문이다.

올리버는 철학자 사이에서 성장했으면서도 자신을 지키는 본능이 첫 번째 자연법칙이란 확실한 명제를 제대로 깨우치질 못했다. 그걸 깨우쳤다면 이런 일에 미리 대비했을 터이니 말이다. 하지만 아무런 대비도 못 한 터라 그만큼 더 당황할 수밖에 없었다. 그래서 바람처럼 도망치고 노신사와 두 아이는 뒤에서 우레와 같은 함성을 내지르며 쫓았다.

"도적 잡아라! 도적 잡아라!"

이 말에는 마법이 담겼다. 장사꾼은 계산대에서 뛰쳐나오고, 마부는 마차에서 뛰어내리고, 푸줏간 주인은 고기쟁반을 내려놓고, 빵집 주인은 빵 바구니를 내려놓고, 우유 장수는 우유통을 내려놓고, 심부름 가던 아이는 보따리를 내려놓고, 학생은 가지고 놀던 구슬을 내려놓고,

도로를 수리하던 일꾼은 곡괭이를 내려놓고, 어린애는 제기를 내려놓았다. 그래서 무턱대고 정신없이 성급하게 마구 달리며 쫓아가고 고함을 지르고 비명을 지르고 모서리를 돌다가 맞은편에서 오던 사람과 부닥치고 개들을 흥분시키고 닭들을 깜짝 놀라게 하니, 도로마다 광장마다 길목마다 이런 소리가 가득 울려 퍼졌다.

"도적 잡아라! 도적 잡아라!"

수많은 사람이 이렇게 소리치고 모서리를 돌아갈 때마다 인파가 늘었다. 그래서 열심히 달리며 흙탕물을 튀기고 판석 도로를 힘껏 내찼다. 여기저기에서 창문이 열리고 사람들이 뛰쳐나오고 성난 군중은 우르르 달려가니, 길거리에서 인형극을 보던 사람들은 이야기가 클라이맥스로 치닫는데도 추격하는 무리에 합류해, 새로운 열정으로 "도적 잡아라! 도적 잡아라!"를 외치며 함성을 키웠다.

"도적 잡아라! 도적 잡아라!"

인간은 가슴속 깊은 곳에 사냥에 대한 욕구와 열정이 있다. 불쌍한 아이가 지쳐서 숨을 헐떡인다. 표정엔 공포가 가득하고 두 눈엔 고통이 어리고 얼굴에선 굵은 땀방울이 흐르고 모든 신경은 추격자보다 조금이라도 앞서려고 애쓴다. 반면에 뒤를 쫓는 사람들은 아이가 지쳐가는 모습을 보고 좋아서 거리를 계속 좁히며 함성을 지른다. "도적 잡아라!" 아아, 아이를 잡으려는 이유가 자비를 베풀려는 거라면 얼마나 좋을까!

마침내 잡는다! 주먹을 한 방 먹인다. 아이는 판석 도로에 쓰러지고, 군중은 주변을 열심히 에워싼다. 군중이 계속 몰려들어 조금이라도 구경하려고 옆 사람을 밀치며 난리를 피운다.

"옆으로 비켜요!"

"아이에게 숨 쉴 공간을 줘요!"

"말도 안 되는 소리! 저런 놈을 숨 쉴 자격도 없다고요."

"노신사는 어디에 있지?"

"저기에 오시네요."

"노신사가 확인하도록 길을 비켜줘요!"

"이 아이가 맞나요, 선생님?"

"네."

올리버는 진흙과 먼지를 잔뜩 뒤집어쓰고 바닥에 쓰러진 채 입에서 피를 흘리며 가득 에워싼 얼굴을 마구 둘러보고, 노신사는 억지 친절에 밀리며 제일 앞으로 끌려 나왔다. 그리고 다시 대답했다.

"네. 안타깝지만 이 아이가 맞소."

"안타깝다니! 좋은 사람이로군!"

군중 사이에서 웅성대는 소리가 일었다.

"불쌍한 것! 몸을 다쳤어."

노신사는 안타까워하자, 덜떨어진 친구 한 명이 앞으로 나오면서 말했다.

"제가 그랬어요, 선생님. 제가 주먹으로 입을 정확히 때려서 잡았답니다, 선생님."

그러면서 모자를 만지작거리는 자세가 수고한 대가라도 바라는 것 같았다. 하지만 노신사는 경멸스런 표정으로 상대를 바라보곤 걱정스러운 눈길로 주변을 둘러보는 자세가 이번엔 자신이 도망칠 기회만 엿보는 것 같았다. 그래서 실제로 도망쳐 추격전이 다시 벌어질 것만 같은 순간에 경찰관이 (이럴 때 제일 마지막에 도착하는 사람답게) 인파 사이를 뚫고 나타나서 올리버 목덜미를 거칠게 움켜잡으며 말했다.

"그만 일어나."

"나리, 제가 안 그랬어요. 정말이에요, 정말이에요. 다른 아이 두 명이 그랬어요."

올리버는 두 손을 간절하게 모으며 사정하더니 주변을 열심히 둘러보다가 덧붙였다.

"여기 어딘가에 있을 거예요."

"맙소사, 그런 사람은 없어."

경찰관이 말했다. 비꼬려는 의도지만 그 말이 맞았다. '미꾸라지'와 찰리 베이츠는 도망치기 쉬운 모서리가 나오자마자 이미 재빨리 도망쳤기 때문이다.

"그만 일어나!"

"그러다가 아이가 다치겠소."

노신사가 동정하는 어투로 말하자, 경찰관은 아이 윗도리를 반쯤 벗겨서 등을 증거로 보여주며 대답했다.

"아니에요, 괜찮아요. 그만 일어나. 아무 소용없어. 두 발로 똑바로 일어나라고, 꼬마 악당아!"

올리버는 몸에 기운이 전혀 없으면서도 억지로 일어나, 윗도리 목덜미를 잡힌 채 거리를 따라 빠른 속도로 질질 끌려갔다. 노신사는 경찰관 바로 옆에서 따라가고 군중은 온갖 묘기를 부리며 올리버 앞으로 달려가서 고개를 돌려 힐끗힐끗 쳐다보았다. 사내아이들은 승리의 함성을 내지르고 행렬은 계속 이어졌다.

CHAPTER XI

치안판사 팽을 다루면서 법 집행 방식을 살짝 살펴보다

이번 절도사건은 악명 높은 런던 경시청 관할구역 정도가 아니라 경시청 건물 바로 옆 동네에서 일어난 사건이었다. 그래서 군중은 '양고기 언덕'을 내려가는 곳까지 큰길을 두세 개 쫓아가는 거로 만족하고, 올리버는 언덕을 다 내려간 다음에 나지막한 굴다리를 지나고 더러운 길목을 따라 올라가다 즉결 재판소 뒤쪽으로 끌려갔다. 그리곤 판석을 깐 조그만 마당으로 들어서면서 얼굴에 구레나룻이 가득하고 한 손에는 열쇠꾸러미가 가득하며 몸집은 뚱뚱한 사내와 마주쳤다.

"이번엔 무슨 일이오?"

뚱뚱한 사내가 무관심한 어투로 묻자, 올리버를 끌고 온 경찰관이 대답했다.

"소매치기 꼬마요."

그러자 열쇠를 가득 든 사내가 물었다.

"그럼 선생이 도적을 당한 피해자요?"

노신사가 대답했다.

"그렇소. 하지만 이 아이가 손수건을 가져갔는지 아닌지는 확실하지 않소. 이번 일은 여기에서 끝내고 싶소."

하지만 뚱뚱한 사내가 대답했다.

"여기까지 왔으면 치안판사 앞까지 가야 합니다. 판사님께서 곧바로 시간을 내실 겁니다. 들어가, 꼬마 악당!"

뚱뚱한 사내가 말하면서 열쇠꾸러미로 문을 하나 여는데, 돌을 쌓아 올린 감방이었다. 그러더니 몸수색을 하다가 아무것도 안 나오자, 자물쇠를 그냥 채웠다.

감방은 모양이나 크기가 지하 부엌과 비슷하나 매우 어둡다는 사실이 달랐다. 게다가 견딜 수 없을 정도로 더러웠다. 그때가 월요일 오전인데, 토요일 밤부터 바로 옆 감방에 술 취한 사람 여섯 명을 가두어서 특히 더했다. 하지만 이건 약과다. 영국 경찰서는 매일 밤 정말 사소한 혐의로 남자와 여자를 지하 감옥에 가두는 어이없는 현상이 만연하니, 여기에 비하면 재판을 받고 유죄판결을 받고 사형선고까지 받은 정말 끔찍한 흉악범이 가득한 뉴게이트 교도소는 궁궐이다. 내 말을 못 믿겠다면 두 곳을 직접 찾아가서 비교해 보라.

감방 자물쇠를 철커덕 잠글 때 노신사는 올리버만큼이나 처참한 표정이었다. 그래서 한숨을 내쉬며 책으로 눈길을 돌렸다. 본의 아니게 이런 야단법석을 일으킨 원인이었다.

노신사는 천천히 걸으면서 깊은 생각에 잠긴 듯 책 표지로 턱을 톡톡 치며 중얼거렸다.

"저 아이 얼굴에 무언가 있어, 내 마음과 관심을 사로잡는 무언가가. 혹시 저 애는 아무런 죄도 없는 게 아닐까? 내 눈에는 그렇게 보여."

노신사는 갑자기 걸음을 멈추고 하늘을 올려다보며 한탄했다.

"그런데 아아! 저 표정을 전에 어디에서 보았을까?"

노신사는 마당에서 가만히 생각하다가 문이 열린 대기실로 들어갔다. 그리고 깊이 명상하는 표정으로 한쪽 귀퉁이에 가서 여러 해에 걸쳐 장막을 희미하게 둘러친 수많은 얼굴을 떠올리다가 머리를 흔들며 다시 중얼거렸다.

"아니야, 이건 착각이야."

하지만 노신사는 수많은 얼굴 사이를 다시 돌아다녔다. 이런저런 얼굴이 생생하게 떠오르는데 오랫동안 가리던 장막을 거둔다는 게 쉽지 않았다. 친구 얼굴도 있고 원수 얼굴도 있는데, 대부분은 억지로 비집고 나온 낯선 얼굴이었다. 이제는 할머니가 되었는데 예전에 활짝 꽃피우던 젊은 아가씨 얼굴도 있고 무덤에 갇혀서 완벽하게 변한 얼굴도 있었다. 하지만 인간의 마음은 죽음이란 힘보다 뛰어나니, 예전처럼 건강하고 아름다운 살을 입혀서 불러내자 두 눈은 초롱초롱하고 미소는 환하며 육체를 비집고 나오는 영혼은 화사하고 무덤 너머에서 속삭이는 소리는 아름다웠다. 아, 죽음이란 인간을 최고 경지로 끌어올려서 지상의 육신을 환한 빛으로 바꾸어 천국으로 가는 길을 다정하고 부드럽게 밝히는 과정이 아니던가!

하지만 노신사는 올리버와 비슷한 얼굴을 단 하나도 떠올릴 수 없었다. 그래서 한숨을 내쉬며, 그리고 멍한 표정으로 오히려 다행이라 여기며, 자신이 불러일으킨 다양한 기억을 곰팡내 나는 책갈피에 다시 묻었다.

열쇠를 든 사내가 어깨를 툭 건들며 사무실로 따라오라고 말하자, 노신사는 책을 즉시 덮고서 매우 유명한 치안판사 팽이 당당하게 기다리는 곳으로 안내받았다.

사무실은 정면이 거실로, 팽 치안판사는 제일 안쪽에 칸막이를 치고서 기다란 책상 뒤에 앉았고, 문 한쪽에는 나무로 만든 우리 같은 게 있는데, 바로 거기에 불쌍한 올리버가 갇혀서 너무나 끔찍한 장면에 온몸을 덜덜 떨었다.

팽 치안판사는 깡마른 체구에 등이 길고 목이 뻣뻣하며 키는 중간인데, 머리칼은 많지 않아, 머리 뒤와 옆에서만 자라는 정도였다. 얼굴은 엄숙하며 벌겋게 상기된 상태였다. 몸에 좋은 이상으로 술을 마시는 버릇이 없다면 자기 얼굴을 상대로 소송을 벌어서 막대한 배상금이라도 챙길 것 같은 얼굴이었다.

노신사는 정중하게 고개를 숙이고 인사하며 판사 책상 앞으로 나아가, "제 이름과 주솝니다, 판사님" 하고 말하며 명함을 내밀었다. 그러고 나서 한두 걸음 물러나, 신사다운 정중한 자세로 다시 고개를 숙이며 인사한 다음, 질문이 나오기만 기다렸다.

바로 그 순간에 팽 치안판사는 조간신문 사설을 읽던 참인데, 자신이 최근에 내린 판결을 언급하며 내무대신에게 구체적으로 딱 집어서 경고해야 한다고 무려 350번째로 권고하는 내용이었다. 그래서 잔뜩 화나서 찡그린 얼굴로 쳐다보며 물었다.

"당신은 누구요?"

노신사는 깜짝 놀라며 명함을 가리켰다. 하지만 팽 치안판사는 신문과 함께 명함을 거만하게 내팽개치며 다시 물었다.

"사무관! 이 작자는 누구야?"

그러자 노신사는 진짜 신사답게 대답했다.

"저는 이름이, 판사님, '브라운로우'입니다. 청컨대, 법이 보호하는 선량한 시민을 정당한 사유 없이 부당하게 모욕하는 치안판사의 성함을 알고 싶군요."

노신사는 이렇게 말한 다음, 자신이 물어본 내용을 대답할 사람을 찾는 듯 사무실을 둘러보았다. 그러자 팽 치안판사가 신문을 한쪽으로 던지며 다시 물었다.

"사무관! 이 작자는 무슨 혐의야?"

"저분은 아무런 혐의도 없습니다, 판사님. 이 아이를 고소하려고 출두한 겁니다, 판사님."

사무관이 대답했다. 하지만 판사도 이런 사실을 충분히 알고 있었다. 하지만 지금 자신에게 필요한 건 아무 탈 없이 화풀이할 건수였다. 그래서 노신사를 머리끝부터 발끝까지 오만무례하게 훑어보며 말했다.

"이 아이를 고소하려고 출두했다고? 선서시켜!"

"선서하기 전에 한마디 하겠는데, 그건, 이런 일을 직접 경험하기 전까지만 해도 나는 설마……"

"닥치시오, 선생!"

팽 치안판사는 거만하게 소리치고, 노신사는 굳세게 대답했다.

"말해야 하겠소, 판사!"

"지금 당장 닥치시오. 안 그러면 선생을 여기에서 끌어내겠소! 정말 거만하고 무례한 작자로군. 감히 판사를 협박하려 들다니!"

팽 치안판사가 말하자, 노신사는 빨갛게 달아오른 얼굴로 소리쳤다.

"뭐요!"

하지만 팽 치안판사는 서기에게 강력하게 지시했다.

"저 사람을 선서시켜! 더는 단 한마디도 안 들을 테니까. 선서시켜!"

노신사는 무척 화났지만 그러면 아이가 더 커다란 해를 입을 수도 있겠다는 생각이 들었는지, 감정을 당장 억누르며 선서하겠다 말하곤, 곧바로 선서했다. 그러자 팽 치안판사가 물었다.

"그래, 아이를 고소한 혐의가 뭐요? 할 말이 있소, 선생?"

"나는 헌책방에서……"

노신사가 말하는데, 팽 치안판사가 버럭 소리쳤다.

"닥치시오, 선생. 경찰관! 아이를 데려온 경찰관은 어디 있나? 그래, 저 경찰관에서 선서시켜. 그래, 경찰관, 어떻게 된 건가?"

경찰관은 극히 겸손한 자세로 변하며 자신이 올리버를 체포한 경위와 몸을 수색했는데 아무것도 안 나왔다는 사실과 자신이 아는 건 이게 전부라는 내용을 진술했다.

"증인이 있나?"

팽 치안판사가 묻자, 경찰관이 대답했다.

"없습니다, 판사님."

팽 치안판사는 잠시 침묵하더니 고소인에게 몸을 돌려서 고압적으로 소리쳤다.

"당신은 이 아이를 고소할 거요, 안 할 거요? 선서했으니, 거기에 가만히 서서 증언하길 거부한다면 법정 모독죄로 벌을 주겠어. 무슨 일이 있어도……."

하지만 무슨 벌을 어떻게 주겠다는 건지 아무도 들을 수 없었다. 서기와 교도관이 바로 그 순간에 몹시 커다랗게 기침한 데다 서기는 아주 묵직한 책까지 바닥에 떨어뜨려서 그 말이 들리는 걸 막았기 때문이다…… 당연히 실수로.

노신사는 숱하게 제지당하고 모욕을 받으며 사건이 일어난 정황을 간신히 설명했다. 자신이 깜짝 놀라서 둘러보니 아이가 도망가는 게 보여서 뒤를 쫓은 것뿐이라고 말한 다음, 아이가 도적은 아니라도 도적과 연관이 있다고 믿을 순 있겠지만 가능하다면 법이 허용하는 선에서 최대한 관대하게 판결하면 고맙겠다는 희망을 드러냈다. 그러더니 판사를 바라보며 열정적으로 결론을 내렸다.

"아이가 많이 다쳤습니다. 아이가 매우 아픈 것 같아서 걱정입니다."

그러자 팽 치안판사가 비웃으며 말했다.

"아! 네, 그렇군요! 야, 여기에선 수작 부리지 마, 꼬마 악당아. 여기에선 안 통해. 이름이 뭐냐?"

올리버가 대답하려는데 혀가 말을 안 들었다. 얼굴은 금방이라도 죽을 것처럼 창백하고 주변 공간은 빙글빙글 돌아가는 것 같았다.

"이름이 뭐냐, 독한 악당아? 사무관, 저 아이 이름이 뭔가?"

판사가 옆에서 줄무늬 조끼 차림으로 무뚝뚝하게 서 있는 연로한 사무관에게 말하자, 사무관이 올리버에게 허리를 숙여서 이름을 묻더니, 이해할 수 있는 대답이 안 나오자, 그렇게 말하면 판사가 더욱 화난 나머지 그만큼 심한 판결을 내릴 게 뻔한 터라 재빨리 기지를 발휘하며 대답했다.

"톰 화이트라고 대답하네요, 판사님."

마음씨 착한 사무관이 대답하자, 팽 치안판사가 다시 물었다.

"아, 직접 말하지 않겠다는 건가? 좋아, 좋아. 어디에서 살지?"

사무관은 이번에도 올리버가 대답한 척하면서 대답했다.

"아무 데서나 되는대로 산답니다, 판사님."

"부모는 있나?"

"아주 어릴 때 둘 다 죽었다고 합니다, 판사님."

사무관이 기지를 발휘하며 계속 대답할 때 올리버는 머리를 들고 간절한 눈으로 주변을 둘러보며 물 한 모금만 달라고 가느다랗게 중얼거렸다.

"말도 안 되는 소리! 나를 놀려먹을 생각은 않는 게 좋아."

팽 치안판사가 말하자, 사무관이 간청했다.

"정말로 아픈 것처럼 보입니다, 판사님."

"자네가 뭘 안다고 나서나!"

팽 치안판사가 나무라자, 이번에는 노신사가 본능적으로 두 손을 추켜들며 말했다.

"저 아이를 잡아주시오, 사무관. 쓰러지겠소."

"물러서, 사무관. 쓰러지고 싶으면 쓰러지라고 해."

팽 치안판사가 소리쳤다.

올리브는 친절한 허락을 받자마자 그대로 혼절하며 바닥에 쓰러지고, 사무실에 있던 사람은 서로를 쳐다볼 뿐 감히 나서서 도울 엄두를 못 냈다. 그러는 가운데 팽 치안판사가 명백한 증거라도 되는 듯 소리쳤다.

"나는 그놈이 꾀병 부릴 줄 알았어. 그냥 누워있으라고 해, 곧 싫증 날 테니까."

"이번 사건을 어떻게 판결하실 건지요, 판사님?"

서기가 나지막한 목소리로 묻자, 팽 치안판사가 대답했다.

"즉결 심판. 삼 개월 중노동에 처하도록. 이제 모두 해산."

그와 동시에 문이 열리고 장정 두 명이 혼절한 아이를 감방으로 운반하려고 준비하는데, 까만 양복 차림이 점잖지만 가난하게 보이는 중년 남자 한 명이 사무실로 급히 뛰어들어 판사 앞으로 나아가며 숨 가쁜 목소리로 소리쳤다.

"멈추시오, 멈추시오! 아이를 데려가지 마시오! 제발 부탁이니, 잠시만 멈추시오!"

이런 사무실에서 마귀 같은 자가 국왕 폐하의 신민에게, 가난한 신민에게 더더욱, 인권과 명예와 평판은 물론 목숨을 담보로 걸고 재판이란 권력을 마음대로 행사하는데도, 사방이 꽉 닫힌 밀실에서는 환상적인 속임수가 매일같이 일어나 하늘나라 천사까지 눈이 퉁퉁 붓도록 울게 하는데도, 일반대중은 일간신문이란 매체를 통하지 않으면 도통 알 수 없으니, 팽 치안판사는 갑자기 뛰어들어서 소란을 피우는 작자에게 엄청나게 화내며 소리쳤다.

"이건 뭐야? 이잔 누구야? 이자를 쫓아내. 모두 해산!"

하지만 중년 사내는 굳세게 말했다.

"나도 말할 게 있소. 그냥 나갈 순 없소. 나는 모든 장면을 보았소. 나는 헌책방 주인이오. 선서하고 증언할 것을 요구하오. 나는 침묵하지 않겠소. 팽 판사님, 내 증언을 들어야 합니다. 내 증언을 거부하면 안 됩니다, 판사님."

중년 사내 말이 옳았다. 게다가 태도까지 단호하니, 그냥 쉬쉬하며 덮어두기엔 문제가 너무 심각하게 변할 것 같았다. 그래서 팽 판사는 마지못한 표정으로 험상궂게 소리쳤다.

"저 사람에게 선서시켜. 이봐, 그래서 무얼 증언하겠다는 거야?"

"이거요. 이 신사께서 책을 읽을 때 세 아이가 길 건너편에서 어슬렁대는 모습을 내가 보았소, 두 아이와 여기에 갇힌 아이. 도적질은 다른 아이가 저질렀소. 내가 똑똑히 보았소. 이 아이는 그 장면을 보고 끔찍하게 놀라서 어리벙벙한 표정으로 서 있는 모습도 보았소."

여기에서 잠시 숨을 고르더니, 도적질하던 당시 상황을 훌륭한 책방 주인이 훨씬 또렷하게 묘사하자, 팽 치안판사가 잠시 가만히 있다가 물었다.

"그런데 진작 찾아오지 않은 이유가 무언가?"

"가게를 지키느라 짬을 낼 수 없었습니다. 나를 도울 사람은 모두 도적을 잡는다며 쫓아갔으니까요. 도와줄 사람이 불과 5분 전에 간신히 나타나서 여기까지 곧장 달려온 겁니다."

"고소인이 책을 읽고 있었나?"

팽 치안판사는 잠시 침묵하다가 다시 묻고, 중년 사내는 대답했다.

"네. 지금 손에 들고 있는 책입니다."

"아, 저 책이라고? 책값은 냈나?"

"아니요, 안 냈습니다."

중년 사내가 대답하며 빙그레 웃자, 그때까지 그런 생각을 못 한 노신사가 순진무구하게 소리쳤다.

"맙소사, 까마득히 잊고 있었군!"

그러자 팽 치안판사가 인간적으로 보이려는 마음에 코미디를 하는 것처럼 말했다.

"불쌍한 아이에게 혐의를 씌우다니, 정말 훌륭한 사람이군! 내가 보기에 선생은 극히 의심스러우면서도 흉측한 상황에서 그 책을 확보했소. 그러니 책 주인이 고발하지 않는 걸 다행으로 여겨야 하오. 이번 일을 교훈으로 삼으시오, 안 그러면 법의 심판을 받을 테니 말이오. 아이를 풀어줘라. 모두 해산!"

"어이가 없군! 지금 도대체 무슨 말을 하는 거요? 내가……"

노신사가 소리치며 오랫동안 꾹 누르던 화를 터트리자, 치안판사도 소리쳤다.

"모두 해산! 직원들은 내 말이 안 들리나? 모두 해산!"

직원들은 지시에 따르고 화가 잔뜩 치민 노신사는 한 손에 책을 들고 다른 손에 대나무 지팡이를 든 채 밖으로 끌려나갔다. 그래서 마당으로 나선 다음에 비로소 정신이 들었다. 어린 올리버 트위스트가 바닥에 깔린 판석에 등을 대고 누웠는데, 셔츠 단추는 풀리고 이마는 식은땀이 흥건하고 얼굴은 죽은 것처럼 창백하고 몸뚱이는 추워서 덜덜 떨었다.

"불쌍한 것, 불쌍한 것!"

노신사는 중얼대며 올리버에게 몸을 숙이더니, 갑자기 커다랗게 소리쳤다.

"누구든 마차를 불러주시오, 어서, 빨리!"

마차 한 대가 달려오고, 사람들이 올리버를 좌석에 조심스레 태우자 노신사 역시 바로 옆자리에 올라탔다. 그러자 헌책방 주인이 안을 들여다보며 물었다.

"제가 함께 타도 괜찮겠습니까?"

"저런, 저런, 그래요, 그래. 당신을 깜빡 잊었구려! 불행한 사태를 불러온 책도 여전히 내 손에 있고! 올라타시오. 아이가 아프니, 낭비할 시간이 없소."

헌책방 주인은 재빨리 올라타고, 마차는 덜거덕거리며 이동했다.

CHAPTER XII

올리버는 어느 때보다 훌륭한 보살핌을 받으나, 결국에는 상냥한 노신사와 전도유망한 제자들에게 돌아가다

올리버가 '미꾸라지'와 함께 런던에 처음 들어오면서 지나간 곳을 마차는 덜거덕거리며 거의 비슷하게 나아가다 이슬링턴에 있는 '천사'에서 다른 길로 접어들더니, 마침내 펜턴빌 거리로 들어서서 가로수가 울창하고 조용하며 깔끔한 저택 앞에 멈췄다. 여기에서, 노신사는 지체하지 않고 침대를 준비해 자신이 데려온 어린애를 편안히 조심스레 누이도록 지시했다. 여기에서, 올리버는 끝없이 친절하고도 따듯한 보살핌을 받았다.

하지만 여러 나날이 지나는 동안, 올리버는 새로운 사람들이 보살핀다는 사실 자체를 조금도 느낄 수 없었다. 태양이 떴다가 지고 다시 떴다가 지고 그렇게 여러 번 떴다가 지도록, 아이는 열병에 시달리느라 침대에 그대로 누워서 끙끙 앓아대며 몸을 이리저리 뒤척이고 살은 바싹 말라비틀어졌다. 실제로, 죽은 몸뚱이를 파고드는 구더기보다 산 몸뚱이를 서서히 파고드는 열병이 사람을 훨씬 잘 갉아먹는 법이 아니던가!

마침내 올리버는 오랜 악몽처럼 느껴지는 꿈에서 깨어났다. 온몸에 뼈만 앙상하고 얼굴은 창백한 게, 힘이 하나도 없었다. 그래서 간신히 일어나 덜덜 떨리는 팔로 머리를 기댄 채 불안한 눈으로 주변을 살피며 중얼거렸다.

"여긴 어디지? 내가 왜 여기에 있는 거지? 여기는 내가 잠든 곳이 아니야."

힘이 하나도 없어서 목소리 역시 가느다랗고 연약하나, 그 소리를 단번에 알아들은 사람이 있었다. 누가 침대 머리맡에서 커튼을 급히 걷었기 때문이다. 옷차림이 깔끔하고 단정하며 얼굴은 상냥한 할머니가 바로 옆 안락의자에 앉아서 뜨개질하다가 일어나서 커튼을 걷은 것이다. 그러더니 다정하게 말했다.

"쉿, 우리 아가. 가만히 있으렴, 아니면 다시 아플 거야. 지금까지 몹시 심하게 앓았단다, 갈 데까지 갈 정도로. 다시 누우렴. 그래, 우리 아가!"

할머니가 말하며 올리버 머리를 베개에 다정하게 누이고 이마에 흘러내린 머리칼을 부드럽게 쓸어 넘기더니, 다정하고 사랑스러운 표정으로 얼굴을 바라보아, 올리버는 그 손을 앙상한 손으로 붙잡아 자기 목에 대고 말았다. 그러자 할머니는 눈물을 글썽이며 감탄했다.

"어머나! 고마워할 줄 아는 아이로구나. 어휴, 예쁜 것! 친엄마가 나처럼 옆에 앉아서 이렇게 볼 수 있다면 얼마나 좋을까?"

그러자 올리버가 두 손을 모으며 속삭였다.

"아마 우리 엄마도 보고 계실 거예요, 바로 옆에 앉아서. 그런 느낌이 들거든요."

"그건 열병에 걸렸기 때문이란다, 아가."

"그렇겠지요. 하늘나라는 아주 멀고 거기에서는 모두 행복하니, 불쌍한 아이 곁으로 내려오지 않겠죠. 하지만 내가 아픈 걸 알면 거기에서나마 가엾이 여길 거예요. 엄마도 죽기 전에 굉장히 아팠거든요. 그래서 나에 대한 걸 하나도 모른답니다. 내가 아픈 걸 알았다면 몹시 슬퍼하셨을 거예요."

올리버가 말하더니 잠시 침묵하다가 덧붙였다.

"그런데 꿈에 나타나는 엄마는 얼굴이 언제나 달콤하고 행복하게 보인답니다."

할머니는 이 말에 아무런 대답도 않고 두 눈에 그득한 눈물을 닦고서 침대 이불에 내려놓은 안경 역시 눈이라도 되는 듯 똑같이 닦더니, 올리버에게 음료수를 가져다주어 시원하게 들이켜도록 하고 뺨을 부드럽게 쓰다듬으며 이제 가만히 누워야 한다고, 그러지 않으면 다시 아플 거라고 말했다.

그래서 올리버는 가만히 누웠다. 할머니가 친절하게 하는 말이라면 무엇이든 따르고 싶은 마음도 강하지만 지금까지 말하느라 완전히 지치기도 했기 때문이다. 그러다가 곤한 잠에 빠져들고 불빛이 다가오는 느낌에 다시 깨어나니, 신사 한 분이 똑딱거리는 소리도 커다랗고 모양도 커다란 금시계를 한 손에 들고 맥박을 재다가 많이 좋아졌다고 하면서 이렇게 물었다.

"상태가 정말 많이 좋아졌구나, 그치, 얘야?"

"네, 고맙습니다, 선생님."

올리버가 대답하자, 신사가 다시 말했다.

"그래, 그럴 줄 알았다. 배가 고프지, 그치?"

"아니요, 선생님."

"으음! 그래, 그럴 줄 알았다. 배는 안 고픕니다, 베드윈 부인."

신사가 모든 걸 안다는 표정으로 말하자, 할머니는 존경스럽다는 표정으로 고개를 끄덕이는 게, 의사선생님은 정말 모르는 게 없다는 생각이 그대로 묻어나오는 것 같았다. 그런데 의사선생님 자신도 똑같이 생각하는 기색이 역력했다.

"졸리지, 그치, 얘야?"

"아니요, 선생님."

올리버가 대답하자, 의사선생님은 빈틈없이 만족스러운 표정으로 말했다.

"그래, 졸리지 않아. 목마르지도 않고. 그치?"

"아니요, 선생님. 목은 말라요."

"내가 예상한 그대로군요, 베드윈 부인. 아이가 목이 마른 건 극히 자연스러운 현상입니다. 버터를 안 바른 토스트에다 차를 약간 주도록 하세요. 너무 따듯해도 안 되지만, 부인, 너무 차갑지도 않도록 조심해야 합니다. 아시겠습니까?"

할머니는 무릎을 구부려서 정중하게 인사하며 대답하고, 의사선생님은 맛이 좋다고 말하면서 시원한 음료수를 마신 다음에 급히 사라지는데, 계단을 내려가는 구두 소리가 극히 중요한 소리처럼 커다랗게 일어났다.

올리버는 그런 다음에 또 곧바로 잠들고는, 자정이 다 될 무렵에 다시 깨어났다. 그러자 할머니는 잘 자라고 부드럽게 말하더니 이제 막 찾아온 뚱뚱한 할머니에게 간호를 맡긴 채 떠나고, 뚱뚱한 할머니는 조그만 보따리를 하나 가져왔는데, 거기에서 기도서와 잠잘 때 쓰는 커다란 모자가 나왔다.

할머니는 커다란 모자를 머리에 쓰고 기도서를 탁자에 올려놓더니, 올리버에게 밤새도록 간호하러 왔다고 말하곤 벽난로 앞으로 의자를 바싹 끌어가서 꾸벅꾸벅 졸다가 앞으로 꼬꾸라지기도 하고 앓는 소리도 다양하게 내고 숨이 막히기도 했다. 하지만 어떤 경우든 코를 쓱 문질러서 간단하게 해결하고 깊은 잠에 다시 빠져들었다.

밤은 이렇게 천천히 흘러갔다. 올리버는 침대에 가만히 누워있어도 오랫동안 잠을 이룰 수 없어 양초 가리개에서 뻗어 나가 천장을 동그랗게 비추는 조그만 불빛을 세기도 하고 정교한 벽지 무늬를 천천히 쫓아가기도 했다. 어두운 방에 깊은 적막이 깔려서 매우 엄숙했다. 죽음이 밤마다 낮마다 여기에 오랫동안 맴돌다가 떠났으나 섬뜩하고 끔찍한 모습으로 다시 찾아올 수도 있다는 생각이 문뜩 떠올라, 올리버는 베개에 얼굴을 파묻고 하느님께 열심히 기도했다.

그러다가 깊은 고통에서 막 벗어나는 순간에 고요하고 편안하게 깃드는 잠에, 참으로 평화롭고 달콤한 나머지 다시는 깨어나고 싶지 않은 잠에 서서히 빠져들었다. 이게 죽음이라면 누가 다시 깨어나서 온갖 싸움과 고생만 가득한 세상으로, 현재의 근심과 미래에 대한 걱정은 물론이고 과거에 대한 뼈아픈 회상만 가득한 세상으로 돌아오고 싶겠는가!

눈을 다시 뜬 건 환한 태양이 높이 떠오른 다음이었다. 상쾌하고 행복한 느낌이었다. 힘든 고비를 모두 무사히 넘긴 느낌이었다. 세상에 다시 태어난 느낌이었다.

그러고 사흘이 지난 다음부터 베개를 잘 받쳐주면 안락의자에 앉을 수도 있었다. 아직은 걸을만한 힘이 없는 터라, 베드윈 부인이 사람들에게 올리버를 안아서 일 층에 있는 조그만 가정부 숙소로, 자신이 사용하는 방으로 데려다 놓도록 한 상태였다. 그래서 벽난로 바로 앞에 앉힌 다음, 착한 할머니도 그 옆에 나란히 앉았다. 그리곤 올리버가 많이 좋아진 걸 보고 기뻐하면서 본격적으로 울어대기 시작했다. 그러면서 말했다.

"얘야, 걱정하지 마라. 나는 가끔 이렇게 실컷 운단다. 그래, 다 울고 나니까 마음이 정말 편안하구나."

"저에게 정말 너무나 친절하세요, 할머니."

올리버가 말하자, 할머니가 대답했다.

"으음, 그런 건 신경 쓰지 말 거라, 얘야, 그런 건 고깃국물하고 아무런 상관도 없으니까. 이제 고깃국물을 먹어도 될 것 같아. 의사선생님 말이 오늘 아침에 주인 나리께서 너를 보러 오실 수도 있다고 했으니, 최대한 건강하게 보이도록 노력하자꾸나. 우리가 건강하게 보일수록 주인 나리께서 기뻐하실 테니까."

할머니는 이렇게 말하고 조그만 냄비에 고깃국물을 가득 담아서 데우는데 국물이 정말 진했다. 규정대로 묽게 만들면 적게 잡아도 삼백오십 명은 충분히 먹을 수 있겠단 생각이 절로 떠오를 정도였다.

"그림을 좋아하는구나, 그치?"

할머니가 물었다. 올리버가 의자 맞은편 벽에 시선을 고정한 채 초상화를 열심히 바라본다는 사실을 깨달은 것이다.

"잘 모르겠어요, 할머니. 지금까지 그림을 거의 못 봤거든요. 하지만 저 부인은 얼굴이 정말 아름답고 온화하네요!"

올리버가 초상화를 계속 바라보며 대답하자, 할머니는 이렇게 말했다.

"아, 그거야 화가라면 귀부인을 실제보다 아름답게 그려야 하니까 그렇지. 그렇게 안 하면 찾는 고객이 없거든. 그러니 실물을 똑같이 그려내는 사진기를 발명한 사람은 자신이 절대 성공할 수 없다는 사실을 알고 있었을 거야. 그건 너무 솔직하거든. 너무."

자신이 너무 정확하게 말했다는 사실에 할머니가 폭소를 터트리자,

올리버가 물었다.
“그럼, 저것도 똑같이 그린 건가요?”
할머니가 고깃국물에서 잠시 고개를 들고 쳐다보며 대답했다.
“그래, 저건 초상화니까.”
“누군데요, 할머니?”
올리버가 묻자, 할머니가 상냥한 표정으로 대답했다.
“그건 나도 모르겠구나, 얘야. 너나 내가 아는 사람은 아닌 것 같아. 초상화가 맘에 드는 모양이구나, 얘야.”
“참으로 아름다워요.”
올리버가 대답하자, 할머니는 아이가 초상화를 보며 떠올리는 경이로운 표정을 발견하고 깜짝 놀라며 물었다.
“맙소사, 혹시 저 초상화를 두려워하는 건 아니겠지?”
그러자 올리버는 재빨리 대답했다.
“아니에요, 아니에요, 아니에요. 하지만 두 눈이 너무 슬프게 보여요. 내가 앉은 데서 쳐다보면 시선이 마주치는 것 같아요. 그래서 가슴이 두근거려요.”
그러더니 올리버가 나지막한 목소리로 덧붙였다.
“초상화가 살아서 나랑 말하고 싶은데 말할 수 없는 것 같아요.”
그러자 할머니가 깜짝 놀라며 소리쳤다.
“어머나! 그런 식으로 말하지 말렴, 얘야. 심한 병을 앓은 다음이라 힘이 없고 신경이 곤두서서 그런 거야. 초상화를 못 보도록 의자를 다른 쪽으로 돌려놔야 하겠구나. 그래, 그러면 되겠어!”
할머니가 말하더니, 그대로 행동에 옮기고 나서 다시 말했다.
“이제 무슨 일이 있어도 안 보일 거야.”
그런데 올리버는 마음의 눈으로 초상화를 생생하게 바라보았다. 위치를 조금도 안 바꾼 것 같았다. 하지만 다정한 할머니에게 걱정을 안 끼치는 게 좋겠다는 생각에 할머니가 쳐다볼 때마다 다정한 미소를 머금고, 할머니는 아이가 훨씬 편안한 것처럼 보여서 마음을 놓으며 고깃국물에 소금도 치고 빵도 가루로 만들어 넣어서 간을 맞추는 등 바쁘게 움직여서 멋들어진 상을 차리고, 올리버는 그걸 순식간에 해치웠다. 그래서 마지막 한 숟갈을 꿀꺽 삼키자마자 방문을 부드럽게 두드리는 소리가 났다. 할머니가 "들어오세요"라고 대답하니, 노신사가 안으로 들어왔다.

처음에는 적당히 쾌활한 표정이더니, 안경을 이마 위로 끌어올리고 두 손을 실내복 뒷자락으로 찔러 넣은 채 올리버를 오랫동안 자세히 들여다보는 사이에 얼굴을 정말 이상하고 다양하게 찡그렸다. 올리버는 심하게 앓느라 몸에 기운이 하나도 없고 얼굴은 수척해도 은인을 존경한다는 표시로 억지로 일어나려고 애쓰다가 의자에 다시 풀썩 주저앉는데, 사실대로 말하자면 착한 노인 여섯 명을 합친 것처럼 마음이 넓은 노신사는 그러는 사이에도 철학적 소양이 충분한 사람 아니면 도저히 이해할 수 없는 수압작용으로 두 눈에 눈물이 가득 고인 채 목청을 가다듬으며 말했다.

"불쌍한 것, 불쌍한 것! 오늘 아침엔 목이 쉰 것 같구려, 베드윈 부인. 감기에 걸린 것 같아서 걱정이오."

"어떻게 그런 일이…… 나리께서 쓰시는 물건은 무엇이든 햇볕에 충분히 말렸는데요?"

"나도 모르겠소, 베드윈. 나도 모르겠어. 어제 저녁 식사를 할 때 축축한 냅킨을 쓴 것 같소. 하지만 걱정하지 마시오. 그래, 기분이 어떠니, 얘야?"

"매우 행복합니다, 할아버지. 저에게 이렇게 은혜를 베풀어주셔서 정말 고맙습니다, 할아버지."

"착한 아이로구나."

노신사가 감정을 억누르면서 억지로 말하더니, 베드윈 부인에게 물었다.

"아이에게 영양가 있는 걸 먹였소, 베드윈? 죽 같은 거?"

"진하게 달인 고깃국물을 이제 막 한 그릇 먹였답니다."

베드윈 부인이 허리를 살짝 펴고 대답하며 고깃국물이란 말을 유난히 강조하는 게, 고깃국물은 영양이 훨씬 많다는 사실을, 죽 하고는 상대가 안 된다는 사실을 암시하는 것 같았다. 하지만 노신사는 살짝 진저리치며 말했다.

"어이쿠! 적포도주를 두 잔 정도 주는 게 아이에게 훨씬 좋았을 텐데 말이오. 그렇지 않니, 톰 화이트?"

"저는 이름이 올리버입니다, 할아버지."

어린애가 대답하는데, 얼굴에 깜짝 놀란 표정이 가득했다.

"올리버? 올리버 뭐? 올리버 화이트?"

"아니에요, 할아버지. 트위스트요. 올리버 트위스트."

"이름이 이상하구나! 그런데 치안판사는 네 이름을 화이트라고 한 이유가 무얼까?"

"저는 그렇게 대답한 적이 한 번도 없어요, 할아버지."

올리버가 깜짝 놀란 표정으로 대답했다. 하지만 노신사는 이게 거짓말처럼 들려서 올리버 얼굴을 엄숙하게 쳐다보았다. 그러나 의심스러운 기색은 조금도 없었다. 깡말라서 날카로운 얼굴 생김새 하나하나에 진실이 가득했다. 그래서 노신사는 이렇게 중얼거렸다.

"실수가 있었나 보군."

이제 올리버를 계속 살펴볼 이유도 없는데, 자신이 아는 사람과 얼굴이 정말 비슷하단 생각이 다시 떠올라서 노신사는 시선을 도저히 거둘 수 없었다.

"저에게 화나신 건 아니지요, 할아버지?"

올리버가 물으며 간절한 눈빛으로 쳐다보자, 노신사가 대답했다.

"아니다, 아니야."

그러다가 다시 소리쳤다.

"맙소사! 이게 뭐야? 베드윈, 저길 보시오!"

그러면서 올리버 머리 위에 있는 초상화를 급히 가리키더니, 이번에는 올리버 얼굴을 가리켰다. 초상화 얼굴을 그대로 옮긴 것 같았다. 두 눈도 그렇고 머리도 그렇고 입도 그랬다. 하나하나가 똑같았다. 사소한 부분까지 놀라울 정도로 비슷한 게, 표정까지 똑같다는 생각이 들었다!

하지만 올리버는 노인이 갑자기 소리친 이유를 알 수 없었다. 갑작스러운 소리를 감당할 체력이 없어서 그대로 혼절했기 때문이다. 올리버는 체력이 약하니, 이번 기회에 작가는 올리버 관점이 아니라 유대인 노신사의 어린 두 제자 관점에서 이야기를 풀어 긴장감을 줄여나가야 할 것 같다. 이런 내용이다.

앞에서 묘사한 것처럼 '미꾸라지'는 기술이 훌륭한 친구 베이츠와 함께 노신사 물건을 불법으로 탈취하고, 그것 때문에 도망가는 올리버를 역으로 쫓아가며 소리치는 대열에 합류했다. 생존법칙에 극히 합당하고 기특한 행동으로 진정한 영국인이라면 인민의 자유와 인권을 제일 앞에 내세우며 강조할 수밖에 없으니, 이런 행동은 두 아이가 보신주의와 안전주의를 가장 중요하게 여긴다는 확실한 증거인 데다 극히 심오하고 건전한 공리주의 철학자들이 자연계에서 발생하는 모든 행동과 행위의 핵심원리로 제시하는 원칙에 극히 타당하다는 점에서도 공직자든 애국자든 두 아이를 매우 높이 평가해야 마땅하다는 사실을 내가 독자 여러분에게 굳이 언급할 필요는 없을 것 같다. 앞에서 언급한 철학자들은 자연법칙을 처세술과 이론 차원으로 극히 지혜롭게 격하하고, 자연에서 나타나는 탁월한 지혜와 이해력을 매우 상쾌하고 아름답게 칭찬하는 방식으로 자연이 지닌 너그러운 심성과 충동과 감성을 완벽하게 배제한다. 왜냐하면, 이런 문제는 여성 일반이 지니는 다양한 약점과 결점을 완벽하게 극복했다고 누구나 인정하는 여성[18)]에게 전혀 걸맞지 않기 때문이다.

두 아이가 아주 곤란한 상황에서 나타낸 행동에 철학적 속성을 또렷하게 드러내는 증거가 더 필요하다면 (앞에서 언급한 것과 마찬가지로) 사람들이 올리버에게 모든 관심을 집중하는 순간에 기회를 재빨리 포착하고 대열에서 이탈해, 집으로 가는 제일 빠른 지름길로 살그머니 빠져들었다는 사실 역시 좋은 증거가 될 수 있다. 내가 말하고 싶은 건 공부를 많이 하고 명성도 자자한 철학자들이 많은 과정을 생략하고 지름길만 찾아서 위대한 결론에 손쉽게 도달하는 걸 일반적인 관행으로 삼는다는 주장은 아니다. (물론, 이들은 술 취한 사람이 기발한 생각을 끊임없이 떠올리며 횡설수설하는 것처럼 표현을 이리 비틀고 저리 돌리는 방식으로 지루할 정도로 기다랗게 늘어뜨릴 때가 매우 많긴 하다.) 내가 말하고 싶은 건, 위대한 철학자 대부분은 이론을 전개할 때마다 우발적인 사태가 발생해서 영향 미칠 가능성 자체를 사전에 차단하는 데에 대단한 지혜와 통찰력을 보여준다는 사실이다. 그러다 보니, 대의를 위해서라면 사소한 불의는 아무리 많이 저질러도 괜찮고, 결과만 정당하면 수단은 아무래도 상관없다. 무엇이 정당하고 무엇이

18) 여기에서 '여성'은 자연을 뜻한다. 자연의 성을 여성으로 보는 영어의 독특한 특징을 살린 표현이다.

부당한가는 - 둘 사이를 구별하는 기준 여부는 - 온전히 철학자 몫이니, 자신의 견해를 공평하고 포괄적으로 확실하게 제시하면 그걸로 충분하기 때문이다.[19)]

어쨌든, 두 아이는 미로처럼 복잡하게 뒤엉킨 골목을 빠르게 달리다가 나지막하고 어두운 굴다리 밑으로 들어선 다음에 비로소 위험을 감수하며 걸음을 멈췄다. 그래서 오랫동안 가만히 있다가 가쁜 숨이 돌아온 다음에는 베이츠가 정말 웃기고 재미있다는 환호성을 내지르더니, 터져 나오는 웃음을 억누르지 못하고 어느 집 현관계단으로 몸을 던져서 데굴데굴 구르며 좋아했다.

"왜 그래?"

'미꾸라지'가 묻자, 찰리 베이츠는 웃음만 터트렸다.

"하! 하! 하!"

"소리 줄여. 잡히고 싶어서 그러는 거야, 멍청아?"

'미꾸라지'가 경고하면서 주변을 조심스럽게 둘러보자, 베이츠가 대답했다.

"나도 어쩔 수 없어. 어쩔 수가 없다고! 그 녀석이 정신없이 도망치는 꼴이 생각나! 모서리를 돌다가 기둥에 부닥치고도 몸뚱이가 강철이라도 되는 듯 다시 달리고 나는 손수건을 주머니에 넣은 채 뒤를 쫓으며 소리치고…… 어이쿠, 배꼽이야!"

베이츠는 왕성한 상상력으로 당시에 벌어진 장면을 생생하게 묘사하더니, 다시 계단을 뒹굴며 조금 전보다 커다랗게 웃었다. 그러다가 숨이 막혀서 웃음을 멈춘 사이에 '미꾸라지'가 물었다.

"페이긴 영감이 뭐라고 할까?"

"뭐라고?"

---

19) 공리주의의 한계를 지적한 내용이다.

찰리 베이츠가 그대로 묻자, '미꾸라지'가 대답했다.

"그래, 뭐라고 하겠느냐고?"

"맙소사, 영감이 뭐라고 할까?"

베이츠가 다시 물으며 즐거운 태도를 갑자기 지웠다. '미꾸라지' 태도가 의미심장했기 때문이다. 하지만 '미꾸라지'는 휘파람을 잠시 불더니, 모자를 벗어서 머리를 긁고 고개를 세 번 끄덕였다.

"그게 무슨 뜻이야?"

베이츠가 묻자, '미꾸라지'가 자신은 모든 걸 다 안다는 표정으로 냉소를 살짝 머금으며 동요 노래로 대답했다.

"룰루랄라, 뻔하지 뻔해, 개구리는 폴짝 뛰고 수평아리는 높이 뛰고."

설명은 됐지만 충분하진 않았다. 베이츠는 그렇게 느꼈다. 그래서 다시 물었다.

"그게 무슨 뜻이야?"

'미꾸라지'는 아무런 대답도 않고 모자를 다시 걸치더니, 꼬리가 기다란 외투 자락을 팔 아래로 모으고 혀로 볼 안쪽을 볼록하게 만들어 평소보다 의미심장하게 콧잔등을 대여섯 번 톡톡 두드리다가 발길을 돌려서 골목으로 냅다 도망치고, 베이츠는 곰곰이 생각하는 표정으로 뒤를 쫓았다.

이런 대화를 하고 몇 분이 지난 다음에는 흉겨운 유대인 영감이 벽난로 앞에 앉아서 삼발이 석쇠에 냄비를 올려놓고 오른손에는 주머니칼을 다른 손에는 소시지와 조그만 빵 덩어리를 들고 있다가 계단을 삐걱거리며 올라오는 발소리에 바싹 긴장했다. 그래서 고개를 돌려 숱이 많은 빨간색 눈썹을 잔뜩 찡그린 채 문 쪽을 매섭게 쳐다보며 귀를 기울이다가 창백한 얼굴에 사악한 미소를 머금더니, 갑자기 표정을 바꾸며 중얼거렸다.

"아니, 이건 또 뭐야? 두 명만 오잖아. 또 한 명은 어디에 간 거야? 설마 문제가 생긴 건 아니겠지. 제대로 들어보라고!"

발소리는 계속 다가오다가 층계참에 도달하고, 문이 천천히 열리더니, '미꾸라지'와 찰리 베이츠가 들어와서 문을 닫았다.

CHAPTER XIII

지적인 독자에게 새로운 인물을 소개하면서 재미있는 내용을 다양하게 알리다

"올리버는 어디에 갔어? 그 애는 어디에 있느냐고?"

유대인 영감이 다그치며 위협적인 표정으로 일어서자, 어린 도적 두 명은 별안간 화내는 모습에 깜짝 놀란 듯 우두머리를 가만히 바라보다가 서로를 불안한 눈으로 쳐다보았다. 하지만 아무런 대답도 못 했다.

"아이는 어떻게 됐어?"

유대인 영감이 소리치며 '미꾸라지' 목덜미를 단단히 붙잡고는 끔찍한 저주를 퍼부었다.

"어서 말해, 아니면 목을 졸라서 죽여 버릴 테니까!"

유대인 영감은 정말로 그렇게 할 것처럼 보였다. 찰리 베이츠는 어떤 경우든 안전한 편을 선택하는 게 현명하다는 생각도 들고 다음번에 목을 졸릴 상대는 자신일 가능성이 극히 크다는 생각도 들어서 바닥으로 얼른 쓰러지며 무릎을 꿇고 미친 소와 확성기 중간 소리를 끊임없이 뱉어내며 엉엉 울었다.

"이제 말할래?"

유대인 영감이 소리치며 '미꾸라지'를 흔들어대는데, 커다란 외투가 몸에 그대로 있는 게 완벽한 기적처럼 보였다.

"제기랄, 함정에 빠졌다고요. 그게 전부에요. 이거 놔요, 어서 놓으라고요!"

'미꾸라지'가 무뚝뚝하게 소리치고 몸을 홱 비틀면서 단번에 빠져나와 유대인 영감 손에 커다란 외투만 남기더니, 요리할 때 사용하는 기다란 포크를 재빨리 움켜쥐고 흥겨운 노신사 조끼를 찌를 것처럼 달려들었다. 실제로 찌른다면 거기에서 흥겨운 기분이 마구 빠져나오는 커다란 피해를 볼 수밖에 없었다.

유대인 영감은 위급한 상황에 부닥치자 그 나이에 흔히 볼 수 없을 정도로 민첩하게 뒤로 물러나며 냄비를 집어서 공격자 머리에 던지려고 준비했다. 하지만 바로 이 순간에 찰리 베이츠가 엄청 끔찍하게 울부짖어서 관심을 끌자 노신사는 갑자기 방향을 바꿔서 그쪽으로 냄비를 냅다 던지고, 그와 동시에 묵직한 목소리가 으르렁거렸다.

"아니, 이게 무슨 날벼락이야! 이걸 누가 나한테 던진 거야? 나를 맞춘 게 냄비가 아니라 맥주라서 다행이야. 그렇지 않으면 내가 누구든지 결딴을 내고 말았을 테니까. 하기야 누군지 알 만하군. 극악무도하고 돈도 많고 남을 벗겨 먹는데 이골나고 성질까지 급한 유대인 영감태기가 아니라면 맹물도 아닌 맥주를 누가 이렇게 버리겠어! 강물 관리회사를 깨끗하게 사기 처먹지 않는 한 맹물도 제대로 못 버린다고. 왜 이렇게 야단법석이야, 영감? 제기랄, 목도리가 맥주에 완전히 절었네! 들어와, 비열한 쥐새끼야. 밖에서 머뭇거리는 이유가 뭐야, 주인이 창피한 것처럼! 어서 들어와!"

이렇게 으르렁댄 사내는 어깨가 딱 벌어진 체구에 나이는 서른다섯 정도로 보이는데, 까만 벨벳 외투 차림에 땟국이 줄줄 흐르는 담갈색 짧은 바지에다 발목까지 올려서 끈으로 묶는 부츠를 신고, 회색 면양말로 감싼 다리는 근육이 불거지고 종아리도 굵직했다. 양쪽에 족쇄를 채워서 장식하지 않는 한 무언가 항상 허전하고 부족하게 보일 수밖에 없는 다리에, 그런 옷차림이었다. 머리에는 갈색 모자를 쓰고 목에는 알록달록하고 더러운 천을 둘렀는데, 오래전에 닳아서 실밥이 터져 나온 끝으로 얼굴에 묻은 맥주를 닦아내기 시작했다. 그래서 모두 닦아내자, 커다랗고 묵직한 얼굴과 삼 일은 안 깎은 수염과 매섭게 쏘아보는 눈동자가 나타났다. 한쪽 눈은 최근에 한 방 맞은 듯 얼룩덜룩했다.

"들어오라고, 알겠어?"

험상궂은 악당이 다시 으르렁대자, 하얀 털북숭이 개 한 마리가 스무 군데는 찢기고 긁힌 얼굴로 슬금슬금 들어왔다.

"진작 안 들어온 이유가 뭐야? 건방지게 남들 앞에서 나를 모르는 척하겠다는 거야? 바닥에 엎드려!"

악당이 명령하며 발길질해서 개를 실내 맞은편 끝으로 날려 보냈다. 하지만 개는 이런 게 익숙한 것 같았다. 끽소리조차 안 내고 한쪽 모서리에 가만히 웅크리고 앉더니, 흉측한 눈을 일 분에 스무 번은 깜빡이며 실내를 열심히 둘러보았기 때문이다.

"도대체 무슨 일이야? 끔찍한 탐욕으로 욕심만 부릴 뿐, 만족할 줄 모르는 장물아비 늙은이가 아이들을 학대하는 이유는 뭐냐고?"

사내가 말하더니, 침착하게 자리를 잡고 앉으며 다시 말했다.

"내가 보기엔 아이들이 당신을 안 죽이는 게 이상해! 나라면 단숨에 죽일 텐데. 내가 당신 도제였다면 오래전에 해치웠을 거야. 그래서……

아니야, 그래도 당신을 팔아먹을 순 없겠군. 당신은 커다란 유리병에 넣어서 흉측한 모습을 감상하는 용도밖에 쓸모가 없는데, 그렇게 커다란 유리병은 만들 수 없으니 말이야."

"쉿! 쉿! 사익스 선생. 너무 커다랗게 말하지 마시게!"

유대인 영감이 말하며 덜덜 떨자, 악당이 대답했다.

"말라비틀어질 선생은 무슨. 당신 입에서 그런 호칭이 나온다는 건 뭔가 꿍꿍이가 있다는 거야. 당신은 내 이름을 아니까, 이름을 부르라고! 어떤 경우든 이름값조차 못 하는 일은 없을 테니까."

"으음, 그렇다면 빌 사익스. 기분이 안 좋은 것처럼 보이는군, 빌."

유대인 영감이 굽실대며 비굴하게 말하자, 사익스가 대답했다.

"그럴 수도 있겠지. 하지만 그건 당신도 마찬가진 것 같아. 그렇지 않다면 냄비를 던지지는 않을 테니까, 여기저기 나불거리고 다닐 때처럼……."

"미쳤어?"

유대인 영감이 말하며 상대 옷소매를 잡고서 두 아이를 가리켰다. 그러자 빌 사익스가 왼쪽 귓불 밑으로 올가미를 매는 척하더니 머리를 오른쪽 어깨너머로 뒤트는 흉내를 내고, 유대인 영감은 일종의 무언극에 담긴 뜻을 완벽하게 이해하는 것 같았다. 그러더니 사내는 은어를 마구 뱉어내며 여기에 기록해도 무슨 말인지 도저히 알아볼 수 없는 말을 늘어놓다가 술이나 한 잔 달라고 했다. 그리고 탁자에 모자를 내려놓으며 덧붙였다.

"독을 타는 일은 없도록 조심하고."

농담으로 한 말이었다. 하지만 유대인 영감이 찬장 쪽으로 돌아서서 창백한 입술을 꽉 물며 사악하게 곁눈질하는 걸 사내가 보았더라면 이걸 단순한 농담으로 받아들이지 않는 건 물론, 노신사의 흥겨운 마음속에는 증류주를 내리는 방법과 함께 독을 타는 실력까지 개발하고 싶은 소망도 있다는 사실을 확실히 깨달을 터였다.

빌 사익스는 위스키 두세 잔을 꿀꺽 삼킨 다음에 어린 신사 두 명에게 관심을 보이는 은혜를 베푸는데, 친절한 행동은 대화로 이어지고 대화는 올리버가 잡힌 원인과 과정과 구체적인 정황으로 나아가고, '미꾸라지'는 실제로 벌어진 사실을 이리 비틀고 저리 바꿔서 그나마 바람직한 내용으로 편집하며 설명했다.

"아이가 불필요한 내용을 털어놓아서 우리가 곤경에 빠지는 건 아닐까 걱정스러워."

유대인 영감이 말하자, 빌 사익스가 사악하게 웃으며 대답했다.

"그럴 가능성이 커. 이제 당신은 완전히 끝장난 거야, 페이긴 영감."

그러자 유대인 영감은 이 말을 못 듣기라도 한 것처럼 상대편 얼굴을 가만히 바라보며 말했다.

"그런데 내가 또 걱정스러운 건, 자네도 알다시피, 내가 완전히 끝장나면 함께 끝장날 사람이 많은데, 특히 자네는 내가 당하는 이상으로 끔찍하게 당할 가능성이 크다는 거야."

사내가 깜짝 놀란 표정으로 고개를 돌려서 유대인 영감을 노려보았다. 하지만 노신사는 어깨를 양쪽 귓불까지 끌어올리며 으쓱한 채 두 눈으로 맞은편 벽만 물끄러미 바라보았다.

오랜 침묵이 흘렀다. 훌륭한 패거리 구성원 모두 자기 생각에 깊숙이 빠져든 것 같았다. 개도 예외는 아니어서 입술을 사악하게 핥는 모습이 밖으로 나가면 신사든 숙녀든 처음 마주치는 사람에게 마구 달려들어서 다리를 물어버리고 말겠다는 음모라도 꾸미는 것 같았다.

"누구든 경찰서에 가서 상황이 어떻게 진행되는지 알아봐야 해."

빌 사익스가 말하는데 처음 들어올 때보다 훨씬 나지막한 어투고,

유대인 영감은 동의한다는 표시로 고개를 끄덕였다.

"아이가 아무것도 안 불고 징역형을 받는다면 아이가 나올 때까지 걱정할 필요는 없어, 그때 가서 다시 관리하면 되니까. 지금 당신에게 필요한 건 어떤 식으로든 아이랑 접촉하는 거야."

빌 사익스가 하는 말에 이번에도 유대인 영감은 고개를 끄덕였다.

이렇게 해야 한다는 사실은 누가 보더라도 명백했다. 하지만 불행하게도 이렇게 하는 걸 막는 강력한 장애물이 하나 있었다. '미꾸라지'든 찰리 베이츠든 페이긴 영감이든 빌 사익스든 모두가 하나같이 어떤 이유에서건 경찰서라면 근처에 가는 것조차 몸서리칠 정도로 혐오한다는 사실이다.

모든 게 불쾌할 정도로 불확실한 상태인데도 가만히 앉아 손가락만 빨며 서로를 물끄러미 쳐다볼 수밖에 없을 가능성이 컸다. 하지만 이 문제로 더 고민할 필요는 없었다. 올리버가 예전에 본 젊은 아가씨 두 명이 갑자기 등장한 덕분에 대화가 급물살을 탔기 때문이다. 유대인 영감이 이렇게 말한 것이다.

"그래, 맞아! 베시가 가는 거야. 그치, 얘야?"

"어딜?"

베시가 묻자, 유대인 영감이 구슬리는 어투로 대답했다.

"경찰서까지만, 얘야."

젊은 아가씨로선 절대 그럴 수 없다고 강하게 말하는 게 당연하겠지만, 자신이 "경찰서에 간다면 축복을 받을 거"라는 식으로 단호하면서도 솔직하게 표현하는 방법으로 정중하고 얌전하게 거절해서 아는 사람에게 노골적으로 거절당하는 아픔을 주지 않으려는 훌륭한 인간성을 그대로 보여주었다.

유대인 영감은 안색이 어두워졌다. 그러더니 다른 아가씨에게 고개를 돌리는데, 빨간 드레스와 녹색 부츠와 머리를 말아 올린 노란 종이가 그렇게 화려하다고 할 순 없지만, 첫 번째 아가씨보다는 훨씬 화려한 편이었다. 그래서 달래는 어투로 말했다.

"얘야, 낸시, 너는 어떠니?"

"소용없으니 말도 꺼내지 마, 페이긴 영감."

낸시가 대답하자, 빌 사익스가 험악한 표정으로 쳐다보며 물었다.

"그게 무슨 뜻이야?"

"내가 말한 그대로야, 빌."

낸시는 침착하게 대답하고 빌 사익스는 차분하게 말했다.

"맙소사, 그럴 적임자는 너밖에 없어. 인근 지역에서 너를 아는 사람은 아무도 없잖아."

"나는 누가 나를 알아보는 게 싫어. 그러니 가는 쪽보단 안 가는 쪽이 훨씬 좋아, 빌."

"낸시가 갈 거야, 페이긴 영감."

빌 사익스가 말하자, 낸시가 반박했다.

"아니야, 안 갈 거야, 페이긴 영감."

"아니야, 갈 거야, 페이긴 영감."

빌 사익스가 다시 말했다. 이 말이 맞았다. 이리저리 협박하고 이런저런 약속을 하고 이런저런 뇌물을 준 덕분에 문제의 아가씨가 결국엔 임무를 맡는 쪽으로 설득당한 것이다. 실제로 낸시는 옆에 있는 상냥한 친구처럼 주저할 이유가 거의 없는데, 왜냐하면 꽤 먼 데다 깨끗한 래드클리프 교외에서 필드레인 동네로 최근에 이사한 터라 사람들이 알아볼 염려는 거의 없기 때문이다.

그래서 낸시는 유대인 영감이 잔뜩 쌓아놓은 재고품 가운데에서 깨끗하고 하얀 앞치마를 꺼내주자 그걸 드레스에 둘러서 묶고 밀짚으로 만든 보닛 모자를 찾아주자 머리를 말아 올린 종이를 안으로 밀어 넣으며 심부름 떠날 채비를 갖췄다. 그러자 유대인 영감이 이번에는 보자기로 덮은 조그만 바구니까지 내주며 말했다.

"잠깐만, 얘야. 이걸 한 손에 들고 가. 그럼 훨씬 점잖게 보일 거야."

"다른 손에는 현관 열쇠를 들라고 해, 페이긴 영감. 그럼 정말 그럴싸할 테니까."

빌 사익스가 옆에서 거들자, 유대인 영감이 말했다.

"그래, 그래, 정말 그렇겠구나."

그러면서 젊은 아가씨 오른손 검지에 커다란 현관 열쇠를 걸어주더니 두 손을 비비며 말했다.

"자, 됐다. 정말 훌륭해! 정말 그럴싸하구나, 얘야!"

낸시가 슬픔을 못 이기고 갑자기 눈물을 터트리더니, 조그만 바구니와 현관 열쇠를 비틀며 울부짖었다.

"어이쿠, 우리 동생! 불쌍하고 소중하고 다정하고 순진한 우리 동생! 우리 동생이 어떻게 됐나요? 우리 동생을 어디로 데려갔나요? 아, 제발 불쌍히 여기시고 사랑하는 동생을 어떻게 했는지 제발 알려주세요, 아저씨! 제발, 아저씨! 부탁이에요, 아저씨!"

낸시는 가슴이 찢어질 정도로 구슬프게 하소연해서 듣는 사람을 무한정 기쁘게 하다가 동작을 멈추더니, 사람들에게 윙크하고 웃는 얼굴로 한 명씩 바라보며 고개를 끄덕인 다음에 사라졌다.

"아, 정말 똑똑한 아가씨야, 낸시는."

유대인 영감이 칭찬하다가 어린 제자 둘을 돌아보며 머리를 엄숙하게 흔드는 자세가 지금 막 목격한 놀라운 장면을 제발 본받으라고 훈계하는 것 같았다. 그러자 빌 사익스도 유리잔에 술을 가득 채우고, 커다란 주먹으로 탁자를 내려치며 감탄했다.

"저 애는 모든 여성의 자랑거리야. 저 아이 건강을 위해서, 그리고 모든 여자가 저 아이 같기를 기원하며 건배!"

이런 말과 함께 다양한 찬사를 늘어놓는 사이에 당사자는 경찰서를 향해 급히 서두르니, 보호하는 사람도 없이 혼자 길을 걷느라 살짝 겁나긴 해도 잠시 후에는 경찰서에 무사히 도착했다. 그래서 뒷길로 들어가 감방문 가운데 하나를 커다란 열쇠로 살짝 두드리곤 귀를 가만히 기울였다. 안에서 아무런 소리도 안 났다. 헛기침한 다음에 다시 귀를 기울였다. 하지만 여전히 아무런 반응도 없어서 낸시는 다정한 목소리로 중얼거렸다.

"놀리, 너니? 놀리?"

안에는 신발조차 없는 비참한 죄수 말고 아무도 없었다. 길거리에서 피리를 불다가 체포당해, 사회에 해를 끼쳤다는 명분으로 치안판사 팽에게 경범죄 구치소 한 달 징역형을 선고받은 상태였다. 그렇게 숨이 남아돈다면 악기를 부는 쪽보다 감방에서 쳇바퀴나 돌리는 게 훨씬 좋을 거라는 정말 유쾌하고 타당한 충고까지 덧붙여서 말이다. 그런데 관에서 사용한다며 피리까지 몰수한 터라 사내는 마음속으로 엉엉 우느라 아무런 대답도 할 수 없었다. 그래서 낸시는 옆방으로 이동해 감방문을 두드렸다.

"누구요?"

안에서 흘러나오는 연약하고 희미한 목소리에, 낸시는 먼저 울음부터 터트려서 분위기를 잡으며 물었다.

"거기에 사내아이가 있나요?"

"없소. 어린애가 어떻게 이런 데까지!"

이 사람은 부랑자로 나이가 예순다섯인데, 이번에는 피리를 안 분 죄로, 쉽게 말해 일을 안 하면서 밥벌이를 하려고 길에서 구걸한 죄로 감방에 갇힌 상태였다. 바로 옆방에 있는 또 다른 사내는 허가 없이 양은냄비를 들고 행상을 다닌 죄로, 즉, 세무서 기능을 부정하며 밥벌이를 하러 다닌 죄로 잡혀 왔다.

그런데 이런 죄수 누구도 올리버란 이름은 물론 올리버에 대해서 아는 게 하나도 없자, 낸시는 줄무늬 조끼를 입은 무뚝뚝한 사무관에게 곧장 다가가 현관 열쇠와 조그만 바구니를 효율적으로 사용해서 가련한 모습을 연출하며 몹시 슬프게 흐느끼고 한탄하는 목소리로 사랑하는 동생에 관해 물었다.

"그 애는 여기에 없소."

사무관이 대답하자, 낸시는 정신이 나간 사람처럼 비명을 질렀다.

"그럼 어딨나요?"

"노신사가 데려갔다오."

"무슨 노신사요! 아, 하느님! 무슨 노신사요?"

낸시가 울부짖으며 두서없이 물어대자, 사무관은 크게 상심한 누나에게 올리버가 병에 걸려 판사실에서 쓰러지고, 다른 아이 두 명이 도적질했다는 증언까지 나와서 곧바로 풀려나자, 그대로 혼절해서 정신없는 아이를 고발인이 자기 집으로 데려갔는데, 마부에게 방향을 말할 때 펜턴빌 어디라는 말을 들은 게 전부라고 알려주었다.

모든 게 의심스럽고 불확실한 상태에 젊은 여인은 고통스러운 표정으로 비틀거리며 걷다가 대문을 지난 다음부터 재빨리 달리기 시작해, 자신이 생각하기에 골목길을 최대한 복잡하게 빙글빙글 돌며 유대인 영감 거처로 돌아갔다.

빌 사익스는 설명을 듣자마자 하얀 개를 급하게 부르고 모자를 쓰더니 사람들에게 잘 있으라는 인사말조차 없이 재빨리 떠나고, 유대인 영감은 크게 흥분하며 소리쳤다.

"아이가 있는 곳을 반드시 찾아내야 한다, 애들아. 꼭 찾아내야 해. 찰리, 올리버를 찾을 때까지 아무것도 말고 펜턴빌 주변을 맴돌아! 낸시야, 나는 그 애를 꼭 찾아야 해. 너만 믿을게, 얘야. 너랑 '미꾸라지'에게 모든 게 달렸어! 잠깐만, 잠깐만."

유대인 영감이 떨리는 손으로 서랍장 자물쇠를 열더니, 다시 말했다.

"자, 돈을 받으렴, 애들아. 나는 오늘 밤에 가게를 닫을 거야. 나를 찾으려면 어디로 와야 하는지 알려주마! 여기에서는 일 분도 머물지 마. 단 한 순간도, 애들아!"

유대인 영감이 말하더니 아이들을 밖으로 밀어내고 문을 이중으로 잠가서 빗장까지 지른 다음, 올리버에게 우연히 들킨 상자를 은닉처에서 꺼냈다. 그러더니 시계며 보석류를 자신이 입은 옷 속에 급히 쑤셔 넣기 시작했다. 그런데 갑자기 문을 두드리는 소리가 나서 유대인 영감이 깜짝 놀라며 날카롭게 물었다.

"누구야?"

"나예요!"

열쇠 구멍에서 '미꾸라지' 목소리가 대답하자, 유대인 영감이 짜증스럽게 물었다.

"무슨 일이야?"

"그놈을 만나면 다른 소굴로 납치해야 하느냐고 낸시 누나가 묻는데요?"

'미꾸라지'가 묻자, 유대인 영감이 대답했다.

"그래, 어디서든 걸리기만 하면. 올리버를 찾아, 어떤 식으로든 찾아. 그러면 돼. 다음 일은 내가 알아서 할 테니, 걱정할 것 없어."

'미꾸라지'는 알았다고 중얼거린 다음에 동료들을 향해 계단을 급히 내려가고, 유대인 영감은 하던 일을 계속하며 중얼거렸다.

"아직은 안 불었어. 놈이 새로 만난 사람들에게 나불댈 생각이라 해도 아직은 입을 막을 기회가 있는 거야."

CHAPTER XIV

올리버가 브라운로우 선생 댁에서 지내는 모습을 구체적으로 소개하는데, 그림위그 선생은 올리버가 심부름 나간 사이에 놀라운 예언을 하다

올리버는 노신사가 갑자기 외치는 소리에 혼절했다가 금방 깨어나고, 노신사와 베드윈 부인은 이후에 계속된 대화에서 초상화를 둘러싼 화제는 물론 올리버가 자란 과정과 장래에 관한 언급 대신 올리버가 흥분하지 않고 좋아할 만한 화제만 언급하려고 애썼다. 여전히 힘이 없어서 아침 식사를 하러 일어나는 게 힘들지만, 다음날 할머니가 사용하는 가정부 숙소로 내려가자마자 올리버는 아름다운 여인 얼굴을 다시 쳐다볼 생각으로 무엇보다 먼저 벽으로 눈길을 돌렸다. 하지만 기대감은 실망으로 변했다. 초상화를 치운 것이다. 가정부 할머니는 올리버가 그쪽을 쳐다보는 걸 알아채고 이렇게 말했다.

"아! 너도 알다시피 초상화는 치웠구나."

"그런 것 같네요, 할머니. 치운 이유가 뭔가요?"

"초상화 때문에 네가 신경 쓰는 것 같다고, 그래서 건강을 회복하는데 방해가 되는 것 같다고 주인 나리께서 말씀하셨기 때문이야."

"아, 그런 게 아니에요. 초상화 때문에 신경 쓰지 않았어요, 할머니. 그걸 보고 정말 좋았거든요. 저는 초상화가 정말 마음에 들어요."

올리버가 말하자, 할머니가 기분 좋게 대답했다.

"그래, 그래! 그렇다면 최대한 빨리 회복하려무나. 그러면 초상화를 다시 걸어놓을 테니까. 자! 내가 약속할게! 그러니 이제는 다른 얘기를 하자꾸나."

당시에 올리버가 초상화에 대해서 알 수 있는 내용은 이게 전부였다. 자신이 아플 때 할머니가 매우 친절하고 자상하게 돌봐주셨으니 당장은 초상화 생각을 더는 안 하려고 애썼다. 그래서 할머니가 들려주는 다양한 이야기를 열심히 들었다. 상냥하고 귀여운 딸이 마찬가지로 상냥하고 잘 생긴 남자와 결혼해 지방에서 살아가는 이야기도 듣고, 아들이 서인도제도에 있는 회사에서 서기로 일하는데 마찬가지로 잘 생기고 착한 젊은이로 일 년에 네 번씩 편지를 정성스레 보낸다는, 이런 얘기를 하니 두 눈에 눈물이 고인다는 이야기도 들었다. 할머니는 오랫동안 장황하게 얘기하며 자녀가 훌륭하단 이야기도 하고 남편이 자상하고 훌륭한 사람인데 가엾게도 스물두 해 전에 죽었다는 이야기도 했다. 그러다가 차와 간식을 먹을 시간이 되었다. 차와 간식을 든 다음엔 할머니가 카드놀이를 가르쳐주고 올리버는 가르쳐주는 대로 재빨리 배워, 둘이서 카드놀이에 흥미진진하게 빠져들다가 다시 시간이 되어 따듯한 포도주에 물을 타서 버터를 안 바른 빵과 함께 먹은 다음, 환자는 아늑한 잠자리에 들었다.

올리버가 병에서 회복하는 기간은 정말 행복한 나날이었다. 모든 게 조용하고 말끔하고 질서정연하며 모두가 친절하고 다정하니, 시끄럽고 혼란스런 환경에 익숙한 올리버로서는 마치 하늘나라에 온 것 같았다. 스스로 옷을 입을 정도로 체력을 회복하자, 노신사는 올리버에게 양복과 모자와 구두를 모두 새로 맞춰서 사용하도록 조치했다. 그리고 예전에 입던 옷은 마음대로 처분하란 말을 듣자, 그동안 참으로 자상하고 친절하게 돌본 가정부 할머니에게 모두 주며 유대인 헌 옷 장사에게 팔아서 돈을 챙기라고 권했다. 가정부 할머니는 곧바로 그렇게 하고, 올리버는 거실 창문에서 유대인 헌 옷 장사가 헌 옷을 둘둘 말아 가방에 넣고 떠나는 장면을 내다보았다. 이제 헌 옷을 무사히 제거했다는, 이제 그런 옷을 다시 입어야 하는 위험한 사태는 없겠다는 생각이 들어서 정말 기뻤다. 참으로 구슬픈 누더기가 아니던가! 올리버가 새 옷을 입은 것 역시 이번이 생전 처음 아니던가!

초상화 사건이 있고 일주일이 지난 어느 날 저녁에 올리버는 베드윈 부인과 함께 의자에 앉아서 대화를 나누는데 노신사에게서 전갈이 내려왔다. 몸 상태가 괜찮으면 서재로 올라오라는, 올리버 트위스트에게 잠시 얘기할 게 있다는 전갈이었다. 그와 동시에 베드윈 부인이 부산을 떨며 말했다.

"어이쿠, 어쩌나! 손을 닦아. 내가 머리를 멋있게 빗겨줄 테니까. 아, 어쩌면 좋아! 주인 나리가 부르실 줄 알았더라면 미리 깨끗한 목깃을 달아서 멋지게 꾸몄을 텐데!"

올리버는 할머니가 시키는 대로 하고 할머니는 셔츠 목깃에 다는 장식 주름을 제대로 모양낼 시간조차 없다고 서글픈 어투로 한탄하지만, 결국 올리버는 매우 우아하고 멋있는 모습으로 재탄생하고, 할머니는 극히 만족스러운 표정으로 머리끝에서 발끝까지 바라보며 아무리 오랫동안 준비해도 지금보다 근사한 모습이 나올 것 같진 않다는 말까지 하게 되었다.

올리버는 용기 내서 서재 문을 두드렸다. 들어오라는 노신사 목소리를 듣고 조그만 뒷방으로 들어서니, 책이 엄청나게 많고 유리창에서 보이는 조그만 정원은 상쾌했다. 유리창 옆으로 탁자를 하나 끌어다 놓고 노신사는 거기에 앉아서 책을 읽는 중이었다. 그러다가 올리버가 들어오는 걸 보고 책을 덮더니, 가까이 와서 앉으라고 권했다. 올리버는 순순히 따르는데, 세상을 지혜롭게 만들려고 출간한 것처럼 보이는 엄청나게 많은 책은 모두 누가 읽을까 놀랍기만 했다. 이는 올리버 트위스트보다 훨씬 경험이 많은 사람도 날마다 느끼는 의문점이 아닐 수 없었다.

올리버가 바닥에서 천장까지 올라가는 책장을 호기심 가득한 표정으로 쳐다보는 걸 보고 노신사가 말했다.

"책이 정말 많지, 그렇지, 얘야?"

"네, 정말 많아요, 할아버지. 이렇게 많은 책은 처음 봐요."

올리버가 대답하자, 노신사가 다정하게 말했다.

"네가 반듯하게 행동하면 모두 읽도록 해주마. 겉모습만 쳐다보는 것보단 훨씬 재밌을 거야…… 아닐 때도 있지만. 겉표지만 그럴싸한 책도 가끔 있거든."

"저런 묵직한 책이 그런가 보죠, 할아버지?"

올리버가 말하며 겉에 금박을 입혀서 화려한 4절판 커다란 책을 가리키니, 노신사는 빙그레 웃는 얼굴로 올리버 머리를 쓰다듬으며 대답했다.

"꼭 그런 건 아니야. 저렇게 묵직한 책이 꽤 있단다, 크기는 훨씬 작지만. 너도 지혜로운 어른으로 성장해서 책을 쓰는 건 어떻겠니, 응?"

"저는 책을 읽는 편이 더 좋겠어요, 할아버지."

"그래? 책을 쓰는 작가가 되는 건 싫으냐?"

노신사가 묻자, 올리버는 곰곰이 생각하다가 결국에는 책을 파는 사람이 되는 게 훨씬 좋을 것 같다고 대답했다. 노신사는 실컷 웃다가 정말 좋은 대답이라고 선언하는데, 올리버는 대답을 잘해서 기쁘긴 하지만 어떤 점에서 잘한 건지는 조금도 이해할 수 없었다.

"으음. 두려워할 것 없다! 우리가 너를 작가로 만들진 않을 테니까. 벽돌을 만드는 것처럼 정직한 기술을 배우는 것도 좋거든."

노신사가 표정을 가다듬으며 말하자, 올리버가 대답했다.

"고맙습니다, 할아버지."

진지한 대답에 노신사는 다시 웃더니 재미있는 본능에 대한 말을 하는데, 올리버로서는 도무지 알아들을 수 없어서 제대로 관심을 기울이는 게 힘들었다. 그러자 이번에는 지금까지 올리버가 본 것 가운데 가장 친절하면서도 동시에 가장 진지한 태도로 노신사가 말하기 시작했다.

"이제부터 내가 하는 말을 잘 듣도록 해라, 얘야. 너는 다른 어른과 마찬가지로 내가 하는 말을 충분히 잘 알아들을 테니까 비비 꼬지 않고 솔직하게 말하마."

노신사가 갑자기 진지하게 꺼내는 말에 올리버는 깜짝 놀라며 사정했다.

"아, 저를 내보내겠단 말씀은 제발 하지 마세요, 할아버지, 제발! 저를 밖으로 내보내서 거리를 다시 방황하게 하지 마세요. 여기에 머물며 하인 일을 하겠어요. 제가 살던 참혹한 곳으로 돌려보내지 마세요. 불쌍한 아이에게 자비를 베푸세요, 할아버지!"

올리버가 갑자기 사정하는 말에 노신사는 울컥하는 마음이 들어서 다정하게 대답했다.

"얘야, 여기에서 쫓겨날 걱정을 할 필요는 없단다, 네가 문제만 안 일으킨다면."

"그런 일은 절대로, 절대로 없을 거예요, 할아버지."

올리버가 급히 대답하자, 노신사가 말했다.

"그래야지. 나도 네가 그럴 거로 생각하지 않아. 예전에 어떤 사람을 도왔다가 배신당한 적이 있단다. 하지만 너를 믿고 싶은 마음이 강하게 들어. 나 자신을 비롯해 누구에게 설명할 수 있는 이상으로 너를 도와주고 싶을 정도로. 내가 소중하게 여기며 사랑하던 사람은 모두 무덤에 깊숙이 묻혔단다. 내가 세상을 살아가면서 느끼던 행복과 기쁨 역시 함께 묻혔지. 하지만 마음마저 관에 가두어서 소중한 감정을 영원히 봉인한 건 아니야. 깊은 불행은 소중한 감정을 정화해서 새로운 힘을 불어넣기도 한단다."

노신사는 다른 사람이 아니라 자기 자신에게 말하듯 나직한 목소리로 말하다가 입을 가만히 닫고, 올리버는 가만히 앉아서 기다렸다. 그러자 결국엔 노신사가 훨씬 명랑한 어투로 다시 입을 열었다.

"그래, 그래! 내가 이런 말을 하는 이유는, 너는 마음이 여린 아이라서 내가 엄청난 고통과 슬픔을 겪었단 사실을 안다면 나에게 상처를 안 주려고 훨씬 조심할 터이기 때문이야. 너는 세상에 친지 하나 없는 고아라고 말했어. 내가 가능한 선에서 알아본 바에 의하면 그 말이 맞더구나. 네가 살아온 이야기를 해주렴, 어디에서 태어나고 누가 기르고 나를 처음 만날 때 그런 아이들과 어울린 이유는 무언지. 사실대로 말해, 그러면 내가 살아있는 동안 최선을 다해서 도울 테니까."

올리버는 훌쩍거리느라 한동안 말을 못 하다가 이야기를 간신히 풀어나갔다. 그리곤 농가 분원에서 자라다가 범블에게 이끌려 구빈원 본원으로 가는 이야기를 막 시작한 순간, 대문을 성급하게 두드리는 소리가 두 번 일어나더니, 하인이 계단을 뛰어올라서 그림위그 선생님이 오셨다고 알렸다.

"지금 올라오시는 중인가?"

노신사가 묻자, 하인이 대답했다.

"네, 주인 나리. 머핀 같은 게 있느냐고 물으셔서, 제가 그렇다고 대답하자, 선생님께서 차와 함께 머핀을 드시겠다고 하셨습니다."

노신사가 빙그레 웃더니 올리버를 쳐다보며 그림윅그는 오랜 친구라고, 약간 거칠게 행동해도 신경 쓸 것 없다고, 자신이 아는 한 근본은 괜찮은 사람이라고 설명했다.

"그럼 저는 아래층으로 내려갈까요, 할아버지?"

올리버가 묻자, 노신사가 대답했다.

"아니다. 그대로 있는 게 좋겠구나."

바로 이 말을 할 때 땅딸막한 노신사 한 명이 두툼한 지팡이를 짚고 한쪽 다리를 쩔뚝이며 들어섰다. 줄무늬 조끼에 파란색 외투를 입고 무명으로 만든 짧은 바지에 각반을 차고 챙이 넓은 하얀 모자 차림으로, 챙 한쪽이 올라가서 초록색을 드러냈다. 촘촘하게 주름잡은 셔츠 장식은 조끼 밖으로 빼내고 쇠로 만든 기다란 시곗줄은 밑으로 느슨하게 흘렸는데, 끝에 매달린 건 다름 아닌 열쇠였다. 하얀 목도리 양쪽 끝은 비틀어서 오렌지만 한 크기로 동그랗게 뭉치고, 얼굴이 다양하게 뒤틀리는 모양은 도저히 설명할 수 없었다. 말을 할 때는 머리 한쪽을 비틀고 동시에 옆 눈으로 흘겨보는 습관이 있으니, 그런 모습을 보는 사람으로선 앵무새를 떠올리지 않을 수 없었다. 땅딸막한 노신사는 실내로 들어서자마자 이런 자세를 그대로 드러내더니, 조그만 오렌지 껍질을 앞으로 쭉 내밀며 볼멘소리로 으르렁댔다.

"이걸 보라고! 이거 보이지! 친구네 집을 찾아왔다가 외과 의사만 좋아할 물건까지 마주쳐야 한다는 건 정말 터무니없는 거 아닌가? 나는 예전에 오렌지 껍질을 밟고 다리를 삔 적이 있지. 결국엔 나중에도 오렌지 껍질 때문에 죽을 게 분명해. 그렇게 안 되면 내 머리통을 먹어버리고 말겠네!"

그림위그 선생은 무슨 주장을 할 때마다 이렇게 엄청난 다짐으로 뒤를 받치며 강조하는데, 정말 이상야릇한 다짐이란 생각이 절로 들었다. 과학이 눈부시게 발전해서 신사가 원한다면 자기 머리통을 먹을 수 있다고 하더라도 그림위그 선생은 머리통이 유난히 커다란 터라 피비린내를 아무리 좋아하는 사람이라도 앉은 자리에서 머리통을 먹어 치우겠다고 다짐하는 건 애초에 무리였다, 두텁게 뿌린 분가루는 완전히 논외로 치더라도 말이다.

"내 머리통을 먹어버리겠다고!"

그림위그 선생이 다시 다짐하며 지팡이로 바닥을 쿵 내려치더니, 올리버를 보고 깜짝 놀라서 뒤로 물러나며 소리쳤다.

"맙소사! 애는 뭔가!"

"올리버 트위스트야, 내가 전에 얘기한."

노신사가 대답하고, 올리버는 허리를 숙이며 인사했다.

"설마 열병에 걸렸다는 아이는 아니겠지?"

그림위그 선생이 놀라며 다시 묻더니, 새로운 사실을 발견하고 의기양양한 나머지 끔찍한 열병 같은 건 완전히 잊었다는 듯 갑자기 다시 말했다.

"잠깐만. 아무 말 말게! 가만…… 오렌지를 먹은 사람은 바로 저 아이야. 오렌지를 먹고서 껍질을 계단으로 버린 게 저 아이가 아니라면 내 머리통과 함께 저 아이 머리통까지 먹어버리고 말겠네!"

"아니야, 아니야, 저 애는 오렌지를 먹은 적이 없어. 자! 모자를 내려놓고 어린 친구와 대화를 나누세나."

노신사가 말하면서 웃자, 땅딸막하고 성미 급한 노신사는 장갑을 벗으며 대답했다.

"나는 이 문제에 대해 깊이 우려하는 중이네. 우리 집 앞 판석 도로에 오렌지 껍질이 거의 항상 널렸거든. 모서리에 있는 외과병원 심부름꾼 아이가 그렇게 한다는 사실을 나는 잘 알아. 어젯밤에는 젊은 여자가 그 조각을 밟고 넘어지다가 우리 정원 난간에 쓰러지더니, 일어나자마자 지옥 불처럼 빨갛게 깜빡이며 손짓하는 등잔불을 바라보더군. 나는 창가에서 소리쳤지. '저기는 가지 마세요. 저 병원 의사는 살인자요! 덫을 놓은 당사자란 말이오!' 정말이야. 그놈이 안 그랬다면……."

여기에서 성미 급한 노신사가 지팡이로 바닥을 쿵! 내려치는데, 머리통을 먹겠다는 말을 안 할 때마다 대신 보여주는 습관이란 걸 주변에 있는 사람이라면 누구나 알 것 같았다. 그러더니 지팡이를 여전히 붙잡은 상태로 의자에 앉아서 널찍하고 까만 끈에 달린 안경을 눈에 걸치고 가만히 바라보자, 올리버는 자신을 살핀다는 사실에 얼굴이 빨갛게 달아오르는 걸 느끼며 허리를 다시 숙였다.

"저 아이가 그 아이란 말인가?"

그림위그 선생이 마침내 묻고, 노신사는 대답했다.

"그래, 저 아이가 그 아이네."

"이제 어떤가, 소년?"

그림위그 선생이 묻자, 올리버는 대답했다.

"고맙습니다, 나리, 정말 많이 좋아졌습니다."

노신사는 괴팍한 친구가 뭔가 불쾌한 말을 꺼낼까 염려스러운 듯 올리버한테 아래층으로 내려가서 베드윈 부인에게 차와 간식을 준비하도록 전하라고 지시하니, 올리버는 손님 태도가 마땅치 않았던 터라 기쁜 마음으로 그렇게 했다.

"잘생긴 아이야, 그치?"

노신사가 묻자, 그림위그 선생이 시큰둥하게 대답했다.

"나는 모르겠네."

"모르겠다고?"

"그래. 나는 모르겠네. 내가 보기에 사내아이는 다 거기서 거긴 거 같아. 내가 아는 사내아이는 딱 두 종류야. 밀가루처럼 푸석푸석한 아이, 그리고 얼굴이 쇠고기처럼 생긴 아이."

"올리버는 어느 쪽인가?"

"밀가루처럼 푸석푸석해. 내가 아는 아이 하나는 얼굴이 쇠고기처럼 생겼어. 머리가 동그랗고 뺨은 빨갛고 두 눈은 반짝거리니 사람들은 잘생겼다고 하지. 하지만 끔찍한 아이야. 몸집과 사지가 파란 옷 솔기 틈새로 금방이라도 터져 나올 것 같거든. 목소리는 커다란 배를 안내하는 도선사 같고 식욕은 늑대 같아. 나는 그런 애를 잘 알아! 아주 비열하거든!"

"자, 그런 건 올리버 트위스트랑 아무런 상관도 없어. 그러니 그렇게 화낼 필요도 없네."

노신사가 말하자, 그림위그 선생이 대답했다.

"그렇지 않아. 훨씬 심할 수도 있어."

이 말에 노신사는 참을 수 없어서 헛기침하고, 그림위그 선생은 그런 모습을 보니 기분이 훨씬 좋다는 듯 다시 강조하며 말했다.

"내가 분명히 말하네만, 저 아이는 훨씬 심할 수도 있어. 저 아이가 어디 출신인지는 아나? 누군지는 아나? 뭐하며 사는지는 아나? 저 애는 열병까지 걸렸어. 그게 무언가? 열병은 좋은 사람만 걸리는 병이 아니잖아, 그치? 나쁜 사람도 종종 걸리니까, 안 그런가? 자메이카에서 자기 주인을 살해한 죄로 교수당한 사람이 있는데, 열병에 여섯 번이나 걸렸다더군. 그런데도 감형해야 한다는 청원이 없었지. 정말 엉망이야!"

사실대로 말하자면 그림위그 선생은 올리버 외모와 몸가짐이 좋게 보인다는 사실을 속으로 인정하고 싶은 마음이 강했다. 하지만 다른 사람 의견에 반박하며 몽니를 부리는 습관이 워낙 강한 데다 오렌지 껍질까지 발견해서 짜증스러운 나머지, 애초부터 친구 의견에 반대하기로 단단히 마음먹었을 뿐 아니라 다른 사람 의견에 따라서 올리버가 잘 생겼는지 아닌지 판단하진 않겠다고 속으로 결심한 터였다. 그런데 아직은 그런 질문에 단 하나도 만족스럽게 대답할 수 없다는 사실을, 지금까지 살아온 역사를 조사하는 건 올리버가 체력을 충분히 회복할 때까지 미뤘다는 사실을 노신사가 인정하자, 그림위그 선생이 심술궂게 웃었다. 그리곤 가정부가 밤에 접시 숫자를 세는 습관이 있느냐고 묻더니, 어느 화사한 날 아침에 숟갈 한두 개가 부족하다는 사실이 안 드러나면 자기 머리통을 먹어버리겠다고 말하며 냉소를 머금었다.

노신사 역시 성미가 상당히 급한 편이나, 친구 성격이 괴팍하단 사실을 아는 터라 어떤 말이든 좋은 마음으로 받아넘겼다. 게다가 그림위그 선생이 차를 마시면서 머핀이 정말 맛있다고 칭찬하는 바람에 모든 문제가 부드럽게 넘어가고, 함께 차를 마시며 머핀을 먹던 올리버는 땅딸막하고 사나운 노신사 앞에서 조금 전보다 훨씬 편안한 느낌을 받을 수 있었다. 하지만 간식을 다 먹은 다음에는 그림위그 선생이 올리버를 곁눈질하며 아까 하던 얘기를 다시 꺼냈다.

"그렇다면 올리버 트위스트가 지금까지 어떤 일을 겪으며 살아왔는지에 대해서 언제 상세하고도 구체적으로 들어볼 작정인가?"

"내일 아침에 올리버와 단둘이 시간을 보내도록 하겠네. 얘야, 내일 아침 열 시에 이리 올라오너라."

"네, 할아버지."

올리버가 대답했다. 상당히 망설인 다음인데, 그림위그 선생이 매섭게 노려보는 시선이 당혹스러웠기 때문이다. 그러자 그림위그 선생은 노신사에게 속삭였다.

"내가 하나만 일러주지. 저 아이는 내일 아침에 올라오지 않아. 대답을 망설였거든. 저 아이는 지금 자네를 속이는 거라고, 이 사람아."

"내가 장담하는데, 절대 그렇지 않아."

노신사가 대답했다. 발끈한 어투였다.

"그렇지 않다면 내 머리통을……."

그림위그 선생이 말하며 지팡이로 바닥을 내려치자, 노신사 역시 탁자를 내려치며 소리쳤다.

"나는 저 아이가 진실하단 사실에 목숨을 걸겠네!"

"그럼 나는 아니라는 사실에 머리통을 걸겠네!"

그림위그 선생이 대답하며 마찬가지로 탁자를 내려쳤다.

"두고 보면 알겠군."

노신사가 대답하며 끓어오르는 분노를 삭이고, 그림위그 선생은 상대를 도발하는 표정으로 웃으며 대답했다.

"그렇겠지. 당연히 그렇겠지."

그런데 운명은 항상 묘하게 장난치는 법이니, 바로 그 순간에 베드윈 부인이 조그만 책 보따리를 – 노신사가 앞에서 얘기한 헌책방 주인에게 그날 아침에 구매한 책을 – 들고 들어와서 탁자에 놓은 다음에 밖으로 나가려고 하자, 노신사가 재빨리 말했다.

"책방 아이에게 기다리라고 하시오, 베드윈 부인! 돌려보낼 게 있소."

"벌써 갔답니다, 나리."

베드윈 부인이 대답하자, 노신사는 다시 말했다.

"그럼 어서 불러오시오. 중요한 일이오. 책방 주인은 가난한 사람인데, 아직 책값을 지급하지 않았소. 돌려보낼 책도 몇 권 있고."

현관문을 열고 밖으로 나가서 올리버는 한쪽으로 젊은 하녀는 반대쪽으로 달리고 베드윈 부인은 현관 계단에서 책방 아이를 커다랗게 불렀다. 하지만 아무런 효과도 없었다. 올리버와 하녀 역시 가쁜 숨을 몰아쉬며 돌아와서 아무런 흔적도 못 찾았다고 보고하니, 노신사는 한탄했다.

"맙소사, 정말 낭패로군. 책을 오늘 밤까지 꼭 돌려주고 싶었는데."

"그럼 올리버를 보내게. 자네 말대로라면 무사히 전달할 게 분명하니까."

그림위그 선생이 말하며 얄궂게 웃자, 올리버가 끼어들었다.

"네. 괜찮으시다면 제가 다녀올게요, 할아버지. 빨리 뛰어갔다가 오겠어요, 할아버지."

노신사는 어떤 이유로든 올리버를 보낼 순 없다는 말을 하려다가 그림위그 선생이 심술궂게 헛기침하는 소리를 듣고, 올리버에게 심부름을 제대로 다녀오도록 해서 최소한 이 문제만큼은 친구가 부당하게 의심한다는 사실을 증명하겠다고 마음먹었다. 그래서 말했다.

"그래, 네가 다녀오렴, 얘야. 갖다 줄 책은 탁자 옆 의자에 쌓아놓았단다. 그걸 가져가거라."

올리버는 쓸모 있는 일을 한다는 사실이 기뻐서 책 여러 권을 팔꿈치에 재빨리 끼더니, 한 손에 모자를 들고 자신이 전할 말씀은 무언지 들으려고 기다렸다. 그러자 노신사는 그림위그 선생을 흘깃흘깃 쳐다보며 말했다.

"이 책을 전하러 왔다고, 그리고 금화 네 냥에 은화 열 냥을 주러 왔다고 전달하렴. 여기 금화 다섯 냥짜리 지폐가 있으니, 거스름돈으로 은화 열 냥을 받아서 돌아오면 된단다."

"십 분 안에 다녀올게요, 할아버지."

올리버는 진지하게 대답했다. 그리곤 지폐를 상의 주머니에 넣고 단추를 채우더니, 책 여러 권을 팔꿈치에 조심스레 끼우고 공손하게 허리 숙여서 인사한 다음에 밖으로 나갔다. 베드윈 부인은 현관문까지 따라나서며 제일 빠른 길에다 책방 주인 이름과 주소까지 알려주고, 올리버는 모두 확실하게 암기했다. 그러자 베드윈 부인은 일을 확실하게 처리하고 감기에 안 걸리도록 조심하라고 덧붙인 다음에 비로소 떠나는 걸 허락했다. 그리곤 뒷모습을 바라보며 중얼거렸다.

"얼굴이 참 귀엽게 생겼어! 그런데 아이가 사라지는 모습을 왠지 견딜 수가 없구나."

바로 이 순간에 올리버는 뒤를 돌아보며 쾌활한 표정으로 고개를 끄덕이곤 모서리를 돌아갔다. 베드윈 부인은 미소로 대답하고서 현관문을 닫은 다음에 자기 방으로 들어갔다.

"가만있자. 늦어도 이십 분이면 돌아오겠군. 그즈음이면 날이 어두워지겠어."

노신사가 말하자, 그림위그 선생이 물었다.

"맙소사! 자네는 아이가 정말 돌아올 거로 생각하나?"

"자네는 아닌가?"

노신사가 반문하며 빙그레 웃고, 그 모습을 보는 순간에 그림위그 선생은 반박하고 싶은 마음이 가득 피어오르는데, 친구가 자신만만하게 웃는 모습 때문에 특히 더했다. 그래서 주먹으로 탁자를 쾅 내려치며 말했다.

"아니야. 내 생각은 달라. 저 아이는 새로 맞춘 양복을 입은 데다 팔꿈치에는 비싼 책을 여러 권 끼고 주머니에는 금화 다섯 냥짜리 지폐까지 있어. 저 아이는 함께 도적질하던 친구들에게 가서 자네를 비웃을 거야. 저 아이가 돌아온다면, 내 머리통을 먹어버리겠네."

그림위그 선생은 이 말과 함께 의자를 탁자 가까이 끌어당기고, 두 친구는 가만히 앉아서 결과를 기다렸다, 시계를 가운데에 내려놓고서.

여기에서 언급할 가치가 있는 건, 인간은 자신이 판단한 내용을 중요하게 여기는 데다 아무리 급하고 경솔하게 내린 결론이라도 소중하게 여기는 경향이 있으니, 비록 그림위그 선생은 심보가 나쁜 사람이 아니며 자신이 존경하는 친구가 바보처럼 사기당한 걸 확인하면 마음이 참으로 아프겠지만, 지금 이 순간만큼은 올리버 트위스트가 돌아오지 않기를 간절하고 진지하게 갈망했다는 사실이다.

날이 점차 어두워지면서 시계에 적힌 숫자 역시 희미하게 변했다. 하지만 두 신사는 가만히 앉아서 기다렸다, 시계를 가운데에 내려놓고서.

CHAPTER XV

상냥한 유대인 노신사와 낸시가 올리버 트위스트를 얼마나 좋아하는지 보여주다

'사프란 꽃 조그만 언덕'에서도 가장 지저분한 싸구려 주막집 침침한 응접실, 어둡고 음침한 소굴이라 겨울철엔 가스등이 온종일 활활 타오르고 여름철에도 햇살이 전혀 안 드는 곳에서 한 사내가 술 냄새를 강하게 풍기며 조그만 병과 조그만 유리잔을 가만히 내려다보았다. 까만 벨벳 외투에다 담갈색 짧은 바지에 발목까지 올라와서 끈으로 묶은 부츠에 회색 면양말 차림인데, 유능한 경찰 첩보원이라면 불빛이 아무리 희미해도 빌 사익스라는 사실을 한눈에 알아볼 수 있었다. 발밑에는 털이 하얗고 눈이 빨간 개가 앉아서 두 눈으로 주인에게 윙크하다가 입 옆에 생긴 커다란 상처를 열심히 핥았다. 최근에 싸우다가 물린 게 분명했다.

"조용해, 비열한 쥐새끼야! 조용히 하라고!"

빌 사익스가 갑자기 침묵을 깨뜨리며 소리쳤다. 심오한 명상에 빠져 드는데 개가 윙크해서 방해되는 건지 아니면 옛일을 회상하는 와중에 감정이 너무 섬세하게 움직여서 죄 없는 개를 발로 차는 쾌감이 필요한 건지는 좀 더 살피면서 따져보아야 할 것 같다. 하지만 이유가 무어든, 결과는 개에게 발로 차면서 욕설을 뱉어내는 형태로 나타나고 말았다.

개는 주인이 때려도 달려들며 복수하는 경우가 드물다. 하지만 빌 사익스 개는 주인과 마찬가지로 성미가 삐뚤어진 데다 억울하다는 느낌에 북받친 나머지, 조금도 주저하지 않고 발목부츠 한쪽을 꽉 물어버렸다. 그래서 머리를 힘껏 비틀더니, 으르렁대며 기다란 나무의자 밑으로 도망쳐서 빌 사익스가 머리 쪽으로 던진 조그만 병을 간신히 피했다.

"네놈이 덤비겠다는 거야, 그런 거야?"

빌 사익스가 소리치더니, 한 손은 부지깽이를 잡고 다른 손은 주머니에서 꺼낸 기다란 접칼을 침착하게 펼치며 다시 소리쳤다.

"이리 나와, 악마 자식아! 어서 나와! 내 말 안 들려?"

개는 들은 게 분명하다. 빌 사익스가 그렇지 않아도 까칠한 목소리를 더욱 까칠하게 돋우며 소리쳤기 때문이다. 하지만 자기 목이 잘려나갈까 두려운 데다 반감까지 치미는지, 의자 밑에서 나올 생각은 않고 훨씬 더 사납게 으르렁대다가 부지깽이 끝으로 달려들며 사나운 맹수처럼 깨물었다.

개가 저항하자 빌 사익스는 더욱 화가 치밀어, 무릎을 꿇고 앉아서 정말 사나운 공격을 퍼부었다. 개는 오른쪽에서 왼쪽으로, 왼쪽에서 오른쪽으로 펄쩍펄쩍 뛰며 덥석 물다가 으르렁대며 짖어대고, 인간은 부지깽이를 찌르고 욕설을 퍼붓다가 힘껏 때리는 식으로 저주를 퍼부었다. 그렇게 싸움이 나름대로 절정을 향해 치닫는 순간에 문이 갑자기 열리면서 개는 밖으로 뛰쳐나가고, 빌 사익스는 부지깽이와 접칼을 양손에 든 채 닭 쫓던 개 지붕 쳐다보는 신세가 될 수밖에 없었다.

옛말에 이르기를 손뼉도 마주쳐야 소리가 나는 법이니, 빌 사익스는 개가 도망친 실망감을 새로 등장한 사람에 대한 분노로 드러냈다. 금방이라도 때릴 것처럼 소리친 것이다.

"나랑 개 사이에 대체 왜 끼어든 거야?"

"나도 모르네, 나도 몰라."

유대인 영감이 눈치를 보며 대답했다. 새로 등장한 사람은 바로 페이긴 영감이었다.

"어떻게 모를 수 있어, 비겁한 도적놈아! 싸우는 소리가 안 들려?"

"나처럼 평범한 사람이 그런 소리를 어떻게 듣겠나, 빌."

유대인 영감이 조심스럽게 대답하자, 빌 사익스가 으르렁댔다.

"그래, 못 듣겠지! 조금도 못 들어. 다른 사람은 아무 소리도 못 듣도록 슬그머니 들고 나는데 이골이 난 영감이니까! 영감이 조금 전의 개라면 정말 좋겠어."

"왜?"

유대인 영감이 억지로 웃으며 묻자, 빌 사익스는 의미심장한 표정으로 접칼을 접으며 대답했다.

"당신처럼 똥개 배짱 절반도 안 되는 사람을 죽이면 나라에서 벌을 내리지만 개는 아무리 많이 죽여도 괜찮기 때문이야."

유대인 영감이 상대편 농담을 웃음으로 넘기는 척하면서 두 손을 비비며 탁자에 앉았다. 하지만 불안한 표정은 어쩔 수 없었다. 그러자 빌 사익스가 부지깽이를 제자리에 놓고 경멸하는 눈빛으로 잔인하게 훑어보며 말했다.

"실컷 웃어. 하지만 잠자리에서 수면 모자로 얼굴을 뒤집어쓰기 전엔 나를 대놓고 비웃을 수 없을 거야. 내가 훨씬 유리한 위치에 있거든. 제기랄, 앞으로도 그럴 거고. 그럼, 당연히 그렇고말고! 내가 잡히면 당신도 잡히니 말이야. 그러니 나에게 잘하라고."

"그래, 그래. 나도 잘 아네. 우리는…… 우리는 이해관계가 같잖아, 빌…… 이해관계가."

하지만 빌 사익스가 계속 험하게 말하는 걸 보면 유대인 영감 쪽으로 이익이 기운다고 생각하는 것 같았다.

"흥! 그래서 나에게 할 말은 뭐야?"

"용광로에다 모두 제대로 녹였어. 자네 몫을 가져왔네. 실제로 받을 몫보다 약간 더 쳤어. 다음에도 나를 도와줄 게 분명하니……"

유대인 영감이 말하는데, 도적놈이 짜증스런 어투로 끼어들었다.

"헛소리 집어치워. 돈은 어디 있어? 어서 내놔!"

"그래, 그래, 빌. 시간 좀 주게, 시간 좀 줘. 여기에 있네! 모두 무사히!"

유대인 영감이 달래는 투로 대답하더니, 품에서 면으로 만든 더러운 손수건을 꺼내 한쪽 모서리에 묶은 커다란 매듭을 풀어서 조그만 갈색 봉투를 꺼냈다. 빌 사익스가 재빨리 낚아채서 황급히 열고는, 금화를 다 센 다음에 물었다.

"이게 전부야, 응?"

"그래."

유대인 영감이 대답하자, 빌 사익스가 의심스러운 표정으로 물었다.

"여기로 오는 도중에 보따리를 풀어서 한두 냥 집어삼킨 거 아니야? 억울하단 표정은 하지 마. 전에도 그런 적이 많으니까. 딸랑이나 흔들라고."

이 말은 종을 울리라는 소리였다. 그러자 다른 유대인이 나타났다. 페이긴보다 젊어도 외모가 야비하고 혐오스러운 건 비슷했다.

빌 사익스는 아무 말 없이 텅 빈 병만 가리켰다. 유대인은 의미를 완벽하게 파악하고 병을 채우려고 가져가는데, 페이긴 영감이랑 의미심장한 시선을 주고받은 다음이었다. 페이긴 영감이 기다렸다는 듯 재빨리 시선을 추켜들며 머리를 가로저은 건데, 동작이 감쪽같아서 다른 사람은 계속 쳐다본다 해도 알아보기 힘들 터였다. 그건 빌 사익스 역시 마찬가지였다. 개가 풀어놓은 구두끈을 묶으려고 고개까지 숙인 상태라서 더 말할 나위가 없었다. 하지만 두 사람이 주고받는 시선을 보았더라면 자신에게 불리하면 불리했지 이로울 건 하나도 없다고 생각할 가능성이 컸다.

"누가 왔나, 바니?"

페이긴 영감이 물었다. 이번에는 빌 사익스가 고개를 들고 쳐다보아서 시선을 바닥으로 깔며 말했다.

"아므도 업서요."

바니가 대답했다. 진심으로 말하는 건지 아닌지는 모르겠지만, 축농증이 심한 코에서 나오는 건 분명했다.

"아무도?"

페이긴 영감이 깜짝 놀란 어투로 물었다. 사실대로 말해도 된다는 신호 같았다.

"냉시 아가씨 말곤 아므도 업서요."

바니가 대답하자, 빌 사익스가 소리쳤다.

"낸시! 어디 있어? 능력이 그렇게 뛰어난 아가씨가 왔으면 대접을 해야지, 빌어먹는 한이 있더라도."

"바에서 살믄 쇠고기를 먹는 중이에요."

바니가 대답하자, 빌 사익스가 유리잔에 술을 따르며 말했다.

"여기로 보내, 당장 여기로 보내라고."

바니가 겁먹은 표정으로 페이긴 영감을 바라보았다. 허락을 구하는 것 같았다. 하지만 유대인 영감은 바닥만 바라보며 침묵하고, 바니는 밖으로 나갔다가 금방 돌아오는데, 옆에 낸시가 있었다. 보닛 모자에 앞치마와 바구니와 대문 열쇠까지 완벽한 차림이었다.

"냄새를 맡았군, 낸시, 그렇지?"

빌 사익스가 물으며 유리잔을 내밀자, 젊은 아가씨가 대답했다.

"그래, 맞아, 빌. 그런데 정말 지겨워 죽겠어. 꼬맹이가 아파서 침대에 누워 꼼짝을 않거든. 그래서……."

"아, 낸시!"

페이긴이 말하며 고개를 들었다. 그래서 빨간 눈썹을 이상하게 모으고 움푹 꺼진 두 눈을 반쯤 감는데, 낸시에게 말을 너무 많다고 경고하는 건지 아닌지는 지금 그렇게 중요하지 않다. 여기에서 중요한 건 구체적인 행위로, 낸시가 갑자기 입을 다물더니, 빌 사익스를 바라보며 몇 차례 웃다가 대화 주제를 다른 데로 돌렸다는 사실이다. 그러다가 십 분 정도가 지난 다음에 페이긴 영감이 기침을 심하게 해대고 낸시는 숄을 어깨에 걸치면서 이제 가야 한다고 선언했다는 사실이다. 그런데 빌 사익스는 가는 방향이 같으니까 함께 가자면서 뒤따라 나갔다. 개도 주인이 사라지자마자 뒷마당에서 살금살금 기어 나와 약간 거리를 두고 쫓아갔다.

빌 사익스가 밖으로 나가자 유대인 영감은 방문 사이로 머리를 내밀어서 어두운 골목을 걸어가는 모습을 바라보더니, 주먹을 쥐고 흔들며 조그만 목소리로 저주를 퍼부었다. 그러더니 흉악한 미소를 머금으며 탁자에 다시 앉아, 경찰서에서 발행한 '범죄공보'를 흥미진진한 표정으로 읽으며 깊숙이 빠져들었다.

한편 올리버 트위스트는 흥겨운 노신사가 짧은 거리에 있다는 사실을 꿈에도 모른 채 헌책방을 찾아가는 중이었다. 클라큰웰 광장으로 접어들 때 우연히 옆길로 잘못 접어들어, 절반쯤 간 다음에 비로소 실수를 깨달았지만 그래도 계속 가면 길이 이어진다는 사실을 알기에 굳이 돌아갈 필요까진 없겠다 생각하고 책 여러 권을 팔꿈치에 낀 채 최대한 빠르게 앞으로 나아갔다.

이렇게 걸으며, 자신이 정말 행복하고 만족스럽게 살아간다는, 자신보다 어린 딕을, 지금 이 순간에도 매 맞고 굶주리며 구슬프게 흐느낄 불쌍한 딕을 한 번만 볼 수 있다면 정말 좋겠다는 생각을 하는데 젊은 여자가 갑자기 커다란 비명을 지르며 "아, 사랑하는 동생아!" 하고 소리치는 바람에 깜짝 놀랐다. 그래서 무슨 일인지 보려고 고개를 드는 순간에 팔 두 개가 목을 꼭 껴안으며 꼼짝도 못 하게 만들고, 올리버는 몸을 떼어내려고 애쓰며 소리쳤다.

"이러지 마세요. 놓아주세요. 누구세요? 이러는 이유가 뭐예요?"

올리버를 꼭 껴안은 여자는 여기에 대한 대답으로 다양하게 한탄하는 소리만 내뱉는데, 손에는 조그만 바구니와 대문 열쇠를 들었다.

"하느님 고맙습니다! 드디어 동생을 찾았어요! 아! 올리버! 올리버! 나쁜 자식아, 너 때문에 얼마나 고생한 줄 알아? 어서 집으로 가자, 어서. 아, 드디어 동생을 찾았습니다. 하느님 고맙습니다, 드디어 동생을 찾았습니다!"

젊은 여자는 이렇게 두서없이 감탄하며 좋아하다가 다시 끔찍한 히스테리를 부리며 울음을 터트리자, 때마침 옆을 지나던 여인 두 사람은 푸줏간 아이가 고기 기름을 발라서 머리칼을 번뜩이며 지켜보는 옆으로 가서 어서 의사를 데려오는 게 좋겠다고 말했다. 그러자 푸줏간 아이는 게으른 습관이 있다는 말까진 못 해도 바삐 서둘고 싶은 마음 역시 없어서, 그럴 필요까진 없겠다고 대답했다. 그러자 젊은 여자도 올리버 손을 꼭 움켜잡으며 말했다.

"어이쿠, 아니에요, 아니에요, 괜찮아요. 이제 좋아졌어요. 어서 집으로 가자, 나쁜 녀석아! 어서!"

"무슨 일인가요, 아가씨?"

여인 한 명이 묻자, 젊은 여인이 대답했다.

"아, 아주머니, 동생이 한 달 전에 부모님 품에서 도망쳐 나쁜 사람이랑 어울리며 도적질을 일삼아서 어머니 마음을 찢어놓았답니다, 부모님은 일만 아시는 선량한 분들이신데."

"나쁜 놈!"

한 여자가 말하자, 다른 여자도 거들었다.

"집으로 가, 어서, 짐승 같은 놈."

그래서 올리버는 깜짝 놀라며 대답했다.

"그렇지 않아요. 나는 저 여자를 몰라요. 나는 누나도 없고 아버지나 어머니도 없어요. 나는 고아에요. 지금은 펜턴빌에서 살고요."

"아직도 저렇게 뻔뻔하게 말하는 소리를 들어보세요!"

젊은 여자가 소리치는 순간, 올리버는 처음으로 그 얼굴을 보고 깜짝 놀라서 뒷걸음질 치며 소리쳤다.

"아니, 낸시 누나!"

그와 동시에 낸시가 구경꾼들에게 하소연했다.

"이것 보세요, 나를 알아보네요! 저 아이도 어쩔 수 없겠지요. 착하신 여러분, 우리 동생이 집으로 돌아가게 해주세요. 그러지 않으면 사랑하는 어머니와 아버지는 돌아가시고 제 가슴은 찢어질 거예요!"

바로 그 순간에 한 사내가 하얀 개를 꼬리에 달고 맥줏집에서 튀어나오며 소리쳤다.

"도대체 무슨 일이야? 꼬마 올리버! 불쌍한 엄마가 기다리는 집으로 가자, 개자식아! 어서 집으로 가자고!"

그러면서 손을 꼭 움켜잡자, 올리버는 억센 손아귀에서 벗어나려고 몸부림치며 소리쳤다.

"나는 이 사람들과 한 식구가 아니에요. 모르는 사람들이에요. 도와주세요! 도와주세요!"

그러자 사내가 그대로 받아치며 소리쳤다.

"도와줘! 그래. 내가 도와주마, 꼬마 악당아! 이 책은 다 뭐냐? 또 훔친 거야, 그런 거야? 이리 줘."

이 말과 함께 사내는 책을 모두 빼앗은 다음에 머리에다 꿀밤을 먹이고, 구경꾼 한 명은 다락방 창문에서 소리쳤다.

"잘했소! 아이가 정신을 차리는 데에는 그런 방법이 제일 좋소!"

얼굴에 졸린 표정이 가득한 목수도 다락방 창문에서 내다보며 소리쳤다.

"맞아요!"

두 여인도 거들었다.

"저런 아이는 저렇게 다뤄야 해!"

"그래서 한 방 더 먹일 생각이라오!"

사내가 대답하며 꿀밤을 한 대 더 먹이더니, 올리버 목덜미를 움켜잡고 소리쳤다.

"집으로 가자, 꼬마 악당! 황소눈깔, 아이를 감시해! 도망 못 가게!"

올리버는 지독한 열병에서 이제 막 회복한 터라 힘이 하나도 없는데다 갑작스레 공격받으며 꿀밤까지 먹은 터라 어이가 없고, 개는 무섭게 으르렁대는 데다 사내는 잔인하게 구는 통에 겁도 나고, 구경꾼들은 정말 나쁜 아이로 확신하고 윽박지르니, 가련한 아이가 할 수 있는 게 무엇이겠는가! 어느덧 어둠까지 몰려들고 주변은 비천한 동네라서 도와줄 사람도 없으니 저항해도 소용이 없었다. 결국, 올리버는 어둠이

미로처럼 깔린 골목으로 질질 끌려가는데, 용기를 끌어모아서 억지로 뱉어낸 비명조차 알아들을 수 없을 만큼 빠른 속도였다. 하지만 무슨 소리인지 알아들을 수 있느냐 없느냐 여부는 조금도 중요하지 않다. 소리가 또렷하게 들렸다 해도 주변에는 관심을 기울일 사람이 하나도 없기 때문이다.

가로등마다 불을 밝히고, 베드윈 부인은 대문을 열어놓은 채 초조하게 기다리고, 젊은 하녀는 큰길로 스무 번은 달려가서 올리버가 오는지 살피고, 두 신사는 어둠이 깔린 거실에 그대로 앉아서 줄기차게 기다렸다, 시계를 가운데에 내려놓은 상태로.

CHAPTER XVI

낸시가 동생이라고 속여서 데려온 후에 올리버 트위스트를 어떻게 다루는지 보여주다

좁은 도로와 골목을 걷다 보니 마침내 널찍한 공간이 나왔다. 여기저기에 가축우리가 있는 걸 보면 가축시장이 분명했다. 빌 사익스는 빠르게 걷다가 낸시가 힘들어서 더는 못 따라오자 속도를 줄였다. 그리고 올리버를 돌아보며 낸시 손을 잡아주라고 거칠게 명령했다.

"안 들려?"

빌 사익스가 으르렁대도 올리버는 망설이며 주변을 둘러보았다. 자신들이 도달한 곳은 깜깜한 모서리로 사람이 지나다니는 길에서 완전히 벗어난 상태였다. 이제 저항해도 소용이 없다는 사실을 확실히 깨달을 수 있었다. 그래서 한 손을 내밀자, 낸시가 그 손을 움켜잡았다.

"다른 손은 나한테 줘."

빌 사익스가 말하더니, 나머지 한 손마저 움켜잡으며 소리쳤다.

"잘 지켜, 황소눈깔!"

개가 쳐다보며 으르렁거리고, 빌 사익스는 한 손으로 올리버 목덜미를 잡으며 말했다.

"여길 잘 봐, 황소눈깔! 이놈이 찍소리라도 내면 여길 그대로 물어버리는 거야! 알았어?"

개가 다시 으르렁대다가 혀로 입술을 핥으며 노려보는 자세가 지금 당장에도 달려들어서 숨통을 물어버리고 싶어 안달 난 것 같았다.

"이 개는 예수쟁이만큼이나 의지가 확실하다고. 아니라면 내 눈깔을 뽑아버려!"

빌 사익스가 소름 끼칠 정도로 잔인한 표정으로 말하며 개를 바라보다가 덧붙였다.

"이제 어떻게 되는지 똑똑히 아셨으니, 도령, 마음대로 소리쳐 보시지. 개가 단숨에 달려들어서 끝장내고 말 테니. 어서, 꼬마 도령!"

평소와 달리 다정하게 말하는 어투에 황소눈깔이 꼬리를 흔들며 좋아하더니, 올리버에게 으르렁대며 경고하고 앞장서서 나아갔다.

지금 지나는 곳은 스미스필드[20]지만 올리버로서는 그곳이 가축시장인지 아니면 런던 정 반대편에 있는 고급주택가 그로브나 광장인지조차 알 수 없었다. 상점마다 내뿜는 불빛을 묵직한 안개가 차단하며 시시각각 짙어지다가 거리마다 건물마다 새까만 수의처럼 감싸니, 올리버 눈에는 더욱 낯선 장소로 보이면서 불안감만 끝없이 늘어날 수밖에 없었다.

이들이 급히 몇 걸음 떼는데 교회 종소리가 그윽하게 울리며 시간을 알렸다. 처음 울릴 때 납치범 두 명이 걸음을 멈추고 소리가 일어나는 쪽으로 고개를 돌리더니, 종소리가 끝나자 낸시가 말했다.

---

20) 런던 최고의 가축시장으로 인근에 '성 바울 성당'과 '뉴게이트 교도소'가 있다. 뉴게이트 교도소는 영국에서 제일 크고 사형 집행도 제일 많이 한 교도소로 인간 사회의 모순을 집약적으로 보여주는 곳이라서 찰스 디킨스 작품에 특히 많이 등장한다.

"여덟 시야, 빌."

"나한테 그걸 말하는 이유가 뭐야? 나도 귀가 있다고!"

빌 사익스가 짜증 내자, 낸시가 다시 말했다.

"저곳 사람들이 저 소리를 듣는지 궁금해."

"당연히 듣지. 바솔로뮤 장이 열릴 즈음에 저기 있었는데, 시장에서 불어대는 트럼펫까지 안 들리는 소리가 없다고. 감방에 갇히고 밤이 되니, 바깥에서 일어나는 소리는 시끌벅적해도 낡은 교도소 내부는 적막만 가득한 게, 쇠창살로 만든 철문에다 머리를 들이받고 싶은 충동까지 일더군."

빌 사익스가 말하자, 낸시는 종소리가 울리던 쪽을 여전히 바라보며 중얼거렸다.

"불쌍한 사람들! 아, 젊고 잘 생긴 사람들인데, 빌!"

"그래, 너희 여자는 그런 것만 생각하지. 젊고 잘 생긴 사람들! 하지만 저놈들은 죽은 목숨이나 마찬가지니까 아무래도 상관없어."

빌 사익스는 질투심이 일어나는 걸 이런 말로 위로하며 억누르는 것 같더니, 올리버 팔목을 훨씬 단단히 붙잡으며 어서 가자고 다그쳤다. 그러자 젊은 여자가 말했다.

"조금만 기다려! 다음번 여덟 시 종이 칠 때 교수형 당하러 끌려 나오는 사람이 당신이라면 나는 이렇게 서둘지 않겠어, 빌. 지쳐 쓰러질 때까지 인근 지역을 돌고 또 돌며 마냥 걷겠어, 바닥에는 눈이 잔뜩 쌓이고 나는 어깨에 걸칠 숄 한 장 없어도."

하지만 빌 사익스는 무정한 소리로 대답했다.

"그런 게 다 무슨 소용이겠어? 쇠톱이랑 튼튼한 밧줄 20m를 던져주는 게 아니라면 80㎞를 걷든 안 걷든, 나에게는 아무런 상관도 없다고. 자, 가자, 설교는 그만하고."

젊은 여자가 웃음을 터트리곤 숄을 끌어당겨서 몸을 바싹 감싸며 걸었다. 하지만 올리버는 여자 손이 떨리는 걸 느끼곤 가로등 아래를 지나칠 때 쳐다보니, 얼굴이 백지장처럼 하얗게 변한 상태였다.

인적이 드물고 지저분한 길을 삼십 분은 족히 걸었다. 매우 드물게 마주친 사람은 있지만 하나같이 사회적 위치가 빌 사익스와 별반 다를 게 없어 보였다. 그러다가 몹시 더럽고 좁은 골목으로 들어서는데, 낡은 옷가게가 쭉 늘어선 골목이었다. 이제 아이를 감시할 필요가 없다는 듯 개가 앞에서 달려가더니 어떤 건물 입구에서 걸음을 멈추는데, 오래전에 비워서 사람은 하나도 없는 가게 같았다. 건물 역시 금방이라도 무너질 것 같고, 입구에는 세놓는다고 쓴 것 같은 판자를 못으로 박았는데, 몇 해 동안 그대로 매달린 것처럼 보였다.

"좋아."

빌 사익스가 소리치며 주변을 조심스레 둘러보고, 낸시는 덧문 밑으로 허리를 숙이더니, 곧이어 종소리가 일어났다. 그러자 도로 맞은편으로 가서 가로등 밑에 가만히 있는데, 이번에는 내리닫이 창문을 여는 소리가 살며시 일어났다. 그리고 얼마 후에는 대문이 살그머니 열리고, 빌 사익스는 겁에 질린 올리버 목덜미를 단숨에 움켜잡은 채 건물 안으로 재빨리 들어갔다.

통로는 칠흑처럼 어두웠다. 그래서 가만히 기다리는 동안, 안으로 안내할 사람이 사슬을 풀고 빗장을 열었다.

"다른 사람은 없어?"

빌 사익스가 묻자, "네, 없어요"라고 대답하는 목소리가 들리는데, 전에 들어본 것 같았다.

"영감태기는 있지?"

도적놈이 묻자, 똑같은 목소리가 대답했다.

"네. 완전히 풀이 죽었어요. 아저씨를 보면 좋아하지 않을까요? 아, 아니에요!"

이런 식으로 대답하는 방식이 목소리만큼이나 익숙하게 다가왔다. 하지만 너무 어두워서 누군지 분간할 순 없었다.

"촛불이라도 가져와. 아니면 우리가 목을 부러뜨리거나 개를 밟을 수 있으니까. 개를 밟으면 안 물리도록 조심하는 게 좋을 거야!"

빌 사익스가 말하자, 익숙한 목소리가 대답했다.

"그럼 잠시만 기다리세요, 내가 가서 가져올 테니."

그러더니 물러나는 발소리가 일어나고, 잠시 후에는 도킨스 형상이, 다른 말로 '미꾸라지' 형상이 나타났다. 끝이 갈라진 막대기에 수지 양초 하나를 꽂아서 오른손으로 들어 올린 상태였다.

꼬마 신사는 올리버에게 익살스러운 표정으로 씩 웃어주는 외에 아는 척을 전혀 않고 손님들에게 따라오라는 손짓과 함께 몸을 돌려서 계단을 내려갔다. 그래서 텅 빈 주방을 지나며 나지막한 문을 열자, 조그만 뒤뜰에 지은 것처럼 보이는, 흙냄새가 진동하는 방과 함께 웃음소리가 요란하게 일어나며 일행을 맞아주었다. 찰리 베이츠가 이렇게 소리치면서 터트린 폭소였다.

"아이고 배꼽이야, 아이고 배꼽이야! 드디어 나타났네! 아, 드디어 나타났어. 페이긴 할아버지, 저 애 좀 보세요! 페이긴 할아버지, 저 애 좀 보라고요! 너무 재미있어서 참을 수가 없어요. 누구든 나 좀 잡아줘요, 웃음 좀 참게."

찰리 베이츠는 재미있는 황홀경에 빠져서 웃음을 도저히 못 참겠다는 듯 바닥에 드러누워 무려 오 분 동안이나 발길질하며 허우적거렸다. 그러다가 벌떡 일어나더니 '미꾸라지'에게서 끝이 갈라진 막대를 낚아채고 올리버 옆으로 다가가서 빙글빙글 돌며 살피고, 유대인 영감은 수면 모자를 벗더니, 당혹스러워서 어쩔 줄 모르는 올리버에게 허리를 숙이며 굽실댔다. 그러는 동안 '미꾸라지'는 다소 무뚝뚝한 데다 사업에 방해될 때는 흥겨운 놀이조차 피하는 성격답게 올리버 주머니를 열심히 뒤졌다. 그리고 찰리 베이츠는 올리버가 새로 맞춰 입은 양복에 불이 붙을 정도로 촛불을 바싹 들이대며 소리쳤다.

"저 아이 옷 좀 보세요, 페이긴 할아버지! 옷감이 정말 좋고 바느질도 훌륭해요! 눈이 부실 정도예요! 그리고 저 책을 보세요! 신사가 따로 없네요, 페이긴 할아버지!"

그러자 유대인 영감이 겸손한 척 허리를 숙여 인사하며 거들었다.

"아주 잘 지낸 것처럼 보여서 정말 기쁘구나. '미꾸라지'가 다른 양복을 줄 거야. 이렇게 멋진 양복은 때가 묻으면 안 되잖아. 편지 좀 써서 네가 찾아온다는 사실을 알려주지 그랬니? 그러면 우리가 저녁 식사라도 따듯하게 준비했을 텐데."

이 말에 찰리 베이츠는 다시 폭소를 터트리는데, 소리가 얼마나 커다랗던지, 페이긴 영감이 긴장을 풀고 '미꾸라지'까지 미소를 머금었다. 하지만 바로 그 순간에 금화 다섯 냥짜리 지폐를 꺼내기도 한 터라, '미꾸라지'가 좋아한 게 찰리 베이츠 때문인지 돈 때문인지 애매했다.

유대인 영감이 앞으로 나서며 지폐를 낚아채자, 빌 사익스가 대뜸 끼어들었다.

"이봐, 그게 뭐야? 그건 내 거야, 페이긴 영감."

하지만 유대인 영감이 반박했다.

"아니야, 아니야. 이건 내 거야, 빌, 내 거라고. 자네는 책을 갖게."

그러자 빌 사익스는 단호한 표정으로 모자를 눌러쓰며 말했다.

"그게 내 돈이 아니라면, 나와 낸시 돈이 아니라면, 나는 이 아이를 제자리에 돌려놓고 말겠어."

유대인 영감이 깜짝 놀랐다. 올리버도 깜짝 놀랐다. 하지만 이유는 완전히 달랐다. 올리버는 이번 싸움이 자신을 제자리로 돌려놓는 쪽으로 끝나길 바라는 마음만 간절했기 때문이다.

"그러니 나에게 넘기시지그래?"

빌 사익스가 다시 말하자, 유대인 영감이 반박했다.

"그건 너무 불공평해, 빌. 정말 불공평하다고, 그렇지, 낸시?"

하지만 빌 사익스는 계속 몰아붙였다.

"공평하든 불공평하든 어서 넘기라고! 당신은 낸시와 내가 시간이 남아돌아서 사방을 찾아다니다가 애를 납치해 당신에게 돌려준 줄 알아? 이리 내놔, 탐욕스러운 해골바가지 영감아, 어서 내놓으라고!"

빌 사익스는 이렇게 점잖게 타이르며 유대인 영감 손가락 사이에서 지폐를 빼내더니, 노인 얼굴을 차갑게 노려보고 조그맣게 접어서 목도리 안쪽에 넣으며 덧붙였다.

"이건 우리가 고생한 대가야, 절반도 안 되는 대가. 책은 당신이 가져, 읽고 싶으면. 아니면 팔고."

그러자 찰리 베이츠가 얼굴을 다양하게 찡그리며 문제의 책 가운데 한 권을 읽는 척하다가 말했다.

"정말 대단해. 내용이 아름다워, 그렇지, 올리버?"

그러더니 웃는 걸 특히 좋아하는 찰리 베이츠가 크게 낙담한 올리버 표정을 보고 황홀경에 다시 빠져들며 훨씬 커다랗게 웃어대고, 올리버는 두 손을 쥐어짜며 사정했다.

"그건 노신사 할아버지 물건이에요, 내가 열병에 걸려서 죽어가는 걸 보고 당신 집으로 데려가서 보살펴주신 선량하고 다정하신 노신사 할아버지 물건이요. 아, 제발 부탁이니, 그것들은 돌려보내세요, 노신사 할아버지에게 책과 돈을 돌려보내세요. 나는 평생 여기에 붙잡아두고, 책과 돈은 제발 돌려보내세요. 노신사 할아버지께서 내가 그것들을 훔쳤다고 생각할 거예요. 나를 특히 친절하게 돌보신 할머니 역시 내가 그것들을 훔쳤다고 생각할 거예요. 아, 제발 저에게 자비를 베푸시어, 책과 돈을 돌려보내세요!"

올리버는 몹시 슬픈 어조로 간절하게 말하다가 유대인 영감 발밑에 무릎을 꿇고 앉아서 두 손을 열심히 빌었다.

"아이 말이 맞아."

페이긴 영감이 말하면서 주변을 가만히 둘러보더니, 덥수룩한 눈썹을 하나로 끌어모으며 다시 말했다.

"그래, 네 말이 맞아, 올리버. 그 사람들은 네가 다 훔쳤다고 생각할 게 분명해. 하! 하! 하! 일부러 시기를 고르려고 해도 이렇게 완벽할 순 없겠어!"

유대인 영감이 커다랗게 웃다가 두 손을 비비며 결론 내리자, 빌 사익스가 대답했다.

"그야 당연하지. 저 아이가 클라큰웰에서 팔꿈치에 책을 끼고 지나는 걸 발견한 순간에 나는 그걸 깨달았다고. 정말 잘 된 거야. 그 사람들은 여린 마음으로 찬송가나 부르는 부류야. 그렇지 않다면 애초에 저 아이를 데려가지도 않았겠지. 그러니 저 아이를 찾지도 않을 거야, 경찰에 신고하면 저 아이가 잡혀갈까 두려워서. 이제 완전히 안전해."

이런 말이 오가는 사이에 올리버는 당혹스러워서 무슨 말인지 하나도 못 알아듣겠다는 듯 사람들을 하나씩 번갈아 바라보더니, 빌 사익스가 결론을 내린 순간에 갑자기 벌떡 일어나서 사납게 박차고 나가며 살려달라는 비명을 날카롭게 내질러, 아무것도 없이 낡은 지붕에 메아리쳤다.

유대인 영감은 두 아이와 함께 뒤쫓으며 달려가고, 낸시는 문가로 뛰어가서 방문을 닫으며 소리쳤다.

"개를 잡아, 빌! 개를 잡으라고! 개가 쫓아가면 아이를 갈가리 물어뜯을 거야."

그러자 빌 사익스가 젊은 여자를 떼어내려고 애쓰며 소리쳤다.

"저런 놈은 당해도 싸! 저리 떨어져. 아니면 벽에 박아서 머리를 부숴버릴 테니까!"

"마음대로 해, 빌. 마음대로 하라고. 하지만 개가 아이를 물어뜯게 할 순 없어, 나를 먼저 죽이지 않는 한."

낸시가 소리치며 격렬하게 맞서 싸우자, 빌 사익스 역시 이를 악물며 소리쳤다.

"그럴 순 없어! 당장 물어뜯게 할 거야, 네가 물러나지 않으면."

그러다가 노상강도는 젊은 여자를 떼어내며 방 한쪽 구석으로 내동댕이치고, 유대인 영감은 두 아이와 함께 올리버를 질질 끌며 돌아오다가 주변을 둘러보며 물었다.

"여긴 또 뭐가 문제야!"

"저 여자가 미친 것 같아."

빌 사익스가 거칠게 대답하자, 낸시는 드잡이한 덕분에 창백한 얼굴로 가쁜 숨을 몰아쉬며 반박했다.

"아니야, 그렇지 않아. 절대 그렇지 않으니까, 페이긴 영감, 그렇게 생각하지 마."

"그럼 조용히 하라고, 알았어?"

유대인 영감이 소리치며 위협적으로 노려보자, 낸시가 고래고래 소리치며 대들었다.

"싫어, 그렇게는 못 하겠어. 그러니 어쩔래?"

페이긴 영감은 낸시 같은 부류가 지닌 습성과 태도를 충분히 잘 아는 터라 현재로썬 낸시를 계속 상대하는 게 안전하지 않다 판단했다. 그래서 화제를 바꿀 생각으로 올리버에게 시선을 돌리더니, 벽난로 모서리에 세워놓은 울퉁불퉁한 몽둥이를 집어 들며 소리쳤다.

"그래, 네가 도망치려고 했다는 거지, 엉?"

올리버는 아무런 대답도 못 하고 유대인 영감이 움직이는 모습을 가만히 지켜보며 가쁜 숨을 몰아쉬었다.

"사람들에게 도움받아서 경찰을 부르려고 그런 거야?"

유대인 영감이 비꼬더니, 올리버 팔을 잡으며 소리쳤다.

"내가 그 병을 고쳐주지, 도령 나리."

유대인 영감이 몽둥이로 올리버 어깨를 한 대 내려치고 다시 때리려고 추켜든 순간에 젊은 여자가 달려들어서 몽둥이를 뺏더니, 불길이 활활 타오르는 벽난로 속으로 던지며 소리쳤다. 얼마나 힘껏 던졌는지 빨갛게 타오르는 석탄 몇 개가 밖으로 튀어나올 정도였다.

"나는 아이 때리는 꼴을 절대로 못 봐, 페이긴 영감. 애를 잡았으면 됐지, 무얼 더 바라는 거야? 아이를 건들지 말고 그냥 둬. 그러지 않으면 네놈들 얼굴을 확 긁어버릴 테니까, 내가 제 명을 못 살고 교수대에 끌려가는 한이 있더라도."

젊은 여자가 발을 사납게 굴러대며 위협하더니, 입술을 꽉 깨물고 두 주먹을 불끈 움켜쥔 채 유대인 영감과 다른 도적을 번갈아서 노려보았다. 속에서 분노가 마구 끓어올라 얼굴이 백지장처럼 하얀 상태였다. 그러자 유대인 영감이 당황한 표정으로 빌 사익스와 시선을 주고받으며 잠시 침묵하다가 달래는 어투로 말했다.

"왜 그래, 낸시! 오늘 밤엔 특히 똑똑한 것 같아. 하! 하! 하! 행동 하나하나가 정말 예뻐."

"그래! 내가 지나치게 행동하는 일이 없도록 조심해. 그렇게 되면 손해를 보는 사람은 당신이니까, 페이긴 영감. 내가 미리 말하는데, 나를 안 건드는 게 좋아."

여자가 잔뜩 화나면 누구든 조심하는 게 좋은데, 강인한 열정에다 사납고 무분별한 충동과 자포자기 심정까지 보이는 경우엔 특히 그러니, 이럴 때는 어떤 남자든 피하는 편이 좋은 법이다. 유대인 영감 역시 낸시가 진짜 화났다는 사실을 모른 척하는 건 더는 소용없다는 사실을 깨닫고 자신도 모르게 움츠러들며 뒤로 몇 걸음 물러나, 반은 애원하고 반은 겁먹은 표정으로 빌 사익스를 쳐다보았다. 이제부터 당신이 상대하는 게 좋겠다고 암시하는 것 같았다.

빌 사익스는 무언의 부탁을 받고서 낸시가 이성을 당장 되찾도록 하는 데에 자신의 모든 영향력과 자존심이 걸렸다는 느낌으로 욕설과 협박을 다양하게 뱉어내, 순식간에 언어를 창조하는 능력이 정말 대단하단 사실을 과시했다. 하지만 자신이 다스려야 할 대상에게서 눈에 띄는 효과가 안 나타나자, 이번에는 훨씬 구체적으로 따지고 드는 방법을 구사했다.

"이러는 이유가 도대체 뭐야? 도대체 왜 이러느냐고? 아예 내 몸뚱이에다 불을 지르지그래! 지금 주제나 제대로 파악하고 설치는 거야?"

"그래, 당연히 파악하고 설치는 거야."

젊은 여자가 대답하며 히스테리 하게 웃더니, 머리를 좌우로 흔들며 아무래도 상관없다는 표정을 어설프게 보여주었다. 그러자 빌 사익스는 자기 개한테 말할 때 흔히 그러는 것처럼 으르렁대며 소리쳤다.

"좋아, 그렇다면 나불대지 말고 가만히 있어. 그러지 않으면 앞으로 오랫동안 나불대지 못하도록 만들어줄 테니까."

젊은 여자가 불안한 표정으로 다시 웃더니, 빌 사익스를 재빨리 훑어보고 얼굴을 옆으로 돌린 채 피가 배도록 입술을 꽉 깨물고, 빌 사익스는 경멸하는 표정으로 살피다가 덧붙였다.

"너는 착한 여자야, 인정도 있고 점잖으니까! 네가 원한다면 아이하고 잘 지낼 수 있다고!"

그러자 젊은 여자가 열정적으로 소리쳤다.

"그래, 맞아, 전능하신 하느님이 도우셔서! 그러니 내가 저 아이를 여기로 데려오기 전에 길거리에서 벼락을 맞고 죽거나 오늘 밤에 지나친 사형수 대신 죽었더라면 얼마나 좋았을까! 오늘 밤부터 저 아이는 도적질과 거짓말 등 나쁜 짓을 골라가며 하겠지. 비열한 늙은이에겐 그걸로 충분하니까 때릴 필요는 없는 거 아니야?"

유대인 영감이 끼어들더니, 지금 벌어지는 장면을 열심히 바라보는 아이들을 가리키며 타이르는 어투로 호소했다.

"그래, 맞아, 빌 사익스. 좋은 말로 하는 거야, 좋은 말로."

"좋은 말! 좋은 말이라고, 악당아! 그래, 당신은 나에게 이런 욕을 들어도 싸."

젊은 여자가 소리치며 섬뜩할 정도로 무섭게 열을 올리더니, 올리버를 가리키며 계속 말했다.

"나는 이 아이 나이 절반도 안 됐을 때부터 당신 밑에서 도적질을 했으니까! 이후 십이 년 동안 똑같은 업종에서 똑같은 일을 했으니까! 당신도 알지? 어서 대답해! 당신도 알지?"

그러자 유대인 영감이 분위기를 진정하려고 애쓰며 대답했다.

"그래, 그래! 그래서 지금까지 먹고살았잖아!"

"그래, 맞아! 그래서 지금까지 먹고살았어. 춥고 눅눅하고 더러운 거리를 집처럼 여기며 살았다고! 그런데 나를 오래전에 그렇게 만든 놈이, 내가 죽을 때까지 밤낮 할 것 없이 그런 짓을 하고 또 하게 한 놈이 바로 당신이라고!"

젊은 여자가 대답하는데, 말하는 게 아니라 한없이 커다랗게 질러대는 비명 같았다.

그러자 유대인 영감은 자신을 비난하는 소리에 화내며 소리쳤다.

"쓴맛 한 번 볼래? 그런 식으로 말하면 훨씬 쓴맛을 보여주겠어!"

젊은 여자는 더 말하는 대신 뜨겁게 달아오른 열정으로 자기 머리칼과 옷을 잡아 뜯으며 유대인 영감에게 달려들어서 복수의 징표를 남기려고 하는데, 바로 그 순간에 빌 사익스는 양쪽 팔목을 움켜잡고 젊은 여자는 몇 차례 몸부림치다가 기절하니, 빌 사익스가 젊은 여자를 모서리에 누이며 말했다.

"이제 괜찮을 거야. 이 여자는 이런 식으로 날뛸 때면 팔심이 유난히 강해."

유대인 영감은 이마를 닦으며 빙그레 웃었다. 소동이 끝난 걸 다행스럽게 여기는 것 같았다. 하지만 유대인 영감은 물론 빌 사익스도 개도 두 아이도 이번 사태를 이런 일을 하다 보면 흔히 일어나는 촌극 정도로 가볍게 여기는 것 같았다. 그래서 유대인 영감이 몽둥이를 갖다놓으며 말했다.

"여자를 데리고 일하다 보면 이럴 때가 있어. 하지만 여자는 똑똑해서 우리 일에 꼭 필요하지. 찰리, 올리버를 침대로 데려가도록."

"이렇게 좋은 옷은 내일 안 입는 편이 좋겠지요, 페이긴 할아버지?"

찰리 베이츠가 물었다.

"그야 당연하지."

유대인 영감이 대답하면서 찰리 베이츠와 미소를 주고받았다.

찰리 베이츠는 맡은 역할이 마음에 드는 듯 갈라진 막대기에 꽂힌 수지 양초를 들고 바로 옆에 있는 주방으로 올리버를 데려갔다. 거기에는 전에 올리버가 자던 침대 두세 개가 있고, 찰리 베이츠는 여기에서 도저히 못 참겠다는 듯 폭소를 마냥 터트리며 낡은 옷을 한 벌 꺼냈다. 올리버가 노신사 댁에서 유대인 장사꾼에게 넘긴 걸 정말 다행스럽게 여긴 바로 그 옷인데, 옷을 산 유대인이 페이긴 영감에게 우연히 보여 주어 올리버 행방에 대한 첫 번째 단서가 드러난 것이다.

"좋은 옷은 벗어줘. 그럼 내가 페이긴 영감에게 넘겨서 잘 보관하도록 할 테니까. 정말 재미있군!"

찰리가 말하자, 불쌍한 올리버는 마지못한 표정으로 응하고, 찰리 베이츠는 새 옷을 둘둘 말아서 팔꿈치에 끼고 나가더니, 올리버를 깜깜한 곳에 놔둔 채 밖에서 방문에다 자물쇠를 채웠다.

찰리 베이츠가 웃는 소리는 물론이고 우연히 찾아왔다가 친구 낸시 얼굴에 물을 끼얹어 정신을 차리게 하려는 베시 목소리까지 들리니, 체력이 넉넉한 사람이라면 잠을 이룰 수 없을 것 같았다. 하지만 올리버는 병들고 지친 상태라서 순식간에 깊은 잠에 곯아떨어지고 말았다.

CHAPTER XVII

올리버가 나쁜 운명으로 치닫는 와중에 위대한 인물이 런던에 나타나서 더욱 해롭게 만들다

멜로드라마를 재미있게 꾸려나가려면 베이컨에서 빨간 줄무늬와 하얀 줄무늬가 번갈아 뻗어 나가듯 슬픈 장면과 웃기는 장면이 번갈아 나와야 한다. 주인공이 세상의 굴레와 불운에 짓눌려서 지푸라기 침상에 풀썩 쓰러지면 다음 장면은 별다른 생각 없이 충직한 시종이 나와서 재미있는 노래를 부르며 관객을 즐겁게 하는 식으로 말이다. 거만하고 잔인한 귀족이 강압적으로 억누르며 정조를 빼앗으려는 찰나에 여주인공은 은장도를 꺼내서 목숨을 담보로 정조를 지켜내고 관객은 두근거리는 가슴을 억누르며 흥미진진한 표정으로 바라보는데, 갑자기 호루라기 소리가 일어나면서 장면은 대연회장으로 바뀌고 백발의 집사가 나타나서 흥겨운 노래를 부르면 하인들이 갑초처럼 떼 지어 합창하며 나타나서 교회 첨탑에서 궁궐까지 노랫가락을 흥얼거리며 행진하는 방식도 좋다.

이런 변화는 엉뚱하게 보이지만 다시 보면 그렇게 부자연스럽지 않다. 현실사회에서도 호화롭게 차린 잔칫상이 임종을 맞는 자리로 변하거나 미망인이 상복 차림에서 상쾌한 나들이 복장으로 변하는 장면은 그렇게 놀라운 현상이 아니다. 우리 자신이 가만히 앉아서 연극을 구경하다가 현실이란 무대에서 바쁘게 연기하는 처지로 변한 게 다를 뿐인데, 차이는 엄청나다. 현실적인 삶을 모방하려고 애쓰는 배우는 무대가 갑자기 바뀌거나 감정이나 열정이 갑자기 변하는 과정을 볼 수 없는 반면에 가만히 앉아서 구경하는 관객은 그런 과정이 그대로 보이기 때문에 비현실적이고 터무니없다는 비난이 대뜸 나오니 말이다.

반면에 이야기책은 장면이 갑자기 변하고 시간과 공간이 순식간에 바뀌는 게 오랜 관례일 뿐 아니라 작가의 기법이 훌륭한 정도를 나타내는 기준이며 비평가는 한 장면이 끝날 때마다 인물이 빠져든 딜레마를 통해 작가가 지닌 예술적 기량을 평가하니, 개중에는 지금 내가 서두를 기다랗게 늘어놓을 필요가 없다고 생각하는 독자도 있을 수 있겠다. 그런 독자라면 지금 회고록 작가는 올리버 트위스트가 태어난 마을로 장면을 바꾸려고 한다는 사실을, 그럴만한 이유가 당연히 충분하다는 사실을, 그렇지 않다면 작가가 그런 곳을 굳이 다시 찾아갈 이유는 없을 거라는 사실을 살짝 암시하려고 그랬다는 정도로 이해하기를 바란다.

어쨌든, 범블은 이른 아침에 구빈원 정문을 나와 듬직한 체구로 큰길을 따라 위풍당당하게 걸었다. 관리라는 자부심이 한껏 만개한 상태였다. 삼각모와 외투는 아침 햇살을 받아 반짝이고 손에 움켜쥔 지팡이는 건강과 권력을 암시했다.

범블은 평소에도 머리를 꼿꼿이 들고 다니는데 오늘 아침에는 유난히 꼿꼿하게 들었다. 눈빛은 꿈을 꾸고 마음은 잔뜩 들뜨니, 모르는 사람이 본다면 거론할 수조차 없을 정도로 위대한 생각이 하급관리 가슴속에 가득하다는 느낌을 받을 정도였다.

조그만 상점 주인을 비롯해 다양한 사람이 공손하게 인사해도 범블은 걸음을 멈추지 않았다. 손을 가볍게 흔들어서 답례할 뿐, 위엄이 가득한 발걸음을 조금도 안 늦추고 '만 여사'가 교구에 지원받으며 극빈자 어린애를 돌보는 농가 분원에 도착할 때까지 계속 걸었다. 그래서 정원 대문을 흔드는 익숙한 소리에, 만 여사가 투덜댔다.

"빌어먹을 하급관리 놈! 이렇게 일찍 찾아올 놈은 그놈밖에 없어! 어머나, 범블 선생님, 나리라고는 생각도 못 했어요! 이렇게 찾아오시니 정말 반갑네요! 자, 응접실로 들어가시죠, 나리."

앞 문장은 수잔에게 한 말이고, 나중에 좋아서 감탄사를 연발한 문장은 훌륭하신 여사께서 범블에게 정원 대문을 열어주고 집안으로 안내하며 지극히 존경한다는 표정으로 한 말이다.

범블은 건방진 사람이 잘난 척할 때 흔히 그러는 것처럼 의자에 걸터앉거나 철퍼덕 주저앉는 대신, 의자에 조금씩 천천히 앉으며 말했다.

"만 여사, 안녕하시오."

"네, 나리도 안녕하시죠? 요즘도 잘 지내시죠, 나리!"

만 여사가 환하게 웃는 얼굴로 되묻자, 하급관리가 대답했다.

"그저 그렇소, 만 여사. 교구에서 관리로 살아간다는 게 편하기만 한 건 아니라오, 만 여사."

"아, 정말 그렇겠네요, 범블 선생님."

만 여사가 맞장구쳤다. 극빈자 아이들 역시 그 말을 들었더라면 모두 똑같이 한목소리로 대답할 것 같았다.

"교구 생활은, 여사, 다양한 걱정과 갈등과 인내의 연속이랍니다.

하지만 공직자라면 꾹 참아야 하겠지요."

범블이 말하며 지팡이로 탁자를 내려치자, 만 여사는 하급관리가 무슨 말을 하는 건지 조금도 이해할 수 없지만 정말 그렇다는 표정으로 두 손을 들어 올리며 안타깝다고 한숨을 쉬었다.

"그래요, 한숨이 절로 나올 거예요, 만 여사!"

하급관리가 말하자, 만 여사는 자신이 제대로 짚었다는 사실에 한숨을 한 번 더 내쉬고, 공직자는 만족스러운 게 분명한데도 삼각모를 엄숙하게 바라보는 방법으로 미소를 억누르며 불쑥 말했다.

"만 여사, 내가 런던에 가게 되었다오."

"어머나, 범블 선생님!"

만 여사는 깜짝 놀라며 소리치고, 하급관리는 열심히 말했다.

"런던 말이오, 여사, 역마차로. 극빈자 두 명과 함께! 소송이 벌어져서 재판에 참석해야 하는데, 클라큰웰 하급법원에 출두해서 문제를 해결할 사람으로 이사진이 나를 지명했다오, 나를 말이오, 만 여사."

하급관리가 자랑하느라 어깨에 힘을 주며 계속 말했다.

"클라큰웰 하급법원이 나를 궁지에 몰려다가 오히려 자기네가 궁지에 몰리는 난처한 상황이 벌어지는 건 아닐까 염려스럽구려."

"어머나! 그래도 그 사람들에게 너무 심하게 하진 마세요, 나리."

만 여사가 아첨하는 투로 말하자, 범블이 대답했다.

"클라큰웰 하급법원 쪽에서 자초한 일이라오, 여사. 그러니 클라큰웰 하급법원이 자기네 예상보다 불리한 사태에 몰린다 해도 그건 자기네 탓이라오."

이렇게 위협적으로 말하는 범블 목소리에 단호한 의지와 목적의식이 담기자, 만 여사는 경외하는 표정까지 짓다가 이렇게 물었다.

"그런데 역마차로 가신다고요, 나리? 극빈자는 수레를 태워서 보내는 줄 알았는데요."

"그건 극빈자가 아플 때 얘기라오, 만 여사. 빗줄기가 내리는 날에 병든 극빈자를 지붕 없는 수레에 태우는 식으로 말이오, 그들이 감기에 걸리는 걸 예방하려고."

"아, 그렇군요!"

"원고 측에서 극빈자 두 명을 데려갈 역마차를 계약했으니, 정말 싸게 데려가는 셈이오. 둘 다 상태가 매우 안 좋아, 땅에 묻는 것보다는 다른 데로 옮기는 편이 금화 두 냥은 싸게 먹힌다오. 다른 교구로 떠넘긴다는 뜻인데, 이번에 그렇게 될 가능성이 매우 크다오. 도중에 죽어서 우리를 골탕먹이지만 않는다면 말이오. 하! 하! 하!"

범블이 잠시 웃더니, 삼각모를 다시 바라보는 사이에 두 눈이 엄숙하게 변했다.

"할 일이 있는데 깜빡 잊었구려, 여사. 이번 달 교구 보조금을 가져왔소. 어서 받으시오."

범블이 지갑에서 종이에 싼 은화를 꺼내며 영수증을 요구하자, 고아를 등쳐먹으며 살아가는 여인네는 그걸 작성해서 건네며 말했다.

"얼룩이 번졌지만, 나리, 형식은 다 갖췄답니다. 감사합니다, 범블 선생님, 정말 고마워요."

만 여사가 정중하게 인사하자, 범블은 덤덤하게 고개를 끄덕이더니, 아이는 모두 어떠냐고 물었다. 그러자 만 여사가 감동한 어투로 대답했다.

"에구, 축복받고 귀여운 것들! 잘 지내고 있답니다, 귀여운 아이들은! 지난주에 사망한 아이 두 명만 빼면요. 꼬맹이 딕도 그렇고요."

"걔는 좋아지는 기미가 없나요?"

범블이 묻더니, 만 여사가 머리를 흔들자, 벌컥 화내며 다시 말했다.

"정말 심술궂고 사악하고 못돼먹은 놈이로군! 지금 어디에 있소?"

"지금 당장 데려오도록 하지요. 이리 와, 딕!"

몇 번 부르다가 딕을 찾아나선 만 여사는 아이 얼굴을 펌프에 대고 물을 퍼붓더니, 입은 옷으로 닦아주고 범블이란 끔찍한 하급관리 앞으로 데려갔다.

얼굴은 창백하고 홀쭉한 데다 양쪽 볼은 움푹 들어가서 반짝이는 두 눈만 커다랗게 보였다. 연약한 몸뚱이는 교구에서 배급한 빈약하고 초라한 옷을 헐렁하게 걸치고 어린애 팔다리는 노인네 팔다리처럼 쇠약했다.

어린애는 이런 모습으로 벌벌 떨며 범블이 쳐다보는 시선을 견딜 뿐, 바닥으로 향하는 눈을 감히 들어 올리지도 못한 채 하급관리 목소리만 들려도 무서워서 어쩔 줄 몰랐다.

"고집불통 녀석아, 고개를 들고 신사 나리를 쳐다봐."

만 여사가 말하자, 어린애는 순순히 두 눈을 들어서 범블과 시선을 마주쳤다.

"너는 도대체 무슨 문제가 있는 거냐, 교구살이 딕?"

범블이 물으며 시의적절한 익살을 떨자, 아이가 희미한 목소리로 대답했다.

"아무 문제도 없어요, 나리."

만 여사는 범블이 말한 익살에 당연히 폭소를 터트리다가 끼어들었다.

"당연히 없겠지. 부족한 게 하나도 없으니까."

"제가 원하는 건……."

아이가 말하다가 머뭇거리자, 만 여사가 끼어들며 소리쳤다.

"맙소사! 부족한 게 있다고 말하려는 거야, 지금? 아니, 쪼그만

놈이……."

"그만 하세요, 만 여사, 그만!"

하급관리가 손을 들어서 권위를 보이며 제지하더니 물었다.

"그래, 원하는 게 뭔데?"

그러자 아이가 떨리는 목소리로 대답했다.

"제가 원하는 건, 누구든 글을 쓸 줄 아는 사람이 있으면 저를 위해 종이쪽지에 몇 자 적어서 그걸 접고 봉인한 다음, 제가 땅속에 묻힌 다음에도 보관해 달라는 거예요."

너무나 창백한 아이가 너무나 진지한 태도로 말하니, 이런 일에 익숙한 범블도 깊은 인상을 받고 소리쳤다.

"아니, 저 애가 지금 무슨 말을 하는 건가요? 그게 무슨 뜻이니, 꼬마야?"

"불쌍한 올리버 형이 도와주는 사람 하나 없이 어두운 밤에 이리저리 방황하는 장면을 떠올리며 제가 혼자 앉아서 울기도 많이 울었단 사실과 함께 사랑한단 말을 남기고 싶어요."

아이가 조그만 손을 하나로 갑자기 모으며 간절하게 덧붙였다.

"제가 아주 어려서 죽는 게 정말 다행이란 말도 올리버 형에게 알려주고 싶어요. 제가 나이를 먹어서 어른이 될 때까지 산다면 하늘나라에 있는 어린 동생이 나를 못 알아보거나 싫어할 수도 있는데, 둘 다 어릴 때 하늘나라에 가서 함께 지내면 훨씬 행복할 테니까요."

범블은 깜짝 놀란 표정으로 꼬마 웅변가를 머리끝에서 발끝까지 훑어보다가 동료를 쳐다보며 말했다.

"모두 한통속이네요, 만 여사. 뻔뻔한 올리버 때문에 모두 나쁜 물이 들었어요!"

"도저히 못 믿겠네요, 나리. 이렇게 독한 꼬마 악당은 저도 처음

본답니다."

만 여사가 한탄하며 두 손을 들고 독살스런 눈으로 딕을 노려보자, 범블이 오만하게 말했다.

"저 아이를 데려가시오, 여사! 이런 사실을 이사진에 보고해야겠소, 만 여사."

"이건 제 잘못이 아니란 사실을 이사님들이 알아주시면 좋겠어요, 나리."

만 여사가 하소연하며 애처롭게 울먹이자, 범블이 대답했다.

"내가 잘 말씀드리겠소, 여사. 이번 사례에 대해 정확히 아셔야 하니 말이오. 이제 저 애를 데려가시오, 꼴도 보기 싫으니."

딕은 바로 끌려가서 석탄광에 갇히고, 범블 역시 즉시 떠나서 여행준비에 들어갔다.

다음날 여섯 시, 범블은 삼각모를 원형 모자로 바꾸고 망토가 달린 파란색 두꺼운 외투 차림으로 역마차 바깥에 자리를 잡고 소송이 붙은 범죄자 두 명과 나란히 앉아서 일정한 시간을 달리다가 런던에 도착했다. 가는 길에는 극빈자 두 명이 몸을 덜덜 떨면서 춥다고 투덜대다가 심술궂은 행동을 벌인 외에 별다른 어려움은 없었는데, 범블이 선언한 바에 의하면, 아주 두꺼운 외투를 입은 자신까지 이가 덜덜 떨릴 정도로 춥고 불편했다.

범블은 뱃속이 시꺼먼 두 사람에게 잠잘 곳을 잡아준 다음, 역마차가 멈춘 건물에 들어가서 자리를 잡고 앉아, 스테이크와 굴 소스와 흑맥주로 저녁을 간소하게 차려 먹었다. 그리고 뜨거운 물을 탄 진 칵테일 유리잔을 벽난로 선반에 올려놓고 의자를 벽난로 앞으로 바싹 끌어당긴 다음, 사방에 만연한 불평불만이라는 죄악을 도덕적인 관점에서 다양하게 명상하다가 마음을 가다듬고 신문을 펼쳤다. 그런데 이런 광고 내용이 시선을 끌었다.

> 보상금 금화 다섯 냥
> 올리버 트위스트라고 하는 어린애가 지난 목요일 저녁에 펜턴빌 집에서 나갔다가 실종 혹은 유괴를 당해, 아직도 아무런 소식이 없습니다. 광고주는 올리버 트위스트에 대해 이런저런 이유로 관심이 많으니, 아이를 찾는 데 도움을 주시거나 아이가 살아온 역사를 알려주시는 분에게 위에서 말한 보상금을 드리겠습니다.

그런 다음에 올리버 인상착의와 처음 만나던 상황과 다시 사라진 상황을 자세히 설명하고 브라운로우 선생 이름과 주소까지 빠짐없이 열거했다.

범블은 두 눈을 크게 뜨고 광고 내용을 천천히 조심스럽게 세 번이나 읽고 오 분 동안 곰곰이 생각하다가 그대로 나와서 펜턴빌로 향했다. 너무 흥분한 나머지 벽난로 선반에 올려놓은 진 칵테일은 맛도 못 본 상태였다.

"브라운로우 선생님께서 계신가요?"

범블이 묻자, 대문을 연 하녀는 평상시처럼 다소 회피하는 어투로 대답했다.

"잘 모르겠는데, 어디에서 오셨나요?"

범블이 찾아온 이유를 설명하느라 올리버 이름을 언급하는 순간에 거실 문가에서 엿듣던 베드윈 부인이 금방이라도 숨넘어갈 것처럼 대문으로 달려 나오며 소리쳤다.

"들어오세요, 어서 들어오세요. 올리버 소식을 들을 줄 알았어요. 불쌍한 것! 분명히 이럴 줄 알았어요! 확신했다고요. 하느님, 감사합니다! 난 처음부터 이럴 줄 알았답니다."

훌륭한 할머니는 이렇게 말하며 거실로 급히 돌아가더니, 소파에 앉자마자 눈물을 터트렸다. 하지만 그렇게 민감하지 않던 젊은 하녀는 그사이에 이 층으로 달려갔다가 다시 내려와서 범블에게 당장 따라오라 말하고 이 층으로 다시 올라갔다.

범블이 안내받은 곳은 뒷방 조그만 서재로, 노신사 브라운로우 선생과 친구 그림위그 선생이 술병과 유리잔을 앞에 두고 앉아있는데, 후자가 갑자기 소리쳤다.

"관리야. 교구관리가 아니면 내 머리통을 먹어버리겠어."

"부탁이니, 지금은 끼어들지 말게. 의자에 앉으시겠소?"

노신사가 권하자, 범블은 의자에 앉는데, 땅딸막한 신사가 괴팍하게 굴어서 당혹스러웠다. 하지만 노신사는 등불을 옮겨서 하급관리 얼굴을 자세히 바라보며 약간 초조한 표정으로 물었다.

"그래, 선생께서 광고를 보고 찾아오셨소?"

"네, 나리."

"그런데 당신은 관리죠, 그렇지 않소?"

그림위그 선생이 묻자, 범블이 자랑스럽게 대답했다.

"그렇습니다, 저는 교구 일을 맡아보고 있습니다."

그러자 그림위그 선생이 친구를 곁눈으로 쳐다보며 말했다.

"그래, 그럴 줄 알았어. 어디로 보나 교구관리야!"

노신사는 고개를 살래살래 흔들어서 친구를 침묵시키다가 다시 물었다.

"불쌍한 아이가 지금 있는 곳을 아시오?"

"모릅니다."

"으음, 그렇다면 올리버에 대해서 아는 게 무엇이오? 어서 말씀하시오, 친구, 할 말이 있다면. 올리버에 대해서 무얼 아시오?"

"바람직한 내용은 아닌 것 같군, 그렇지 않소?"

그림위그 선생이 빈정대며 말했다. 범블 표정을 자세히 살핀 다음이었다.

범블은 이렇게 말한 의미를 재빨리 파악하곤 불길하고 엄숙한 표정으로 머리를 끄덕였다. 그러자 그림위그 선생이 친구를 의기양양하게 바라보며 물었다.

"자네도 봤지?"

노신사는 입을 꼭 다문 범블 얼굴을 근심스런 표정으로 바라보며 올리버에 대해서 아는 내용을 최대한 명쾌하게 알려달라고 부탁했다.

범블은 모자를 내려놓더니, 외투 단추를 풀고 팔짱을 낀 다음에 옛일을 회상하는 표정으로 고개를 기울이며 잠시 생각하다가 이야기를 시작했다. 이십 분에 걸쳐서 하급관리가 말한 내용을 그대로 옮기면 너무 지루할 터이니 여기에서는 요점만 정리하겠다.

올리버는 고아로, 매우 천박하고 사악한 부모 밑에서 태어났다. 올리버는 태어날 때부터 밥 먹듯 배신하면서 배은망덕하고 사악한 품성을 그대로 보여주었다. 자신이 태어난 고향에서 직장까지 구해주었는데, 아무 죄도 없는 아이를 비겁하고 살벌하게 공격하더니, 주인집에서 야반도주하고 말았다. 그리고 자기 말이 사실임을 증명하는 차원에서 런던까지 가져온 서류를 탁자에 올려놓고 다시 팔짱을 낀 채 노신사가 훑어보기를 기다렸다.

노신사는 서류를 자세히 훑어보더니 슬픈 어투로 말했다.

"안타깝게도 모두 사실인 것 같군. 당신이 알려준 정보에 비하면 얼마 안 되는 돈이오. 하지만 아이에게 유리한 정보였다면 세 배는 기꺼이 주었을 것이오."

이런 사실을 조금만 일찍 알았더라면 범블은 올리버에 대해 완전히 다른 방향으로 이야기했을 것이다. 하지만 이제 너무 늦어서 어쩔 수 없으니, 머리를 엄숙하게 흔들며 금화 다섯 냥을 주머니에 넣고 물러났다.

노신사는 잠시 이리저리 거닐었다. 하급관리 말을 듣고 깊은 상처를 받은 게 분명했다. 그림위그 선생조차 친구를 놀리지 않으려고 애쓸 정도였다. 그러더니 마침내 걸음을 멈추고 종을 마구 흔들어, 가정부가 나타나자, 이렇게 말했다.

"베드윈 부인, 올리버란 아이는 사기꾼이오."

"그럴 리 없어요, 나리, 절대 그럴 리 없어요."

할머니 가정부가 강력하게 반발하자, 노신사가 반박했다.

"내가 그렇다고 하는데, 그럴 리 없다는 건 무슨 뜻이오? 우리는 아이가 태어날 때부터 지금까지 살아온 이야기를 지금 막 들었는데, 그 애는 여태껏 뼛속까지 사악한 꼬마 악당으로 살았단 말이오, 평생."

"저는 절대로 믿을 수 없어요, 나리. 절대로!"

가정부가 단호하게 대답하자, 그림위그 선생이 으르렁거렸다.

"당신처럼 나이 많은 여자들은 돌팔이 의사와 거짓말투성이 이야기책 말곤 아무것도 안 믿지. 하지만 난 처음부터 알았다고. 애초에 내가 충고하는 말을 따르지 그랬나. 그래, 아이가 열병에 안 걸렸다면 그렇게 했을 거야, 그치? 아이가 관심을 끈다고? 관심 좋아하시네!"

그림위그 선생이 말하더니 화려한 동작으로 벽난로 불길을 쑤셔대고, 베드윈 부인은 잔뜩 화나서 반박했다.

"그 애는 은혜를 아는 사랑스럽고 상냥한 아입니다, 나리. 저는 아이에 대해서 잘 압니다, 나리. 사십 년 동안 아이를 길렀으니까요. 아이를 길러본 적이 없는 사람은 아이에 대해서 함부로 말하지 않아야 합니다. 그게 제 의견입니다!"

총각인 그림위그 선생에게 한 방 먹인 말이었다. 하지만 땅딸막한 노신사는 빙그레 웃는 이상의 반응을 안 보여서, 베드윈 부인이 머리를 쳐들고 앞치마 주름을 펴며 다시 말할 준비를 할 때 노신사는 속마음과 달리 겉으로 잔뜩 화난 척하며 말을 막았다.

"조용히 하시오! 다시는 그 애 이름을 내 앞에서 언급하지 마시오. 그 말을 하려고 종을 울린 거요. 절대로, 절대로, 무슨 일이 있어도. 알겠소? 인제 그만 나가시오, 베드윈 부인. 명심하시오! 진심으로 하는 말이니까."

그날 밤, 노신사 댁에서 마음이 무너진 사람은 두 명이나 있었다.

올리버 역시 두 사람을 떠올리며 마음이 무너진 건 똑같지만, 두 사람이 들은 내용을 못 들어서 그나마 다행이었다. 그것까지 들었다면 마음이 찢어질 테니 말이다.

CHAPTER XVIII
올리버가 훌륭한 친구들과 유익한 시간을 어떻게 보내는지 알려주다

다음날 정오경에 '미꾸라지'와 찰리 베이츠가 평소처럼 작업하러 나가자, 페이긴 영감은 기회를 잡아, 올리버에게 잔뜩 걱정하는 친구들 곁에서 벗어나려고 하는 건 물론 친구들이 그렇게 고생하고 돈까지 들여서 간신히 찾았는데 다시 도망치려고 하는 건 정말 커다란 죄악이라고, 은혜를 모르는 끔찍한 죄악이라고 확실하게 강조하며 오랫동안 훈계했다. 그런 다음에 올리버가 굶어 죽기 직전에 자신이 받아들여서 먹여주고 재워준 사실을 특히 강조하더니, 예전에 자신이 비슷한 상황에 부닥친 아이에게 자선을 베푼 적이 있는데, 그 아이는 경찰과 내통하려는 의지를 드러내서 믿을만한 가치가 없다는 사실을 보여주다가 결국에는 어느 날 아침에 사형장에서 이슬처럼 사라지고 말았다는 끔찍한 이야기까지 애처롭게 들려주었다. 끔찍한 사태가 일어나는 데 자신이 관여했다는 사실을 숨기려 하기는커녕, 문제의 어린애가 삐뚤어진 성격으로 배신하는 바람에 오히려 확실한 증언이 나와서 교수당하는 계기가 되었다고 두 눈에 눈물을 글썽이며 한탄하더니, 정확히 말해서 증언 자체는 사실이 아니라도 페이긴 영감 자신과 몇몇 동료를 구하는데 필수불가결한 내용이었다고 덧붙이는 식이었다. 그리곤 교수당하는 고통에 대해 불쾌할 정도로 상세히 설명하며 올리버 트위스트가 그런 불쾌한 일을 당하는 사태가 발생하지 않기를 간절하게 바라는 마음을 다정하고 정중하게 나타냈다.

유대인 영감이 하는 말을 들으면서 거기에 담긴 사악한 협박을 일부나마 깨닫는 순간, 어린 올리버는 피가 차갑게 식었다. 무죄인지 유죄인지 모호할 때는 판결 자체가 혼란스럽게 나올 가능성이 크다는 사실을 이미 체험했으며, 유대인 영감이 빌 사익스와 언쟁한 내용을 가만히 떠올리면 대부분은 남을 곤경에 몰아넣는 음모에 관한 것이니, 불편할 정도로 많은 걸 알 거나 말이 지나치게 많은 사람을 제거할 필요가 있으면 유대인 영감이 사악한 음모를 꾸며서 실행한 게 최소한 한 번 이상이란 사실을 충분히 짐작할 수 있었다. 그래서 겁먹은 얼굴로 고개를 들다가 유대인 영감이 탐색하는 시선과 마주쳤는데, 주도면밀한 노신사는 올리버가 창백한 얼굴로 덜덜 떠는 모습을 가만히 바라보며 음미하는 것 같았다. 그러다가 소름 끼치게 웃는 얼굴로 올리버 머리를 쓰다듬으며, 조용히 지낸다면, 그러면서 작업에 열중한다면, 아직은 서로 정말 좋은 사이가 될 수 있다고 말했다. 그러더니 모자를 집어 들고 너무 낡아서 누덕누덕 기운 두꺼운 외투를 몸에 걸치고 밖으로 나가며 방문에 자물쇠를 채웠다.

올리버는 그날 하루는 물론 이후로도 여러 날 동안 이른 새벽부터 자정까지 아무도 못 본 채 혼자 지내며 머릿속에서 피어오르는 생각에 빠져들어 오랜 시간을 보내야 했다. 그럴 때마다 다정한 할아버지와 할머니가 떠올랐다. 두 사람 모두 자신을 몹시 나쁜 아이로 여길 거라는 생각이 들어서 정말 슬펐다.

이렇게 일주일 정도를 보내자, 유대인 영감은 방문을 이제 안 잠그고 올리버는 건물 내부를 자유롭게 돌아다닐 수 있었다.

건물 내부는 정말 더러웠다. 위층은 방마다 나무로 만든 벽난로 선반이 꽤 높고 문이 큼지막한 데다 칸막이나 배내기 테두리가 천장까지 이어진 게, 비록 오랫동안 내버려둬서 먼지가 시커멓게 쌓이긴 해도 장식이 다양했다. 다양한 증거로 볼 때, 오래전에, 유대인 영감이 태어나기도 전에, 여기에 훨씬 좋은 사람이 살았으며 지금은 매우 음침하고 황량하게 보이지만 당시에는 꽤 상쾌하고 훌륭했을 거란 결론을 내릴 수 있었다.

벽과 천장은 모서리마다 거미들이 집을 짓고, 올리버가 방으로 살그머니 들어갈 때마다 쥐들이 바닥을 후다닥 뛰어가거나 겁에 질린 채 쥐구멍으로 재빠르게 도망쳤다. 이런 사례 말고는 생명체가 사는 흔적이라곤 어디에도 없어, 이 방 저 방 돌아다니다 지치거나 주변이 깜깜하게 변할 때면 산 사람에게 최대한 가까이 접근하고 싶은 마음에 대문 바로 옆 통로 모서리에 쪼그리고 앉아서 유대인 영감이나 두 아이가 돌아올 때까지 가만히 귀를 기울이며 시간을 헤아리기 일쑤였다.

방마다 창문에 곰팡이가 핀 덧창을 대서 꽉 막은 다음에 나무막대를 대고 못까지 단단히 박아서 실내로 흘러드는 빛이라곤 꼭대기 동그란 구멍으로 새어드는 게 전부라서 오히려 실내를 더욱 어둡게 만들거나 이상한 그림자를 가득 드리울 뿐이었다. 뒤쪽 다락에는 유리창이 하나 있는데 바깥에 쇠창살만 대고 덧창은 안 댄 터라 여기에서 바깥을 몇 시간이고 우울한 얼굴로 내다보는데, 멀찌감치 보이는 거라곤 복잡하고 혼란스럽게 밀집한 지붕과 시커먼 굴뚝과 박공널밖에 없었다. 아주 가끔은 멀리 떨어진 주택 난간 너머로 사람 머리가 희미하게 보이기도

하다가 곧바로 사라졌다. 하지만 올리버가 내다보는 유리창은 못을 단단히 박았을 뿐 아니라 오랜 세월 동안 비바람에 시달리고 연기까지 까맣게 눌러앉은 터라 밖에서 보이는 이런저런 물체를 간신히 구분할 수 있을 뿐, 자신이 안에 갇혔다는 사실을 알리려고 아무리 애써도 밖에 있는 사람은 알아볼 가능성이 전혀 없으니, 올리버는 세인트 폴 대성당 꼭대기 원형 돔에 갇힌 거나 마찬가지였다.

하루는 오후에 '미꾸라지'와 찰리 베이츠가 약속이 있어서 바깥에 나가야 하는데, '미꾸라지'는 외모를 치장하고 싶은 열망을 노골적으로 드러내기로 마음먹고 (공정하게 말해서 평소에는 이런 약점을 습관적으로 보인 적이 없는데) 올리버에게 치장하는 걸 지금 당장 거들라고 명령하는 선심을 썼다.

올리버는 할 일이 생겼다는 게 매우 기쁘고, 아무리 흉악한 얼굴이라도 사람 얼굴을 쳐다볼 수 있다는 사실이 행복하고, 정직한 방법으로 주변 사람에게 호의를 보이고 싶은 갈망이 가득한 나머지, 이런 제안을 정말 기꺼운 마음으로 반겼다. 그래서 당장 그렇게 하겠다는 의사를 표명하고 바닥에 무릎을 꿇더니, '미꾸라지'가 책상에 앉아서 한쪽 발을 자기 무릎에 올려놓자마자 '미꾸라지'가 "발 싸게 광택 내기"라고 지칭한 작업에 열중했다. 쉬운 말로 구두를 닦는다는 뜻이었다.

이성적인 동물이 탁자에 참 편하게 앉아서 파이프 담배를 태우며 한쪽 다리를 느긋하게 흔들기만 하면 다른 사람이 구두를 대신 닦아주니까 구두를 벗는 고생을 할 필요도 없고 다시 신는 불편을 겪을 필요도 없어서 자유로운 느낌과 동시에 자신감이 들었는지, 아니면 담배 맛이 좋아서 기분이 누그러졌거나 맥주 맛이 순해서 생각도 순하게 변했는지 모르겠지만, '미꾸라지'는 평소와 달리 로맨틱하고 열정적인 느낌을 또렷하게 떠올린 게 분명하다. 그래서 곰곰이 생각하는 얼굴로 올리버를 가만히 내려다보더니, 머리를 추켜들어서 한숨을 가느다랗게 내쉬며 반은 혼자서 중얼거리고 반은 찰리 베이츠에게 말하는 식으로 말했다.

"이 아이는 치기가 아닌 게 안타까워!"

"그래! 저 애는 자신에게 뭐가 좋은지도 몰라."

찰리 베이츠가 맞장구치자, '미꾸라지'는 다시 한숨을 내쉬며 파이프를 물고, 찰리 베이츠도 똑같이 했다. 그래서 둘 다 가만히 침묵하며 파이프 담배를 빨더니, '미꾸라지'가 슬픈 어투로 물었다.

"넌 치기가 뭔지도 모르지?"

그러자 올리버가 고개를 들고 쳐다보며 대답했다.

"무언지 알 것 같아. 그건 도…… 네가 하는 거잖아, 그지?"

올리버가 중간에 말을 멈추고 되묻자, '미꾸라지'가 대답했다.

"그래, 맞아. 나는 그 일이 제일 좋아."

이렇게 자기 마음을 드러내더니 모자를 위로 홱 제치고 찰리 베이츠를 쳐다보는 게 마치 네 생각은 어떠냐고 묻는 것 같다가, 다시 말했다.

"나는 그래. 찰리도 그렇고, 페이긴 영감도 그렇고, 빌 사익스 아저씨도 그렇고, 낸시 누나도 그렇고, 베시 누나도 그래. 우리 모두 그래, 개까지. 그런데 개는 우리 가운데에서 빈틈이 제일 없어!"

"단 하나도 밀고하지 않거든."

찰리 베이츠가 덧붙이자, '미꾸라지'가 다시 말했다.

"개는 증인석에 앉아도 입 한 번 뻥끗하지 않을 거야, 허튼소리를 할까 두려워서. 그래, 증인석에 보름 동안 묶어놓고 먹을 걸 안 줘도 까딱없을 거야."

"조금도 안 털어놓는다고."

찰리 베이츠가 거들고 '미꾸라지'는 계속 말했다.

"개는 정말 묘해. 낯선 사람이 옆에서 아무리 웃고 노래해도 사나운 표정을 안 지어! 깡깡이 켜는 소리가 들려도 전혀 으르렁대지 않고! 게다가 자기와 종자가 다른 개를 싫어하지도 않아! 조금도!"

"철저한 예수쟁이야."

찰리 베이츠가 다시 거드는데, 이 말은 개가 훌륭하다는 걸 칭찬하려는 의도에 불과하지만, 그래서 찰리 베이츠 자신은 모르겠지만, 다른 관점에서는 꽤 적절한 지적이라고 할 수 있었다. 철저한 기독교인이라고 자처하는 훌륭하신 신사 숙녀 여러분과 빌 사익스가 키우는 개 사이에는 독특한 유사점이 다양하게 존재하기 때문이다. 하지만 '미꾸라지'는 옆으로 빠진 이야기를 원래대로 돌리려고 애쓰며 말하는 데, 이는 직업 정신이 그만큼 투철하다는 증거였다.

"으음, 으음. 그건 여기에 있는 꼬마 숙맥이랑 아무런 관계도 없는 이야기야."

"그야 그렇지. 이제 너도 페이긴 영감 밑에서 일하지그래, 올리버?"

찰리 베이츠가 권하자, '미꾸라지'가 씩 웃으며 거들었다.

"그래서 엄청난 돈을 벌라고."

"재산을 모은 다음에 은퇴해서 근사하게 사는 거야. 나도 그럴 생각이라고, 윤년이 앞으로 다섯 번 지나고 삼위일체 주간 마흔두 번째 화요일이 오면."

찰리 베이츠가 말하자, 올리버는 겁먹은 표정으로 대답했다.

"나는 그러고 싶지 않아. 나는 그냥 풀어주면 좋겠어. 나는…… 나는…… 그냥 떠나고 싶어."

"그런데 페이긴 영감은 그럴 생각이 없다고!"

찰리 베이츠가 대답했다. 올리버 자신도 너무나 잘 아는 사실이었다. 그래서 자기 마음을 너무 노골적으로 드러내는 건 위험하다는 생각에 한숨만 내쉬면서 구두 닦는 일에 몰두하고, '미꾸라지'는 옆에서 부추겼다.

"한 번 해봐! 도대체 패기는 다 어디로 간 거야. 너는 자존심도 없니? 친구들에게 빌붙어서 먹고살 거야?"

그러자 찰리 베이츠가 주머니에서 비단 손수건 두세 장을 꺼내더니, 벽장으로 던지며 투덜댔다.

"제기랄! 너무 치사하잖아, 그건."

"나라면 그렇게 못할 거야."

'미꾸라지'가 역겨운 표정으로 거만하게 말하자, 올리버는 미소를 살짝 머금으며 반박했다.

"하지만 친구를 버리고 도망치는 건 잘하더군, 자신이 한 일을 친구에게 뒤집어씌우면서."

그러자 '미꾸라지'가 파이프를 흔들며 대답했다.

"그건, 그건 페이긴 영감을 생각해서야. 경찰은 우리가 함께 일하는 걸 알기 때문에 우리가 안 튀면 페이긴 영감이 걸려들 수 있거든. 그래서 그런 거라고, 그렇지 않니, 찰리?"

찰리 베이츠는 그렇다는 뜻으로 고개를 끄덕이면서 입을 열려고 하다가 당시에 올리버가 도망치던 장면이 떠올라서 폭소를 터트리는 바람에 연기가 뒤섞이며 머리로도 올라가고 식도로도 내려가서 무려 오 분이나 기침을 해대며 발을 굴러댈 수밖에 없었다. 그러자 '미꾸라지'가 은화와 동전 한 줌을 꺼내며 말했다.

"여길 봐! 바로 이런 게 신나는 인생이라고! 이 돈을 어디에서 구하든 무슨 상관이야? 자, 받아. 이걸 가져온 곳에 가면 아주 많아. 안 받을 거야, 정말? 어이쿠, 잘 났다, 잘 났어!"

그러자 찰리 베이츠가 끼어들었다.

"그건 정말 못된 짓이야, 올리버! '미꾸라지'가 너 때문에 밧줄에 걸릴 수도 있다고."

"그게 무슨 뜻이야?"

올리버가 대답하자, 찰리는 "그건 이런 거야, 친구" 하고 말하더니, 목도리 끝을 잡아서 곧장 들어 올리고 머리를 어깨에 툭 떨구며 이 사이로 이상한 소리를 뱉어내는 무언극을 연기해, 밧줄에 걸린다는 건 교수당하는 거란 사실을 생생하게 보여주며 덧붙였다.

"바로 이런 뜻이야. 제가 쳐다보는 꼴 좀 봐, '미꾸라지'. 저렇게 순진한 아이는 생전 처음 봐. 저 녀석 때문에 웃겨 죽겠어. 정말이야."

찰리 베이츠가 또다시 시원하게 웃다가 두 눈에 눈물이 가득한 상태에서 파이프를 빨고, 올리버는 구두를 다 닦고, '미꾸라지'는 매우 만족스러운 표정으로 구두를 살피며 말했다.

"너는 지금까지 잘못 살았어. 페이긴 영감은 널 어떤 식으로든 써먹거나 이익이 안 나는 대상으로 처리하는 첫 번째 사례로 삼겠지. 그러니까 지금 당장 일을 시작하는 게 좋아. 어차피 너는 마음을 굳히기 훨씬 전부터 우리 일을 할 수밖에 없어. 지금은 시간만 허비하는 거라고, 올리버."

찰리 베이츠도 옆에서 도덕적으로 다양한 훈계를 늘어놓으며 거들다가 바닥이 드러나자, 친구와 번갈아가면서 자신들처럼 사는 게 정말 재미있다는 사실을 다양하게 묘사하고, 올리버에게 가장 좋은 건 자신들과 마찬가지로 열심히 일해서 페이긴 영감에게 호감을 사는 거라고 사이사이에 다양하게 암시했다.

"그러니까 머릿속으로 항상 생각해야 하는 건, 네가 코닦개랑 똑딱이를 안 가져오면……."

'미꾸라지'가 말하는데 위에서 유대인 영감이 자물쇠 따는 소리가 들리고, 찰리 베이츠는 중간에 끼어들었다.

"그렇게 말하면 무슨 소용이야? 저 애는 무슨 말인지 모르잖아."

그러자 '미꾸라지'가 올리버 능력에 맞춰서 대화 수준을 낮추며 다시 말했다.

"네가 손수건이랑 시계를 안 가져오면 다른 놈이 가져간다고. 그럼 그걸 잃어버린 놈도 손해고 너도 손해니까 어느 쪽이든 좋을 게 반푼어치도 없다는 거야, 그걸 가져간 놈만 빼고. 그런데 너에게도 그걸 가져올 권리가 있다고."

올리버가 모르는 사이에 유대인 영감이 들어와서 끼어들었다.

"그럼, 그렇고말고! 그 말 한마디에 모든 내용이 들었단다, 얘야, '미꾸라지'가 할 말은 그 말 한마디에 다 들었어. 하! 하! 하! 저 아이가 우리 작업의 기본원리를 파악했군!"

유대인 영감은 매우 기쁜 표정으로 두 손을 문질러서 '미꾸라지' 말이 정말 옳다고 인정하더니, 제자가 모든 원리를 깨우쳤다는 사실에 참으로 기뻐하며 웃음을 터트렸다. 그리고 대화는 여기에서 멈추는데, 유대인 영감이 베시와 어떤 신사를 데려왔기 때문이다. 신사는 신사도를 지키느라 계단에서 베시에게 몇 마디 말을 주고받다가 들어오고, 올리버는 한 번도 본 적이 없으나 '미꾸라지'는 치틀링 형이 왔다며 아는 척했다.

치틀링은 '미꾸라지'보다 나이가 많았다. 대충 열여덟 살 정도로 보였다. 하지만 '미꾸라지'를 대하는 태도에 일정하게 존중하는 분위기가 묻어나오는 걸 보면 작업 숙련도나 능력이 약간 떨어진다는 사실을 인정하는 것 같았다. 조그만 눈은 반짝거리고 얼굴엔 곰보 자국이 있으며 머리에는 모피 모자를 쓰고 위에는 까만 코르덴 점퍼를 입고 밑에는 기름때가 묻은 무명 바지에다 앞치마를 둘렀는데, 사실대로 말하자면 옷차림이 몹시 허술해 보였다. 하지만 당사자는 육 주 동안 "빵살이" 하면서 죄수복을 입다가 밖으로 나온 게 불과 한 시간 전이라서 옷차림에 특별한 관심을 기울일 여유가 없었다고 변명하더니, 빵에서 불기운으로 소독하는 새로운 방식은 헌법을 완전히 어긴 거라고, 소독하다가 옷에 구멍이 뚫려도 정부에서 배상하지 않는다고 잔뜩 화내며 덧붙였다. 머리를 깎는 규정 역시 마찬가지로 명백히 불법이라는 주장도 나왔다. 그리곤 42일 동안 뼈 빠지게 노동하면서 술을 단 한 방울도 못 마신 터라 "온몸이 마른 장작처럼 바싹 마르지 않았다면 몸뚱이를 절단 내도 좋다"는 결론을 내렸다.

"이 친구가 어디에서 온 것 같으냐, 올리버?"

유대인 영감이 물으며 빙그레 웃고, 다른 두 아이는 탁자에 술병을 올려놓았다.

"모…… 모…… 모르겠어요."

올리버가 대답하자, 톰 치틀링이 경멸스러운 표정으로 쳐다보며 물었다.

"저 애는 누군가요?"

"새로 들어온 아이란다, 얘야."

유대인 영감이 대답하자, 젊은 신사는 페이긴 영감에게 의미심장한 시선을 던지며 말했다.

"그렇다면 저 애는 운이 좋은 편이네요. 내가 어디에서 왔는지 신경 쓸 것 없어, 꼬마. 내가 장담하건대, 너도 머지않아 들어가게 될 테니까!"

재치가 번뜩이는 농담에 두 아이는 웃음을 터트리더니, 같은 주제로 농담을 몇 차례 주고받다가 페이긴 영감과 몇 마디 속닥거린 다음에 물러났다.

페이긴 영감은 새로 나타난 젊은 신사와 따로 몇 마디 주고받다가 함께 의자를 바싹 끌어서 벽난로 앞으로 다가가고는, 올리버에게도 옆으로 와서 앉으라고 권하더니 사람들이 재미있게 듣도록 철저하게 계산한 주제로 대화를 이끌어나갔다. '미꾸라지'는 재주가 좋고 찰리 베이츠는 상냥하며 유대인 영감 자신은 관대하니, 함께 일하면 좋은 점이 많다는 내용이었다. 그러다가 결국에는 이런 주제 역시 완전히 지치는 징후를 보이고 치틀링 역시 마찬가지였다. 교도소 생활은 일이 주일만 겪어도 완전히 녹초가 되기 때문이다. 그래서 베시는 떠나고, 나머지는 모두 잠자리에 들었다.

이날 이후로 올리버는 혼자서 지내는 대신 두 아이와 끊임없이 대화하고, 두 아이는 유대인 영감과 예전에 하던 놀이를 매일같이 하는데, 자기네가 작업하는 실력을 늘리려고 그런 건지 올리버 실력을 늘리려고 그런 건지는 페이긴 영감만 안다. 페이긴 영감은 자신이 젊을 때 도적질하던 이야기도 가끔 흥미진진하고 재미있게 늘어놓는데, 그럴 때마다 올리버는 그러면 안 되는 줄 알면서도 마음껏 폭소를 터트려서 재미있게 듣는다는 사실을 보여주었다.

한마디로 말해서, 교활한 유대인 영감은 올리버에게 올가미를 제대로 씌웠다. 처음에는 혼자 외롭고 쓸쓸하게 보내도록 만들어, 음침한 장소에서 울적하게 지내느니 차라리 아무하고나 어울리길 바라는 마음이 생기게 하더니, 이제는 올리버 영혼에 독을 서서히 주입해서 까만 색깔로 완전히 물들이려 들기 시작한 것이다.

CHAPTER XIX

여기에서 중요한 계획을 논의하고 결정하다

비바람이 부는 추운 밤에 유대인 영감은 쪼글쪼글한 몸을 커다란 외투로 단단히 감싸고 단추를 잠그고 양쪽 귀까지 목깃을 올려서 얼굴 아랫부분을 완벽하게 감싼 후에 소굴에서 나왔다. 대문 계단에서 사슬을 걸고 자물쇠를 잠그며 가만히 귀를 기울여 아이들이 문단속을 잘하는지 확인하더니, 되돌아가는 발소리가 더는 안 들릴 즈음에 비로소 거리를 따라 최대한 빠르게 살금살금 나아갔다.

올리버가 끌려가서 갇힌 주택은 화이트채플[21] 주변인데, 유대인 영감은 거리 모서리에서 잠시 걸음을 멈추고 의심스러운 눈으로 주변을 둘러보더니, 도로를 가로질러서 스파이틀필즈 방향으로 접어들었다.

도로 판석에는 진흙탕이 고이고 거리에는 까만 안개가 어렸다. 비는 추적추적 내려서 손에 닿는 건 무엇이든 차갑고 끈적끈적한 느낌이었다. 유대인 영감 같은 사람이 돌아다니기에 딱 좋은 밤이었다. 그래서

21) 화이트채플은 런던 동부 빈민가로 인근에 스파이틀필즈와 베스널 그린 등이 있다.

가증스러운 모습으로 벽과 대문 입구 등에 몸을 숨기며 살금살금 나아가는 모습은 역겨운 파충류가 야밤에 깜깜한 어둠과 진흙탕을 이용하며 먹잇감을 찾아서 앞으로 기어가는 것 같았다.

유대인 영감은 꼬불꼬불하고 좁은 길을 수 없이 지나며 계속 나아가다가 베스널 그린이 나오자 갑자기 왼쪽으로 방향을 틀더니, 곧이어 수많은 인구가 다닥다닥 붙어사는 초라하고 더러운 미로에 들어섰다. 깜깜한 밤인 데다 미로가 복잡하게 얽히고설켰는데도 유대인 영감이 조금도 당황하지 않는 걸 보면 매우 익숙한 지역이 분명했다. 그래서 좁은 골목과 거리를 급히 이리저리 지나더니, 마침내 맞은편 끝에 등불 하나가 반짝이는 골목으로 접어들었다. 그래서 대문을 두드리고, 문을 열어준 사람과 몇 마디 중얼거린 다음에 위층으로 올라갔다.

유대인 영감이 방문 손잡이를 잡는 순간에 개가 으르렁거리는 소리와 함께 누구냐고 묻는 사내 목소리가 잇따라 일어났다.

"날세, 빌, 나라고."

유대인 영감이 대답하며 안을 들여다보자, 빌 사익스가 말했다.

"그렇다면 어서 들어오라고. 가만히 엎드려, 멍청한 개새끼야! 커다란 외투를 입었다고 해서 악마를 몰라보는 거야?"

개는 커다란 외투에 속은 게 분명했다. 유대인 영감이 그걸 벗어 의자 등받이에 던지며 걸치자, 원래 앉던 모서리로 돌아가며 꼬리를 흔들어서 평소처럼 반기는 모습을 충분히 보여주었기 때문이다.

"어서 오라고!"

빌 사익스가 말하자, 유대인 영감이 "그래, 그래" 하고 대답하더니, 갑자기 "아! 낸시" 하고 아는 척했다. 상대가 자신을 반길까 의심스럽기도 하고 당혹스럽기도 한 느낌이 잔뜩 배어 나오는 어투였다. 지난번에 낸시가 올리버를 편들며 난리를 피운 이후로 두 사람이 만난 건 처음이었다. 하지만 낸시는 구체적인 행동으로 모든 의심을 깨끗하게 씻어주었다. 벽난로 울타리에 올려놓은 발을 내리고 의자를 뒤로 밀어서, 유대인 영감이 앉을 의자를 벽난로 앞으로 끌어다 준 것이다. 몹시 추운 밤이 분명하기 때문이다.

"정말 추운 날씨야, 낸시."

유대인 영감이 말하면서 뼈만 앙상한 두 손을 벽난로 앞으로 내밀어 따듯하게 데우더니, 옆구리를 만지며 덧붙였다.

"여기까지 파고드는 것 같아."

"정말 추운 모양이군, 노인네 심장까지 파고드는 걸 보면."

빌 사익스가 말하더니, 커다랗게 소리쳤다.

"노인네에게 마실 것 좀 갖다 줘, 낸시. 제기랄, 어서 서둘러! 늙은 송장이 무덤에서 막 올라온 추악한 유령처럼 벌벌 떠는 걸 보니까 멀쩡한 사람까지 병날 것 같아."

낸시는 찬장에서 술병 하나를 급히 꺼내는데, 술병이 많았다. 모양이 다양한 걸 보면 종류도 다양한 게 분명했다. 이윽고 빌 사익스는 브랜디를 한 잔 따라주며 유대인 영감에게 쭉 들이켜라고 권했다.

"그거면 됐네, 됐어. 정말 고마워, 빌."

유대인 영감이 말하더니, 술잔에 입술만 살짝 대고 다시 내려놓았다.

"뭐야! 우리가 당신을 속일까 두려운 거야, 그런 거야? 우와!"

빌 사익스가 말하며 유대인 영감에게 시선을 고정하더니, 경멸하는 투로 투덜대며 유리잔을 낚아채서 남은 술을 벽난로 재에 뿌리고 거기에다 술을 다시 채워서 자신이 쭉 들이켰다.

동료가 두 번째 술을 털어 넣을 때 유대인 영감은 실내를 둘러보았다. 전에도 자주 온 터라서 호기심 때문이 아니었다. 불안한 느낌에 떨며 끊임없이 의심하는 습관 때문이다. 옷장에 든 내용물과 모서리에 세워놓은 묵직한 곤봉 두세 개와 벽난로 선반에 걸어놓은 '호신용 지팡이'처럼 의심스러운 물건만 아니라면 가구가 허술한 게 노동자가 사는 집 같았다.

"이제 나는 나갈 준비를 마쳤어."

빌 사익스가 말하며 입맛을 다시자, 유대인 영감이 물었다.

"일하러?"

"그래, 일하러. 나를 찾아온 이유가 뭐야?"

"처트시에 있는 금고 있지, 빌?"

유대인 영감이 나직한 목소리로 말하며 의자를 앞으로 잡아당기자, 빌 사익스가 물었다.

"그게 어쨌다는 거야?"

"아! 무슨 말인지 알잖아, 친구. 이 친구는 내가 무슨 말을 하는지 알아, 낸시, 그치?"

그러자 빌 사익스가 비아냥거렸다.

"아니야, 몰라. 알고 싶지도 않고. 아, 둘 다 똑같은 말이로군. 어서 말해, 속 시원하게. 거기에 가만히 앉아서 눈만 껌뻑이지 말고, 도적질을 처음 생각한 사람이 아닌 것처럼. 하고 싶은 말이 뭐야?"

"조용히 해, 빌, 조용히! 다른 사람이 듣겠어. 다른 사람이 듣겠다고."

유대인 영감이 말하면서 상대가 화내는 걸 달래려고 하지만 아무런 소용이 없었다.

"들으라고 해! 나는 상관없으니까."

그러다가 가만히 생각하더니 상관이 있는 것 같아서 두 번째 말부터 목소리를 줄이다가 차분하게 가라앉고, 유대인 영감은 계속 달래며 말했다.

"자, 자. 나는 조심하느라 그런 거지 다른 뜻은 없어. 여보게, 처트시에 있는 금고 말이야. 언제 처리할 예정인가, 빌, 응? 언제 처리할 거냐고! 금제 식기가 정말 대단하다고, 정말 대단해!"

유대인 영감이 말하다가 흥분하며 두 손을 비비고 눈썹을 추켜세우는데, 빌 사익스는 차갑게 대답할 뿐이다.

"안 할 거야."

"안 한다고?"

유대인 영감이 깜짝 놀라며 의자 등받이에 몸을 기댔다.

"그래, 안 해. 충분히 준비하기 전까진."

빌 사익스 말에 유대인 영감은 화나서 얼굴이 하얗게 변하며 소리쳤다.

"그렇다면 지금까지 아무런 준비도 안 했단 말이야? 나한테 그런 말은 아예 하지도 말라고!"

그러자 빌 사익스가 대들었다.

"하지만 해야겠어. 당신이 뭐기에 말하지 말라는 거야? 내가 분명히 말하지만, 토비 크래킷이 보름 동안 주변을 맴돌았는데 하인을 단 한 명도 끌어들일 수 없었다고."

상대가 분통을 터트리자 유대인 영감이 대뜸 부드러운 어투로 물었다.

"자네 말은, 빌, 그 집에서 일하는 사내 두 명 가운데 한 명도 못 끌어들였다는 뜻인가?"

"맞아, 그 말이야. 두 사람 다 늙은 주인 할망구가 이십 년 넘게 데리고 있던 사람이라서 금화 오백 냥을 줘도 끄떡하지 않을 거야."

"그렇다면 자네 말은, 빌, 일하는 하녀도 끌어들일 수 없다는 건가?"

유대인 영감이 나무라자, 빌 사익스가 대답했다.

"그래, 조금도."

유대인 영감은 믿을 수 없다는 투로 다시 물었다.

"번지르르한 토비 크래킷도 안 된다는 건가? 여자들이 무얼 좋아하는지 생각하라고, 빌."

"번지르르한 토비 크래킷도 소용이 없어. 가짜 구레나룻을 달고 샛노란 조끼를 입고 보름 내내 어슬렁거렸는데, 아무런 소용이 없다는 거야."

"그보다는 콧수염에다 장교 바지 차림이 훨씬 좋지 않을까, 친구?"

"그렇게도 했어. 하지만 소용없는 건 마찬가지라고."

유대인 영감은 이 말을 듣고서 넋 나간 표정으로 턱을 가슴에 묻고 곰곰이 생각하더니, 다시 머리를 추켜들고 깊은 한숨을 내쉬며 번지르르한 토비 크래킷이 보고한 게 맞는다면 이번 일은 끝난 것 같다면서 두 손을 무릎에 올려놓고 덧붙였다.

"그래도 너무 슬프군, 친구, 우리가 마음에 품은 소중한 물건을 포기해야 한다니 말이야."

"그건 그래, 운이 없어!"

빌 사익스가 대답했다. 오랜 침묵이 흘렀다. 유대인 영감은 얼굴에 주름살을 잔뜩 만들어서 악마처럼 완벽하게 사악한 표정을 지으며 깊은 생각에 빠져들고, 빌 사익스는 가끔 넌지시 바라보고, 낸시는 도적놈이 화낼까 두려운 나머지, 오가는 얘기를 하나도 안 듣는 듯 의자에 앉아서 벽난로 불길만 가만히 바라보았다. 그런데 빌 사익스가 주변에 가득한 정적을 갑자기 깨뜨리며 물었다.

"페이긴 영감, 그 물건에 금화 오십 냥을 더 써도 될 만한 가치는 있나, 바깥에서 제대로 처리한다면?"

"그럼, 그럼."

유대인 영감이 대답했다. 갑자기 정신을 차린 것 같았다.

"그럼 약속한 거야?"

"그럼, 그럼."

빌 사익스 말에 유대인 영감이 대답하는데, 참으로 마음에 드는 질문을 듣고서 흥분한 나머지 두 눈이 번뜩이고 얼굴 근육은 실룩거렸다. 그래서 내민 손을 빌 사익스는 오만하게 밀치며 다시 말했다.

"그렇다면 당신이 원하는 대로 최대한 빨리 빼내지. 토비하고 그저께 밤에 정원 담장을 넘어서 문이랑 덧창을 흔들어 보았거든. 금고는 밤에 감방처럼 쇠창살을 쳐놓긴 하지만 우리가 감쪽같이 들어갈 방법은 있어."

"그게 뭔데, 빌?"

유대인 영감이 간절한 표정으로 묻자, 빌 사익스가 속삭였다.

"그건 잔디밭을 가로질러서……."

"그래서?"

유대인 영감이 물으며 머리를 앞으로 쭉 내밀었다. 두 눈이 금방이라도 튀어나올 것 같았다.

하지만 미동도 않던 낸시가 갑자기 고개를 돌려서 유대인 영감 얼굴을 가리키자, 빌 사익스가 입을 갑자기 다물며 말했다.

"으음! 거기가 어딘지 당신은 몰라도 돼. 어차피 내가 없으면 그 일을 못 한다는 건 나도 잘 알지만, 당신하고 거래할 때는 무조건 안전한 게 최선이야."

"자네 좋을 대로 하게, 자네 좋을 대로. 그런데 자네와 토비만 있으면 따로 도울 일은 없는 거야?"

"없어. 타래송곳이랑 아이 외에는. 타래송곳이야 우리도 있고 아이는 당신이 찾아야 해."

"아이라! 아! 그렇다면 창틀이군, 그치?"

"그건 몰라도 된다고! 우리가 필요한 건 아이야. 덩치가 크지 않은 아이."

빌 사익스가 말하더니, 옛일을 회상하며 계속 말했다.

"굴뚝 청소부 네드네 아들이면 딱 좋을 텐데! 네드는 일부러 아들 체구를 조그맣게 만들어서 일이 있을 때마다 빌려주었어. 하지만 아버지가 교도소로 들어가니까 청소년 선도 위원회에서 아이에게 돈 되는 일자리를 빼앗더니 읽고 쓰는 법까지 가르쳐서 도제로 만들었지. 그놈들은 언제나 그런 식이야."

빌 사익스는 자신이 겪은 부당한 처사를 떠올리곤 화를 벌컥 내며 말을 이어나갔다.

"그놈들은 언제나 그런 식이라고. 만일 그놈들에게 자금이 충분하다면 (하느님 덕분에 충분하지 않아서 정말 다행인데) 일이 년 안에 우리가 일을 시켜먹을 아이는 대여섯 명 이하로 줄어들 거야."

"그렇겠지. 그런데, 빌."

유대인 영감이 인정한 다음에 불렀다. 다른 생각을 하느라 마지막 말만 간신히 들은 터였다.

"또 뭐야?"

빌 사익스가 묻자, 유대인 영감은 여전히 불길만 바라보는 낸시 쪽으로 고갯짓해서 밖으로 내보내라고 암시했다. 빌 사익스는 못마땅한 표정으로 어깨를 으쓱하는 게 그럴 필요는 없다고 생각하는 것 같았다. 하지만 결국엔 낸시에게 맥주를 한 주전자 가져오라고 시키는 식으로 요구에 응했다. 하지만 낸시는 팔짱을 끼고 의자에서 차분하게 버티며 반박했다.

"맥주를 마시고 싶어서 그런 게 아니잖아."

"마시고 싶어서 그래!"

빌 사익스가 대답하자, 낸시는 차갑게 대답했다.

"웃기는 소리 그만해. 어서 말해, 페이긴 영감. 나는 저 영감이 무슨 말을 할지 알아, 빌. 그러니 나에게 신경 쓸 필요는 없어."

유대인 영감은 여전히 망설이고, 빌 사익스는 깜짝 놀란 표정으로 두 사람을 번갈아서 쳐다보다가 마침내 이렇게 물었다.

"아니, 당신은 낸시를 걱정할 필요가 없는 거 아니야, 페이긴 영감? 오래전부터 알았으니 충분히 믿을 수 있잖아, 아니면 다른 꿍꿍이가 있거나. 낸시는 나불댈 사람이 아니라고. 그치, 낸시?"

"그야 당연하지!"

낸시가 대답하며 의자를 탁자로 끌어가서 팔꿈치를 올렸다.

"그럼, 그럼, 그건 나도 알아. 하지만……."

유대인 영감이 중얼거리다가 다시 입을 다물었다.

"하지만 뭐?"

빌 사익스가 묻자, 유대인 영감이 대답했다.

"저 아이가 저번 일 때문에 기분이 상한 건 아닐까 해서 그런 것뿐이네."

이런 고백을 듣고 낸시는 커다란 웃음을 터트리더니 브랜디 한 잔을 쭉 들이켜고 도전적인 자세로 머리를 흔들면서 "우리 일이여, 영원하여라!", "죽는다는 소리는 절대 말고!" 등과 같은 구호를 다양하게 외치는데, 두 신사를 안심시키는 효과가 있는 것 같았다. 유대인 영감이 만족스러운 표정으로 고개를 끄덕이며 자리에 다시 앉고 빌 사익스도 그렇게 했기 때문이다.

"이제, 페이긴 영감. 올리버 얘기를 빌에게 꺼내라고!"

낸시가 웃으며 말하자, 유대인 영감이 감탄한 표정으로 낸시 목을 쓰다듬으며 말했다.

"하! 하! 너는 정말 똑똑해. 내가 본 여자 가운데 제일 날카로워! 내가 말하려고 하던 게 정말 올리버 얘기였거든. 하! 하! 하!"

"올리버가 뭐?"

빌 사익스가 묻자, 유대인 영감은 소름 끼치는 표정으로 씩 웃으며 손가락으로 코를 눌러서 쉰 목소리로 속삭였다.

"자네가 데려갈 아이, 친구."

"올리버!"

빌 사익스는 깜짝 놀라고, 낸시는 거들었다.

"그래, 올리버를 데려가, 빌! 내가 당신이라면 그렇게 할 거야. 다른 애처럼 대단하지는 않겠지만, 당신이 원하는 건 그게 아니잖아. 당신이 들어가도록 문만 열어주면 되는 거잖아. 그 정도는 충분히 해낼 거야, 빌."

페이긴 영감도 끼어들었다.

"그야 당연하지. 지난 몇 주일 동안 열심히 훈련했으니, 이제 밥벌이를 시작할 때가 되었어. 게다가 다른 애는 덩치가 너무 커."

"으음, 덩치가 딱 좋긴 하지."

빌 사익스는 중얼대며 깊이 생각하고, 유대인 영감은 다시 부추겼다.

"자네가 시키는 거라면 무엇이든 할 거야, 빌. 당연히 그럴 수밖에, 자네가 겁만 충분히 준다면."

"겁을 준다! 확실히 말하지만 나는 그냥 겉으로만 겁주는 사람이 아니야. 일단 작업에 들어가면 조금만 이상하게 보여도 단숨에 끝장낸다고. 그러면 살아있는 모습을 두 번 다시 못 볼 수도 있어, 페이긴 영감. 잘 생각하라고, 올리버를 보내기 전에. 내 말 명심해!"

도적놈이 말하더니, 침대 틀 밑에서 꺼낸 쇠지레를 이리저리 매만지고, 유대인 영감은 자신만만하게 대답했다.

"나도 이미 충분히 생각했어. 나는…… 나는 지금까지 올리버를 자세히…… 자세히 지켜보았어. 그 애가 우리랑 한 부류라는 느낌을 들게만 한다면, 자신도 도적이란 생각이 마음속에 가득 들어차게만 한다면, 그 애는 우리 소유가 되는 거야! 평생 말이야. 이번이 더할 나위 없이 좋은 기회야!"

노인네는 참으로 흉겨운 나머지 두 팔을 가슴에 겹치고 머리와 어깨를 바싹 붙여서 말 그대로 자신을 끌어안았지만, 빌 사익스는 반박했다.

"우리 소유라! 당신 소유란 뜻이겠지, 영감."

"그럴 수도 있겠지, 친구. 자네가 굳이 원한다면 내 소유라고 하자고, 빌."

유대인 영감이 대답하며 날카롭게 웃자, 빌 사익스는 기뻐하는 노인네를 사납게 노려보며 물었다.

"그런데 얼굴이 백지장처럼 하얀 아이에게 그렇게 많은 관심을 쏟는 이유가 도대체 뭐야, 런던 채소 시장에 가면 매일 밤 노상에 자빠져서 자는 아이가 오십 명은 넘고, 당신은 그 가운데서 아무나 고르면 되는데 말이야?"

유대인 영감이 순간적으로 당황하며 대답했다.

"그런 애들은 아무리 데려와도 소용이 없어. 문제가 생기면 생김새 때문에 곧바로 유죄를 받을 테니, 나는 손해를 볼 수밖에 없거든. 하지만 올리버는 제대로 다룬다면 그런 아이 스무 명이 있어도 못하는 일을 할 수 있다고."

유대인 영감이 자신감을 회복한 어투로 침착하게 이어갔다.

"게다가 다시 줄행랑을 놓는다면 이번에는 우리도 꼼짝없이 당할 거야. 그러니까 무슨 일이 있어도 한 배를 타도록 만들어야 해. 어떤 방법을 사용해도 괜찮아. 녀석이 한 번 도적질하고 나면 내가 마음대로 좌지우지할 수 있으니까. 내가 원하는 건 바로 그거야. 조그만 아이를 제거하는 위험을 자초하고 손해까지 감수하는 편에 비하면 얼마나 좋은 방법이냐고."

유대인 영감이 인간적인 척하는 모습에 빌 사익스가 시끄럽게 반박하며 모멸감을 드러내지 못하도록 낸시가 불쑥 물었다.

"그런데 그 일은 언제 처리할 거야, 빌?"

유대인 영감도 끼어들었다.

"그래, 맞아. 언제 처리할 거야, 빌?"

"토비랑 내일모레 처리하기로 약속했어. 내가 아무 말도 안 하면."

빌 사익스가 퉁명스런 목소리로 대답하자, 유대인 영감이 반겼다.

"잘했군. 그믐밤이라서 달이 안 뜨니 말이야."

"그래."

빌 사익스가 대답하고, 유대인 영감은 다시 물었다.

"깨끗하게 털어올 준비는 마친 거지, 그치?"

빌 사익스가 고개를 끄덕였다.

"그리고……"

유대인 영감이 말하려는데, 빌 사익스가 중간에 끼어들면서 말을 막았다.

"제기랄, 모두 계획했으니까 구체적인 내용에 대해선 신경 끄라고. 내일 밤에 여기로 아이나 데려와. 동녘이 트고 한 시간 후에 출발할 거니까. 당신은 입을 꾹 다물고 용광로나 준비하라고. 당신이 신경 쓸 일은 그게 전부야."

세 사람이 적극적으로 참여하며 상당한 토론을 벌인 끝에 다음날 초저녁에 어둠이 막 깔리면 낸시가 유대인 영감네 집에서 올리버를 데려오기로 했다. 페이긴 영감이 교활하게 주장한 바에 의하면, 이번 일을 올리버가 싫어하더라도 최근에 자기편을 들어준 낸시라면 다른 사람이 나서는 것보다 순순히 쫓아올 가능성이 크기 때문이다.

오랫동안 심사숙고한 작업에 성공하기 위해서 유대인 영감은 불쌍한 올리버를 완벽하게 넘겨주며, 빌 사익스는 스스로 적절하게 판단해서 올리버를 처리할 수 있고, 행여나 올리버에게 끔찍하게 나쁜 일이 발생하거나 형벌을 받는다 해도 유대인 영감은 빌 사익스에게 책임을 물을 수 없으며, 이번 약정이 구속력을 발휘하려면 나중에 빌 사익스가 돌아와서 설명하는 내용 가운데 중요한 사항은 토비 크래킷이 옆에서 듣고 확인하거나 필요하다면 보강설명까지 해야 한다는 조항 역시 엄숙하게 주장했다.

모든 사항을 결정하자, 빌 사익스는 브랜디를 무서운 속도로 마시고 섬뜩한 방식으로 쇠지레를 휘두르며 고함지르다가 노래 같지도 않은 노래를 거친 욕설과 뒤섞어서 마구 불러대더니, 결국에는 열광적인 직업 정신에 사로잡혀서 집털이 도구가 담긴 상자를 꺼내오겠다고 고집부리다가 비틀걸음으로 곧바로 가져와서 안에 든 다양한 도구의 속성과 기능과 독특하고 아름답게 제작한 공법에 관해 설명하겠다며 상자를 열다가 바닥에 놓은 상자에 걸리고 넘어져 그 자리에서 그대로 곯아떨어졌다.

"잘 자게, 낸시."

유대인 영감이 들어올 때처럼 외투로 온몸을 감싸며 작별인사를 하자, 낸시도 대답했다.

"잘 가."

그러다가 두 사람은 시선을 마주치고 유대인 영감은 낸시 눈치를 가만히 살폈다. 움찔하는 기색이 조금도 없었다. 이번 작업에 대해서 토비 크래킷만큼이나 진지하고 성실한 자세였다.

유대인 영감은 다시 작별인사를 하고 낸시가 등을 돌린 틈을 타서 바닥에 엎드린 빌 사익스 몸뚱이를 발로 찬 다음에 계단을 더듬으며 내려갔다. 그리곤 집으로 향하면서 혼자 중얼거렸다.

"항상 이런 식이야! 저런 여자가 정말 끔찍한 건 지극히 사소한 문제 때문에 오랫동안 잊었던 감정을 되살린다는 거고, 저런 여자가 정말 좋은 건 나쁜 감정이 절대로 오래가지 않는다는 거야. 하! 하! 하! 다 큰 어른과 어린애가 황금 가방을 놓고 대결하다!"

유대인 영감은 이런 생각을 즐겁게 떠올리며 미로와 진흙탕을 오랫동안 걸어서 어둠에 잠긴 거처로 돌아오니, '미꾸라지'는 의자에 앉아서 영감이 돌아오기만 초조하게 기다리는 중이었다.

"올리버는 자니? 올리버에게 할 말이 있거든."

유대인 영감이 계단을 내려가면서 처음으로 꺼낸 말에 '미꾸라지'가 방문을 활짝 열며 대답했다.

"몇 시간 전에요. 여기에서요!"

올리버는 바닥에 깐 허름한 침상에 누워서 곤히 잠자는 중이었다. 불안하고 슬픈 마음과 답답한 옥살이 때문에 창백한 얼굴이 죽은 사람 같았다. 수의를 입고 관에 누운 시신이 아니라 평상복을 입은 상태로 지금 막 생명이 떠나간 시신, 어린 영혼은 지금 막 하늘나라로 날아가고 먼지로 변할 몸뚱이는 더러운 세상 공기가 아직 범접을 못 하는 시신 말이다.

"지금은 아니군. 내일. 내일."

유대인 영감이 중얼대며 발길을 가만히 돌렸다.

CHAPTER XX

올리버가 빌 사익스에게 넘어가다

아침에 일어나니, 침대 옆에 헌 신발 대신 창이 튼튼하고 두꺼운 새 신발이 있어서 올리버는 기분 좋게 놀랐다. 이제 자신을 풀어주려고 그런 것 같다는 생각이 들어서 처음에는 기뻤으나 아침을 먹으려고 유대인 영감과 함께 식탁에 앉자마자 그런 생각은 순식간에 사라졌다. 노인네가 불안감을 부추기는 어투와 태도로 오늘 밤에 빌 사익스네 집으로 가야 한다고 말했기 때문이다.

"거기에서…… 거기에서 살아야 하는 건가요?"

올리버가 불안한 표정으로 묻자, 유대인 영감이 대답했다.

"아니야, 아니야. 거기에서 살아야 하는 건 아니야. 우리는 너를 잃고 싶지 않아. 우리 곁으로 다시 돌아오니까 걱정하지 말렴, 올리버. 하! 하! 하! 우리는 너를 멀리 보낼 정도로 잔인한 사람들이 아니란다, 얘야. 그럼, 아니고말고!"

노인네는 불길을 향해 허리를 숙여서 빵을 굽다가 뒤를 돌아보고 이렇게 놀리며 웃음을 터트리는 자세가 올리버는 아직도 기회만 되면 도망치려고 한다는 사실을 잘 안다고 말하는 것 같았다. 그러더니 올리버를 가만히 바라보다가 물었다.

"빌 사익스네 집에 뭐하러 가는지 알고 싶을 거야, 그치, 얘야?"

올리버는 늙은 도적이 자기 생각을 읽는다는 사실을 깨닫고 무심결에 얼굴을 붉혔지만, 그렇다고, 알고 싶다고 과감하게 대답했다.

"네 생각에는 왜 가는 거 같니?"

유대인 영감이 반문하며 질문을 얼버무리자, 올리버는 대답했다.

"정말 모르겠어요."

하지만 유대인 영감은 올리버 얼굴을 자세히 살피다가 실망한 표정으로 고개를 돌리며 말했다.

"흥! 그렇다면 빌이 알려줄 때까지 기다려."

이번 문제에 대해 올리버가 그렇게 대단한 호기심을 안 보여서 유대인 영감은 단단히 화난 것 같았다. 하지만 사실대로 말하자면 올리버는 끝없이 불안하지만, 노인네 표정이 진지하고 교활한 게 너무 당혹스러운 나머지 혼자 머릿속으로 이런저런 추측을 하느라 다시 못 물었을 뿐이다. 하지만 다시 물어볼 기회는 없었다. 유대인 영감이 무뚝뚝한 태도로 밤까지 입을 꾹 다물다가 밖으로 나갈 채비를 갖췄기 때문이다. 그러더니 탁자에 초를 하나 올려놓으며 말했다.

"촛불을 켜서 사용하도록. 그리고 책 한 권을 줄 테니까 읽도록, 사람들이 데리러 올 때까지. 잘 갔다 오너라!"

"잘 다녀오세요!"

올리버도 조그맣게 인사하자, 유대인 영감이 문가로 걷다가 뒤를 돌아보더니, 갑자기 걸음을 멈추고 올리버를 불렀다.

올리버가 고개를 돌려서 쳐다보니, 유대인 영감이 초를 가리키며 불을 붙이라고 신호했다. 올리버는 그렇게 해서 촛대를 탁자에 내려놓는데, 유대인 영감이 어둠에 잠긴 문가에서 이맛살을 잔뜩 찡그린 채 빤히 쳐다보았다. 그러다가 오른손을 내밀어서 흔들며 경고하는 투로 말했다.

"조심해, 올리버! 조심하라고! 빌 사익스는 성격이 거칠어서 한 번 핏대가 오르면 피를 볼 생각만 하는 사람이야. 무슨 일이든 아무 말 말고 빌이 시키는 대로 해. 명심하렴!"

유대인 영감이 마지막 말을 특히 강조하더니, 표정을 조금 누그러뜨리다가 섬뜩하게 웃으며 밖으로 나갔다.

노인이 사라지자, 올리버는 손으로 턱을 괴고 지금 막 들은 말에 대해서 가슴을 두근거리며 곰곰이 생각했다. 유대인 영감이 경고한 말을 생각하면 할수록 그렇게 말한 진짜 목적과 의미를 더더욱 예측할 수 없었다.

빌 사익스네 집에 간다고 해서 유대인 영감 집에 그대로 머무는 것보다 특별히 나쁜 건 하나도 없을 것 같았다. 그래서 오랫동안 곰곰이 생각하다가, 도적질하러 가는데, 그런 목적에 훨씬 적합한 아이가 나타날 때까지 자신에게 허드렛일을 시키려고 그런다는 결론을 내렸다. 올리버는 고생하는 게 너무 익숙한 데다 지금 있는 곳에서도 엄청나게 고생한 터라, 앞으로 혹독한 변화가 일어날 거란 사실이 그렇게 당혹스럽진 않았다. 그래서 넋을 놓고 골똘히 생각하다가 한숨을 묵직하게 내쉬며 불에 탄 촛불 심지를 다듬어서 불을 키운 다음, 유대인 영감이 남겨놓은 책을 손에 들고 읽기 시작했다.

올리버는 책장을 넘겼다. 처음에는 별다른 관심이 없었는데, 몇 줄 읽는 사이에 관심이 조금씩 끌리다가 곧이어 흠뻑 빠져들었다. 악명 높은 범죄자들의 생애와 재판에 대한 기록으로, 여러 사람이 읽느라 책장마다 손때가 타서 더러웠다. 피를 얼어붙게 하는 무시무시한 범죄 이야기, 인적이 드문 길가에서 사람을 몰래 죽인 이야기, 사람 눈에 안 띄도록 시체를 깊은 구덩이나 우물 등지에 숨겼는데, 충분히 깊은 건 아니라서 많은 세월이 흐른 다음에 시체가 떠올라, 살인자는 그걸 보고 정신이 나가서 공포에 떨다가 범죄를 자백하고 자신을 교수대에 올려서 끔찍한 고통을 당장 끝내달라고 고함을 지른 이야기 등이 있었다. 한밤중에 침대에 누웠다가 (스스로 주장한 대로라면) 갑자기 나쁜 생각이 떠올라서 거기에 이끌려 생각만 해도 소름이 돋고 팔다리가 움찔할 만큼 끔찍한 학살극을 벌인 사람들 이야기도 있었다. 끔찍한 묘사가 너무나 구체적이고 생생한 나머지, 몇 장 안 되는 책이 핏덩이로 빨갛게 변한 것 같고, 거기에 실린 글은 죽은 사람 영혼이 웅얼대며 공허하게 속삭이는 것처럼 두 귀에 맴돌았다.

너무나 끔찍한 공포에 올리버는 책을 덮고 옆으로 밀쳤다. 그리곤 무릎을 꿇고서 자신은 그런 짓을 절대로 저지르지 않도록 해달라며, 자신이 이렇게 끔찍하고 무서운 범죄를 저지를 운명이라면 차라리 당장 죽도록 해달라며 하늘에 대고 기도했다. 그러다가 조금씩 차분한 마음이 돌아오자, 이렇게 위험한 곳에서 자신을 구해달라며, 가족과 친지에게 아무런 사랑도 못 받고 버림받은 불쌍한 아이를 도와주실 거라면 사악한 범죄로 가득한 여기에서 혼자 외롭고 쓸쓸하게 서 있는 지금 도와달라며 더듬거리는 목소리로 나지막하게 빌었다.

그러다가 기도는 마쳐도 머리는 두 손에 그대로 파묻고 있을 때 부스럭대는 소리가 일어나서 정신을 퍼뜩 차리더니, 문가에 나타난 물체를 발견하고 깜짝 놀라며 소리쳤다.

"뭐요? 거기 누구요?"

"나야, 나."

떨리는 목소리가 대답하자, 올리버는 촛불을 머리 위로 높이 들어서 문 쪽을 바라보았다. 낸시였다. 낸시가 고개를 다른 곳으로 돌린 채 말했다.

"촛불을 내려놔. 눈이 부셔."

올리버는 낸시 얼굴이 몹시 창백한 걸 보고 어디 아프냐고 다정하게 물었다. 하지만 낸시는 의자에 주저앉더니 등을 보인 채 자기 손을 비틀 뿐 아무런 대답도 안 했다. 그러다가 잠시 후에 울부짖었다.

"하느님 용서하세요! 이런 생각은 조금도 못 했나이다."

"무슨 일 있어? 내가 도울 수 있는 일이야? 도울 수 있으면 기꺼이 도와줄게. 정말이야."

올리버가 말하자, 낸시는 몸을 앞뒤로 흔들다가 자기 목을 움켜잡더니, 꼴까닥 하는 소리를 뱉어내며 숨을 헐떡였다.

"낸시 누나! 무슨 일이야?"

낸시가 두 손으로 자기 무릎을 때리면서 두 발로 바닥을 쿵쿵 구르다가 갑자기 멈추곤 숄을 바싹 끌어당기고, 추워서 부르르 떨었다.

올리버는 불을 들쑤시고 낸시는 벽난로 앞으로 의자를 바싹 끌어다 앉더니, 한동안 아무런 말도 없다가 마침내 고개를 들고 주변을 둘러보았다. 그리곤 옷을 바쁘게 매만지는 척하다가 말했다.

"내가 가끔 이러는 이유를 모르겠어. 여기에 있는 방이 눅눅하고 더러워서 그런 것 같아. 준비는 다 했니, 올리버?"

"누나랑 가는 거야?"

"그래. 빌네 집에서 왔어. 너는 나랑 가야 해."

"무슨 일인데?"

올리버가 움찔하며 묻자, 낸시는 고개를 들다가 올리버 얼굴과 마주치는 순간에 시선을 다시 피하며 말했다.

"무슨 일? 아! 해로운 일은 아니야."

"못 믿겠어."

올리버가 말하고 나서 가만히 바라보자, 낸시는 웃는 척하면서 대답했다.

"좋을 대로 생각해. 이로운 일도 아니니까."

올리버는 상대편에게서 착한 마음을 끌어낼 수 있겠다는 사실을 깨닫고 처지가 막막한 자신을 도와달라고 호소할까 생각했다. 하지만 아직 열한 시가 채 안 됐으니 길거리엔 사람들이 여전히 많을 테고 그 가운데에는 자신이 말하는 얘기를 믿어줄 사람도 분명히 있을 거란 생각이 쏜살같이 뇌리를 스쳤다. 그래서 마음을 정하고 앞으로 나서며 준비를 다 했다고 약간 급하게 말했다.

하지만 상대편은 올리버가 순간적으로 떠올린 생각도 그 목적도 놓치지 않았다. 올리버가 말하는 모습을 가만히 살피다가 머릿속으로 무슨 생각을 했는지 충분히 짐작한다는 시선으로 쳐다보더니, 올리버에게 허리를 숙이고 주변을 조심스레 둘러보다가 문을 가리키면서 말했다.

"쉿! 지금은 어쩔 수 없어. 지금까지 나는 너를 위해 힘껏 노력했지만 아무런 소용도 없었어. 너는 지금 첩첩산중이야. 언젠가는 여기를 벗어난다 하더라도 이번엔 아니야."

낸시가 힘주어 말하는 태도에 올리버는 깜짝 놀라서 고개를 들고 상대편 얼굴을 쳐다보았다. 사실을 말하는 것 같았다. 얼굴은 흥분해서 하얀 데다 너무 진지한 나머지 몸까지 덜덜 떨었다. 그러면서 커다란 목소리로 계속 말했다.

"나는 네가 혹사당하는 걸 예전에 구한 적이 있고, 앞으로도 그럴 거고, 지금도 그러는 중이야. 내가 아니라 다른 사람이 데리러 왔다면 너를 훨씬 거칠게 대했을 테니 말이야. 나는 너를 아무 탈 없이 조용히 데려가겠다고 약속했어. 네가 시끄럽게 떠들면 너 자신과 나만 해를 입고, 그래서 내가 죽을 수도 있어. 여길 봐! 나는 너를 위해서 이런 걸 모두 감수했다고. 하느님께서 그대로 지켜보셨어."

낸시는 자기 목과 양쪽 팔에 멍든 자국을 서둘러 보여주며 급한 어조로 이어나갔다.

"이걸 명심해! 이번에는 너 때문에 내가 고통을 겪는 일이 없도록. 나는 너를 도울 수 있다면 기꺼이 도울 거야. 하지만 지금은 그럴 힘이 없어. 지금 저들은 너를 해치려는 게 아니야. 저들이 시켜서 하는 일은 네 잘못도 아니고. 쉿! 지금 네가 하는 말 한 마디 한 마디는 나에게 고통만 줄 뿐이야. 손을 이리 내밀어. 어서! 손을 달라고!"

낸시는 올리버가 본능적으로 내미는 손을 꼭 잡고 입으로 불어서 촛불을 끄더니, 손을 잡아끌며 계단을 내려갔다. 어둠에 휩싸인 인물 하나가 문을 재빨리 열더니, 두 사람이 지난 다음에 재빨리 닫았다. 세를 낸 이륜 포장마차 한 대가 기다리고, 낸시는 조금 전에 말할 때처럼 강력한 힘으로 올리버를 잡아끌어 마차에 태우고 커튼을 쳤다. 마부는 아무런 지시도 필요하지 않은 듯, 조금도 지체하지 않고 말에게 채찍을 휘두르며 전속력으로 달렸다.

낸시는 올리버 손을 여전히 단단히 붙든 채 지금까지 한 말을 올리버 귀에 대고 되풀이하면서 다양하게 경고하고 위로하는 말을 덧붙였다. 모든 과정이 너무 급하고 빠르게 진행되는 가운데, 마차는 전날 초저녁에 유대인 영감이 들어선 집 앞에 멈추고, 올리버는 여기가 어디며 앞으로 어떻게 될지 생각할 겨를조차 없었다.

올리버는 텅 빈 거리를 순간적으로 급히 둘러보았다. 살려달라는 말이 목구멍까지 치밀었지만, 낸시 목소리가 귓가를 파고들며 자신을 생각하라고 고통스러운 어조로 사정하는 바람에 차마 입 밖으로 뱉어 낼 순 없었다. 그래서 망설이는 동안 기회는 사라졌다. 어느새 안으로 들어와서 문이 닫힌 것이다.

"이쪽이야."

낸시가 말하며 손을 처음으로 놓더니, 커다랗게 소리쳤다.

"빌!"

"왔군! 벌써 시간이 됐어. 올라와!"

빌 사익스가 대답하며 촛불을 들고 계단 꼭대기에 나타났다. 빌 사익스처럼 성질 나쁜 사람이 이렇게 말한다는 건 정말 대단하게 반긴다는 증거가 아닐 수 없었다. 그래서 낸시는 만족스러운 표정으로 다정하게 답례하고, 빌 사익스는 불빛을 비추며 말했다.

"황소눈깔을 톰네 집으로 보냈어. 이런 일에는 방해만 되거든."

"그래, 맞아."

낸시가 동조하곤 올리버와 함께 방으로 들어서자, 빌 사익스는 문을 꼭 닫으며 말했다.

"그래, 아이를 데려왔군."

"그래, 데려왔어."

"조용히 따라오던가?"

"어린 양처럼."

낸시가 대답하자, 빌 사익스는 험상궂은 표정으로 올리버를 바라보며 말했다.

"그랬다니 다행이군, 어린 송장을 위해서. 그렇지 않았다간 고생했을 테니 말이야. 이리 와, 꼬마. 내가 훈시할 게 있는데, 금방 끝나."

빌 사익스는 올리버 모자를 벗겨서 구석으로 던지더니, 탁자 앞에 앉으며 올리버 어깨를 잡아당겨서 바로 앞에 세웠다. 그리곤 탁자에 올려놓은 권총을 집어 들며 물었다.

"먼저, 이게 뭔지 알아?"

올리버는 안다고 대답하고 빌 사익스는 계속 말했다.

"으음, 그렇다면 여길 봐. 이건 화약이야. 이건 총알이고. 이건 탄약을 재는 데 사용하는 낡은 모자 조각이야."

올리버가 뭔지 알겠다고 조그맣게 속삭이자, 빌 사익스는 극히 정교하고 세밀하게 총알을 재더니, 모두 마친 다음에 말했다.

"이제 다 됐어."

"네, 그러네요."

올리버가 대답하자, 도적놈은 올리버 팔목을 잡아 총구를 관자놀이에 대며 말하는데, 올리버로선 순간적으로 공포에 떨 수밖에 없었다.

"나와 함께 밖으로 나간 다음에 한 마디라도 지껄이면 총알이 머리통을 단번에 꿰뚫고 말 거야. 물론 내가 말을 시킬 때는 예외야. 그러니 내가 시키지도 않은 말을 할 생각이라면 먼저 기도부터 하라고."

빌 사익스는 험악한 인상으로 노려보며 경고해서 효과를 드높이더니, 계속 말했다.

"너를 없애더라도 너를 수소문하며 찾아다닐 사람은 내가 아는 한 아무도 없어. 그러니 내가 일부러 이렇게 설명하는 노고를 감수하는 이유는 오로지 너 자신을 위해서야. 무슨 말인지 알겠어?"

그러자 낸시는 올리버에게 새겨서 들으라는 듯 얼굴을 살짝 찡긋하며 또렷한 어투로 물었다.

"당신 말은 한마디로, 당신이 이번 일을 하는 데 올리버가 방해되면 나중에 고자질 자체를 못하도록 아예 머리에 총알을 박아 넣겠다는 거지, 지금까지 작업하면서 수없이 그런 것처럼 교수형 당할 위험을 무릅쓰고?"

"바로 그거야! 여자들은 몇 마디 말로 요약을 정말 잘해. 한 번 나불대기 시작하면 끝없이 늘어놓긴 하지만. 저 녀석이 확실히 알아들었을 테니, 이제 저녁 식사를 하고 출발하기 전에 잠이나 좀 자두어야 하겠어."

이런 요청을 듣고 낸시는 식탁보를 신속하게 깔더니 잠시 사라졌다가 흑맥주 한 단지와 양고기 한 접시를 들고 돌아왔다. 그러자 빌 사익스는 양 머리를 뜻하는 'jemmies'에 도적질이란 뜻도 있다는 사실에 착안한 농담을 재미있게 늘어놓았다. 사실, 훌륭한 신사는 조금 후에 본격적인 작업에 들어간다는 사실에 자극받아 활기가 넘치고 기분도 매우 좋았다. 흑맥주를 한 단지나 마시면서 식사하는 내내 거친 욕설을 한 게 어림잡아 여든 번을 안 넘는다는 사실이 좋은 증거였다.

빌 사익스는 올리버에게 식욕이 거의 없다는 사실을 쉽게 알 수 있는데도 신경조차 안 쓰고 저녁 식사를 마치더니 물 탄 위스키를 두세 잔 들이켠 다음에 침대에 몸을 던지곤, 낸시에게 실수하면 알아서 하라며 다양한 욕설을 뱉어내더니 정확히 새벽 다섯 시에 깨우라고 지시했다. 그리고 올리버 역시 같은 인간의 지시에 따라 매트리스가 깔린 바닥에 옷을 입은 채 그대로 눕고, 낸시는 지정한 시간에 깨우기 위해 벽난로 앞에 앉아서 불길을 지폈다.

올리버는 낸시가 은밀하게 몇 마디 충고할 수도 있겠다는 생각에 가만히 누운 상태로 잠을 안 자고 버티는데 낸시는 가만히 앉아서 깊은 생각에 잠긴 채 불길만 바라볼 뿐, 꿈쩍하지를 않았다. 불을 살리려고 가끔 움직이는 게 전부였다. 그래서 올리버는 불안한 눈으로 가만히 지켜보다가 지쳐서 결국엔 깊은 잠에 빠져들고 말았다.

잠에서 깨어나자, 탁자에는 찻잔 세트가 가득하고 빌 사익스는 의자 등받이에 걸친 커다란 외투 주머니에다 다양한 물건을 쑤셔 넣었다.

낸시는 아침 식사를 준비하느라 바빴다. 동이 튼 건 아니었다. 촛불이 그대로 타오르고 바깥은 여전히 어두웠다. 매서운 빗줄기가 유리창을 때리고 하늘은 먹구름까지 껴서 깜깜했다.

"어서 일어나! 다섯 시 삼십 분이라고! 정신 차려, 아니면 아침 식사는 없으니까. 벌써 많이 늦었다고."

빌 사익스가 으르렁대고 올리버는 벌떡 일어났다. 그래서 곧바로 세수하고 아침 식사를 든 다음에 빌 사익스가 무뚝뚝하게 묻는 말에 준비를 마쳤다고 대답했다.

낸시는 올리버에게 아예 눈길조차 안 주며 목에 묶도록 손수건 한 장을 던지고, 빌 사익스는 어깨에 걸쳐서 단추로 묶는 커다란 망토를 주었다. 그래서 몸에 모두 걸친 다음에 한 손을 내밀자, 도적놈은 동작을 잠시 멈추고 커다란 외투 옆 주머니에 권총이 있다고 협박하는 동작을 하더니, 올리버 손을 단단히 움켜잡고 낸시와 작별인사를 주고받은 다음에 손을 잡아끌며 나아갔다.

올리버는 문가에 도달한 순간, 낸시가 쳐다보는 시선과 마주칠 수 있다는 희망을 품고 재빨리 고개를 돌렸다. 하지만 낸시는 벽난로 앞으로 가서 의자에 다시 앉아 꿈쩍하지를 않았다.

CHAPTER XXI

원정길

두 사람이 거리로 나선 건 아주 음산한 새벽이었다. 비바람이 심하게 몰아치고 먹구름은 잔뜩 찌푸린 게 폭풍이라도 몰아칠 기세였다. 비가 밤새 많이 와서 도로 곳곳에 물웅덩이가 커다랗게 생기고 하수구는 넘쳤다. 하늘에서 빛이 희미하게 밝아오긴 해도 거무스름해서 축축한 지붕과 음산한 거리에 따듯하거나 밝은 기운을 뿌리는 대신 거리 가로등만 희미하게 만들어, 어둠을 물리치는 게 아니라 오히려 끌어들이는 것 같았다. 잠자리에서 일어난 사람 역시 하나도 안 보였다. 주택 유리창은 모두 굳게 닫히고 자신들이 걸어가는 거리 역시 텅 비어서 조용했다.

베스널 그린으로 접어들 즈음에는 날이 제법 밝아오기 시작했다. 가로등은 이미 대부분 꺼지고 시골 짐마차는 런던 쪽으로 힘겹게 천천히 나아가고, 역마차는 진흙을 뒤집어쓴 채 가끔 덜거덕거리며 힘차게 가는데 짐마차가 짐을 가득 싣고 지나면서 길을 비켜주지 않아 목적지에 예정보다 늦게 도착하겠다며 채찍을 날려서 경고했다.

주막은 여기저기에 문을 열고 안에서는 가스등불이 타올랐다. 다른 상점도 하나씩 문을 열더니, 길을 걸어가는 사람도 간간이 나타났다. 공장에 일하러 가는 노동자가 드문드문 보이더니, 머리에 생선 바구니를 인 남녀와 채소를 나르는 당나귀 수레, 살아있는 가축이나 도살한 가축을 통째로 실은 이륜마차, 우유통을 든 우유배달 아낙네 등 다양한 사람이 다양한 생필품을 들고 동부 주택가를 향해 터벅터벅 나아갔다. 이윽고 중심가가 다가오면서 다양한 소음과 교통량이 점차 늘어나고, 쇼디치에서 스미스필드로 이어지는 도로를 누비고 나아갈 즈음에는 주변이 소란하게 붐볐다. 런던 인구 절반이 바쁘게 움직이며 일과를 시작하니, 어둠이 다시 깔리기 전까지 거리는 끊임없이 바쁘게 돌아갈 가능성이 컸다.

왕관 도로(Crown Street)와 태양 도로(Sun Street)가 만나는 지점에서 빌 사익스는 방향을 틀어 핀스버리 광장을 가로지르고 치즈웰 도로를 지나서 바비칸으로 들어서고 거기에서 롱레인을 거쳐 스미스필드로 들어서니, 시끌벅적한 소리가 사방에 가득해서 올리버 트위스트는 어안이 벙벙했다.

가축시장이 서는 날이었다. 땅바닥엔 가축오물과 진흙이 질퍽해서 발목까지 빠지고, 가축 몸뚱이에서 하얀 김이 끊임없이 피어올라 안개와 뒤섞이며 굴뚝 꼭대기에 깃든 모습은 공중에서 묵직하게 내리누르는 것 같았다. 시장 한가운데에 널찍하게 자리한 가축우리는 물론, 빈자리마다 임시로 세운 가축우리에도 양 떼가 가득하고, 도랑 옆에 기다랗게 세운 기둥에는 소가 줄줄이 묶인 채 서너 줄씩 늘어섰다. 시골 농부와 푸줏간 주인, 가축상인, 행상인, 아이들, 도적놈, 어슬렁거리는 사람들, 밑바닥 떠돌이 등이 뒤섞이며 거대한 무리를 이루고,

행상인이 불어대는 휘파람 소리, 개가 짖어대는 소리, 소가 머리를 흔들며 울어대는 소리, 양 떼가 매에 우는 소리, 돼지가 꿀꿀거리고 꽥꽥거리는 소리, 행상인이 내지르는 소리, 날카로운 소리, 욕하는 소리, 서로 싸우는 소리는 사방에서 일어나고, 주막마다 시끄럽게 일어나는 딸랑딸랑 종소리와 커다란 목소리, 인파가 몰리는 소리, 미는 소리, 몰아가는 소리, 부닥치는 소리, 누구를 부르는 소리, 대답하는 소리 등 시장 곳곳에서 다양한 소리가 끔찍하게 겹치며 불협화음이 가득하고, 세수도 면도도 안 해서 누추하고 지저분한 사람들이 인파 한가운데에서 갑자기 튀어나오고 들어가는 등 급히 뛰어다녀, 정신없이 바쁘고 시끄럽고 혼잡스러운 장면이 사방에 가득했다.

다양한 광경과 엄청난 소음에 올리버는 깜짝 놀라도, 빌 사익스는 별다른 관심을 안 기울인 채 인파가 빽빽한 사이를 밀치며 손목을 질질 잡아끌었다. 지나다가 마주친 친구에게 두세 차례 고개를 끄덕이고 해장술이나 한잔하자는 권유를 뿌리치며 앞으로 꾸준히 나가다가 마침내 아단법석을 완전히 벗어나고 호지어레인을 지나서 홀본으로 들어서더니, 성 앤드루 성당 시계를 올려다보며 말했다.

"어서, 꼬마야! 일곱 시가 다 됐어! 빨리 걸어야 해. 뒤처지지 마, 느림뱅이야!"

빌 사익스가 말하면서 어린 손목을 확 잡아채니, 올리버는 빠르게 걷기와 달리기 중간 속도로 급히 쫓아가며 도적놈이 빠르게 걷는 걸음에 최대한 보조를 맞췄다.

두 사람이 이런 속도로 꾸준히 나아가며 하이드파크 모서리를 지나서 켄싱턴 쪽으로 나아갈 때[22] 빌 사익스는 약간 뒤에서 텅 빈 마차가 다가오는 걸 보고 걸음을 늦추더니, '헌슬로우'라는 글씨를 확인하고

22) 켄싱턴은 런던 서부 지역이다. 동부에서 서부로 런던을 가로지른다는 걸 보여준다.

이슬워스까지 태워줄 수 있느냐고 마부에게 정중하게 물었다.

"올라타쇼. 아들이요?"

"네, 아들입니다."

빌 사익스가 대답하더니, 올리버를 노려보며 권총이 있는 주머니에 한 손을 넣었다.

"아버지가 너무 빨리 걸어서 따라가기 힘들지, 그치, 얘야?"

마부가 물었다. 올리버가 숨을 거칠게 몰아쉬는 걸 본 것이다.

"아닙니다. 저 애는 이렇게 걷는 게 익숙하답니다."

빌 사익스가 끼어들며 대답하더니, 올리버에게 말했다.

"자, 내 손을 잡아, 네드. 어서 올라와!"

그래서 올리버가 수레에 올라타도록 도와주고, 마부는 부댓자루가 가득 쌓인 곳을 가리키며 누워서 편히 쉬라고 말했다.

다양한 이정표를 계속 지나치고, 올리버는 빌 사익스가 자신을 어디로 데려가는지 궁금했다. 켄싱턴, 해머스미스, 치즈위크, 켄 브리지, 브렌포드를 모두 지나쳤다. 그런데도 이제 막 길을 나선 것처럼 꾸준히 나아갔다. 그러다가 '마차와 말'이라고 부르는 주막이 나타나고, 그곳을 조금 지나서 갈라지는 길이 나왔다. 그런데 여기에서 수레가 멈췄다.

빌 사익스는 급히 뛰어내리면서도 올리버 손을 꼭 붙잡더니, 올리버를 바로 내려주곤 사나운 눈초리로 쳐다보며 주먹으로 옆 주머니를 의미심장하게 톡톡 쳤다.

"잘 가거라, 얘야."

마부가 말하자, 빌 사익스가 손을 흔들며 대답했다.

"아이가 잔뜩 골났답니다. 강아지 새끼마냥! 그러니 신경 쓰지 마쇼."

"내가 왜 신경을 쓰겠소! 그나마 날씨는 정말 좋구려."

마부는 이렇게 말하며 수레에 올라타고, 빌 사익스는 수레가 꽤 멀리 벗어날 때까지 기다리더니, 올리버에게 주변을 구경하고 싶으면 그래도 된다고 말하곤, 다시 앞장서서 길을 걸었다.

두 사람은 왼쪽으로 돌아서 주막을 지나 약간 걷다가 오른쪽 길로 접어들어 마냥 나아갔다. 양쪽으로 쭉 늘어선 커다란 정원과 저택을 수없이 지나치며 오랫동안 걸었다. 중간에 맥주를 마시려고 잠시 멈춘 게 전부였다. 그러다가 마을이 나타나는데, 건물 벽에 커다랗게 쓴 '햄프턴'이란 글씨가 보였다. 들판을 몇 시간이나 거닐던 참에 마을이 오랜만에 나타난 터라, 빌 사익스는 간판이 흉하고 건물이 낡은 주막에 들어가서 주방 벽난로 앞에 앉으며 식사를 주문했다.

주방 역시 낡고 지붕은 낮아서 커다란 대들보가 천장 한가운데를 가로지르고, 벽난로 옆에는 등받이가 높고 기다란 의자가 여러 개 있는데, 거칠게 생긴 사내 여러 명이 작업복 차림으로 앉아서 술을 마시고 담배를 태웠다. 그들은 올리버에게 아무런 관심도 안 기울이고 빌 사익스에겐 더더욱 관심을 안 기울여서, 빌 사익스 역시 그들에게 아무런 관심도 안 기울인 채 어린 동료와 함께 아무런 방해도 안 받고 모서리에 머물 수 있었다.

두 사람은 식은 고기를 다 먹고 나서도 오랫동안 앉아서 시간을 보낸 데다 빌 사익스는 파이프 담배까지 서너 대나 태워, 올리버는 이제 걷는 건 끝났다는 확신이 서서히 들었다. 이른 새벽에 일어나서 오랫동안 걸어 너무 피곤한 터라, 올리버는 처음에 약간씩 졸다가 노곤한 느낌과 담배 연기에 압도당하며 깊은 잠에 빠져들고 말았다.

빌 사익스가 흔드는 바람에 깨어날 때는 주변이 아주 어두웠다. 일어나 앉아서 주변을 둘러볼 정도로 정신이 들자, 훌륭한 도적놈은 흑맥주 한 주전자를 놓고 품팔이 농사꾼 한 명과 다정한 대화를 나누는 중이었다.

"그래서 해리포드 밑으로 간다는 말이오?"

빌 사익스가 묻자, 상대편은 술을 마셔서 기분이 약간 나쁜 것 같기도 하고 좋은 것 같기도 한 표정으로 대답했다.

"그렇소. 꾸물대지 않고 곧장 갈 것이오. 아침에 올라올 때와 달리 돌아가는 길은 짐이 하나도 없으니 우리 말이 훨씬 편하게 내려갈 것이오. 우리 말을 위해 건배. 말이 나왔으니 말인데, 정말 좋은 말이라오!"

"그렇다면 우리 아들과 나를 그곳까지 태워줄 수 있겠소?

빌 사익스가 물으며 흑맥주를 새로 사귄 친구에게 밀자, 상대편이 그것을 바라보다가 고개를 들고 쳐다보며 대답했다.

"곧장 간다면 그럴 수도 있겠지. 당신도 해리포드로 가는 길이오?"

"쉐퍼턴으로 가는 길이오."

빌 사익스가 대답하자, 상대편도 대답했다.

"그렇다면 내가 태워드리리다. 값을 다 치렀다고, 베키?"

"네, 저분께서 모두 치렀어요."

여자애가 대답하자, 사내는 비틀거리면서도 엄숙하게 말했다.

"내가 말했잖아! 그러면 안 된다고."

"아무러면 어때요? 당신이 태워주는데, 내가 맥주 한 잔 못 살 이유가 뭐겠소?"

빌 사익스가 끼어들자, 낯선 사내는 매우 심오한 얼굴로 곰곰이 생각하다가 결론을 내린 듯, 빌 사익스 손을 잡고 정말 좋은 사람이라고 선언했다. 이 말에 빌 사익스는 농담하지 말라고 대답하는데, 술을 안 마셨다면 상대편 역시 그 말이 옳다고 생각할 게 분명했다.

두 사람은 서로에게 칭찬하는 말을 몇 마디 더 주고받더니 다른 사람들에게 잘 있으라 인사하고 밖으로 나갔다. 그러자 여자애는 술잔과 주전자를 모두 집어서 양손에 가득 든 채 문밖으로 어슬렁거리며 나가서 그들이 떠나는 광경을 지켜보았다.

자신이 없는 자리에서 건배 대상이 된 말은 바깥에서 수레에 묶일 준비를 마친 상태였다. 올리버는 빌 사익스와 함께 더는 격식을 안 차린 채 바로 올라타고 말 주인은 "말을 단단히 묶느라" 그리고 말구종을 비롯한 온 세상에 대고 우리 말보다 좋은 말이 있으면 나와 보라고 소리치느라 일이 분 더 시간을 끌었다. 그러더니 말구종에게 말머리를 놓아주라 말하고, 그래서 머리가 풀리자, 말은 턱없이 경멸스럽다는 표정으로 공중에 대고 머리를 이리저리 흔들어서 맞은편 거실 창문 쪽으로 몹시 불쾌한 표정을 하더니, 모두 마친 다음에 비로소 뒷다리로 벌떡 일어나며 엄청난 속도로 내달려 덜거덕 소리와 함께 마을을 씩씩하게 벗어났다.

밤은 참으로 어두웠다. 강과 주변 습지에서 눅눅한 안개가 일어나 황량한 들판으로 퍼졌다. 사방은 칠흑처럼 깜깜하고 추위는 뼛속까지 파고들었다. 아무도 말 한마디 안 했다. 수레를 모는 사내는 슬슬 졸기 시작하고 빌 사익스는 대화를 시작할 기분이 아니며 올리버는 수레 한쪽 구석에 웅크리고 앉아서 걱정과 근심이 가득한 표정으로 길가에 황량하게 늘어선 나무를 살필 뿐이었다. 나무마다 가지를 이리저리 흔드는 모습이 황량한 광경을 바라보며 즐거워하는 것처럼 환상적으로 이상하게 보였다.

수레가 선버리 교회를 지날 때 시계가 일곱 번 울렸다. 맞은편 나루터 창문에서 흘러나온 불빛이 도로를 가로지르며 새까만 주목에 훨씬 음산한 그림자를 드리우는데, 그 밑에는 무덤이 가득했다. 멀지 않은 곳에서 물 떨어지는 소리가 둔하게 일어나고 고목 잎사귀는 밤바람에 조용히 흔들렸다. 죽은 사람이 편히 쉬도록 조용히 흘러나오는 음악

같았다.

선버리도 지나고 수레는 적막한 길로 다시 접어들었다. 그리고 삼사 킬로미터를 더 가다가 멈추자, 빌 사익스는 재빨리 뛰어내리더니, 올리버 손을 붙잡고 다시 걸었다.

올리버가 지칠 대로 지친 마음으로 기대한 것과 달리 빌 사익스는 쉐퍼턴에서 건물로 들어서지 않고 깜깜한 진흙탕 길을 계속 걸었다. 깜깜한 길과 추위가 매서운 황무지를 지나다 보니, 멀리 않은 곳에서 마을 불빛이 시야에 들어왔다. 올리버는 앞을 열심히 바라보다가 바로 밑에서 물이 흐른다는 사실을, 그런데 빌 사익스가 다릿목으로 나아간다는 사실을 깨달았다.

빌 사익스는 곧장 나아가다가 다리에 거의 다 가서 갑자기 왼쪽으로 꺾으며 둑을 내려갔다. 올리버는 공포에 질렸다. '강물이야! 저자가 날 죽이려고 외진 곳까지 데려온 거야!' 하는 생각이 절로 들었다.

그래서 어린 목숨을 지키기 위해 땅바닥으로 몸을 던져서 몸부림치려고 하다가 외딴집 한 채를 발견했다. 여기저기 부서져서 무너지기 직전이었다. 돌이 무너져 내린 입구 양쪽으로 유리창이 하나씩 있고 위층에 또 하나가 있지만, 불빛은 어디에서도 안 보였다. 내부는 어둡고 가구 역시 하나도 없는 게, 사람이 사는 곳 같지 않았다.

빌 사익스는 올리버 손을 그대로 잡은 채 나지막한 현관으로 다가가서 빗장을 가만히 올렸다. 그래서 손으로 밀자 문은 스르륵 열리고 두 사람은 안으로 들어섰다.

CHAPTER XXII

도적질

"누구야!"

쉰 목소리가 커다랗게 소리쳤다. 두 사람이 복도에 발을 들여놓은 직후였다.

"법석 떨지 마. 불이나 켜, 토비."

빌 사익스가 말하며 문에다 빗장을 지르자, 똑같은 목소리가 대답했다.

"아하! 자네로구먼! 불 켜, 바니, 불 켜! 신사에게 길을 안내해, 바니. 인제 그만 일어나시지, 괜찮으시다면?"

이렇게 말한 사람이 상대편에게 잠에서 깨어나도록 장화 벗는 도구 같은 물건을 던진 것 같았다. 나무로 만든 물건이 떨어지는 커다란 소리에 뒤이어 잠에서 덜 깬 사람이 애매하게 중얼거리는 소리가 들렸기 때문이다.

그러자 같은 목소리가 다시 소리쳤다.

"안 들려? 빌 사익스가 복도에 나타났는데 공손하게 모실 사람이 하나도 없다고. 그런데 네놈은 음식에 아편을 타서 먹은 것처럼 쿨쿨 잠만 잘래? 이제 정신 좀 들어, 아니면 쇠촛대로 잠에서 확실하게 깨워 줄까?"

이런 말이 들리는 와중에 슬리퍼를 질질 끄는 소리가 건너편에서 다가오더니, 오른쪽 문에서 먼저 나온 건 희미한 촛불이고 다음에 나온 건 콧구멍으로 말하는 습관 때문에 고생한다고 예전에 설명한, '사프란 꽃 언덕'에서도 가장 지저분한 싸구려 주막집 종업원이었다.

"빌 사잉스 아자씨! 어서 오세요, 어서 오세요."

바니가 반갑게 소리치는데 진짜 같기도 하고 가짜 같기도 했다.

빌 사익스가 올리버를 앞으로 밀치며 말했다.

"자! 너부터 들어가. 어서! 뒤꿈치를 밟아버리기 전에."

빌 사익스가 꾸물거린다고 욕설을 퍼부으며 앞으로 밀치는 가운데 올리버는 천장이 낮고 어두운 방으로 들어섰다. 연기가 자욱한 벽난로에다 부서진 의자 두세 개와 탁자와 몹시 낡은 소파가 하나 있는데, 바로 그 소파에 어떤 사내 한 명이 기다랗게 누워서 두 다리를 머리보다 높이 올린 채 기다란 도자기 파이프로 담배를 태우며 휴식을 취하는 중이었다. 재단이 산뜻한 고동색 양복은 커다란 황동 단추를 달고 목도리는 주황색이며 조끼는 천이 거칠지만 색상과 디자인이 화려하고 짧은 바지는 담갈색이었다. 바로 이 사람이 토비 크래킷으로, 머리나 얼굴에 털이 얼마 없는 데 그나마 있는 털도 빨간색으로 기다랗게 비비 꼬아놓고, 그 사이를 가끔 찌르는 더러운 손가락에는 커다랗고 천박한 반지가 여럿이었다. 키는 평균보다 약간 더 크고 다리는 다소 약한 것 같지만, 승마용 구두를 자랑하지 못할 정도는 아니라서 높이 올려놓고 매우 만족스러운 표정으로 감상하다가, 문 쪽으로 머리를 돌리며 아는 척했다.

"어서 오게, 빌! 이렇게 보니까 정말 기쁘구먼. 자네가 포기한 건 아닐까 걱정하던 참이었거든. 그렇게 되면 나 혼자 다 해야 하잖아. 맙소사!"

토비 크래킷이 깜짝 놀라면서 올리버를 바라보다가 똑바로 앉으며 누군지 물었다.

"아이야, 그냥 아이!"

빌 사익스가 대답하며 벽난로 앞으로 의자를 잡아끌었다.

"페이깅 영감네 아이요."

바니가 말하며 씩 웃자, 토비 크래킷이 올리버를 바라보며 소리쳤다.

"페이긴 영감네 아이라! 그렇다면 솜씨가 좋겠군, 예배당에서 늙은 아낙네들 주머니를 털 때! 상판대기가 그럴싸해."

"그만…… 이제 그만해."

빌 사익스가 성급하게 끼어들어, 소파에 기다랗게 누운 친구에게 몸을 숙이고 귓속말로 몇 마디 했다. 그러자 토비 크래킷이 커다랗게 웃다가 놀랍다는 표정으로 올리버를 오랫동안 쳐다보고, 빌 사익스는 의자에 다시 앉으며 말했다.

"기다리는 동안 먹고 마실 거나 내놓아서 우리가 힘 좀 내도록 해주지그래? 벽난로 옆에 앉아서 편히 쉬어, 꼬마. 오늘 밤에 또 나가야 하니까. 하지만 먼 거리는 아니야."

올리버는 겁먹은 표정으로 빌 사익스를 말없이 바라보며 벽난로 옆으로 걸상을 끌어다 앉아서 지근거리는 머리를 두 손에 뉘었다. 여기가 어디며 지금 도대체 무슨 일이 일어나는 건지 도무지 파악할 수 없었다.

젊은 유대인 바니가 음식 나부랭이와 술 한 병을 탁자에 놓자, 토비가 말했다.

"자, 마시자고, 멋진 성공을 위해서!"

그러더니 건배 형식에 걸맞게 일어나서 텅 빈 담배 파이프를 모서리에 조심스럽게 내려놓고 탁자로 나아가서 유리잔에 술을 가득 채우더니 단숨에 들이켜고, 빌 사익스도 똑같이 했다.

"아이도 한 잔 빨아야지."

토비가 말하더니, 술잔을 반쯤 채우며 다시 말했다.

"꿀꺽 삼켜, 꼬마야."

"저는 정말로…… 저는 정말로……."

올리버가 사정하며 불쌍한 표정으로 바라보자, 토비가 소리쳤다.

"꿀꺽 삼켜! 너에게 좋은 게 뭔지 내가 모를 것 같아? 어서 마시라고 해, 빌."

그러자 빌 사익스가 손으로 주머니를 톡톡 치며 말했다.

"시키는 대로 하는 게 좋아! 저놈이 '미꾸라지'네 가족 전체를 합친 것보다 말썽을 안 부리면 내 몸뚱이에 불을 지르라고. 쭉 들이켜, 말썽꾸러기 꼬마 도깨비야, 쭉 들이켜라고!"

두 사내가 위협하는 소리에 올리버는 겁에 질려서 술잔에 든 내용물을 급히 들이켜다가 곧바로 기침을 해대자, 토비 크래킷과 바니가 즐거워하는 건 물론 무뚝뚝한 빌 사익스도 미소를 머금었다.

이런 다음에 빌 사익스는 식욕을 채우고 (올리버는 조그만 빵조각 하나만 억지로 먹고) 두 사내는 의자에 누워서 잠깐 눈을 붙였다. 올리버는 벽난로 옆 걸상에 앉아서 가만히 있고 바니는 담요로 몸을 감싸더니 벽난로 울타리 바로 앞에서 바닥에 기다랗게 누웠다.

모두 오랫동안 잠잤다. 최소한 겉으로는 그렇게 보였다. 벽난로에 석탄을 넣으려고 바니가 한두 차례 일어나서 부스럭거린 게 전부였다.

올리버도 깊은 잠에 빠져들어 깜깜한 길을 돌아다니거나 어두운 공동묘지를 방황하거나 낮에 지난 길 가운데 하나로 돌아가는 악몽에 시달리다가, 토비 크래킷이 벌떡 일어나며 한 시 반이라고 외치는 소리에 깨어났다.

그와 동시에 다른 두 사내도 벌떡 일어나더니, 각자 무언가를 열심히 준비했다. 빌 사익스와 토비 크래킷은 까맣고 커다란 숄로 목과 턱을 감싼 다음에 그 위에다 커다란 외투를 입었으며, 바니는 찬장을 열어서 이런저런 물품을 꺼내 주머니에 급히 쑤셔 넣었다.

"쌍권총을 줘, 바니."

토비 크래킷이 말하자, 바니가 권총 두 자루를 내밀며 대답했다.

"여기 잉어요. 총알은 직접 재우세요."

"알았어!"

토비가 말하더니, 권총을 집어넣으며 다시 물었다.

"밀어붙이개는?"

"나에게 있어."

빌 사익스가 대답했다.

"까만 천, 열쇠, 타래송곳, 깜둥이……. 빼먹은 거 없지?"

토비가 물으며 외투 안자락 고리에 조그만 쇠지레를 하나 걸치자, 빌 사익스가 대답했다.

"그래, 없어. 저 몽둥이를 가져와, 바니. 시간이 다 됐어."

이렇게 말하며 빌 사익스는 바니 손에서 묵직한 몽둥이를 받아들고, 바니는 또 하나를 토비에게 전달하더니 올리버에게 망토를 급히 매주기 시작했다.

"이제 출발!"

빌 사익스가 말하며 한 손을 내밀었다.

올리버는 이런 행동과 분위기가 모두 낯선 데다 술까지 억지로 마신 터라 정신이 완전히 나가서 빌 사익스가 내민 손에 자기 손을 기계적으로 내밀고, 빌 사익스는 그 손을 잡으며 말했다.

"다른 손을 잡아, 토비. 너는 바깥을 살피고, 바니."

바니가 문가로 가더니 다시 돌아와서 사방이 조용하다 전하고, 두 도적놈은 올리버를 양옆에서 붙잡고 앞으로 나아갔다. 그러자 바니는 문을 단단히 잠그고 전처럼 담요로 몸을 둘둘 말더니, 다시 잠들어 버렸다.

사방이 칠흑처럼 깜깜했다. 안개는 초저녁보다 짙게 깔리고 공기는 축축해, 건물 밖으로 나오자마자 공중에 떠다니는 습기가 달라붙으며 얼어서 올리버는 머리털과 눈썹에 뻣뻣했다. 두 사람은 다리를 건너서 아까 본 불빛을 향해 꾸준히 나아갔다. 거리도 멀지 않은 데다 힘차게 걸어서 처트시는 금방 나타나고 빌 사익스는 이렇게 속삭였다.

"마을을 가로지르자. 이런 날 밤에 바깥에 나와서 우리를 쳐다볼 사람은 없을 테니."

토비는 묵묵히 따르고, 두 사람은 조그만 마을이라서 늦은 시간에 완전히 텅 빈 중심가를 급하게 나아갔다. 침실 창문에서 불빛이 가끔 희미하게 비추고 개들은 목이 쉬도록 짖어대며 밤의 적막을 깨뜨릴 뿐, 바깥을 돌아다니는 사람은 하나도 없었다. 그래서 마을을 완전히 벗어나자 교회 종소리가 두 시를 알렸다.

두 사람은 속도를 높이며 걷다가 왼쪽 길로 접어들었다. 그래서 약 사백 미터를 지나서 담장에 둘러싸인 외딴 주택 앞에 멈추더니, 토비 크래킷이 숨조차 안 돌리고 눈 깜짝할 사이에 담장 꼭대기에 올라서 속삭였다.

"이제 아이를 올려. 내가 잡아줄 테니까."

그러자 주변을 둘러볼 새도 없이 빌 사익스가 겨드랑이를 두 손으로 붙잡는 순간, 올리버는 어느새 담장을 넘어서 건너편 풀밭에 토비와 함께 엎드렸다. 빌 사익스도 곧바로 넘어오더니 토비 크래킷과 함께 건물을 향해 조심스럽게 나아갔다.

올리버는 이번 원정길을 나온 목적이 살인은 아닐지라도 집에 들어가서 도적질하는 건 확실하다는 사실을 이제 비로소 깨닫고 공포에 질린 소리를 자신도 모르게 내뱉으며 두 손을 모았다. 두 눈에 안개가 어리고 창백한 얼굴엔 식은땀이 흐르고 팔다리는 힘이 쭉 빠지더니 그대로 무릎을 꿇으며 주저앉고 만 것이다.

"일어나! 어서 안 일어나면 네놈 해골을 박살 내고 말겠어."

빌 사익스가 속삭이며 화나서 파르르 떠는 표정으로 주머니에서 권총을 꺼내고, 올리버는 눈물을 흘리며 애원했다.

"아! 제발 저를 그냥 보내주세요! 도망가다가 들판에서 죽겠어요. 런던 근처엔 얼씬도 하지 않겠어요, 절대로, 절대로! 아! 제발 자비를 베푸시어, 저에게 도적질을 시키지 마세요. 하늘에서 빛나는 모든 천사가 사랑한다는 사실을 생각해서라도 저에게 자비를 베푸세요!"

하지만 이렇게 애원하는 대상은 끔찍한 욕설을 퍼부으며 권총을 겨냥하고, 토비는 옆으로 재빨리 밀쳐서 올리버 입을 한 손으로 막은 채 건물 쪽으로 질질 끌며 애원했다.

"쉿! 여기에선 안 돼. 한 마디만 더하면 내 손으로 이놈 골통을 박살 낼게. 그러면 소리가 안 난다고. 그게 훨씬 확실하고 점잖은 방법이야. 자, 빌, 쇠지레로 창문 덧문이나 열어. 아이는 이제 정신을 충분히 차렸어. 내가 보장해. 이만한 나이에는 실력이 훨씬 좋은 아이라도 추운 밤이면 순간적으로 이럴 때가 있어."

빌 사익스는 이번 작업에 올리버를 보낸 페이긴 영감에게 끔찍한 저주를 퍼부으며 쇠지레를 열심히 움직였다. 소리는 하나도 안 났다. 이윽고 토비까지 옆에서 거들자, 덧문이 밀리더니 돌쩌귀를 축으로 스르륵 돌아가며 열렸다.

건물 뒤쪽으로 바닥이랑 160㎝ 정도 떨어진 격자창이 있는데, 설거지하는 공간 아니면 술을 빚는 조그만 방에 딸린 복도 끝 창문 같았다. 그 집 사람들은 구멍이 몹시 작은 걸 보고 확실하게 잠글 필요가 없다고 생각한 것 같으나, 올리버 같은 아이가 들어가기에는 충분했다. 그래서 빌 사익스가 발휘하는 실력에 순식간에 밀리면서 활짝 열리고 말았다.

빌 사익스가 주머니에서 빛을 가린 각등을 꺼내 올리버 얼굴을 정면으로 비추며 속삭였다.

"이제 잘 들어, 어린 양. 내가 널 저 구멍으로 넣을 거야. 그럼 이 등불을 받아서 앞에 있는 계단을 조용히 오르고 조그만 거실을 지나서 현관문으로 곧장 가. 그래서 문을 열어, 우리가 들어가도록."

"현관문 위쪽에 빗장을 질렀는데, 손이 안 닿을 수도 있어. 그러니 거실 의자를 하나 끌어가서 올라가. 의자는 모두 셋인데, 파란색 커다란 일각수에 황금 갈퀴를 새겼어. 그게 이 집 문장이거든."

토비가 끼어들자, 빌 사익스가 무서운 표정으로 노려보며 나무랐다.

"조용히 못 해? 방문은 열린 거야?"

그러자 토비가 실내를 들여다보며 확인하고서 대답했다.

"활짝. 재미있는 건, 이 집은 방문을 항상 활짝 열어놓아 개가 잠을 안 잘 때면 복도를 밤새도록 돌아다니게 한다는 거야. 하! 하! 하! 그런데 오늘 밤엔 바니가 개를 멀찌감치 꼬셔냈어, 말끔하게!"

토비 크래킷이 간신히 들릴 정도로 속삭이고 소리조차 안 내며 웃자, 빌 사익스는 입 다물고 일이나 하라고 거만하게 지시했다. 토비는 순순히 응하며 먼저 등잔을 꺼내서 바닥에 내려놓더니, 창문 밑에서 머리를 벽에 단단히 박고 두 손을 무릎에 올려놓아 등으로 발판을 만들었다. 그와 동시에 빌 사익스는 등에 올라서 올리버를 발바닥부터 창문으로 천천히 밀어 넣고 목덜미를 꼭 붙잡아서 건물 안쪽 바닥에 무사히 내려놓았다. 그리고 실내를 들여다보며 속삭였다.

"등잔을 받아. 저기에 있는 계단 보이지?"

올리버는 지칠 대로 지쳐서 "네"라고 간신히 대답했다. 빌 사익스는 권총 총구로 현관문을 가리키며 모두 사정거리니 꾸물거리면 바로 죽을 줄 알라며 짧고 확실하게 경고하다가 마찬가지로 나지막하게 속삭였다.

"일 분이면 끝나. 내가 손을 놓자마자 해치우는 거야. 뭐야!"

"저게 뭐지?"

토비도 속삭이고, 두 사람은 귀를 가만히 기울이더니, 빌 사익스가 올리버를 놓아주며 말했다.

"아무것도 아니야. 어서 움직여!"

올리버는 짧은 순간에 정신을 바싹 차리곤 설사 죽는 한이 있더라도 거실에서 위층으로 뛰어올라 이 집 가족에게 알려야 하겠다고 단단히 결심했다. 이런 생각을 가슴에 품고 곧바로, 하지만 살금살금 앞으로 나아갔다.

"돌아와! 어서! 돌아와!"

빌 사익스가 갑자기 속삭이고, 쥐죽은 듯 조용한 분위기는 한순간에 깨지면서 커다란 소리가 잇따라 일어나, 올리버는 겁에 질려서 등잔을 떨어뜨리고 말았다. 앞으로 가야 할지 도망쳐야 할지 애매했다.

커다란 소리가 다시 일어나고 불빛이 보이고 옷을 대충 걸친 사내 두 명이 깜짝 놀란 표정으로 계단 꼭대기에 나타나더니, 번쩍, 쾅 소리,

연기, 어디선가 쿵 쓰러지는 소리, 하지만 어딘지 모르겠고, 올리버는 뒤로 비틀거렸다.

빌 사익스가 순간적으로 사라지더니, 다시 나타나서 연기가 걷히기 전에 목덜미를 잡았다. 그리고 이미 피신한 두 사내에게 권총을 쏘곤 올리버를 끌어올려서 창문 사이로 빼내며 말했다.

"팔을 더 세게 잡아. 숄을 이리 줘. 저놈들이 아이를 쏘았어. 서둘러! 피가 콸콸 흘러!"

이번에는 종을 울리는 소리가 커다랗게 일어나며 여기저기에서 쏘아대는 총소리와 사내들 고함에 뒤섞이고, 몸뚱이가 들린 채 울퉁불퉁한 바닥을 너무 빠르게 나아간다는 느낌이 들었다. 그러더니 멀리서 들리는 소리는 혼란스럽게 변하고 죽음처럼 서늘한 느낌은 가슴으로 스며들더니, 모든 장면과 소리가 한순간에 사라졌다.

CHAPTER XXIII

범블이 요조숙녀와 나누는 즐거운 대화를 다루며, 하급관리라도 몇 가지 점에서 다정다감할 수 있다는 사실을 보여주다

추워서 뼛속이 얼어붙는 밤이었다. 땅바닥에 쌓인 눈은 딱딱하고 두껍게 얼어붙고, 바람은 사납게 울부짖으며 매섭게 돌아다니다가 골목과 모서리에 쌓인 눈 더미를 흩날렸다. 그래서 걸려든 먹이에 무지막지한 분노를 퍼붓듯 무섭게 낚아채서 구름처럼 끌어올리다가 안개 같은 소용돌이를 수없이 만들며 허공에 흩뿌렸다. 황량하고 깜깜하고 살을 에듯 추운 밤이면 등 따습고 배부른 사람은 활활 타오르는 불길 주변에 둘러앉아 집에 있다는 사실을 하느님께 감사하고, 집 없는 사람은 비참하게 굶주리다가 땅바닥에 쓰러지며 죽어간다. 이런 시기에는 굶주림에 지친 부랑자들이 쓸쓸한 거리에서 많이도 눈을 감는데, 도대체 무슨 죄를 지어서 이런 고통을 받는지 모르겠지만, 다시 눈을 뜨는 곳은 이렇게 비참한 세상이 아니리라.

거리에서 이런 풍경이 벌어질 때 올리버 트위스트가 태어난 곳이라고 앞에서 독자 여러분에게 소개한 구빈원에서, 간호부장 코니 부인은

자신이 사용하는 조그만 방에서 활활 타오르는 불길 앞에 앉아 조그망고 동그란 식탁을 만족스러운 눈으로 바라보았다. 거기에는 크기가 비슷한 쟁반이 있고, 쟁반에는 간호부장이 감사한 마음으로 즐기는 데 꼭 필요한 음식이 있었다. 차 한 잔을 마시며 기분을 달래기 직전이었다. 식탁에서 벽난로로 눈길을 돌리니, 거기에서는 인간이 만들 수 있는 가장 조그만 주전자 하나가 조그만 목소리로 가느다란 노래를 부르기 시작했다. 간호부장은 식탁에 팔꿈치를 기대고 불길을 가만히 바라보며 중얼거렸다.

"으음! 우리 주변엔 감사한 것이 아주 많아! 정말 많아, 그걸 깨달을 눈만 있다면. 아!"

코니 부인은 극빈자들이 무지몽매해서 이런 사실조차 모르는 걸 개탄하듯 슬픈 표정으로 머리를 흔들고는, 차 50g짜리 양철통에 (개인 재산인) 은수저를 깊숙이 찔러서 차를 만드는 과정에 열중했다.

코니 부인이 도덕적인 생각에 깊이 빠져드는 동안, 까만 찻주전자는 너무 작아서 쉽게 끓어 넘칠 수밖에 없는지라 찻물이 넘치면서 코니 부인 손을 살짝 데고 말았다. 아, 우리 마음은 연약하니, 아무것도 아닌 일에 평정심을 얼마나 많이 잃던가! 훌륭한 간호부장 역시 찻주전자를 벽난로 시렁에 급히 내려놓으며 욕설을 퍼부었다.

"빌어먹을 주전자! 바보같이 작아서 차 두 잔밖에 안 나와! 이런 걸 누가 쓰겠어?"

코니 부인이 가만히 있다가 덧붙였다.

"나처럼 불쌍하고 쓸쓸한 인생이 아니라면. 어이쿠, 내 팔자야!"

간호부장은 이렇게 말하며 의자에 철퍼덕 주저앉아서 식탁에 팔꿈치를 다시 기대고 자신의 고독한 운명을 떠올렸다. 조그만 찻주전자와 하나밖에 없는 찻잔 역시 죽은 지 스물다섯 해나 되는 남편을 떠올리며 슬픈 마음을 일깨우니, 간호부장은 완전히 압도당해서 잔뜩 골난 표정으로 중얼거리고 말았다.

"다시는 안 구할 거야! 다시는 안 구할 거야…… 저런 물건은."

남편에게 하는 말인지 찻주전자에 하는 말인지 애매했다. 하지만 후자일 가능성이 컸다. 코니 부인이 그렇게 말하면서 찻주전자를 바라보다가 손에 들었기 때문이다. 그리곤 찻잔을 입에 대려고 하는데 방문을 가만히 두드리는 소리가 일어나며 방해하는 게 아닌가! 그래서 코니 부인이 날카롭게 소리치고 말았다.

"어서 들어와! 할망구 하나가 또 죽어가나 보군. 내가 무얼 먹으려고만 들면 저렇게 죽어 나가고 지랄이야. 어서 들어와! 문을 열고 어물거려서 냉기가 들어오잖아. 이번엔 뭐가 문제야, 엉?"

"아무것도 없소, 부인, 아무것도."

사내 목소리가 대답하자, 간호부장이 깜짝 놀라며 훨씬 다정한 목소리로 물었다.

"맙소사! 범블 선생님이세요?"

"그렇소, 부인. 방문을 닫을까요, 부인?"

범블이 신발을 닦고 외투에 쌓인 눈을 털어내느라 바깥에서 어물거리다가 이제 비로소 모습을 드러내며 말하는데, 한 손에는 삼각모를 다른 손에는 보따리를 들었다.

간호부장은 선뜻 대답을 못 했다. 문을 닫은 방에서 범블과 대화를 나누는 게 부적절한 건 아닐까 걱정스러웠기 때문이다. 하지만 이렇게 망설이느라 허락조차 안 한 상태에서 범블은 너무 추운 나머지 문을 꽉 닫고 말았다.

"날씨가 정말 모지네요, 범블 선생님."

간호부장이 말하자, 하급관리가 대답했다.

"네, 정말 모질어요, 부인. 교구에 방해만 되는 날씨에요, 이건. 이렇게 저주받을 오후에 우리가 2kg 빵 스무 개와 치즈 한 개 반을 나누어주는데도 극빈자들은 여전히 불만이 가득하다오."

"당연히 그렇겠지요. 그들이 언제 만족한 적이 있나요, 범블 선생님?"

간호부장이 말하며 차를 홀짝거리자, 범블이 대답했다.

"정말 그래요, 부인! 어떤 사내에게 부인이 있는 데다 식구도 많이 딸린 걸 고려해서 2kg 빵과 치즈 500g을 통째로 주면, 그 사내가 고마워할까요, 부인? 사내가 고마워할까요? 어림 반 푼어치도 없어요! 고마워하기는커녕 이번에는 석탄을 달라고 한답니다, 부인, 손수건에 담을 만큼이라도! 석탄을! 그럼 석탄으로 무얼 할까요? 그걸로 치즈를 굽고 또 찾아와서 또 달라고 하겠지요. 그게 그 사람들 수법이에요, 부인. 오늘 앞치마 가득 석탄을 주면 하루 이틀이 지난 다음에 다시 찾아와서 또 달라고 하는 거요, 석고처럼 뻔뻔한 얼굴로."

간호부장은 알기 쉬운 비유에 전적으로 공감한다는 표정을 떠올리고, 하급관리는 계속 말했다.

"그제는 정말 어이없는 일을 겪었답니다. 한 사내가 – 결혼하신 분이니까 이렇게 말해도 될 것 같은데, 부인 – 등에 거적때기 하나만 간신히 두른 사내가 (여기에서 코니 부인은 시선을 바닥으로 내리깔고) 우리 감독관 집으로 찾아가 때마침 저녁 식사를 들려고 잔뜩 찾아온 손님들 앞에서 도와달라며 구걸한 거예요, 코니 부인. 그러면서 안 나가겠다고 버티니, 손님들이 커다란 충격을 받아, 우리 감독관은 감자 500g과 곱게 빤 밀가루 200g을 주었답니다. 그러니까 배은망덕한 악당이 이렇게 말한 거예요. '맙소사! 이걸 누구 코에 붙이라는 겁니까? 차라리 나에게 쇠테 안경을 주는 게 낫겠습니다!' 그래서 우리 감독관은 준 것을 다시 빼앗으며 대답했어요. '좋소, 그럼 우리가 줄 수 있는 건 하나도 없소.' 그러자 악당이 '그렇다면 길거리에서 죽어버리겠소' 하고 말하니까, 우리 감독관은 '아니오, 당신에겐 그럴 용기조차 없소'라고 대답했답니다."

"하! 하! 하! 정말 잘하셨네요. 그라넷 나리다워요, 그죠? 그래서 어떻게 됐나요, 범블 선생님?"

간호부장이 끼어들자, 하급관리가 대답했다.

"으음, 부인. 그자는 그냥 돌아갔답니다. 그리고 길거리에서 진짜로 죽어버렸지요. 그렇게 악독한 극빈자는 처음이라오."

"정말 믿기 힘든 일이 벌어졌네요. 하지만 극빈자가 집을 찾아다니며 구걸하는 걸 돕는 행위는 정말 나쁜 거 아닌가요, 범블 선생님? 선생님은 경험이 많으셔서 잘 아실 테니까 말씀해 주세요."

간호부장이 강하게 힘주며 말하자, 하급관리는 지식에서 월등하다고 느끼는 사람이 흔히 떠올리는 미소를 머금으며 대답했다.

"코니 부인, 극빈자가 집을 찾아다니며 구걸하는 걸 제대로 돕기만 한다면, 정말 제대로 돕는다면, 부인, 교구 입장에서 좋은 거랍니다. 중요한 건 극빈자에게 아무런 필요도 없는 것만 준다는 대원칙을 지키는 거예요. 그들이 완전히 지쳐서 다시는 안 찾아오도록 말이에요."

"맙소사! 정말 좋은 방법이네요!"

코니 부인이 감탄하자, 범블이 대답했다.

"그렇소. 당신이니까 하는 말인데, 부인, 그건 아주 중요한 원칙이라오. 그래서 병든 일가족에게 치즈 조각을 주었다는 대담한 기사가 신문에 실리는 거라오. 요새는 그게 전국 어디에서나 통하는 원칙이니 말이오, 코니 부인."

그러더니 잠시 멈추고 보따리를 풀다가 다시 말했다.

"하지만 그건 공무상 비밀이니, 부인, 어디에서도 말하면 안 된다오,

우리 같은 교구 관리 사이가 아니라면 말이오. 그리고 이건 이사회에서 환자용으로 주문한 적포도주라오, 부인. 진짜 제대로 만든 신선한 적포도주, 오늘 오후에 통에서 막 꺼낸 거라 불순물 하나 없이 해맑은 포도주 말이오!"

범블은 첫 번째 병을 들고 불빛에 비치며 이리저리 흔들어서 매우 훌륭한 포도주란 사실을 확인하곤, 병 두 개를 서랍장 꼭대기에 올려놓고 그걸 싸온 보따리를 잘 접어서 주머니에 조심스럽게 넣더니, 바로 떠날 것처럼 모자를 집었다.

"가시는 길이 몹시 춥겠네요, 범블 선생님."

간호부장이 말하자, 범블은 외투 목깃을 세우며 대답했다.

"양쪽 귀가 떨어져 나갈 정도로 바람이 심하다오, 부인."

간호부장은 조그만 찻주전자와 하급관리를 번갈아 쳐다보더니, 하급관리가 문가로 가다가 작별인사를 하려고 헛기침할 때 혹시 차 한 잔 드시지 않겠느냐고 수줍은 표정으로 물었다.

범블은 그 즉시 목깃을 다시 내리고 모자와 지팡이를 의자에 내려놓더니 다른 의자를 끌고 식탁으로 다가왔다. 그래서 천천히 앉으며 가만히 바라보니, 간호부장은 시선을 피한 채 조그만 찻주전자만 쳐다보고, 범블은 다시 헛기침하며 살며시 웃었다.

코니 부인이 벽장으로 가서 찻잔과 받침 접시를 하나씩 가져왔다. 그리곤 의자에 다시 앉다가 남자다운 하급관리와 시선이 다시 마주치자, 얼굴을 붉히며 차를 만드는 작업에 열중했다. 범블은 다시 헛기침하는데, 이번에는 아까보다 훨씬 컸다.

"달게 탈까요? 범블 선생님?"

간호부장이 물으며 설탕 그릇을 들어 보였다.

"아주 달콤하게요, 부인."

범블이 대답하면서 두 눈으로 코니 부인을 뚫어져라 바라보았다. 눈길이 부드러운 하급관리가 있다면 그건 바로 지금 범블을 두고 하는 말이었다.

간호부장은 차를 타서 말없이 건네고, 범블은 짧고 멋진 바지에 빵가루가 떨어져 더럽히지 않도록 보자기를 펴서 양 무릎을 덮은 후에 비로소 먹고 마시기 시작하더니, 깊은 한숨을 가끔 내쉬는 식으로 분위기를 다양하게 만드는데, 이런 게 식욕에 부정적인 영향을 미치기는커녕 정반대로 차와 토스트 맛을 한층 더 돋우는 것 같았다.

"고양이 어미랑 새끼를 키우시는 것 같군요, 부인."

범블이 말하며 벽난로 앞에서 어미가 새끼들에게 둘러싸여 불 쬐는 모습을 힐끗 쳐다보자, 간호부장이 대답했다.

"저는 선생님이 생각할 수도 없을 정도로 고양이를 좋아한답니다. 고양이는 아주 명랑하고 유쾌하고 쾌활하여 저에게 정말 좋은 동무가 되거든요."

"정말 좋은 동물이네요, 부인. 매우 가정적이기도 하고."

범블이 긍정적으로 대답하자, 간호부장은 아주 열정적으로 말했다.

"그럼요! 고양이가 집을 굉장히 좋아해서 정말 다행이랍니다."

그러자 범블이 찻숟갈로 박자를 맞추며 천천히 말했다.

"제가 말하고 싶은 건, 부인, 어미 고양이든 새끼 고양이든 당신과 함께 살면서, 부인, 집을 좋아하지 않는다면 그건 정말 멍청한 놈이 분명하다는 겁니다."

"어머나, 범블 선생님!"

코니 부인이 항의하는데도 범블은 우아한 추파를 던져서 한층 더 깊은 인상을 주는 식으로 찻숟갈을 천천히 휘두르며 말했다.

"명백한 사실을 숨기는 건 아무런 소용도 없다오, 부인. 그런 놈이 있다면 언제라도 내 손으로 강물에 던져버리고 말겠소."

그러자 간호부장이 하급관리에게 찻잔을 받으려고 한 손을 내밀며 쾌활하게 말했다.

"그렇다면 선생님은 잔인한 사람이로군요. 냉정한 사람이기도 하고."

"내가 냉정해요, 부인? 냉정하다……."

범블이 말하다가 입을 꾹 다물고 찻잔을 내밀면서 그걸 받는 코니 부인 새끼손가락을 지그시 누르더니, 레이스가 달린 조끼를 양손 손바닥으로 툭툭 때리다가 커다란 한숨을 내쉬며 의자를 끌어당겨 불가에서 살짝 물러났다.

원형 식탁이라 코니 부인과 범블은 벽난로 바로 앞 그리 멀지 않은 거리에서 서로를 마주 보고 앉았으니, 범블이 식탁에 바싹 달라붙은 상태로 불가에서 멀어지며 자신과 코니 부인 사이를 조금이라도 더 벌리려고 애쓰는 걸 보고 총명한 독자들 가운데에는 범블이 정말 신사답게 행동한다는 생각에 존경하는 마음조차 생길 수도 있을 것이다. 남자라면 시간과 장소와 분위기에 영향을 받아서 나름대로 실없는 소리를 하며 이성을 유혹하는 게 일반인데, 생각도 없고 경박한 사람이 이런 소리를 하는 건 잘 어울릴지 몰라도 판사나 국회의원이나 장관이나 시장을 비롯한 고위공직자가 이런 소리를 하면 체통이 끝없이 떨어질 수밖에 없고 하급관리 역시 이런 소리를 하면 엄숙한 품위에 커다란 손상을 입을 수밖에 없으니, 모두가 잘 아는 것처럼 하급관리는 누구보다도 엄격하고 완고해야 하는 자리기 때문이다.

하지만 범블이 어떤 의도로 그런 것이든 최선책이란 사실은 의심할 여지가 없는데, 앞에서 두 번이나 언급한대로 불행하게도 식탁이 동그랗게 생긴 터라, 결과적으로 범블이 의자를 계속 조금씩 움직이는 사이에 두 사람이 떨어진 거리는 반대편에서 점차 줄어들더니, 동그란 식탁을 따라 쭉 이동한 의자는 마침내 간호부장이 앉은 의자 바로 옆으로 다가가고 말았다. 그래서 실제로 두 의자는 서로 맞닿고, 그제야 비로소 범블은 이동을 멈췄다.

이제 간호부장은 오른쪽으로 의자를 움직인다면 불에 탈 수밖에 없고 왼쪽으로 움직인다면 범블 품에 안길 수밖에 없었다. 분별력이 뛰어난 간호부장은 이런 결과를 단번에 깨닫고, 자신이 있던 자리를 그대로 유지하며 범블에게 차를 한 잔 더 건넸다.

"내가 냉정한가요, 코니 부인?"

범블이 숟갈로 차를 휘저으며 묻더니, 간호부장 얼굴을 쳐다보며 다시 물었다.

"그럼 당신도 냉정한가요, 코니 부인?"

"맙소사! 독신 남성이 하기엔 정말 괴상한 질문이네요. 알고 싶은 게 무언가요, 범블 선생님?"

하급관리는 차를 마지막 한 방울까지 쭉 들이켜고 토스트 하나를 깨끗이 먹어치우더니, 양쪽 무릎에서 부스러기를 털어내고 입술을 닦은 다음, 간호부장에게 침착하게 키스했다.

"범블 선생님! 소리를 지르겠어요!"

분별력이 뛰어난 간호부장은 속삭이듯 다그쳤다. 너무 놀란 나머지 목소리가 안 나왔기 때문이다. 하지만 범블은 아무런 대답도 않고 정말 느긋하고 당당하게 간호부장 허리를 한쪽 팔로 휘감았다.

간호부장은 소리 지르겠다는 의도를 이미 알렸으니 상대가 또 대담하게 행동하는 순간에 비명을 지르는 게 당연하겠지만 바로 그 순간에 방문을 급히 두드리는 소리가 일어나서 그런 수고를 불필요하게 만들었다. 그 소리가 일어나는 순간에 범블은 포도주병을 놓은 곳으로 쏜살같이 달려가서 먼지를 열심히 닦고, 간호부장은 누구냐고 날카롭게 물었다. 갑작스럽게 놀라는 건 극단적인 공포를 물리적으로 반감하는 효과가 있다는 재미있는 사례로 언급할 가치가 충분하다. 간호부장 역시 사무적이고 퉁명스런 목소리를 단숨에 되찾았기 때문이다.

극빈자 노파 한 명이 말라비틀어져서 끔찍하게 추악한 얼굴을 문가로 밀어 넣으며 말했다.

"실례합니다만, 마님, 샐리 할멈이 죽으려고 합니다."

"그게 나랑 무슨 상관인데? 나보러 살려내라는 거야?"

간호부장이 화난 어조로 묻자, 할머니가 대답했다.

"아닙니다, 마님. 죽는 사람을 어떻게 살리겠습니까. 샐리 할멈은 이제 손쓸 단계를 훨씬 지났습니다. 갓난아기부터 힘센 장정에 이르도록 사람 죽는 걸 숱하게 보아온 터라 저는 죽음이 다가오는 걸 단번에 알 수 있답니다. 하지만 샐리 할멈은 마음속에 근심이 있어요. 힘들게 죽어가느라 극히 드물긴 하지만 가끔 발작을 멈출 때면 말할 게 있다고, 마님이 꼭 들어야 한다고 한답니다. 마님이 오기 전까진 절대로 죽을 수 없다면서 말입니다."

이 말을 듣고 훌륭하신 코니 부인은 상급자를 괴롭히지 않으면 죽을 수도 없는 할망구에게 갖가지 욕설을 중얼거리며 두꺼운 숄을 급히 집어서 몸을 감싸더니, 무슨 일이 일어날지 모르니까 자신이 돌아올 때까지 기다리라고 범블에게 부탁했다. 그리고 극빈자 할머니에게 빨리 걸으라고, 계단에서 밤새도록 비틀댈 거냐고 다그치며 정말 못마땅한 자세로 밖으로 나가더니, 뒤를 따르는 내내 잔소리를 퍼부었다.

혼자 남은 범블은 다소 이해할 수 없는 행동을 시작했다. 찬장을 열어서 찻숟가락을 세고 각설탕 집게를 들어서 무게를 재고 진짜 은인지 확인하는 차원에서 은제 우유 단지를 자세히 살피는 식으로 호기심을 채우더니, 삼각모를 삐딱하게 쓰고 엄숙하게 춤추며 식탁을 네 바퀴나 돌았다. 그래서 특별한 공연을 모두 마치자, 삼각모를 다시 벗고 벽난로 앞에 등을 대며 몸을 쭉 펴는 걸 보면 가구목록을 구체적으로 따져보는 것 같았다.

CHAPTER XXIV

극히 불쌍한 문제를 다루는데, 짧은 내용이지만 이번 회고록에서 커다란 비중을 차지할 수도 있다

간호부장을 찾아와서 정적을 깨뜨린 노파는 죽음의 전령으로 딱 어울리는 사람이었다. 나이를 먹어서 허리는 굽고, 힘이 없어서 사지는 덜덜 떨고, 계속 웅얼거리면서 곁눈질하는 바람에 얼굴은 찌그러진 게 자연이 만든 작품이라기보다는 인간이 연필을 마구 끄적거린 기괴한 형상 같았다.

자연이 만든 얼굴은 그대로 남아서 아름다운 모습으로 우리를 기쁘게 하는 경우가 거의 없으니, 아아 슬프도다! 세상에 만연한 근심과 슬픔과 굶주림은 마음을 바꾸듯 겉모습도 바꾸어, 모든 고뇌를 영원히 내려놓고 깊은 잠에 빠져든 다음에야 비로소 걱정스러운 구름이 걷히고 하늘을 선명하게 드러내는구나. 사람이 죽으면 얼굴은 딱딱하게 굳어도 아기가 잠자는 표정이 오랜만에 나타나며 세상에 처음 태어난 모습으로 돌아가는 법이니, 참으로 차분하고 평화로운 모습이 다시 떠오르면 고인이 행복하게 살아가던 어린 시절을 아는 사람은 지상에 다시 등장한 천사 얼굴을 경외감 어린 표정으로 바라보며 관 옆에 무릎을 꿇는다.

어쨌든 늙은 쭈그렁 할멈은 비틀걸음으로 복도를 따라가다가 간호부장이 계단을 오르면서 웅얼대는 식으로 꾸짖는 소리에 애매하게 대답하더니, 결국에는 숨이 가빠서 더는 못 가겠다며 등불을 넘겨주고 뒤에 남아서 힘이 닿는 대로 쫓아가겠다고 말해, 훨씬 민첩한 상급자는 병든 할멈이 누운 방으로 혼자서 다가갔다.

세간살이 하나 없는 다락방으로, 건너편 끝에서 희미하게 타오르는 등잔불 하나가 전부였다. 침대 옆은 또 다른 할멈 간호사가 지키고 교구 약제사 도제는 벽난로 앞에서 깃 촉으로 이쑤시개를 만들다가 간호부장이 들어오는 걸 보고 아는 척하며 말했다.

"추운 밤이네요, 코니 부인."

"정말 춥네요, 선생."

간호부장이 정중하게 대답하고 무릎을 꾸부리며 인사하자, 약제사 도제는 녹슨 부지깽이로 불길 꼭대기에서 덩어리진 석탄을 깨뜨리며 말했다.

"업자에게 좋은 석탄을 대라고 말해야 하겠어요. 이런 건 이렇게 추운 밤에 아무런 소용도 없답니다."

"그런 건 이사회에서 결정한답니다, 선생. 우리도 매우 힘들게 지내니, 이사회에서는 이들이 따듯하게 지내는데 아무런 관심도 없겠지요."

간호부장이 대답한 직후에 아픈 할멈이 신음해서 대화는 멈추고, 젊은 도제는 환자를 지금까지 까마득히 잊었다는 표정으로 침대를 향해 얼굴을 돌리며 말했다.

"아! 이제 저쪽은 거의 끝나가네요, 코니 부인."

"그런가요, 선생?"

간호부장이 묻자, 약제사 도제는 이쑤시개 끝을 열심히 다듬으며 대답했다.

"아무리 길어도 두 시간을 넘기진 않을 겁니다. 속이 완전히 망가졌거든요. 환자가 지금 정신은 있소, 할멈?"

옆에서 지키던 할멈 간호사가 허리를 숙여서 침대를 살피더니, 아니라는 표정으로 고개를 젓자, 젊은 도제가 다시 말했다.

"그렇다면 그냥 떠날 수도 있겠군, 누가 야단법석만 안 피운다면. 등불을 내려놓으세요. 그래야 간호부장께서 볼 수 있을 테니까요."

할멈 간호사는 시킨 대로 하면서도 여자는 그렇게 쉽게 죽지 않는다는 뜻으로 머리를 절레절레 흔들더니, 임무를 다 마치고 원래 자리로 돌아가, 그사이에 돌아온 다른 할멈 간호사 옆에 앉았다. 그래서 간호부장은 짜증스런 표정으로 숄을 바싹 두르고 침대 끝에 앉았다.

약제사 도제는 이쑤시개를 다 만들자 벽난로 불길 앞에 틀어박혀서 십 여분 동안 맘껏 사용하더니, 정말 따분해서 못 견디겠다는 듯 코니 부인에게 수고하라 말하고 살며시 사라졌다.

그래서 모두 가만히 침묵하며 앉았는데, 할멈 간호사 두 사람이 침대 옆에서 일어나 벽난로 쪽으로 몸을 숙인 채 말라비틀어진 손을 내밀어서 열기를 낚아챘다. 그러자 불꽃은 잔뜩 쪼그라든 얼굴에 괴기한 빛을 비춰서 그렇지 않아도 추한 얼굴을 더욱 끔찍하게 만들고, 두 사람은 이런 자세로 나지막한 대화를 나누기 시작했다.

"내가 없는 사이에 환자가 무슨 말을 더 했어, 애니?"

전갈하러 다녀온 할멈 간호사가 묻자, 상대편이 대답했다.

"단 한마디도 안 했어. 한동안 자기 팔을 꼬집고 할퀴더니, 내가 두 손을 잡으니까 바로 잠들더군. 환자는 힘이 하나도 없어서 내가 쉽게 진정시켰어. 비록 교구 배급으로 먹고사는 처지지만 그래도 나는 할멈치고 힘이 약한 편은 아니거든. 그럼, 그렇고말고!"

"환자에게 데운 포도주는 먹였어, 의사가 먹이라고 한 거?"

첫 번째 할멈이 묻자, 다른 할멈이 대답했다.

"먹이려고 하는데 환자가 이를 앙다물고 머그잔을 단단히 붙잡는 바람에 도저히 먹일 수 없어서 그냥 빼냈어. 그리고 내가 마셨지. 정말 좋더군!"

두 할멈은 주변을 조심스레 둘러보아 엿듣는 사람이 없다는 사실을 확인하곤 불길 쪽으로 몸뚱이를 움츠려서 킥킥거리며 마음껏 웃었다.

"저 할멈도 똑같은 짓을 하고 신나서 농담을 지껄여대던 때가 생각나는구먼."

첫 번째 할멈이 말하자, 두 번째 할멈이 대답했다.

"그래, 그럴 때가 있었지. 저 할멈은 성격이 쾌활했어. 작업대에 누인 시신을 밀랍인형처럼 말끔하고 깨끗하게 많이도 닦았지. 나 역시 그런 광경을 늙은 눈으로 수없이 바라보고…… 아, 늙은 손으로 매만지기도 했으니까. 옆에서 수십 번 거들어야 했거든."

할멈은 이렇게 말하면서 덜덜 떨리는 손가락을 앞으로 쭉 내밀고 의기양양하게 흔들다가 주머니를 뒤지더니, 양철로 만든 게 낡아서 색깔이 바랜 코 담뱃갑을 꺼내 이리저리 흔들어 상대가 내민 손바닥에 소량을 떨어뜨리고 자기 손바닥에도 소량을 떨어뜨렸다. 두 할멈이 이런 일에 열중하는 동안 간호부장은 죽어가는 노파가 혼수상태에서 깨어나기만 초조하게 기다리다가 따뜻한 불가로 다가가서 얼마나 오래 기다려야 하느냐고 날카롭게 물었다. 그러자 두 번째 할멈이 고개를 들고 쳐다보며 대답했다.

"오래 걸리지 않을 겁니다, 마님. 우리 가운데 누구도 죽음을 오래 기다릴 필요는 없답니다. 인내하세요, 인내! 그러다 보면 죽음이 순식간에 찾아오니까요."

"닥쳐, 망령 들린 할망구야!

간호부장이 날카롭게 소리치더니, 다시 엄한 목소리로 물었다.

"당신, 마서, 대답해. 저 할멈은 전에도 이런 상태였나?"

"툭 하면요."

첫 번째 할멈이 대답하자, 두 번째 할멈이 덧붙였다.

"하지만 다시는 못 그럴 겁니다. 딱 한 번 더 깨어나겠지만, 마님, 오래가지 않으니까요!"

그러자 간호부장이 딱딱거리며 말했다.

"짧든 길든, 환자가 깨어날 즈음에 나는 여기에 없을 거야. 당신네 두 사람, 쓸데없는 일로 나를 두 번 다시 귀찮게 하지 않도록 조심해. 늙은 할망구가 여기에서 죽어가는 건 나와 상관없는 일이야. 신경 쓰고 싶지도 않고, 괜히 업무만 늘어나니까. 조심해, 버르장머리 없는 할망구들아. 나를 두 번 다시 바보로 만들면 내가 버릇을 확실히 고쳐놓겠어. 지금 당신들에게 경고하는 거야!"

이렇게 말하곤 밖으로 나가려는 찰나에 두 할멈이 침대 쪽을 쳐다보며 비명을 내질러서 간호부장 역시 뒤를 돌아볼 수밖에 없었다. 환자가 몸을 똑바로 일으켜 세워서 사람들에게 두 팔을 내민 것이다. 그러다가 공허한 목소리로 물었다.

"저건 누구야?"

"쉿, 쉿! 그냥 누워, 어서 누워!"

할멈 간호사 한 명이 환자에게 말하며 허리를 숙이자, 환자가 버티면서 말했다.

"이제 나는 살아서 두 번 다시 안 누워! 저 여자에게 할 말이 있어! 이리와! 더 가까이! 당신 귀에다 속삭이도록."

환자는 간호부장 팔을 꼭 움켜잡고 침대 옆 의자에 억지로 앉혀서 말을 하려다가 고개를 돌리더니, 할멈 간호사 두 명이 열심히 들으려는 자세로 허리를 숙인 걸 발견하곤 힘없는 어투로 말했다.

"저 할망구들을 내보내. 서둘러! 어서!"

쭈그렁 할멈 두 명은 가련한 표정으로 서로 장단을 맞추며, 불쌍한 친구가 정신이 가물가물해서 제일 친한 친구도 못 알아본다고 한탄하더니, 자신들은 아픈 친구 곁을 결코 떠날 수 없다는 말을 잡다하게 늘어놓자, 상급자는 등을 떠밀어서 밖으로 내보낸 다음에 방문을 닫고 침대 옆으로 돌아왔다. 두 할멈은 밖으로 쫓겨나자 열쇠 구멍에 대고 어투를 바꿔서 샐리 할멈이 취했다고 소리치는데, 그럴 법도 한 것이 약제사가 아편을 처방해서 먹인 데다 훌륭한 할멈 간호사 두 명이 너그러운 마음씨로 진 칵테일까지 남몰래 먹였기 때문이다.

하지만 죽어가는 할멈은 커다랗게 말하는데, 마지막 기운까지 불러 모으려고 엄청나게 애쓰는 것 같았다.

"이제 내 말 잘 들어. 예전에 나는 바로 이 방, 바로 이 침대에서 젊고 아름다운 아가씨를 간호했어. 오랫동안 걷느라 발바닥이 갈라지고 찢어져서 피와 흙으로 가득했지. 젊은 여자는 사내아이를 낳았어, 그리고 죽었지. 어디 보자…… 그때가 몇 년이더라!"

"몇 년이면 어때? 그 여자가 어땠다는 거야?"

간호부장이 성급한 어투로 묻자, 환자는 힘이 다시 떨어지는 표정으로 웅얼거렸다.

"응? 그 여자가 어땠느냐고? 어쨌더라…… 그래!"

환자가 소리치며 벌떡 일어나더니, 얼굴은 벌겋게 달아오르고 두 눈은 금방이라도 튀어나올 것 같은 표정으로 다시 말했다.

"그래, 내가 여자 물건을 훔쳤어, 실제로! 여자 몸뚱이가 차갑게 식기도 전에……. 내가 분명히 말하는데 몸뚱이가 식지도 않았다고, 내가 그걸 훔칠 때!"

"도대체 무얼 훔쳤다는 거야?"

간호부장이 사람이라도 부를 것처럼 소리치자, 환자는 한 손으로 상대편 입을 막으며 대답했다.

"그것! 젊은 여자가 가지고 있던 유일한 물건. 젊은 여자는 몸을 따듯하게 감쌀 옷도 필요하고 먹을 음식도 필요한데 그 물건을 안 팔고 고이 간직했어, 그래서 자기 가슴에 걸었어. 내가 분명히 말하는데, 그건 황금이야! 훌륭한 황금, 목숨도 살릴 수 있는 황금!"

"황금!"

간호부장이 말을 받더니, 뒤로 쓰러지는 할멈에게 몸을 숙이며 열심히 물었다.

"계속 말해, 계속…… 그래…… 그게 뭐지? 누구 엄마였지? 그게 언제지?"

"젊은 여자는 나에게 잘 간직하라고 했어. 주변에 여자라곤 나밖에 없어서 나에게 맡긴 거야. 하지만 나는 젊은 여자 목에 대롱대롱 달린 걸 처음 본 순간에 마음속으로 이미 그걸 훔쳤어. 어쩌면 젊은 여자가 죽은 게 나 때문일 수도 있어. 사람들이 모든 사정을 알았더라면 아이에게 훨씬 잘했을 거야!"

할멈이 이렇게 대답하는 동안에도 앓는 소리는 끊임없이 흘러나오고, 상대편은 계속 다그쳤다.

"어떤 사정? 어서 말해!"

하지만 할멈은 상대가 묻는 말에 아무런 관심도 안 보이고 두서없는 얘기만 늘어놓았다.

"아이는 자기 엄마를 꼭 빼닮으며 자라서, 나는 그 얼굴을 볼 때마다 당시에 있었던 일이 떠올랐어. 불쌍한 여자! 불쌍한 여자! 그토록 젊었는데! 양처럼 순했는데! 잠깐. 말할 게 또 있어. 내가 다 얘기한 건 아니지, 그지?"

죽어가는 할멈이 뱉어내는 소리가 희미하게 줄어들자 간호부장은 한마디라도 더 들으려고 귀를 갖다 대며 대답했다.

"그래, 그래. 어서 말해, 너무 늦기 전에!"

그러자 할멈이 훨씬 격렬하게 애쓰며 대답했다.

"아이 엄마는 죽음의 고통이 처음 다가온 순간에 아기가 무사히 살아서 성장한다면 가련한 엄마 이름을 듣고 자랑스럽게 여길 날이 있을 거라고 내 귀에 속삭였어. 그런 다음에 가녀린 손을 하나로 모으며 기도했어. '아, 친절하신 하느님! 우리 아기가 사내든 여자든 험한 세상을 제대로 살아가도록 여러 벗을 만들어주소서, 아무런 은총도 없이 세상에 버려진 외롭고 쓸쓸한 아이를 가엽게 여기소서!' 하고 말이야."

"아이 이름은?"

간호부장이 묻자, 할멈은 힘없이 대답했다.

"사람들이 올리버라고 불렀어. 내가 훔친 황금은……."

"그래, 그래…… 황금은?"

간호부장이 간절하게 묻고는 대답을 들으려고 귀를 바싹 갖다 대다가 본능적으로 물러났다. 할멈이 다시 천천히 뻣뻣하게 일어나 앉더니 두 손으로 시트를 움켜잡고 목구멍으로 알아들을 수 없는 소리를 웅얼대다가 그대로 죽으며 침대에 쓰러졌기 때문이다.

방문이 열리자마자 할멈 간호사 두 명이 황급히 들어오더니, 한 명이 중얼거렸다.

"완전히 죽었어!"

"꼭 들어야 할 내용도 없더구먼."

간호부장이 말하며 아무런 관심도 없다는 표정으로 나가니, 두 할멈 간호사는 이제부터 끔찍한 일을 본격적으로 해치울 준비를 해야 한다는 사실에 압도당해 아무런 대답도 못 한 채 시신 옆을 서성였다.

CHAPTER XXV

유대인 영감 일당 이야기로 다시 돌아가다

지방 구빈원에서 이런 일이 벌어질 때 페이긴 영감은 낸시가 올리버를 데려간 바로 그 낡은 소굴에 앉아서 연기만 나는 희미한 불길을 바라보며 깊은 생각에 잠겼다. 무릎에 풀무 한 쌍을 올려놓은 걸 보면 그걸로 불길을 활발하게 지피려고 하다가 깊은 생각에 빠져들어 두 팔을 풀무에 얹고 양손 엄지손가락으로 턱을 받친 채 녹슨 벽난로 울타리만 멍하니 바라보는 게 분명했다.

페이긴 영감 뒤편 탁자에서는 '미꾸라지'와 찰리 베이츠와 치틀링이 휘스트 카드놀이에 열중하는데, 네 명이 하는 놀이라서 '미꾸라지'가 두 사람 몫을 담당하며 찰리 베이츠와 치틀링을 상대했다. '미꾸라지'는 얼굴이 언제나 유난히 영리하게 보이는데, 카드가 돌아가는 걸 자세히 살피고 치틀링이 손에 든 패를 읽을 때는 흥미진진한 표정까지 어리니, 카드를 돌릴 때마다 진지한 눈길을 다양하게 던져서 상대가 가진 패를 파악하는 식으로 게임을 유리하게 풀어나갔다. 정말 추운 밤이라

'미꾸라지'는 실내에서 흔히 그러던 습관대로 모자를 쓰고 입에는 도자기 파이프를 물었는데, 탁자에 올려놓은 일 리터짜리 단지에서 음료수를 따라 마시느라 필요할 때만 파이프를 잠시 내려놓았다. 일행이 아무 때나 마시도록 진 칵테일을 가득 채운 단지였다.

찰리 베이츠 역시 놀이에 열중하지만 능숙한 친구보다 흥분을 잘하는 성격이라 진 칵테일을 마시면서 농담이나 쓸데없는 말을 늘어놓는 게 눈에 훨씬 많이 띄니, 이는 과학적인 삼판양승제에 극히 불리했다. 실제로 '미꾸라지'가 아주 가까운 사이답게 그런 자세는 부적절하다는 사실을 진지한 어투로 여러 차례 경고했으나, 찰리 베이츠는 좋은 쪽으로만 받아들이며 친구에게 "날려버려라"느니, 머리를 자루에 넣으라는 식으로 익살떨며 화제를 말끔하게 돌려서 재미있는 방식으로 회피하는 모습에 치틀링은 마음속으로 감탄하지 않을 수 없었다. 그런데 놀라운 건, 찰리 베이츠와 치틀링이 항상 진다는 사실, 그래서 판이 끝날 때마다 찰리 베이츠는 요란하게 웃으면서 이렇게 재미있는 게임은 생전 처음이라고 떠들어대는 걸 보면 화가 나기는커녕 정말 즐거워하는 것처럼 보인다는 사실이었다.

"삼판양승제에서 두 판을 내리 이겼어. 너처럼 언제나 이기는 놈은 생전 처음 봐, '미꾸라지'. 찰리랑 나는 카드가 좋아도 제대로 활용을 못 하는데."

치틀링이 실망한 얼굴로 말하며 안주머니에서 은화 한 냥을 꺼냈다.

이런 말을 한 사람 때문인지 후회막급인 어투 때문인지 찰리 베이츠가 재미있다는 표정으로 잇따라 커다랗게 웃어서 유대인 영감에게 몽상에서 깨어나며 무슨 일이냐고 묻도록 만들더니, 이렇게 소리쳤다.

"무슨 일이냐고요, 할아버지? 카드놀이 하는 모습을 직접 보아야 했어요. 치틀링 형이 한 번도 못 이겼거든요, 치틀링 형은 나와 한

편을 먹고 '미꾸라지'는 일인이역을 하는데도."

유대인 영감이 씩 웃어서 자신은 그럴 수밖에 없는 이유를 잘 안다는 표정으로 말했다.

"그래, 그래! 다시 해보렴, 치틀링. 다시 해봐."

"고맙지만 이제는 안 할래요, 페이긴 할아버지. 이 정도면 충분해요. '미꾸라지'는 운이 너무 좋아서 도무지 상대할 방법이 없어요."

치틀링이 말하자, 유대인 영감이 대답했다.

"하! 하! 하! 네가 '미꾸라지'를 이기려면 꽤 이른 새벽에 일어나야 할 거야!"

"이른 새벽이요? 저 애를 이기려면 밤새 구두를 신고 눈에 망원경을 쓰고 목에는 조그만 쌍안경까지 달아야 한다고요!"

찰리 베이츠가 말하자, '미꾸라지'는 이렇게 멋들어진 칭찬을 아주 담담하게 받아들인 다음, 패를 떠서 그림카드가 제일 먼저 나온 사람에게 은화 한 냥씩 주는 놀이를 하자고 제안했다. 하지만 제안을 받아들인 사람은 하나도 없고 도자기 파이프에 든 담배도 모두 태운 터라, 놀음 칩으로 사용하던 분필 조각을 집어서 탁자에다 뉴게이트 교도소 평면도를 그리며 날카로운 휘파람을 부는 식으로 혼자서 재미있는 시간을 보냈다. 그래서 오랜 침묵이 흐르는 가운데 '미꾸라지'가 하던 일을 갑자기 멈추고 치틀링에게 말했다.

"형은 정말 따분해! 지금 형이 무슨 생각을 한다고 보세요, 페이긴 할아버지?"

그러자 유대인 영감은 풀무질하다가 고개를 돌리고 쳐다보며 되물었다.

"그걸 내가 어떻게 알겠니, 얘야? 아마 돈 잃은 거나 며칠 전에 나온 교도소 생각을 하겠지, 응? 하! 하! 하! 그렇지 않니, 얘야?"

치틀링이 막 대답하려고 하는 걸 '미꾸라지'가 재빨리 가로채며 대답했다.

"그렇지 않아요. 네가 보기엔 어때, 찰리?"

'미꾸라지'가 묻자, 찰리 베이츠가 씩 웃으며 대답했다.

"내가 보기엔 베시 누나에게 유난히 다정하게 굴더군. 얼굴이 빨갛게 달아오르는 걸 봐! 어이쿠, 정말 대단한 사건이 벌어졌군! 치틀링 형이 사랑에 빠지다니! 어이쿠, 페이긴 할아버지! 정말 대단해요!"

치틀링이 사랑의 포로가 됐다는 사실에 완전히 압도당해 찰리 베이츠는 의자에 철퍼덕 주저앉다가 균형을 잃고 한쪽으로 기울어서 바닥으로 쓰러지는데도 아무런 영향을 안 받은 듯 큰대자로 누워서 마음껏 웃어대더니, 바닥에서 일어나 원래대로 앉고 또다시 웃기 시작했다. 그러자 유대인 영감이 '미꾸라지'에게 눈짓하고 찰리 베이츠에게 나무라듯 풀무 주둥이로 톡 치며 말했다.

"얘야, 신경 쓰지 마라. 베시는 좋은 여자야. 꼭 붙잡아, 치틀링. 꼭 붙잡으라고."

그러자 치틀링이 빨갛게 달아오른 얼굴로 대답했다.

"내가 말하고 싶은 건, 그건 여기에 있는 누구도 상관할 일이 아니라는 거예요."

"그럼, 그럼. 찰리가 말하는 건 신경 쓰지 말렴. 찰리는 신경 쓰지 마. 베시는 좋은 여자야. 베시가 시키는 대로 하면, 치틀링, 한밑천 단단히 잡을 거야."

유대인 영감이 말하자, 치틀링이 대답했다.

"그래서 나도 베시가 시키는 대로 한다고요. 베시가 시키지만 않았다면 빵에도 안 갔을 거예요. 하지만 그건 할아버지에게도 좋은 일이었어요! 게다가 여섯 주는 별거 아니잖아요. 어차피 조만간에 겪을 수밖에 없는 일이라면 밖에 돌아다니고 싶은 마음이 별로 없는 겨울철에 겪는 게 훨씬 좋고요, 그죠, 페이긴 할아버지?"

"그럼, 당연히 그렇고말고."

유대인 영감이 대답하자, '미꾸라지'가 찰리와 유대인 영감에게 눈짓하며 물었다.

"베시 누나만 괜찮다면 한 번 더 들어가는 것도 상관하지 않겠네, 치틀링 형?"

그러자 치틀링이 화내며 대답했다.

"내가 말하고 싶은 건, 상관없다는 거야. 이제 됐니? 나처럼 말할 수 있는 사람 있으면 나와 보라고 하세요, 페이긴 할아버지!"

"그럼, 그럼, 그런 사람은 어디에도 없어, 치틀링. 그럴 수 있는 사람은 너 말고 단 한 명도 없단다, 얘야, 단 한 명도."

"내가 낸시를 불었다면 곧바로 나왔을 거야, 그렇지 않나요, 페이긴 할아버지? 내가 한마디만 하면 끝나는 거였다고, 그렇지 않나요, 페이긴 할아버지?"

불쌍한 얼뜨기 푼수는 잔뜩 흥분해서 계속 떠들어대고, 유대인 영감은 계속 부추겼다.

"그럼, 당연히 그렇고말고."

"하지만 나는 한 마디도 안 불었지요, 페이긴 할아버지?"

치틀링은 말을 멈출 줄 모른 채 질문을 계속 퍼붓고, 유대인 영감은 계속 대답했다.

"그럼, 그럼, 한 마디도 안 불었지. 그런 점에서 정말 용감했단다, 얘야, 정말 용감했어!"

"당연히 그렇겠지요."

치틀링이 대답하더니, 주변을 둘러보며 물었다.

"그런데 그게 웃기는 일인가요, 페이긴 할아버지?"

유대인 영감은 치틀링이 상당히 흥분했다는 사실을 알아채고 성미를 주로 건드는 찰리 베이츠에게 물어서 웃는 사람은 아무도 없다는 사실을 급히 확인하는 식으로 모두 매우 진지하다는 사실을 증명하려 애쓰고, 찰리 역시 자기 평생에 이렇게 진지한 적은 결코 없다는 대답을 하려고 입을 여는 순간에 불행하게도 마구 터져 나오는 폭소를 억누를 수 없으니, 모욕을 당한 치틀링은 아무런 예고도 없이 그대로 달려들어서 주먹을 날리고, 상대를 따돌리는 기술이 탁월한 찰리는 기회를 절묘하게 포착하며 고개를 숙이고, 주먹은 흥겨운 노신사 가슴팍에 꽂히고, 노신사는 주춤하며 벽까지 물러나서 숨을 할딱거리고, 치틀링은 난감한 표정으로 쳐다보았다. 바로 그 순간에 '미꾸라지'가 "가만! 딸랑이 소리가 들렸어" 하고 속삭이더니, 등불을 들고 계단을 살금살금 올랐다.

모두가 어둠 속에서 숨을 죽이는 사이에 종소리가 다시 몹시 짜증스럽게 일어났다. 그리고 잠시 침묵이 흐르다가 '미꾸라지'가 다시 나타나자, 페이긴 영감이 이상하단 표정으로 속삭였다.

"뭐야? 혼자야?"

'미꾸라지'는 그렇단 표정으로 고개를 끄덕이고 한 손으로 촛불을 가리더니 찰리 베이츠에게 이번에는 까불지 않는 게 좋을 거라는 사실을 손짓 발짓으로 경고했다. 이렇게 우정 어린 경고를 마친 다음에는 유대인 영감 얼굴에 시선을 고정한 채 지시가 나오기만 기다렸다.

노인은 노란 손가락을 입에 물고 곰곰이 생각하는데, 너무 긴장한 나머지 얼굴까지 움찔하는 걸 보면 최악의 사태를 예감한 것 같았다. 그러더니 마침내 고개를 추켜들며 물었다.

"지금 어디에 있지?"

'미꾸라지'는 위층을 가리키며 금방이라도 나갈 것 같은 몸짓을 했다. 그러자 유대인 영감은 말 없는 질문에 대답했다.

"그래, 이리 데려와. 쉿! 조용해, 찰리! 치틀링도 진정하고! 다른 데로 사라져, 어서!"

짧은 지시에 찰리 베이츠는 물론 조금 전까지 덤벼들던 치틀링까지 순순히 복종하며 조용히 사라지자마자, '미꾸라지'는 한 손에 등불을 든 채 계단을 내려오고 거친 작업복을 입은 사내 역시 잇따라 내려오더니 주변을 급히 둘러보고 나서 얼굴 아래쪽까지 가린 커다란 숄을 벗어서 얼굴을 드러냈다. 세수도 않고 면도도 안 해서 초췌한 표정이 퀭한 토비 크래킷이었다.

"잘 있었소, 페이긴 영감?"

훌륭한 인물이 인사하며 유대인 영감에게 고개를 끄덕이고 나서 '미꾸라지'에게 말했다.

"숄은 털모자에 넣어둬, '미꾸라지', 내가 떠날 때 쉽게 찾도록. 조심하는 게 최선이야! 자네는 머지않아서 약삭빠른 영감보다 훨씬 쓸 만한 도적이 되겠군."

이렇게 말하며 작업복을 벗어서 허리춤에 감고 의자를 벽난로 앞으로 끌어다가 두 발을 벽난로 시렁에 얹더니, 승마용 구두를 슬픈 표정으로 가리키며 말했다.

"이걸 봐, 페이긴 영감, 구두약을 바른 게 언젠지 기억도 안 나. 신을 두고 맹세하는데, 구두약을 한 방울도 못 발랐어! 하지만 그런 식으로 쳐다보지 말라고, 영감. 천천히 다 말할 테니까. 하지만 무얼 먹고 마시기 전에는 아무 말도 못 하겠어. 먹을 걸 가져오라고, 사흘 만에 처음으로 배를 가득 채우도록!"

유대인 영감이 '미꾸라지'에게 먹을 수 있는 건 모두 꺼내다가 탁자에 올려놓으란 손짓을 하고 맞은편에 앉아서 도적놈이 기운을 차리기만 기다렸다.

겉모습으로 판단하건대 토비는 서둘러서 입을 열 생각이 조금도 없었다. 그래서 유대인 영감은 상대편 표정을 가만히 바라보며 입에서 나올 내용을 상상하려고 애쓰는데, 아무런 소용이 없었다.

토비 크래킷은 몹시 지치고 피곤한 것 같으면서도 평상시처럼 현실에 만족하는 느긋한 표정도 있어, 몸에 먼지는 가득하고 수염과 구레나룻도 거칠지만 번지르르한 토비 크래킷 특유의 능글맞은 웃음은 그대로였다. 그러나 유대인 영감은 안달 나서 토비가 입에 넣는 음식을 하나하나 바라보다가 초조하고 고통스러운 표정으로 이리저리 거니는데, 그것 역시 소용이 없었다. 토비는 아무런 관심도 없다는 표정으로 음식을 마구 쑤셔 넣다가 더는 먹을 수 없을 때 비로소 '미꾸라지'에게 나가라 명령하고 방문을 직접 닫더니, 진에다 물을 섞으며 말할 준비에 들어갔다.

"무엇보다 우선, 페이긴 영감."

토비 크래킷이 입을 열자, 유대인 영감이 의자를 앞으로 잡아끌며 대답했다.

"그래, 그래!"

하지만 토비 크래킷은 말을 멈추고 물 탄 진을 한 모금 마신 다음에 정말 맛있다고 선언하더니, 두 발을 벽난로 낮은 선반에 올려서 승마용 구두와 눈높이를 같게 하고서, 다시 조용히 말했다.

"무엇보다 우선, 페이긴 영감, 빌은 잘 있나?"

"뭐!"

유대인 영감이 비명을 지르며 자리에서 벌떡 일어나고, 토비 크래킷은 얼굴색이 창백하게 변하며 중얼댔다.

"설마……."

그러자 유대인 영감이 발로 바닥을 사납게 구르며 소리쳤다.

"설마라니! 그렇다면 지금 두 사람이 어디에 있다는 거야? 빌 사익스와 올리버가! 지금 어디에 있느냐고? 두 사람은 어디로 간 거야? 도대체 어디에 숨은 거야! 여기로 안 오는 이유가 뭐냐고?"

"집털이는 실패했어."

토비가 힘없이 말하자, 유대인 영감이 주머니에서 신문조각을 꺼내서 보여주며 말했다.

"나도 알아. 그밖엔?"

"사람들이 총을 쏘아서 애가 맞았어. 우리는 아이를 양쪽에서 붙잡고 뒤쪽 벌판으로 튀어서 곧장 가로지르며 울타리랑 도랑을 넘었어. 사람들이 계속 쫓아왔지. 제기랄! 마을 전체가 깨어나고 개들도 몰려오고."

"아이는!"

"빌이 아이를 등에 업고 바람처럼 내달렸어. 그러다가 멈추고 양쪽에서 잡는데, 아이가 고개를 툭 떨구고 몸뚱이는 차갑게 변하더라고. 사람들은 바로 뒤까지 거리를 좁히고, 우리를 교수대에 올리려고 정신없이 쫓아서! 그래서 우리는 흩어졌어, 아이를 도랑에 버린 채, 살았는지 죽었는지. 내가 아이에 대해서 아는 건 이게 전부야."

유대인 영감은 더는 안 듣고 고함을 지르며 두 손으로 머리칼을 쥐어뜯더니, 방문을 나서고 대문을 뛰쳐나갔다.

CHAPTER XXVI

수상한 인물이 처음 등장해서 회고록과 떼어놓을 수 없는 음모를 꾸미다

노인은 길모퉁이에 이르러서야 토비 크래킷에게 소식을 들은 충격에서 벗어나기 시작했다. 하지만 평소와 달리 매우 빠른 속도로 마구 걸으며 앞으로 나아가고 큰길에서는 마차가 무섭게 달려드니, 길가는 사람들이 알아채고 갑자기 커다랗게 소리치는 바람에 인도로 간신히 물러날 수 있었다. 노인은 남의 눈길을 피하고자 큰길을 최대한 멀리하며 옆길과 뒷골목을 주로 지나다가 마침내 스노우 언덕에 도달했다. 그러자 조금도 머뭇거리지도 않고 대뜸 훨씬 빠르게 걷다가 어떤 길목으로 들어선 다음에 비로소 자기 집 안마당에라도 들어선 것처럼 발을 질질 끌며 느긋하게 걷는데, 숨소리도 훨씬 편하게 흘러나오는 것 같았다.

스노우 언덕과 홀본 언덕이 만나는 지점 근처에, 도심지에서 나오다 보면 오른쪽에서 사프란 꽃 언덕으로 이어지는, 몹시 좁다랗고 음침한 골목이 있다. 여기에서는 지저분한 상점이 쭉 늘어서서 크기와 모양이 다양한 중고 비단 손수건을 한 다발씩 진열하고 판매한다. 소매치기들이 훔친 손수건을 바로 여기에서 사들이는 것이다. 이런 손수건이 창문 바깥쪽 나무못에 수백 장씩 걸려서 대롱거리고 문기둥에도 나부끼고 상점 안쪽 선반에도 잔뜩 쌓였다. 필드레인은 좁은 지역이지만 이발소도 있고 다방도 있고 맥줏집도 있고 생선튀김 집도 있다. 나름대로 상가를 형성했으니, 좀도둑들이 주로 모이는 중앙시장이라고 할 수 있다. 극히 이른 새벽이나 저물녘이면 이런저런 장사꾼이 조용히 찾아와 상점 안쪽 어두컴컴한 거실에서 거래하고, 올 때와 마찬가지로 조용히 사라진다. 여기는 옷을 파는 장사꾼이든 중고구두를 파는 장사꾼이든 낡은 천을 파는 장사꾼이든 진열하는 물건 자체가 좀도둑에게 일종의 간판처럼 작용하니, 쇠로 만든 제품이나 뼈로 만든 제품은 물론 순모로 만든 제품이나 아마포로 만든 제품 역시 바로 여기에서 지저분한 지하창고에 가득 쌓인 채 녹슬거나 썩어간다.

유대인 영감이 들어선 공간은 바로 여기였다. 유명한 인물이라, 좁은 골목에 사는 창백한 주민들이 물건을 사거나 팔려고 눈을 번뜩이다가 유대인 영감이 지나가는 걸 보고 친숙하게 고개를 끄덕였다. 유대인 영감 역시 똑같이 인사해도 그 이상으로 친숙한 느낌은 안 주면서 골목 반대편 끝까지 가더니, 조그만 장사꾼 앞에서 비로소 걸음을 멈추고 말을 걸었다. 창고 입구에서 어린이용 의자에 엉덩이를 억지로 끼우고 파이프 담배를 태우던 인물이었다.

유대인 영감이 안부를 묻는 말에 존경스런 장사꾼은 이렇게 답례했다.

"아니, 페이긴 영감을 보니까 눈병까지 나을 정도로 반갑네요!"

"동네가 좀 더운 것 같군, 팔팔이."

유대인 영감이 말하며 눈썹을 추켜세우고 두 손을 교차해서 어깨에 올려놓자, 팔팔이가 대답했다.

"그래요, 전에도 그런 불평을 한두 번 들었답니다. 하지만 다시 금방 시원하게 변하지 않나요?"

유대인 영감은 그렇다는 뜻으로 고개를 끄덕이고는, 사프란 꽃 언덕 쪽을 가리키며 오늘 밤 저기에 누가 왔느냐고 물었다.

"절름발이 술집이요?"

팔팔이가 되묻고 유대인 영감은 고개를 끄덕였다.

팔팔이는 기억을 더듬으며 중얼거렸다.

"가만있자. 그래요, 내가 아는 사람은 대여섯 명 들어갔어요. 하지만 영감님이 아는 사람은 없는 것 같아요."

"빌 사익스가 없다고?"

유대인 영감이 묻는데, 잔뜩 실망한 얼굴이었다. 그러자 조그만 사내가 머리를 절레절레 흔들며 대답했다. 표정이 정말 교활했다.

"발견할 수 없으면 실종이라고 변호사들이 흔히 말하죠. 그래, 오늘 밤엔 팔만한 물건이 없나요?"

"오늘 밤엔 없네."

유대인 영감이 대답하며 발길을 돌리자, 조그만 사내가 뒤에 대고 소리쳤다.

"절름발이로 가는 건가요, 페이긴 영감? 잠깐만요! 나도 갈 테니까 같이 한잔합시다!"

하지만 유대인 영감은 뒤를 돌아보며 자신은 혼자가 좋다는 표시로 손을 흔들고, 조그만 사내는 의자에서 엉덩이를 못 빼니, 절름발이는 팔팔이 선생이 납시는 영광을 다음으로 미룰 수밖에 없었다. 의자에서 엉덩이를 빼내고 일어설 즈음에 유대인 영감은 이미 사라지고, 팔팔이 선생은 노인을 찾을 생각으로 까치발로 일어났으나 어디에서도 안 보여, 조그만 의자에 엉덩이를 다시 억지로 끼워서 앉고, 맞은편 상점 여주인과 고개를 설레설레 흔들며 의심과 불신이 가득한 표정을 주고받더니, 엄숙한 자세로 파이프를 다시 물었기 때문이다.

세 절름발이, 혹은 단골손님들에게 훨씬 익숙한 절름발이라는 상호는 예전에 빌 사익스가 개와 함께 등장한 주막이다. 유대인 영감은 계산대 사내에게 아는 척만 하고 이 층으로 곧장 올라가서 방문을 열고 안으로 살그머니 들어가더니, 한 손으로 두 눈에 그늘을 만들어서 초조하게 살피는 표정이 마치 누군가를 찾는 것 같았다.

가스등불 두 개가 실내를 밝히는데, 덧창을 확실히 틀어막고 빨간색이 흐릿한 커튼을 두텁게 쳐서 불빛이 바깥으로 새는 걸 막았다. 천장은 까맣게 칠해서 너울거리는 등불이 환하게 밝히는 것도 막고, 실내에는 담배 연기가 자욱한 나머지, 처음에는 뭐가 뭔지 구분조차 할 수 없었다. 하지만 열린 문 사이로 연기가 상당히 빠져나가면서 귀청을 때리는 소음만큼이나 혼란스럽던 사람들 머리가 조금씩 보이고 두 눈이 실내 분위기에 적응하면서 기다란 식탁에 모여든 다양한 남녀가 점차 눈에 띄기 시작했다. 식탁 머리에 앉은 사회자가 의사봉을 손에 들고, 한쪽 구석에서는 치통을 빗대서 붕대로 얼굴을 칭칭 감고 코는 시퍼렇게 멍든 음악가가 피아노를 연주했다.

유대인 영감이 살그머니 들어설 때 음악가는 일종의 전주곡으로 건반을 빠르게 누르고, 노래를 신청하는 소리는 여기저기에서 커다랗게 일어났다. 그러다가 소리가 가라앉자, 젊은 여인 한 명이 나와서 4절로 된 민요를 불러 손님들을 즐겁게 하는데, 절과 절 사이마다 피아노 연주자는 곡조를 최대한 커다랗게 연주했다. 그러다가 노래가 끝나자, 사회자는 소감을 발표하고 양옆에서는 음악가 두 명이 이중창을 자청해서 커다란 환호를 받으며 노래했다.

사람들 사이에서 현저하게 눈에 띄는 얼굴을 관찰하다 보면 호기심이 절로 일어난다. 우선, 주막 주인이자 사회를 보는 사람은 상스럽고 거칠며 몸집이 커다란 사내로 노래를 부르는 동안 두 눈을 이리저리 굴리는 게, 마음껏 즐기는 것 같으면서도 주변에서 일어나는 상황을 꼼꼼하게 살피고, 한쪽 귀는 주변에서 나오는 말을 모두 엿들었다. 바로 옆에는 가수들이 있는데, 손님들이 환호하는 소리를 전문가답게 무덤덤하게 넘기면서도 손님들이 권하는 독주를 차례대로 받아 마시고, 여기저기에서 유난히 떠들어대며 술을 권하는 손님들 얼굴에는 사악한 표정이 다양하게 틀어박혀서 혐오감을 불러일으키며 눈길을 절로 잡아끄는데, 교활한 모습과 잔인한 모습과 술주정 부리는 모습 역시 다양하면서도 또렷하게 나타났다. 여인네 가운데에는 신선한 젊음이 아직은 남았지만 바라보는 사이에 사그라질 것 같은 사람도 있고, 여자다운 흔적이 완전히 사라진 사람은 방탕하고 사악한 범죄 흔적을 역겹게 드러내고, 아직 성인이 안 된 여자는 물론 소녀티조차 못 벗은 여자도 있는데, 음산한 현장에서 가장 어둡고 슬픈 장면을 연출하는 사람은 바로 이들이었다.

유대인 영감은 노래를 계속하는 동안 감정의 동요를 조금도 안 보이며 사람들 얼굴을 하나씩 열심히 살피지만, 자신이 찾는 얼굴은 안 보이는 게 분명했다. 그러다가 사회를 보는 사내와 마침내 눈길을 마주치더니, 고갯짓을 살짝 하고는 들어올 때처럼 조용히 밖으로 나가자, 사내가 층계참까지 쫓아오며 물었다.

"무슨 일이야, 페이긴 영감? 우리랑 놀지그래? 모두 좋아할 거야."

유대인 영감은 조급한 표정으로 머리를 흔들며 속삭였다.

"그자는 여기에 있나?"

"아니."

"그럼 바니 소식은 없나?"

유대인 영감이 묻자 절름발이 주인이 대답했다.

"없어. 바니는 분위기가 완전히 가라앉을 때까지 꿈쩍하지 않을 거야. 저쪽에서 냄새를 맡고 찾는 중이라서 바니가 움직인다면 당장에 들통 나고 말 테니까. 바니는 괜찮아, 그렇지 않다면 무슨 소식이 들렸겠지. 내가 장담하는데, 바니는 잘하고 있어. 그러니 알아서 하도록 가만두라고."

"그자는 오늘 밤에 여기에 올까?"

유대인 영감이 물으며 '그자'란 말을 다시 강조했다.

"몽스 말이야?"

술집 주인이 반문하며 망설이자, 유대인 영감이 경계하며 대답했다.

"쉿! 그래."

"당연하지. 조금 있으면 나타날 거야. 십 분만 기다리면……."

술집 주인이 대답하곤 바지 시계 주머니에서 황금 시계를 꺼내며 바라보자, 유대인 영감이 황급히 대답했다. 문제의 인물을 아무리 만나고 싶다 해도 지금 당장은 그자가 없는 걸 다행스럽게 여기는 것 같았다.

"아니야, 아니야. 내가 여기까지 찾아왔더라고 전하기만 해, 오늘 밤에 나를 찾아오라는 말과 함께. 아니야, 내일이 좋겠어. 아직 여기에 없으니 넉넉하게 내일로 잡는 편이 좋아."

"그래, 알았어! 또 전할 말은?"

"그거면 됐네."

유대인 영감이 대답하곤 계단을 내려가자, 술집 주인이 난간에서 내려다보며 거친 목소리로 속삭였다.

"내가 장담하는데, 팔아먹기엔 지금이 제일 좋아! 필 바커가 여기에

왔는데, 완전히 취해서 어린애가 속여먹어도 넘어갈 정도라고!"

유대인 영감이 올려다보며 대답했다.

"그렇군! 하지만 지금 중요한 건 그런 게 아니야. 필 바커는 아직 써먹을 데가 있어, 우리가 깨끗하게 처리하기 전에. 그러니 그만 돌아가서 신나게 놀라고 전해, 아직 놀 수 있을 때 말이야. 하! 하! 하!"

유대인 영감이 웃는 소리에 술집 주인도 함께 웃다가 안으로 들어갔다. 하지만 혼자 남는 순간, 유대인 영감은 걱정스러운 생각에 깊이 빠져든 표정으로 돌아갔다. 그리곤 잠시 궁리하다가 말 한 필이 끄는 영업마차에 올라타서 마부에게 베스널 그린으로 가자고 말하더니, 빌 사익스 집하고 약 사백 미터 거리를 두고 내려서 남은 거리를 걸어갔다. 그리곤 대문을 두드리며 중얼거렸다.

"뭔가 꿍꿍이 수작이 있다면 그걸 알아내야겠어, 낸시, 네가 아무리 교활하다 해도."

문을 열어준 여자는 낸시가 방에 있다 말하고, 유대인 영감은 계단을 살금살금 올라서 아무런 기척도 없이 쑥 들어갔다. 낸시 혼자 있는데, 식탁에 엎드려서 머리칼을 사방에 흩뿌린 상태였다. 유대인 영감은 '술을 마셨거나 비참한 상태인 것 같군' 하고 차분하게 생각하며 몸을 돌려서 문을 닫는데, 바로 그 소리에 낸시가 깨어났다.

낸시는 교활한 늙은이 얼굴을 자세히 바라보며 무슨 소식이 있느냐고 캐물어서 유대인 영감이 그대로 반복하는 토비 크래킷 이야기를 듣더니, 이야기가 끝나자 한마디 말도 없이 다시 엎드렸다. 짜증스런 표정으로 촛불을 밀고 두 발을 질질 끌어서 불편한 자세를 한두 차례 바꾼 게 전부였다.

침묵이 흐르는 동안 유대인 영감은 초조한 표정으로 실내를 둘러보는 게, 마치 빌 사익스가 몰래 돌아온 흔적이 없다는 사실이라도 확인하려는 것 같았다. 그래서 조사 결과에 만족한 표정으로 한두 차례 헛기침하면서 대화를 다시 시작하려고 애쓰지만, 낸시는 유대인 영감이 돌로 만든 인간이라도 되는 듯 다시는 관심을 안 기울였다. 그래서 유대인 영감은 새로운 방법을 사용했다. 자기 손을 문지르며 아주 부드러운 어투로 물은 것이다.

"그런데 네 생각에는 빌이 지금 어디에 있을 것 같니?"

낸시는 앓는 소리를 끙끙 뱉어내며 알아듣기 힘든 소리로 자기가 그걸 어떻게 아느냐고 대답하는데, 숨죽인 목소리가 새어 나오는 걸 보면 우는 것 같기도 했다. 그래서 유대인 영감은 상대편 얼굴을 제대로 살피려고 두 눈에 잔뜩 힘주며 중얼거렸다.

"아이도 그래. 불쌍한 것! 도랑에다 버리다니, 낸시. 생각만 해도!"

그러자 낸시가 갑자기 고개를 들며 말했다.

"그 애는 거기에 있는 편이 우리 곁에 있는 편보다 훨씬 좋아. 그것 때문에 빌이 어려운 일만 안 겪는다면 올리버는 도랑에 죽어 나자빠져서 뼈까지 썩어 문드러지는 편이 좋다고."

"뭐라고?"

유대인 영감이 깜짝 놀라며 소리치자, 낸시는 상대편 시선을 그대로 바라보며 대답했다.

"그래, 진심이야. 올리버가 내 앞을 완전히 떠나서 최악의 상황을 끝내면 정말 좋겠어. 나는 올리버가 주변에 있는 걸 견딜 수 없어. 아이를 쳐다보기만 해도 나 자신은 물론 당신네 모두가 혐오스럽다고."

"제기랄! 술에 취했구먼."

유대인 영감이 경멸하는 어투로 말하자, 낸시가 가차 없이 반박했다.

"내가? 내가 안 취했다면 당신 잘못은 없겠지! 하지만 당신은 나를 언제나 취하게 했어, 당신 마음대로 할 수 있다면. 지금은 아니겠지만…… 농담이 마음에 안 드나 보군, 그치?"

"그래! 마음에 안 들어."

유대인 영감이 대답하자, 낸시가 웃음을 터트리며 응수했다.

"그렇다면 바꿔!"

유대인 영감은 그날 밤 내내 속을 태우던 차에 여자애한테 이런 말까지 들으니, 잔뜩 화나서 소리쳤다.

"바꾸라고? 그래, 바꾸도록 하지! 내 말 잘 들어, 갈보야. 나는 단 여섯 마디로 빌 사익스 목젖을 이렇게 손가락으로 움켜쥐듯 확실하게 교수형 시킬 수 있으니, 내가 하는 말을 잘 들으라고. 빌 사익스가 자기만 돌아오고 올리버를, 죽었든 살았든, 안 데려온다면 네 손으로 직접 죽여 버리는 게 좋을 거야, 교수대에 끌려가는 꼴을 보고 싶지 않으면. 이 방에 발을 들여놓는 순간에 말이야, 그러지 않으면 아무런 소용도 없을 테니까!"

"도대체 지금 무슨 소리를 하는 거야?"

낸시가 엉겁결에 묻자, 유대인 영감이 잔뜩 화난 어투로 계속 말했다.

"무슨 소리냐고? 휘파람만 불어도 목숨이 날아갈 술주정뱅이 깡패 놈 때문에 내가 금화 수백 냥 가치는 나가는 아이를, 안전하게 돈 벌 기회를 그냥 포기하고 말 것 같아? 나는 세상에 태어날 때부터 악마라고. 마음만 먹으면 못할 게 없으니……."

유대인 영감이 숨을 헐떡이며 적당한 표정을 찾으려고 애쓰더니, 서슬이 시퍼런 분노를 갑자기 억누르며 일시에 태도를 바꿨다. 조금 전만 해도 두 주먹을 불끈 쥔 채 가쁜 숨을 몰아쉬고 두 눈은 시퍼렇고 얼굴엔 분노가 가득했으나, 지금은 의자에 주저앉아서 자신이 겉으로 드러내면 안 되는 악행을 드러냈다는 사실에 잔뜩 겁먹고 덜덜 떨었다. 그래서 짧은 침묵이 흐른 다음에 비로소 용기 내서 돌아보았다. 다행히도 낸시는 자신이 깨우기 전만큼이나 흐리멍덩한 상태였다.

"낸시, 낸시! 내 말이 신경에 거슬렸니, 얘야?"

유대인 영감이 평소처럼 쉰 목소리로 말하자, 낸시는 머리를 간신히 추켜세우며 대답했다.

"나까지 걱정할 건 없어, 영감! 빌은 이번에 제대로 못 하면 다음엔 잘할 테니까. 지금까지 당신 일을 많이 도왔으니, 앞으로도 힘이 닿으면 많은 일을 돕는 거고, 힘이 안 닿으면 못 돕는 거야. 그러니 그런 얘기는 그만하자고."

"아이 문제는, 얘야?"

유대인 영감이 물으며 불안한 표정으로 손바닥을 비벼대자, 낸시가 급히 끼어들었다.

"아이도 다른 사람처럼 운에 맡길 수밖에 없겠지. 내가 다시 말하지만, 나는 아이가 죽어서 당신에게 벗어나 다시는 해를 안 입으면 좋겠어…… 빌에게 아무런 해만 없다면. 그런데 토비가 깨끗이 도망쳤다면 빌도 무사할 게 분명해. 빌은 토비보다 두 배는 뛰어나니까."

"그렇다면 내가 지금 막 말한 건 어때, 낸시?"

유대인 영감이 묻고는 두 눈을 번뜩이며 가만히 살폈다.

"처음부터 다시 말해야 할 거야, 나에게 일을 시킬 거라면. 게다가 내일까지 기다려야 할 거야. 당신 때문에 순간적으로 정신이 들었지만, 지금은 다시 어지러우니까."

유대인 영감은 자신이 무심코 내뱉은 말에서 무언가를 알아챘는지 알아보려고 이런저런 질문을 던졌다. 하지만 낸시는 아무렇게나 대답할뿐더러 자세히 살피는 시선에 흔들리는 기색이 전혀 없어, 유대인 영감은 낸시가 상당히 취했다는 판단이 옳다는 사실을 확인했다. 실제로, 유대인 영감이 키운 여성 제자들은 아주 어릴 적부터 술을 가까이

하며 컸다는 약점이 있고 이건 낸시 역시 예외가 아니었다. 흐트러진 모습과 실내에 가득한 술 냄새는 유대인 영감의 추정이 옳다는 걸 증명하는 데다, 앞에서 묘사한 것처럼 잠시 폭력적인 성향을 보이다가 조용하게 변하면서 처음에는 둔감하다가 나중에는 다양한 감정을 표출하며 눈물을 흘리고 다음에는 "죽는다는 소리는 절대 말라고!" 같은 구호를 외치다가 신사 숙녀만 행복하다면 무엇이든 할 수 있다고 횡설수설하니, 경험 많은 유대인 영감으로선 낸시가 취해도 정말 엄청나게 취했다는 결론을 내리고 만족할 수 있었다.

그래서 마음의 부담을 던 데다 그날 밤에 들은 내용을 낸시에게 전달하고 빌 사익스가 아직도 안 돌아온 사실을 자기 눈으로 직접 확인하는 이중의 목적까지 달성하자, 유대인 영감은 식탁에 머리를 누인 채 잠자는 낸시를 그대로 두고 집으로 다시 방향을 잡았다.

이제 한 시간만 지나면 자정인 데다 사방이 깜깜하고 날씨는 뼈가 시릴 정도로 추워서 더 돌아다닐 생각이 없었다. 거리마다 몰아치는 날카로운 바람이 먼지나 진흙과 함께 사람들까지 깨끗하게 쓸어버린 것 같았다. 가끔 보이는 사람들조차 급히 서둘며 집으로 돌아갈 정도였다. 그런 바람이 뒤에서 등을 끊임없이 밀어주니, 유대인 영감은 매서운 돌풍이 몰아칠 때마다 와들와들 떨고 부들부들 떨며 나아갔다.

이윽고 집이 있는 골목 모퉁이에 도달하자 대문 열쇠를 찾으려고 일찌감치 주머니를 뒤지는데, 어둠에 휩싸여 깜깜한 입구 돌출부에서 새까만 물체가 길을 가로지르며 살그머니 다가와서 귀에다 속삭였다.

"페이긴 영감!"

"어이쿠! 당신은……."

유대인 영감이 깜짝 놀라서 재빨리 돌아서며 말하는데, 낯선 사람이 중간에 끼어들었다.

"그래! 여기에서 두 시간이나 기다리는 중이라고. 도대체 어디를 그렇게 돌아다니는 거야?"

"당신 일로 돌아다녔어, 밤늦도록 당신 일로."

유대인 영감이 대답하곤 상대를 불안한 눈으로 바라보며 걷는 속도를 늦추자, 낯선 사람이 차갑게 웃으며 말했다.

"당연히 그렇겠지! 그래, 어떻던가?"

"좋은 건 없어."

유대인 영감이 말하자, 낯선 사람이 걸음을 멈추고 깜짝 놀란 표정으로 바라보며 물었다.

"나쁜 것도 없겠지?"

그래서 유대인 영감이 머리를 끄덕이며 대답하려는데, 낯선 사람이 어느덧 도착한 집을 가리키며, 말할 게 있으면 안에서 말하는 게 좋겠다고, 바깥에서 오랫동안 기다리느라 피가 완전히 얼어버려서 바람이 뼛속까지 파고든다고 말했다.

하지만 유대인 영감은 이렇게 늦은 시각에 낯선 사내를 집으로 들이는 걸 좋아하는 표정이 아니고 안에 불도 없다는 식으로 중얼거리다가 상대편이 단호하게 재차 요구하는 바람에 결국 자물쇠를 따서 대문을 열고 안으로 들어가더니, 자신이 촛불을 가져오는 동안 문을 살며시 닫으라고 부탁하자, 낯선 사내가 더듬으며 앞으로 몇 걸음 떼다가 말했다.

"무덤 속처럼 깜깜하군. 어서 다녀와!"

"대문을 닫아."

유대인 영감이 통로 끝에서 속삭이는데, 바로 그 순간에 대문은 요란한 소리를 내며 닫히고, 낯선 사내는 길을 더듬으며 다가와서 변명했다.

"내가 그런 게 아니야. 바람이 몰아쳤거나 저절로 닫힌 거야. 둘 중 하나라고. 불빛을 제대로 비춰, 사방에 구멍이 뚫려서 머리를 깨뜨리기 십상이니까."

유대인 영감은 주방 계단을 살금살금 내려가며 잠시 사라지더니, 촛불을 들고 돌아와서 토비 크래킷은 아래층 뒷방에서 자고 두 아이는 앞방에서 잔다고 알려준 다음, 따라오라고 손짓하며 위층 계단을 올랐다. 그리곤 이 층에 있는 방문 하나를 활짝 열며 말했다.

"할 이야기가 있으면 여기에서 하는 게 좋겠어. 덧창에 구멍이 뚫렸는데 우리는 이웃에게 불빛을 보여주는 법이 없으니, 촛불은 계단에 놓겠네. 자!"

유대인 영감은 이렇게 말하며 허리를 숙여서 방문 맞은 편 위쪽 계단에 촛불을 내려놓았다. 그리곤 안으로 앞서서 들어가는데, 움직일 만한 가구라곤 부서진 안락의자 하나와 방문 바로 뒤로 덮개 없는 소파 하나가 전부였다. 낯선 사내는 바로 이 소파에 지칠 대로 지쳤다는 듯 그대로 주저앉고, 유대인 영감은 안락의자를 끌고 맞은편으로 가서 얼굴을 마주 보며 앉았다. 아주 깜깜한 건 아니었다. 방문이 살짝 열려서 바깥에 있는 촛불이 맞은편 벽에다 희미한 빛을 뿌렸다.

두 사람은 한동안 나지막한 소리로 대화를 나눴다. 가끔 튀어나오는 이상한 소리 외에는 아무것도 알아들을 수 없지만, 듣는 사람이 있다면 낯선 사람이 하는 말에 유대인 영감이 열심히 변명한다는 사실은 물론 낯선 사람이 초조해 한다는 사실까지 쉽게 깨달을 수 있었다. 두 사람이 이렇게 십오 분 정도 대화를 나누었을까, 유대인 영감이 대화 도중에 불러서 이름이 '몽스'로 드러난 사내는 목청을 살짝 돋우면서 말했다.

"내가 다시 말하지만, 계획이 나빴어. 여기에 데리고 있으면서 다른 애들처럼 소매치기로 만들어야 했다고."

"말 하나는 그럴싸하군!"

유대인 영감이 한탄하며 어깨를 으쓱하자, 몽스가 엄숙한 어조로 물었다.

"영감 말은 그렇게 하려고 마음먹어도 그럴 수 없었다는 뜻인가? 다른 아이 수십 명을 그렇게 만든 당신이? 기껏해야 열두 달만 꾹 참고서 그런 방향으로 몰아갔다면 아이가 유죄선고를 받고 다른 나라로 유형을 떠나서 이 나라에 두 번 다시 못 돌아왔을 거라고."

"그렇게 되면 누구에게 좋은 거지?"

유대인 영감이 겸손하게 묻자, 몽스가 대답했다.

"나."

"그래. 하지만 나는 아니야. 아이는 나에게 유익한 존재가 될 수도 있어. 양쪽이 거래하려면 서로 이해가 적절하게 맞아떨어져야 하는 거야. 그렇지 않나, 친구?"

"그럼 어떻게 하겠다는 거야?"

몽스가 묻자, 유대인 영감이 대답했다.

"나는 아이에게 직업 훈련을 시키는 게 쉽지 않다는 사실을 깨달았어. 같은 상황에서 다른 아이와 다르게 행동했다고."

"당연히 그렇겠지! 그렇지 않다면 오래전에 도적이 되었을 테니까. 빌어먹을!"

몽스가 투덜대자, 유대인 영감은 상대 얼굴을 걱정스러운 표정으로 바라보며 계속 말했다.

"나는 아이에게 약점을 못 잡아서 나쁜 쪽으로 몰아갈 수 없었어. 아이가 손을 더럽히지 않거든. 그래서 아이를 협박할 방법이 없었어. 처음에는 협박하는 게 가장 중요하거든. 그러지 않으면 아무런 소용도 없어. 그러니 내가 어떤 방법을 써야 하겠어? '미꾸라지'와 찰리에게 딸려서 밖으로 내보내? 처음에 그 방법을 사용했다가 우리 모두 잡혀가는 줄 알고 내가 얼마나 떨었는지 알아?"

"그건 내 탓이 아니야."

"그래, 맞아! 게다가 나는 지금 누구 탓을 하자는 것도 아니야. 그런 일이 없었다면 당신은 아이를 볼 수도 없고 따라서 자신이 찾는 아이란 사실조차 깨달을 수 없었겠지. 그런데 내가 계집애를 시켜서 아이를 다시 데려오니까, 이번에는 계집애가 아이 편을 드는 거야."

"계집애 목을 졸라 버려!"

몽스가 벌컥 화내며 말하자, 유대인 영감이 빙그레 웃으며 대답했다.

"맙소사, 아직은 그러면 안 돼, 친구. 게다가 그런 식으로 일하는 건 우리 방식이 아니야. 그렇지 않다면 벌써 기꺼이 그렇게 처리하고 말았겠지. 나는 계집애들이 어떤지 잘 알아, 몽스. 아이가 독한 마음을 먹기 시작하면 계집애도 더는 관심을 안 기울이거든. 자네는 아이를 도적으로 만들길 원해. 아이가 살았다면 지금부터 내가 그렇게 만들겠어. 그런데 만약…… 만약……"

유대인 영감이 상대편에게 접근하며 덧붙였다.

"그렇지 않고 최악의 상황이 겹쳐서 아이가 죽었다면……."

그러자 상대는 공포에 질린 표정으로 두 손을 벌벌 떨며 유대인 영감 팔을 꽉 움켜잡았다.

"아이가 죽었다 해도 그건 내 탓이 아니야! 그걸 명심해, 페이긴 영감! 나는 그 일에 끼지 않았어. 처음부터 당신에게 아이가 죽는 것만큼은 안된다고 말했어. 나는 피를 흘리는 건 반대라고. 피를 흘리면 결국엔 들통 날 수밖에 없어서 평생을 시달리거든. 사람들이 총을 쏘아서 아이가 죽었다 해도 그건 내 탓이 아니야. 무슨 말인지 알아들어? 이 더러운 소굴에다 불을 확 질러버릴 테니 말이야! 저건 뭐야?"

사내가 벌떡 일어나며 소리치자, 유대인 영감이 두 팔로 겁쟁이를 붙들며 물었다.

"뭐가! 어디?"

사내가 건너편 벽을 노려보면서 대답했다.

"저기! 저 그림자! 여자가 망토에다 보닛 모자까지 쓰고 벽면을 따라 바람처럼 지나갔어!"

유대인 영감은 상대를 놓고, 두 사람은 동시에 그쪽으로 달렸다. 촛불은 처음 내려놓은 자리에 그대로 있으면서 바람에 흔들렸다. 불빛이 비추는 거라곤 아무도 없는 계단과 새하얗게 질린 자기네 얼굴뿐이었다. 두 사람은 가만히 귀를 기울였다. 들리는 거라곤 집안에 가득한 침묵뿐이었다.

"당신이 헛것을 보았구먼."

유대인 영감이 말하면서 촛불을 들고 상대를 바라보자, 몽스는 덜덜 떨면서 대답했다.

"분명히 보았다고! 내가 처음 볼 때만 해도 앞으로 허리를 숙이고 있더니, 내가 소리치는 순간에 쏜살처럼 도망쳤어."

유대인 영감은 경멸스럽다는 표정으로 상대의 창백한 얼굴을 힐끗 쳐다보며 따라오고 싶으면 따라오라고 말한 다음에 계단을 올랐다. 그래서 방을 모조리 뒤지는데 하나같이 썰렁하고 텅 빈 냉기만 가득했다. 급기야 두 사람은 계단을 내려와서 복도에 들어서더니, 지하에 있는 광까지 뒤졌다. 나지막한 벽은 녹색 곰팡이가 가득하고 달팽이와 벌레들이 지나간 자국만 촛불을 받아서 반짝일 뿐, 나머지는 죽은 듯이 고요했다. 그래서 복도로 다시 올라온 다음에 유대인 영감이 물었다.

"이제 당신 생각은 어때? 이 집에 우리 두 사람 말고 토비와 두 아이밖에 없는데, 그들은 걱정할 필요가 없다고. 여길 봐!"

유대인 영감은 주머니에서 열쇠 두 개를 구체적인 증거물로 꺼내며, 아래층으로 처음 내려갔을 때 행여나 대화에 방해되지나 않을까 우려해서 방문을 모두 잠갔다고 설명했다.

아무리 수색해도 아무것도 안 보여서 확신이 점차 줄어드는 가운데 이런 말까지 나오니 몽스는 마음이 흔들릴 수밖에 없었다. 그래서 징그럽게 몇 차례 웃다가, 자신이 흥분해서 헛것을 본 것 같다고 고백했다. 하지만 대화를 계속하는 건 사양했다. 새벽 한 시가 지났다는 사실을 갑자기 깨달은 것이다. 그래서 사랑스러운 한 쌍은 그대로 헤어지고 말았다.

CHAPTER XXVII

숙녀를 그대로 두고 떠난 무례를 사과하다

미천한 작가가 하급관리라는 위대한 인물에게 외투 자락을 올려서 팔꿈치에 끼우고 벽난로에 등을 댄 채 불을 쬐며 마음 내킬 때까지 기다리도록 내버려두는 건 조금도 옳지 않은 데다, 바로 이 하급관리가 사랑스러운 눈으로 부드럽게 바라보며 귀에다 달콤한 말을 속삭이던 숙녀를, 이런 인물에게 다정한 말을 듣는다면 처녀든 부인이든 마음이 설렐 수밖에 없는데, 그런 숙녀를 무례하게 대하는 것 역시 작가의 도리나 처지에 어긋날 수밖에 없으니, 지금 펜을 들고 회고록을 작성하는 작가로서는 처지를 제대로 알고 이 땅에서 높은 지위와 권한을 부여받은 분에게 합당한 존경심을 품은 사람답게 지위에 합당한 존경심을 두 사람에게 표현하고, 고귀한 직급과 거기에 따른 위대한 도덕성에 순종하라는 준엄한 요구에 따라 두 사람에게 급히 돌아가야 하겠다. 실제로 작가는 이런 목적에 합당하도록 하급관리의 신성한 권리에 관한 논문과 함께 하급관리는 오류를 범할 수 없다는 이론을 애초에 여기에 소개할 계획이었다. 그러면 생각이 올바른 독자 여러분은 매우 즐거우면서도 유익한 시간을 보낼 게 분명하지만, 불행하게도 시간과 지면이 부족한 관계로 조금 더 합당한 기회가 올 때까지 미룰 수밖에 없는데, 나중에라도 그럴 기회가 온다면, 작가는 하급관리가 적절한 소양을 갖췄다는 사실을, 쉽게 말해, 교구에서 공식 임무를 부여받아 구빈원에서 일하는 하급관리는 직분에 합당한 권리와 도덕성이란 측면에서 어떤 인간보다도 탁월한 능력과 품성을 지녔다는 사실을, 일반회사 하급직원이나 법정 말단 관리 등은 도저히 상대가 안 된다는 사실을 단숨에 증명하겠다.

어쨌든 범블은 찻숟가락을 다시 세고 각설탕 집게를 들어서 무게를 다시 재고 은제 우유 단지를 다시 살피고 의자에 깔린 말총 시트를 비롯한 모든 가구까지 자세히 살피며 파악하더니, 이런 과정을 무려 여섯 차례나 반복한 다음에 비로소 코니 부인이 돌아올 시간이 됐다는 생각을 떠올리기 시작했다. 그런데 코니 부인이 다가오는 기척은 없는 데다 생각은 생각을 낳는 법이라, 코니 부인 서랍장 내부를 대충 살펴서 호기심을 조금 더 달래는 건 시간을 정말 순수하고 고결하게 보내는 방법이란 생각이 뇌리에 불쑥 떠올랐다.

그래서 열쇠 구멍에 귀를 대서 다가오는 사람이 없다는 사실을 확인하곤, 제일 아래쪽 서랍부터 시작해 차례대로 올라가며 기다란 서랍 세 개에 든 내용물을 파악하는데, 디자인도 좋고 천도 좋은 의복을 차곡차곡 쌓아서 사이사이에 신문을 조심스럽게 깔고 말린 라벤더를 곳곳에 뿌린 모습을 보니 범블은 더할 나위 없이 만족스러운 느낌이 들었다.

그러다가 오른쪽 모서리 서랍으로 나아가는데, 거기에는 열쇠가 꽂히고 안에서는 맹꽁이자물쇠로 잠근 조그만 상자까지 나와, 이리저리 흔들어서 동전 같은 게 쨍그랑거리는 상쾌한 소리를 확인한 다음, 당당하게 걸어서 벽난로 앞으로 돌아오더니, 처음에 하던 행동을 다시 시작하면서 근엄하고 단호한 어투로 중얼거렸다.

"내가 해내고 말겠어!"

범블은 이렇게 놀라운 선언을 한 다음, 십 분 동안 익살맞은 자세로 머리를 흔들어서 강아지처럼 재미있게 논 걸 반성하는 것 같더니, 자기 다리를 가만히 바라보는데 정말 흥미진진하고 재미있다는 표정이었다.

범블이 이런 식으로 다리를 바라보며 만족스러워할 때 코니 부인이 숨을 헐떡이며 급히 들어와서 벽난로 옆 의자에 몸을 던지더니, 한 손으로 두 눈을 가리고 다른 손은 가슴에 올린 채 가쁜 숨을 몰아쉬었다. 그래서 범블이 간호부장에게 허리를 숙이며 물었다.

"코니 부인, 왜 그래요? 무슨 일이 있소, 부인? 제발 대답 좀 해요. 지금 나는…… 나는……."

범블이 중얼거리더니, 너무 놀란 나머지 '가시방석에 앉은 기분이다'는 표현이 안 떠올라서 "깨진 병에 앉은 기분이"라고 말하고 말았다.

"아, 범블 선생님! 정말 끔찍했답니다!"

"끔찍하다고요, 부인? 감히 누가 그런 짓을?"

범블이 소리치더니, 타고난 위엄을 내보이며 진지하게 말했다.

"알겠소! 이번에도 사악한 극빈자로군!"

"생각만 해도 끔찍해요!"

간호부장이 말하며 부르르 떨자, 범블이 대답했다.

"그렇다면 생각 자체를 말아요, 부인."

"그래도 생각이 나요."

간호부장이 울먹이며 대답하자, 범블이 다정하게 권했다.

"그렇다면 무얼 좀 마셔요, 부인. 포도주가 어떻소?"

"세상에나! 그럴 순 없어요…… 아! 오른쪽 모서리 선반 제일 위에…… 아!"

훌륭한 숙녀는 이렇게 말하며 괴로운 듯 손가락으로 찬장을 가리키고는 온몸을 부르르 떨었다. 범블은 찬장으로 재빨리 뛰어가, 부인이 애매하게 가리킨 선반에서 초록색 유리병을 꺼내 찻잔에다 내용물을 가득 따라서 숙녀 입술에 댔다. 그러자 코니 부인은 그걸 절반 정도 마시다가 등을 뒤로 기대며 말했다.

"이제 훨씬 낫네요."

범블은 감사한 마음으로 두 눈을 들어서 천장을 경건하게 바라보다가 찻잔 가장자리로 시선을 끌어내리곤 찻잔을 코앞으로 올려서 냄새를 맡았다. 그러자 코니 부인이 하급관리를 바라보고 다정한 미소를 떠올리며 연약한 목소리로 말했다.

"페퍼민트에요. 한 번 마셔보세요! 다른 걸 약간…… 아주 약간 탔답니다."

범블은 의심스러운 표정으로 약물을 맛보고 입술을 쩝쩝 다시다가 다시 한 번 맛보더니, 텅 빈 찻잔을 내려놓았다.

"정말 편안하지요?"

코니 부인이 묻는 말에 하급관리가 대답했다.

"정말 그러네요, 부인."

그리곤 간호부장 옆으로 의자를 끌어당기며 무슨 일로 스트레스를 받았느냐고 다정하게 물었다.

"아무것도 아니에요. 제가 멍청하게도 쉽게 흥분하는 연약한 존재라서 그래요."

코니 부인이 대답하는 말에 범블은 의자를 끌어당겨서 바싹 다가가며 반박했다.

"연약하다니요, 부인. 당신이 연약한 존재라니요, 코니 부인?"

"우리는 누구나 연약한 존재지요."

코니 부인이 일반적인 원칙으로 돌아서자, 하급관리도 공감했다.

"그건 그렇지요."

그리고 양쪽 모두 침묵하는 가운데, 범블은 코니 부인 의자 등받이에 갖다놓은 손을 움직여서 코니 부인 앞치마 끈을 비비 꼬는 식으로 속마음을 드러내며 중얼거렸다.

"우리 모두 약한 존재지요."

그러자 코니 부인은 한숨을 쉬고, 범블은 다시 말했다.

"한숨 쉬지 마세요, 코니 부인."

"저도 어쩔 수 없어요."

코니 부인이 말하더니 다시 한숨을 쉬고, 범블은 주변을 둘러보며 말했다.

"정말 아늑한 방이네요, 부인. 이런 방이 하나만 더 있으면 완벽하겠어요, 부인."

"그럼 혼자 쓰기엔 너무 넓잖아요."

코니 부인이 중얼거리자, 범블이 다정한 어투로 응수했다.

"두 사람이 쓰면 되잖아요. 그죠, 코니 부인?"

범블이 이렇게 말하는 걸 듣고 코니 부인이 고개를 푹 숙이니, 하급관리 역시 코니 부인 얼굴을 바라보려고 고개를 숙였다. 그러자 코니 부인은 아주 적절하게 고개를 돌리면서 손으로 손수건을 집으려고 하다가 범블 손을 붙잡고 말았다.

"이사회에서 석탄을 제공하지요, 코니 부인?"

하급관리가 그 손을 꼭 잡으며 물었다.

"양초도 제공한답니다."

코니 부인이 대답하며 범블 손을 살짝 잡았다.

"석탄, 양초, 거주시설까지 공짜라니, 아, 코니 부인은 정말 천사로군요!"

범블이 감탄하니, 코니 부인은 감정에 쉽게 흔들리는 사람답게 그대로 쓰러지며 품에 안기고, 범블은 황홀경에 빠져서 여인의 순결한 코에 열정적으로 키스하며 소리쳤다.

"정말 완벽한 교구 행정이로다! 슬라우트 원장 병세가 오늘 밤에 악화하였다는 사실을 아시오, 매혹적인 여인이여?"

"네."

코니 부인은 수줍은 표정으로 대답하고, 범블은 계속 말했다.

"의사는 앞으로 일주일을 못 넘긴다고 했소. 이곳 원장이 죽으면 자리가 비니까 새로 채울 사람이 필요할 것이오. 아, 코니 부인, 우리 앞에 정말 환상적인 길이 열렸구려! 우리 마음과 살림을 하나로 합칠 절호의 기회 말이오!"

코니 부인은 훌쩍거리며 울고 범블은 수줍어하는 미녀에게 허리를 숙여서 접근하며 말했다.

"딱 한마디만 더 할까요? 딱 한 마디만, 축복받은 코니 부인?"

"그…… 그…… 그래요!"

간호부장은 한숨을 내쉬며 대답하고, 하급관리는 계속 말했다.

"딱 한 마디만 더. 사랑스러운 감정을 가라앉히고 딱 한 마디만 더. 언제 말하면 되겠소?"

코니 부인은 두 번이나 대답하려다가 두 번 다 실패하더니, 결국에는 용기를 긁어모아서 두 팔로 범블 목을 끌어안으며 아무 때나 말하고 싶을 때 말하라며 '못 말리는 자기'라고 말했다.

모든 문제는 극히 사랑스럽고 만족스러운 형태로 결정 나고, 계약 내용은 페퍼민트 혼합물을 찻잔에 다시 가득 따르는 거로 엄숙하게 확인하는데, 이는 제대로 흥분해서 전율하는 숙녀에게 정말 필요한 조치였다. 그래서 페퍼민트를 마시는 와중에 숙녀는 노파가 죽었단 사실을 알리고, 범블은 페퍼민트를 홀짝이며 대답했다.

"잘 됐군. 내가 집으로 가는 길에 소어베리 장의사에 들러서 내일 아침에 사람을 보내라고 전하리다. 노파가 죽어서 아까 겁에 질렸던 것이오, 내 사랑?"

"특별히 겁에 질린 건 아니었어요, 내 사랑."

숙녀가 얼버무리며 대답하자, 범블이 재촉했다.

"그렇다면 무슨 일이 있는 게 분명한데, 내 사랑, 당신의 연인에게 말하지 않을 거요?"

"지금은 아니에요. 나중에, 우리가 결혼한 다음에, 내 사랑."

코니 부인이 말하자, 범블이 소리쳤다.

"우리가 결혼한 다음이라니! 설마 극빈자 남성 가운데 건방진 작자가……"

"그런 게 아니에요, 내 사랑!"

코니 부인이 급히 끼어들자, 범블이 계속 말했다.

"그런 일이 있다면, 극빈자 남성 가운데에 감히 사악한 눈을 추켜들고 당신의 사랑스러운 얼굴을 보는 자가 있다면……"

"극빈자 가운데에 감히 그럴 사람은 없어요, 내 사랑."

코니 부인이 대답하자, 범블은 주먹을 움켜쥐며 떠벌였다.

"그럼, 당연히 그럴 수밖에! 교구 안에서든 바깥에서든 감히 그런 짓을 하는 녀석이 한 명이라도 있다면 두 번 다시 못 그러도록 내가 단단히 혼내고 말겠소!"

격렬한 손짓 발짓이 아니라면 이 말 자체로는 코니 부인의 매력을 높이 찬양하는 것으로 안 보일 수도 있었다. 하지만 범블은 이렇게 협박하며 금방이라도 싸울 것처럼 덤벼드니, 코니 부인은 자신에게 헌신하는 모습에 감동하고 크게 감탄하며 '당신은 정말 귀여운 비둘기'라고 단언했다.

그러자 귀여운 비둘기는 외투 목깃을 추켜세우고 삼각모를 눌러쓴 다음에 미래의 동반자와 오랫동안 껴안으며 사랑을 확인하다가 차가운 밤바람에 다시 용감하게 나섰다. 자신이 구빈원 원장 임무를 제대로 할 수 있다는 사실을 확인하는 차원에서 남성 극빈자 수용 건물에 잠시 들러 사람들에게 쓴맛을 적당히 보여준 다음이었다. 그래서 능력을 충분히 확인하자, 자신이 승진하는 밝은 미래를 떠올리며 가벼운 마음으로 구빈원을 나서니, 장의사 가게에 도달할 때까지 가슴에는 들뜬 마음이 가득했다.

소어베리 부부는 저녁 식사와 차를 들러 밖에 나가고, 노아 클레이폴은 먹고 마시는 두 가지 기능을 수행하는 데 필요할 때 외에는 몸을 움직이는 자체를 몹시 싫어하는 성격이라, 평소라면 가게를 닫을 시간이 훨씬 지났는데도 문은 그대로 열린 상태였다. 범블이 지팡이로 계산대를 여러 차례 톡톡 치는데도 코빼기를 보이는 사람조차 없는 반면에 가게 안쪽 조그만 거실 유리창에서는 환한 빛이 흘러나와, 범블은 도대체 무슨 일인지 살짝 훔쳐보기로 마음먹고 실제로 그렇게 하니, 눈앞에서 정말 놀라운 장면이 펼쳐졌다.

저녁상을 준비했는지, 식탁에는 버터 바른 빵과 접시와 유리잔, 흑맥주 단지와 포도주병을 잔뜩 올려놓은 상태였다. 식탁 상석에는 노아 클레이폴 도령이 안락의자에 느긋하게 앉아서 축 늘어진 채 팔걸이 하나에 두 발을 걸치고 한 손에는 기다란 접칼을 펼쳐 들고 다른 손에는 버터 바른 큼직한 빵조각을 들었다. 바로 뒤에서는 샬롯이 일어나 동그란 나무통에서 굴을 꺼내며 까주면 노아 클레이폴 도령은 그걸 정말 맛있게 받아먹었다.

코 주변이 유난히 빨갛고 오른쪽 눈이 살짝 감긴 걸 보면 술에 살짝 취했다는 사실을 알 수 있는데, 그런 현상은 굴을 정말 맛있게 받아먹는 모습에서 재차 확인할 수 있었다. 굴은 뱃속을 시원하게 만드는 성질이 강해, 뱃속이 뜨겁게 달아오르는 사람이 아니면 그렇게 맛있게 먹을 수 없기 때문이다.

"이건 통통해서 정말 맛있겠어, 노아! 어서 먹어, 이거 하나만 더."

샬롯이 말하자, 노아 클레이폴 도령이 그걸 꿀꺽 삼키며 대답했다.

"굴이 정말 맛있어! 많이 먹으면 속이 불편한 게 안타까워. 그렇지 않니, 샬롯?"

"그래, 정말 잔인해."

"맞아. 그런데 너는 굴을 안 좋아하니?"

노아 클레이폴 도령이 묻자, 샬롯이 대답했다.

"많이 좋아하진 않아. 나는 내가 먹는 것보다 네가 먹는 걸 구경하는 게 더 좋아, 노아."

"저런! 정말 이상하군!"

노아가 반사적으로 대답하자, 샬롯이 말했다.

"하나 더 먹어. 아가미가 섬세한 게 정말 예쁜 놈이야!"

"아, 이제 더는 못 먹겠어. 정말 미안해. 이리 와, 샬롯, 내가 뽀뽀해줄게."

바로 그 순간에 범블이 안으로 뛰어들며 소리쳤다.

"뭣이라! 다시 말해보시지, 도령."

샬롯이 비명을 내지르며 앞치마로 얼굴을 가리고, 노아 클레이폴 도령은 두 발을 바닥에 내리는 이상으로 자세도 못 바꾼 채 술에 취하고 공포에 젖은 눈으로 바라보았다.

"다시 말하라고, 사악하고 뻔뻔한 자식아! 감히 그런 말을 지껄이다니! 그리고 너는 감히 저놈에게 수작을 걸다니, 추잡한 년! 뽀뽀해! 어이가 없군!"

범블이 심하게 화내며 소리치자, 노아가 엉엉 울며 변명했다.

"진짜 그럴 생각은 아니었어요! 저 애가 언제나 먼저 나에게 뽀뽀를 한다고요, 내가 좋아하든 싫어하든."

"맙소사, 노아!"

샬롯이 나무라며 소리치자, 노아가 반박했다.

"정말이라는 건 네가 잘 알잖아! 저 애는 항상 그런답니다, 범블 선생님. 나한테 다가와서 턱을 쓰다듬는 등, 별별 수작을 다 건답니다!"

그러자 범블이 엄하게 소리쳤다.

"조용해! 여자애는 밑으로 내려가. 노아, 너는 가게 문을 닫아. 너희 주인이 돌아올 때까지 한 마디만 더하면 죽을 줄 알아. 그래서 주인이 돌아오면 범블 선생님이 내일 아침 식사를 마친 다음에 할머니 관을 하나 보내라 했다고 전해. 알아들었어?"

범블이 말하더니, 두 손을 추켜들며 한탄했다.

"뽀뽀라니! 교구 관리 구역에서 아랫것들이 저지르는 죄가 정말 끔찍하군! 국회에서 이렇게 극악무도한 행실을 고려하지 않는다면 나라는 망하고, 소박한 정신은 영원히 사라지고 말 거야!"

이렇게 말하더니, 하급관리는 고상하면서도 우울한 표정으로 장의사 가게에서 뚜벅뚜벅 걸어나갔다.

지금까지 우리는 범블이 집으로 돌아가는 머나먼 길을 따라다니면서 노파 장례식에 필요한 준비까지 모두 마치는 걸 지켜보았으니,

이제는 올리버 트위스트에 대한 정보를 추적해, 과연 토비 크래킷이 내버린 도랑에 쓰러져서 여태껏 그대로 있는지 아닌지 확인하도록 하자.

CHAPTER XXVIII

올리버를 살피고 위험한 과정을 추적하다

"늑대가 갈가리 찢어먹을 놈들! 내가 덤벼들면 단번에 살려달라고 울부짖을 놈들!"

빌 사익스는 절박한 심정이 그대로 드러날 만큼 필사적이면서도 사납게 저주를 퍼부어대며 무릎을 구부려서 다친 아이를 내려놓고 재빨리 고개를 돌려서 추격자들을 바라보았다.

칠흑처럼 깜깜하고 안개가 짙어서 뭐가 뭔지 알아볼 순 없지만, 사내들이 쫓아오며 외치는 소리가 공중에 울리고 비상종 소리에 인근 지역 개까지 깨어나서 짖어대는 소리 역시 사방에 가득했다.

"멈춰, 비겁한 개자식아! 멈춰!"

도적놈이 토비 크래킷에게 소리치는데, 그는 기다란 다리를 활용하며 멀찌감치 앞서가는 중이었다.

이런 소리가 계속 일어나자, 토비는 그 자리에 그대로 멈춰서 꼼짝을 안 했다. 권총 사정거리에서 벗어났다는 확신이 없는 데다 빌 사익스는 농담할 기분이 아닌 게 분명하기 때문이다.

"아이를 함께 잡자고! 돌아와!"

빌 사익스가 소리치며 공범에게 미친 듯이 손짓했다.

토비가 돌아가겠다는 시늉을 하더니, 천천히 돌아오며 숨 가쁜 소리를 힘들게 뱉어내서 안 내킨다는 속마음을 드러냈다.

빌 사익스는 아이를 발밑 마른 도랑에 내려놓고 주머니에서 권총을 꺼내며 소리쳤다.

"더 빨리! 허튼수작 부리지 말고!"

이러는 순간에도 쫓아오는 소리는 계속 커져서 빌 사익스가 뒤를 다시 돌아보니, 사내 여럿이 밭 울타리를 넘기 시작하고 개 두 마리는 몇 걸음 앞에서 달렸다.

"이제 다 끝났어, 빌! 아이를 내려놓고 어서 도망치라고."

토비가 마지막으로 소리치더니, 추격자에게 잡히면 끝장나는 게 확실하지만, 친구는 총을 쏠 수도 있고 안 쏠 수도 있으니까 운에 맡길 수밖에 없다는 생각으로 재빨리 돌아서 전속력으로 달렸다. 빌 사익스는 이를 꽉 깨물고 뒤를 다시 한 번 돌아보더니, 몸에 휘감은 망토를 재빨리 벗어서 바닥에 쓰러진 올리버에게 덮어준 다음, 뒤에서 쫓아오는 사람들이 혼란스럽도록 아이가 쓰러진 자리 맞은편 울타리와 평행선을 그리며 달리다가 다른 울타리가 직각으로 만나는 지점에서 멈추어 권총을 추켜들고 방아쇠를 당겨서 탕! 소리를 내고 다시 도망치니, 뒤에서 덜덜 떠는 목소리가 일어났다.

"그만, 그만! 핀처, 넵튠! 이리 와, 이리 와!"

개 두 마리 역시 주인과 마찬가지로 이번 추격전에 특별한 재미를 못 느끼는 듯 명령대로 황급히 돌아서고, 어느덧 밭으로 상당히 들어온 사내 세 명은 걸음을 멈추고 본격적으로 상의했다.

"충고라고 해도 좋고 명령이라고 해도 좋은데, 인제 그만 집으로 돌아가는 게 낫겠어."

제일 뚱뚱한 사내가 말하자, 다른 사내가 동조했다.

"자일스 아저씨 생각이 그렇다면 나는 무엇이든 찬성입니다."

키가 조그만 사내였다. 하지만 날씬한 몸매는 절대 아닌데, 겁먹은 사내가 흔히 그런 것처럼 얼굴은 매우 창백하고 행동은 극히 점잖았다. 그러자 세 번째 사내가 말했다. 개를 부른 사내였다.

"나 역시 버릇없게 굴고 싶은 생각은 없습니다. 자일스 선생께서 잘 알고 하시는 말씀이겠지요."

조그만 사내가 동조했다.

"당연하지요. 자일스 아저씨가 무슨 말씀을 하시든, 우리는 반대할 처지가 아니라고요. 그럼, 당연히 그럴 수밖에. 나는 내 처지를 잘 안다고요! 타고난 운수 덕분에 내 처지를 잘 알아요."

실제로 조그만 사내는 자신의 처지를 아는 건 물론 바람직한 처지는 절대 아니란 사실까지 완벽하게 아는 게 분명했다. 말하는 동안에도 이를 덜덜 떨었기 때문이다.

"겁을 먹었군, 브리틀스."

자일스 아저씨가 말하자, 브리틀스가 대답했다.

"아니에요."

"뭐가 아니야?"

자일스 아저씨가 말하고, 브리틀스는 반박했다.

"아저씨가 잘못 본 거예요."

"거짓말하지 마, 브리틀스."

자일스 아저씨가 말하며 비웃은 다음에 서로 반박하는 소리가 네 번이나 일어나는데, 애초에 자일스가 비웃은 이유는, 칭찬을 받다 보니 자신이 결정해서 집으로 돌아가는 것처럼 되고 말았다는 사실에 화가 났기 때문이다. 하지만 세 번째 사내는 논쟁을 극히 철학적으로 마무리했다. 이렇게 말한 것이다.

"내가 확실히 말하지요. 우리 모두 겁을 먹었습니다."

"자네가 그렇다는 뜻이로군."

자일스가 말하는데, 세 사람 가운데 얼굴이 가장 창백했다.

"그래요, 나는 겁을 먹었어요. 이런 상황에서 겁먹는 건 지극히 당연하고 자연스러운 현상이라고요."

세 번째 사내가 과감하게 인정하자, 브리틀스도 동조했다.

"나도 마찬가지예요. 하지만 그렇게 노골적으로 말할 필요는 없잖아요."

두 사람이 솔직하게 인정하자 자일스 역시 마음이 누그러져서 자신 역시 겁을 먹었다고 단번에 인정하니, 세 사람 모두 한마음으로 돌아서서 집으로 뛰어가는 가운데, 자일스 아저씨는 숨 가쁜 소리가 제일 심한 데다 갈퀴까지 들어서 걸리적거린 나머지 잠시 쉬었다 가자고 줄기차게 고집부리더니, 자신이 너무 성급하게 말한 걸 사과한 다음에 덧붙였다.

"하지만 피만 끓어 오르면 사내는 무슨 일이든 할 수 있다는 사실이 정말 놀라워. 도적놈 가운데 한 놈만 잡혔어도 나는 살인을 저지르고 말았을 거야…… 분명해."

다른 두 사람도 마찬가지로 비슷하게 달아오르다가 뜨거운 피가 한순간에 식어버렸으니, 마음 상태가 이렇게 갑작스레 변한 이유가 무얼까 곰곰이 생각하는 가운데 자일스는 이렇게 말했다.

"그건 내가 잘 알지. 바로 울타리 때문이야."

"그 말이 맞는 것 같아요."

브리틀스가 당시 장면을 떠올리며 동조하자, 자일스가 다시 말했다.

"확실해, 저 울타리 때문에 한껏 끓어오르던 피가 단번에 식은 거야. 최소한 나는 그렇게 느꼈어, 저 울타리를 넘다가."

다른 두 사람 역시 바로 그 순간에 같은 느낌이 몰려들었다는 건 정말 놀랍고도 우연한 일치가 아닐 수 없으니, 그렇다면 울타리가 원인이란 사실은 명백하고, 세 사람 모두 마음에 변화가 일어난 시점에 대해서 의심할 여지는 더더욱 없으니, 그런 변화가 일어나는 시점에 도적놈을 보았다는 기억 역시 세 사람 모두 똑같기 때문이다.

이런 대화를 나눈 사람은 도적놈들을 깜짝 놀라게 한 하인 두 명과 떠돌이 땜장이로, 땜장이는 헛간에서 잠자다가 시끄러운 소리에 깨어나서 자신이 데리고 다니던 잡종 개 두 마리와 함께 추격에 나선 터였다. 자일스는 저택 주인마님 밑에서 집사 역할도 하고 청지기 역할도 하고 브리틀스는 온갖 일을 다 하는 머슴인데, 어릴 때부터 그 일을 시작해서 지금은 서른 살을 넘겼는데도 여전히 믿음직한 총각 취급을 받았다.

세 사람은 바싹 붙어서 이런 식으로 대화하며 서로를 격려하다가도 돌풍이 몰아쳐서 나뭇가지를 뒤흔들 때마다 겁에 질린 표정으로 주변을 둘러보았다. 그리곤 나무를 향해 급히 돌아가는데, 나무 뒤에는 도적놈에게 사격할 표적을 알려주지 않을 생각으로 내려놓은 등불이 있었다.

그래서 등불을 집어 들고 집을 향해 최대한 서둘며 돌아가니, 흐릿한 형상까지 사라져서 더는 분간할 수 없는데도 멀리서 반짝거리는 불빛이 빠르게 나아가며 오랫동안 흔들리는 모습은 마치 눅눅한 공기가 어둠에 잠겨서 숨이라도 쉬는 것 같았다.

새벽이 천천히 다가오면서 공기는 더욱 차갑게 변하고 안개는 대지를 따라 짙은 연기처럼 몰아쳤다. 풀잎은 축축하고 오솔길과 저지대는 사방이 진흙탕이며, 음산한 바람은 느긋하게 지나다가 습기를 머금고 앓는 소리를 황량하게 뱉어냈다. 그리고 올리버는 여전히 의식을 잃은 채 빌 사익스가 내버린 지점에 그대로 쓰러져서 꿈쩍을 안 했다.

새벽은 빠르게 다가왔다. 그래서 첫새벽이 새날의 탄생이 아니라 지난밤의 죽음을 알리며 동녘 하늘에 희미한 빛을 뿌릴 즈음에는 냉기가 뼛속까지 매섭게 파고들었다. 사방이 어두울 때는 희미해서 끔찍하게 보이던 물체가 점차 또렷한 형상을 익숙하게 드러냈다. 굵은 빗방울이 잎사귀를 모두 떨군 덤불을 후두두 시끄럽게 때리며 빠르게 떨어졌다. 빗방울이 올리버도 때리는데 당사자는 아무것도 못 느꼈다. 여전히 의식을 잃고 흙바닥에 무기력하게 누워만 있었다.

그러다가 앓는 소리가 고통스럽게 일어나며 사방에 가득한 정적을 깨뜨리더니, 올리버는 조금씩 깨어났다. 숄을 붕대 삼아 대충 감은 왼팔은 아무짝에도 쓸모없이 옆으로 축 늘어지고, 숄은 새빨간 피로 흥건하게 젖었다. 힘이 하나도 없어서 몸을 일으켜 앉을 수도 없을 것 같았다. 하지만 간신히 그렇게 한 다음에 도움의 손길을 청하려고 주변을 힘없이 둘러보다가 앓는 소리를 고통스럽게 뱉어냈다. 기진맥진한 상태에서 추위까지 몰려들어 관절이란 관절은 모두 덜덜 떨면서 억지로 일어나려고 하더니, 머리부터 발끝까지 부르르 떨다가 바닥에 나뒹굴고 말았다.

오랫동안 혼수상태에 빠졌다가 이제 막 정신을 차리니, 역겨운 느낌이 가슴으로 스멀스멀 파고들며 그대로 누우면 죽을 수밖에 없다고 경고하는 것 같아, 올리버는 다시 힘겹게 일어나서 걸으려고 애썼다. 머리는 어지럽고 몸뚱이는 술 취한 사람처럼 흔들렸다. 하지만 계속 걸었다. 머리를 가슴으로 축 늘어뜨린 채 비틀거리며 앞으로 나아갔다.

어디로 가는지도 모르면서.

엉뚱한 환영이 마구 떠올랐다. 빌 사익스는 잔뜩 화나서 토비 크래킷과 다투고, 자신은 아직도 두 사람 사이에서 걷는 것 같았다. 두 사람이 말하는 소리 하나하나가 양쪽 귀에서 메아리쳤다. 몸뚱이가 쓰러지는 걸 막으려고 필사적으로 애쓰다가 정신을 차리니, 이번에는 자신이 두 사람에게 말하고 있었다. 그러다가 하루 전에 온종일 그런 것처럼 빌 사익스와 단둘이 터벅터벅 걸어가고 사람들은 그림자처럼 스치며 지나는데, 도적놈이 팔목을 꽉 잡는 것 같았다. 총소리에 화들짝 놀라기도 했다. 커다란 소리가 여기저기에서 일어나며 사방으로 울려 퍼졌다. 앞에서 불빛이 어른거렸다. 사방이 시끄럽고 혼란한 가운데 눈에 보이지 않는 손이 황급히 잡아끌었다. 이런 영상이 빠르게 지나는 동안에도 고통스럽다는 애매한 느낌이 불안하게 스치며 끊임없이 괴롭혔다.

올리버는 비틀거리기도 하고 기어가기도 하면서 울타리 대문을 지나고 울타리 틈새를 지나며 끊임없이 나아가다가 마침내 큰길에 도달했다. 이때 빗방울이 정말 힘차게 떨어지는 바람에 정신이 화들짝 들었다.

주변을 둘러보다가 주택을 발견했다. 멀지 않아서 충분히 갈 수 있을 것 같았다. 어쩌면 그 집 사람들이 불쌍히 여길 수도 있었다. 하지만 그렇지 않다고 해도 황량한 들판에서 외롭게 죽느니 사람들이 있는 데서 죽는 편이 좋겠다는 생각이 들었다. 그래서 남은 힘을 모두 끌어모아서 마지막 도전에 나서며 비틀비틀 걸었다.

가까이 다가가다 보니, 전에 보았다는 느낌이 들었다. 구체적으로 기억나는 건 하나도 없는데, 건물 모양이 눈에 익은 것 같았다.

정원 담벼락! 담벼락 안쪽 잔디밭에서 자신이 지난밤에 무릎을 꿇고 두 사내에게 자비를 구하지 않았던가! 두 사내가 도적질하려고 덤벼든 바로 그 집이 아니던가!

그 집을 알아본 순간에 엄청난 공포가 밀려든 나머지 순간적으로 상처를 입은 고통조차 잊은 채 도망갈 생각만 떠올렸다. 도망쳐! 하지만 몸에 남은 거라곤 간신히 서 있을 힘이 전부였다. 그런데 어리고 여린 몸뚱이에 힘이 가득하다고 해서 과연 어디로 도망간단 말인가? 그래서 대문을 밀자, 잠그지 않은 문이 스르륵 열렸다. 이번에는 비틀거리며 잔디밭을 가로지르고 계단을 올라서 현관문을 힘없이 두드렸다. 그와 동시에 모든 힘이 빠져나가, 현관 기둥 하나에 기대면서 쓰러지고 말았다.

바로 이 시간에 자일스와 브리틀스와 땜장이는 주방에서 다과를 들며 간밤에 겪은 공포와 피로를 몰아내고 있었다. 자일스는 평소에 아랫사람들에게 그렇게 친절한 편이 아니었다. 상냥하면서도 도도하게 행동하는 방식으로 아랫사람을 다뤄서 자신이 상급자란 사실을 확실하게 각인시키는 유형이었다. 하지만 죽음을 무릅쓰고 도적놈을 추격하며 총격전까지 벌이다 보면 모두가 가까운 사이로 변하는 법이니, 자일스는 주방 벽난로 울타리 앞으로 두 다리를 쭉 뻗고 앉아서 왼팔을 식탁에 기대고 오른팔을 휘두르며 도적놈이 들어오던 당시 상황을 구체적으로 설명하고 사람들은 숨조차 죽이며 흥미진진하게 들었다. 주방장 아주머니와 하녀가 제일 열심이었다.

"두 시 반 즈음에, 세시가 임박했다고 해도 상관하지 않겠지만, 잠에서 깨어나 침대에 누워서 이리저리 뒤척이는데 (여기에서 자일스는 의자에 앉은 몸을 이리저리 뒤척이고 식탁보 모서리를 당겨서 침대보처럼 몸에 덮는 흉내를 내고) 무슨 소리가 들리는 것 같은 거야."

이 말을 하는 순간에 주방장은 창백하게 변한 얼굴로 하녀에게 문을 닫도록 지시하고, 하녀는 브리틀스에게 부탁하고 브리틀스는 땜장이에게 부탁하고, 땜장이는 못 들은 척하는 가운데 자일스는 계속 이야기했다.

"처음에는 '잘못 들었다'고 중얼거리면서 다시 잠을 청하는데, 이상한 소리가 다시 들리는 거야, 또렷하게."

"무슨 소리였나요?"

주방장이 물었다.

"무언가를 부수는 소리였어."

자일스가 대답하며 주변을 둘러보자, 브리틀스가 끼어들었다.

"그보다는 육두구 강판을 철봉으로 내려치는 소리에 가까웠어요."

"네가 들었을 때는 그게 맞아. 하지만 처음에는 무언가를 부수는 소리였다고."

자일스가 반박하더니, 식탁보를 밀치며 덧붙였다.

"그래서 침대보를 걷고 일어나 앉아서 가만히 귀를 기울였어."

주방장과 하녀가 동시에 "어머나!" 소리를 뱉어내며 의자를 서로 바싹 끌어당기고, 자일스는 계속 말했다.

"지금도 그 소리가 또렷하게 들려. 그래서 나는 '누군가가 현관문 아니면 창문을 억지로 따고 들어오는 소리야. 이제 어떻게 한다? 불쌍한 브리틀스를 깨워서 잠자다가 살해당하는 일이 없도록 해야 해. 그대로 두면 아무것도 모른 채 오른쪽에서 왼쪽으로 목이 싹둑 잘릴 수도 있다고' 하고 중얼거렸어."

여기에서 모든 눈이 브리틀스에게 돌아가고, 당사자는 자일스만 쳐다보며 입을 쩍 벌리고 눈을 동그랗게 뜨는데, 얼굴에서 엄청난 공포가 그대로 배어 나왔다. 그런데 자일스가 식탁보를 집어 던지고 주방장과 하녀를 무섭게 노려보며 말했다.

"나는 침대보를 내던지고 침대에서 살그머니 나와, 옷을 걸치고……"

"여성분들 앞인데요, 자일스 선생님."

땜장이가 나무라자, 자일스는 그쪽으로 고개를 돌리더니, 이 말을 특별히 강조하며 말했다.

"신발을 신었다는 뜻이오. 그리곤 접시 바구니와 함께 언제나 이 층으로 들고 오는 권총을 들고 브리틀스 방으로 살금살금 다가가서 깨운 다음, '브리틀스, 겁내지 말게!' 하고 말했어."

"정말 그러셨어요."

브리틀스는 나지막한 목소리로 대답하고, 자일스는 계속 말했다.

"나는 '내 생각에 우리는 죽은 거나 마찬가지야. 하지만 겁내지 말게' 하고 말했어."

"브리틀스가 겁을 먹었나요?"

주방장이 묻자, 자일스가 대답했다.

"전혀 안 그랬어. 브리틀스는 용감했다고…… 거의 나만큼이나!"

"나라면 그 자리에서 죽어버리고 말았을 거예요."

하녀가 말하자, 브리틀스가 약간 으스대며 응수했다.

"너는 여자잖아."

그러자 자일스 역시 고개를 끄덕여서 인정하며 말했다.

"브리틀스 말이 옳아. 여자라면 그러는 게 당연하겠지. 하지만 우리는 남자답게 브리틀스 방 시렁에 올려놓은 등불을 들고 칠흑처럼 어두운 계단을 더듬거리며 내려갔어…… 당연히 그래야 하는 것처럼."

자일스는 내용을 설명하며 적당한 몸짓을 가미하는 차원으로 의자에서 일어나 눈을 감은 채 두 걸음 정도 걷다가 다른 일행과 함께 화들짝 놀라며 의자로 황급히 돌아오고 주방장과 하녀는 비명을 질렀다. 그러다가 자일스가 완벽한 평정심을 되찾으며 말했다.

"현관문을 두드리는 소리야. 가서 문을 열어, 누구든."

하지만 움직이는 사람이 아무도 없으니, 자일스는 주변을 에워싼 창백한 얼굴을 훑어보다가 멍청한 표정으로 다시 말했다.

"이렇게 이른 아침에 문을 두드리다니, 정말 이상한 일이로고. 하지만 문을 열긴 열어야 하잖아. 내 말 안 들려, 누구든?"

자일스가 말하면서 브리틀스를 쳐다보는데 총각은 천성적으로 겸손한 사람답게 자신을 별 볼 일 없는 사람으로 받아들여 이번 질문은 어떤 식으로도 적용이 안 된다고 여기는 듯, 대답 자체를 거부했다. 그러자 자일스는 호소하는 눈길로 땜장이를 쳐다보는데 그는 이미 깊은 잠에 빠져들고, 두 여성은 당연히 논외였다. 그래서 자일스는 잠시 침묵하다가 이렇게 제안했다.

"옆에서 사람이 지켜보는 가운데 브리틀스가 문을 열겠다면 내가 기꺼이 그렇게 함세."

"나도요."

땜장이가 잠들 때처럼 갑작스럽게 깨어나며 끼어들었다.

브리틀스는 제안을 받아들이고 세 사람은 덧창을 연 덕분에 지금은 환한 대낮이란 사실을 깨달아 상당히 자신만만하게 계단을 오르는데, 제일 앞에는 개 두 마리가 서고 제일 뒤에는 자기네만 남는 게 두렵다며 두 여인이 쫓아왔다.

게다가 자일스 제안에 따라 모두 커다랗게 떠들어대서 이쪽은 숫자가 많다는 사실을 바깥에 있는 악당에게 알리고, 마찬가지로 자일스가 천재적인 두뇌를 발휘한 덕분에 현관문 앞에서 꼬리를 마구 잡아당겨 개 두 마리가 미친 듯이 짖어대도록 만들었다.

이렇게 완벽한 준비태세를 갖춘 다음에 비로소 자일스는 (땜장이가 재미 삼아 말한 것처럼 도망을 못 치도록) 팔을 단단히 붙잡고 문을 열라는 명령을 내렸다. 브리틀스는 순순히 따르고, 일행은 벌벌 떨면서 서로 다른 사람 어깨너머로 쳐다보지만, 앞에 나타난 사람은 무시무시한 악당이 아니라 가련한 어린애 올리버 트위스트로, 기진맥진한 상태에서 말문이 막힌 채 무거운 눈꺼풀만 억지로 들어 올리며 동정 어린 도움을 말없이 청할 뿐이었다. 그와 동시에 자일스는 땜장이를 용감무쌍하게 뒤로 밀치면서 소리쳤다.

"어린애잖아! 도대체 무슨 일인데…… 맙소사…… 브리틀스…… 여길 봐…… 누군지 모르겠어?"

뒤에 숨은 브리틀스는 현관문이 열리는 순간에 곧바로 앞으로 나오더니, 올리버를 쳐다보며 커다란 비명을 내지르고, 자일스는 아이 한쪽 다리와 한쪽 팔을 (다행히도 안 부러진 팔을) 움켜잡고 현관문 안으로 질질 잡아끌다가 바닥에 큰대자로 눕혔다. 그리곤 잔뜩 흥분한 상태에서 계단 위쪽에 대고 소리쳤다.

"도적을 잡았어요! 도적놈 한 놈을 잡았어요, 마님! 도적을 잡았어요, 아씨! 상처를 입었어요, 아씨! 제가 총으로 쏘았어요, 아씨, 브리틀스는 등불을 비추고요."

그러자 브리틀스가 훨씬 잘 들리도록 자기 입에 확성기처럼 손을 대며 커다랗게 소리쳤다.

"등잔불이요, 아씨."

그런 다음에 주방장과 하녀는 자일스 집사가 도적을 잡았단 소식을 알리려고 계단을 뛰어오르고, 땜장이는 올리버가 교수당하기 전에 안 죽도록 정신을 차리게 하려고 힘껏 노력했다. 그래서 모두 야단법석을 떨 때 다정한 여성 목소리가 일어나며 단숨에 모든 소동을 가라앉혔다.

"자일스 집사!"

계단 꼭대기에서 다정한 목소리가 속삭이자, 자일스가 대답했다.

"네, 아씨! 겁먹지 마세요, 아씨. 저는 심하게 다치지 않았어요. 도적놈이 필사적으로 저항하지 않았거든요, 아씨! 그래서 저 혼자 간단하게 해치웠답니다."

그러자 젊은 여인이 대답했다.

"조용히 하세요! 지금 당신은 도적이 그런 것만큼이나 우리 고모를 놀라게 한다고요. 그 사람은 가련하게도 많이 다쳤나요?"

"치명상입니다, 아씨."

자일스가 대답하며 형용할 수 없을 정도로 자랑스러워하고, 브리틀스는 조금 전과 똑같은 방식으로 커다랗게 소리쳤다.

"당장에라도 숨이 넘어갈 것처럼 보여요, 아씨. 내려와서 직접 보고 싶지 않으세요, 아씨, 당장 죽을 수도 있으니?"

"쉿, 조용히, 조용히! 그래요, 그렇게 조용히! 조금만 기다리세요, 고모님에게 말씀드릴 동안."

아씨가 말하더니, 목소리처럼 다정하고 부드러운 발소리와 함께 사라졌다. 그리곤 곧바로 나타나더니, 다친 사람을 자일스 집사 방으로 조심스럽게 운반하고, 브리틀스는 지금 당장 조랑말에 안장을 얹어서 처트시로 곧장 달려가, 경찰관과 의사선생님을 최대한 빨리 모셔오라는 지시사항을 전달했다.

그러자 자일스가 올리버는 깃털이 귀한 새라도 되고 자신은 그걸 훌륭한 솜씨로 쏘아 맞히기라도 한 것처럼 자랑스러운 표정으로 물었다.

"하지만 먼저 밑으로 내려와서 직접 보시지 그러세요, 아씨? 한 번만 살짝이라도, 아씨?"

"지금은 싫어요. 불쌍한 사람! 아! 부드럽게 다루세요, 자일스 집사, 제발!"

아씨가 말한 다음에 뒤돌아서자, 늙은 집사는 친딸이라도 되는 것처럼 자랑스러운 표정으로 쳐다보며 감탄하더니, 올리버에게 허리를 숙여서 여자가 흔히 그러는 만큼이나 세심하게 배려하며 이 층으로 운반했다.

CHAPTER XXIX
올리버가 들어간 집에 사는 사람들을 소개하다

현대적으로 세련된 모습보다 고풍스럽고 안락한 모습이 돋보이도록 세간살이를 화려하게 배치한 실내에서는 아침상을 잘 차려놓고, 숙녀 두 사람이 앉아서 식사하는 중이었다. 자일스 집사는 위아래로 까만 정장을 꼼꼼하게 차려입고 이동용 탁자와 아침상 사이를 오가며 시중드는데, 몸을 꼿꼿이 펴고 머리를 뒤로 젖혀서 한쪽으로 살짝 기울이고 왼쪽 다리를 앞으로 살짝 내밀고 오른손을 조끼에 찔러 넣은 상태로 왼손을 옆으로 내려서 쟁반을 잡은 모습에는 지금 하는 매우 중요한 일에 만족스러워하는 표정이 또렷했다.

숙녀 한 사람은 나이가 훨씬 많아도 꼿꼿한 허리는 지금 앉은 높은 참나무 의자 등받이에 조금도 뒤지지 않았다. 의상은 옛날 유행에다 현재 유행하는 스타일을 살짝 가미해서 예전 스타일을 해치는 게 아니라 훨씬 돋보이도록 세심하고 꼼꼼하게 차려입고 위엄 어린 자세로 앉아서 식탁에 올려놓은 손을 하나로 모았다. 그리곤 나이는 많아도 여전히 반짝거리는 눈으로 젊은 조카를 가만히 바라보았다.

젊은 조카는 한창 젊은 나이답게 활짝 피어난 모습이 사랑스러웠다. 하느님이 은총을 베푸시려고 인간 형상으로 천사를 보낸다면 바로 이런 모습일 거로 생각해도 그렇게 불경스럽지 않을 것 같았다.

아직 열일곱 살이 안 지난 나이에 몸매는 섬세하고 날씬하며 성격은 부드럽고 상냥한 데다 얼굴은 순수하고 아름다운 게, 속세에 물든 느낌이 없을 뿐 아니라 속세에 물든 사람은 곁으로 다가올 수도 없을 것 같았다. 고상한 머리에 깊숙이 새겨 넣어서 파란 눈으로 그윽하게 발산하는 지성은 어리거나 속된 느낌이 없는 반면, 상냥하고 명랑한 표정은 얼굴에서 다양한 빛을 환하게 발산하니 그늘진 느낌 역시 어디에도 없는데, 미소는, 행복한 느낌을 발산하는 명랑한 미소는, 온화한 가정 분위기에, 벽난로가 활활 타오르는 평화롭고 행복한 분위기에 참으로 잘 어울렸다.

젊은 조카는 식사에 열중하다가 가끔 고개를 들어서 고모와 시선이 마주치기라도 하면 소박하게 땋은 머리칼이 이마로 흘러내린 걸 장난스럽게 걷어 올리며 환하게 웃는데, 짙은 애정과 사랑이 꾸밈없이 자연스럽게 묻어나오는 표정을 보면 은총이 가득한 천사들이라도 단번에 환한 미소를 머금을 것 같았다.

"브리틀스가 떠난 게 한 시간이 넘지?"

잠시 후에 고모가 묻자, 자일스 집사는 까만 줄에 달린 은시계를 꺼내서 쳐다보며 대답했다.

"한 시간 십이 분이 지났습니다, 마님."

"브리틀스는 항상 늦는군."

고모가 말했다.

"네, 예전부터 항상 늦는답니다, 마님."

집사가 대답하더니, 말이 나온 김에, 브리틀스는 지난 삼십 년 동안 행동이 느린 데다 앞으로 좋아질 가능성도 별로 없다고 덧붙이자, 고모가 대답했다.

"좋아지는 건 둘째 치고 더 나빠지기만 하는 것 같아."

"다른 사람이랑 노느라 빈둥거리는 거라면 변명할 여지조차 없을 텐데요."

젊은 조카가 말하며 방긋 웃자, 자일스 집사는 자신도 따라 웃어야 하는 건 아닐까 곰곰이 생각하는데, 말 한 필이 끄는 이륜마차가 대문으로 다가오고 뚱뚱한 신사가 뛰어내려 현관문으로 곧장 달리다가 매우 신비로운 과정을 거치며 순식간에 집안으로 들어오더니, 방으로 갑자기 뛰어들어 하마터면 자일스 집사와 아침 밥상을 한꺼번에 쓰러뜨릴 뻔하면서 소리쳤다.

"이런 일은 정말 처음이에요! 그것도 한밤중에, 아아, 정말이지, 친애하는 메일리 부인, 이런 일은 정말 처음이에요!"

뚱뚱한 신사는 이렇게 위로하며 두 숙녀와 악수하고 의자를 끌어당겨서 앉더니, 두 분 모두 괜찮으냐고 물으며 호들갑을 떨었다.

"하마터면 돌아가실 뻔했잖아요, 공포에 질려서. 나에게 사람을 보내지 그러셨어요? 그럼 하인을 당장 보냈을 거예요, 나도 당장 쫓아오고요. 그러면 조수가 특히 좋아했을 거예요. 상황이 상황이니만치 당연히 다른 사람도 모두 좋아했겠지요. 아, 아! 어떻게 이렇게 갑자기! 그것도 깜깜한 밤중에!"

의사는 도적이 한밤중에 아무런 예고도 없이 갑자기 들이닥친 사실에 신경을 특히 곤두세우는 것 같았다, 양상군자가 이틀 전에 우편으로 예약하고 한낮에 집털이 업무를 보는 게 확실한 전통으로 뿌리내린 것처럼 말이다.

"그리고 로즈 아가씨, 나는……."

의사가 시선을 돌리며 말하자, 젊은 숙녀는 상대 말을 재빨리 차단하며 말했다.

"그래요, 정말 그 말이 맞아요. 하지만 이 층에 불쌍한 사람이 있어요. 한 번 살펴보시길 고모님께서 원하십니다."

"물론이죠! 당연히 그래야지요. 내가 알기에는 자일스, 자네 작품이라지?"

의사가 묻자, 자일스 집사는 찻잔을 제자리에 가지런히 놓다가 벌겋게 달아오른 얼굴로 그 영광을 자신이 누렸다 대답하고, 의사는 이렇게 반박했다.

"영광이라고? 으음, 그건 잘 모르겠군. 물론, 주방에서 도적에게 총알을 쏜 것이 열두 걸음 떨어진 결투 상대를 맞춘 것처럼 영광스러울 수도 있겠지, 둘이 대결하는데 상대가 헛방을 쏘았다면, 자일스."

자일스는 이번 문제를 이런 식으로 가볍게 취급하는 건 자신이 누릴 영광을 부당하게 축소하려는 시도로 받아들여, 자신과 같은 사람이 판단할 일은 아니나 상대를 제압한다는 게 말처럼 쉬운 건 아니라 생각한다고 정중하게 대답했다. 그러자 의사도 동의했다.

"그래, 옳은 말이야! 그 사람은 어디 있지? 어서 길을 안내하게. 다녀와서 다시 뵙겠습니다, 메일리 부인. 저기가 그자가 들어왔다는 조그만 창문인가? 으음, 내 눈으로 보고도 못 믿겠군!"

의사가 계속 떠들면서 자일스 집사를 따라 계단을 올랐다. 잠시 틈내서 독자 여러분에게 소개하겠는데, 로스번 의사는 반경 십오 킬로미터 인근에서 "의사선생님"이라고 불리는 사람으로, 몸이 뚱뚱한 이유는 잘 먹어서가 아니라 성격이 좋아서라고 할 정도니, 이렇게 다정하고 친절하며 독특한 노총각은 탐험가가 인근 지역을 아무리 열심히 돌아다녀도 찾을 수 없을 터였다.

로스번 의사는 당사자나 두 숙녀가 예상한 이상으로 오랫동안 내려올 생각을 안 했다. 이륜마차에서 커다랗고 편편한 상자를 꺼내 이층으로 가져가고, 침실 종소리는 툭하면 울리고, 하인들이 계단을 급하게 오르내리는 걸 보면 뭔가 매우 심각한 일이 일어나는 게 분명했다. 그러다가 결국엔 로스번 의사가 내려오더니, 환자가 어떠냐고 걱정스레 묻는 말에 극히 이상한 표정으로 쳐다보며 조심스레 문을 닫았다. 그리곤 아무도 문을 못 열도록 방문에 등을 대고 서서 말했다.

“정말 독특하네요, 메일리 부인.”

“환자가 위험하단 뜻은 아니겠죠?”

노부인이 묻자, 의사가 대답했다.

“현 상황에서 독특한 문제란 그런 뜻은 아니지만, 제가 보기에 위험한 수준도 아닙니다. 도적을 직접 확인하신 적이 있나요?”

“아니요.”

노부인이 대답했다.

“그렇다면 도적에 대해서 들으신 게 있나요?”

“아니요.”

노부인이 대답하자, 자일스 집사가 끼어들었다.

“죄송합니다만, 마님, 제가 말씀을 드리려고 할 때 로스번 선생님이 들어오셨답니다.”

사실인즉, 처음에 자일스 집사는 자신이 총을 쏜 게 어린애라는 사실을 고백하는 쪽으로 마음을 몰아갈 수 없었다. 용감하다는 칭찬이 여기저기에서 나오다 보니, 자세한 설명은 뒤로 미룬 채 용기가 대단하다는 명성만 마음껏 누린 것이다.

“로즈가 보고 싶다고 했지만 내가 허락하지 않았다오.”

메일리 부인이 말하자, 의사가 대답했다.

"으음! 겉으로 민망해 보이는 건 하나도 없답니다. 그러니 저와 함께 가서 환자를 보는 건 어떨까요?"

"꼭 그래야 한다면 그래야 하겠지요."

노부인이 대답하자, 의사가 말했다.

"내가 보기에는 꼭 그래야 할 것 같습니다. 지금 당장 확인하지 않고 나중으로 미룬다면 크게 후회하실 테니까요. 환자는 지금 완벽하게 조용하고 차분합니다. 괜찮으시다면…… 로즈 아가씨, 제 손을 잡겠습니까? 제가 명예를 걸고 맹세하는데, 두려워할 이유는 조금도 없답니다!"

1권 끝.

BOXES
BOX
COACHES